Les Ténèbres de Londres

TOME I

PANINI BOOKS

MAGIE URBAINE

Les Ténèbres de Londres, tome I

Caitlin Kittredge

CRIMSON

Responsable de collection : Mathieu Saintout

Titre original : *Street Magic*

Traduit de l'anglais (États-Unis) par Agnès Bousteau
Révision de traduction : studio Zibeline & Co
Maquette : Stéphanie Lairet

ISBN : 9-782809-439557

CRIMSON EST UNE COLLECTION DE PANINI BOOKS

www.paninibooks.fr

À mon père, Jim Van Fleet
1948-1994

REMERCIEMENTS

Magie urbaine est un acte d'amour. Ce livre n'aurait jamais vu le jour sans l'aide, le soutien et quelques coups de pied aux fesses occasionnels de beaucoup de personnes.

Rachel Vater, mon formidable agent, a le mérite d'avoir pris le premier jet et de l'avoir transformé en un véritable livre. Rose Hilliard, mon éditrice pour qui j'ai une grande estime, a offert la possibilité à Pete, Jack et aux *Ténèbres de Londres* d'exister. Ils ont été sublimés par son enthousiasme et son habileté en matière d'édition.

Richelle Mead, propriétaire du canapé sur lequel j'ai écrit une importante partie de mon premier jet et aussi fan de *Vampire Justice* que moi, a veillé par ses encouragements à ce que j'écrive le roman le plus dur et en même temps le plus passionnant de ma carrière à ce jour. Stacia Kane a lu le premier jet et a su saisir chacune de mes références punk rock, ce qui montre qu'elle a non seulement un excellent goût musical, mais aussi une imagination un brin tordue. Je n'aurais pas pu trouver meilleure critique et je suis ravie que ce livre soit à l'origine de notre amitié.

Cherie Priest et Kat Richardson m'ont écrit des citations pour la couverture et m'ont encouragée. Avec l'équipe de Seattle, ils m'ont offert des verres, des dîners et nous avons même dansé pendant le marathon de relecture. Jim Butcher m'a également proposé une belle citation pour la couverture alors qu'il était piégé avec moi dans une petite voiture en pleine circulation à Seattle. Il s'est acquitté de la tâche avec grâce et aplomb. Jim, je promets de ne jamais recommencer.

Karen Mahoney m'a fait visiter Londres et m'a considérablement aidée à travailler mon accent pour que j'aie l'air britannique.

Liz Bourke a traduit l'irlandais à la perfection et ne s'est pas étonnée que je demande des formules d'exorcisme et des malédictions.

Sara McDonald a suivi les péripéties de Pete et Jack depuis le début et m'a encouragée sans relâche.

Chris McGrath, pour sa magnifique couverture et Adam Auerbach pour son design stellaire.

Ma mère et Hal, mes premiers fans.

Et enfin, les groupes qui ont composé la musique qui est l'âme des *Ténèbres de Londres* : The Clash, Sex Pistols, Anti-Nowhere League, Nick Cave, Concrete Blonde, The Pogues, Generation X, The Supersuckers et bien d'autres.

Vous êtes formidables.

PREMIÈRE PARTIE

LONDRES

Le Londres vivant, les yeux rouges, les poumons irrités, la respiration sifflante, clignotait, éternuait et suffoquait. Le Londres inanimé était un spectre fuligineux qui, partagé entre le désir d'être vu, et celui de rester invisible, n'était complètement ni l'un ni l'autre.

— Charles Dickens, *L'Ami commun*
(Traduction d'Henriette Loreau)

I

Un parterre d'asters d'automne fleurissait sous les pieds de Pete Caldecott le jour où elle rencontra Jack Winter, exactement comme quand celui-ci était mort, douze ans auparavant.

Ce jour-là, la tombe sans prétention qui se trouvait dans un angle reculé du cimetière de Highgate était recouverte de ces petites fleurs violettes que Jack piétinait en s'efforçant d'ouvrir la porte du mausolée à l'aide d'un levier.

Lorsqu'elle respira l'air âcre qui s'échappait de la tombe, Pete sentit la peur lui étreindre le cœur.

— Jack, j'ai un doute.

Un sourire passa sur le visage du jeune homme.

— Tu as la trouille, ma belle ? Faut pas. Je suis là après tout.

Pete se mordit la lèvre et avança un pied sur le seuil de la tombe, puis l'autre. Une brise remonta des profondeurs plongées dans l'ombre et agita sa jupe d'écolière autour de ses genoux. Elle recula vivement.

— On ne devrait pas être ici, Jack.

Il soupira et passa une main dans sa chevelure décolorée. Ses cheveux se dressaient en pics sauvages sur son crâne et luisaient dans la faible lumière. C'était la première chose que Pete avait vue de lui au *Fiver's club* trois mois auparavant : ses cheveux inondés par la lumière des spots tandis que Jack hurlait dans un micro auquel il s'agrippait comme si sa vie en dépendait.

— Ne fais pas la gamine, Pete. Tu ne vas pas te faire mordre, du moins pour le moment. (Le sourire diabolique réapparut sur les lèvres de Jack, puis il lui tendit la main.) Viens donc dans mon salon.

Pete attrapa sa main, sentit les callosités que la guitare avait formées sur ses doigts et se servit de l'onde de tiédeur qui émanait de lui pour se propulser dans la tombe. La structure en pierre était plus grande qu'elle ne le paraissait de l'extérieur et la semelle dure de ses chaussures claqua sous ses pas décidés. Elle s'entoura de ses bras pour lutter contre le froid.

— Je ne fais pas la gamine.

Jack laissa échapper un petit rire et expédia dans un coin la sacoche en toile verte qu'il avait emportée.

— Désolé. J'ai dû confondre avec ta sœur.

Pete lui envoya un coup dans l'épaule.

— C'est de ta petite amie que tu te fous. Tu es méchant.

Jack lui saisit à nouveau la main et l'enveloppa dans la sienne, ses yeux s'assombrissant lorsqu'il constata que Pete ne se dérobait pas.

— Tu n'as même pas idée.

Pete soutint son regard, écoutant leurs deux respirations pendant un moment avant de retirer sa main.

— Je croyais qu'on était venus ici pour faire de la magie, Jack.

Jack se racla la gorge et s'éloigna d'elle.

— En effet. (Il passa la main dans sa poche et en retira un bâton de craie, puis se mit à dessiner un cercle irrégulier sur les dalles. Rapidement, il ajouta des lignes et des traits qui rayonnaient vers le centre.) Et c'est ce que nous allons faire, ma belle. Donne-moi juste le temps de faire quelques préparations pour être sûr que tout se passe bien et qu'il n'y ait rien d'effrayant pour ta première fois.

Le ton qu'il avait employé aurait fait rougir n'importe quelle camarade de la classe de Pete, à Notre-Dame de la Pénitence.

— Jack, pourquoi m'as-tu fait venir ? demanda-t-elle brusquement. C'est MG qui aime ces conneries d'adoration démoniaque païenne, pas moi. Je ne devrais même pas être seule avec toi. Tu es trop vieux.

— J'ai vingt-six ans, protesta Jack. (Il termina le cercle, qui avait fini par ressembler à une sorte de cage, donnant à Pete une sensation de fer froid et plat, puis il sortit deux grosses bougies, une noire et une blanche, de sa sacoche.) Tu agis comme si j'avais déjà un pied dans la tombe, tu sais.

Et j'ai seize ans, murmura Pete pour elle-même. *Et si MG découvre que nous sommes restés seuls tous les deux ; si papa découvre…*

— Je t'ai demandé de venir parce que j'ai besoin de toi, répondit Jack en s'accroupissant.

Le sérieux de son ton sortit Pete de sa réflexion sur ce que MG aurait fait si elle avait été témoin de la scène. Sa sœur était parfaitement capable de piquer une crise de la puissance d'une explosion nucléaire. Quant à son père, il aurait expédié Pete au couvent, ou dans une tour, ou n'importe quel autre endroit où les pères en colère envoyaient leur fille récalcitrante dans les contes de fées.

Pete cligna des yeux.

— Et pourquoi donc aurais-tu besoin de moi ?

Jack épousseta la poussière de craie qui recouvrait ses mains et se redressa en tâtant les poches de son jean noir usé.

— Voyons voir. Tu es raisonnable, tu sais garder ton sang-froid en cas de crise et tu es adorable. Quel type n'aimerait pas t'avoir à côté de lui ?

— Ta gueule, murmura Pete. Que dirait MG si elle t'entendait parler comme ça ?

— MG, répondit Jack. MG me connaît. Elle ne dirait rien, parce qu'elle ne poserait pas de question et que je ne lui répondrais pas. (Il fouilla ensuite dans sa veste cloutée, sans plus de succès.) Bordel de merde. Tu as du feu ?

Pete farfouilla dans son cartable et mit la main sur son briquet jetable Silk Cut, caché dans une boîte de tampons. MG la traitait peut-être avec indifférence, mais elle lui avait tout de même appris quelques trucs intéressants.

Elle le lança à Jack qui la remercia, puis alluma les bougies et les disposa en opposition sur le pourtour du cercle.

Plus Pete observait ce dernier, plus elle avait mal aux yeux et sentait ses tempes battre. Alors, elle détourna le regard vers le rai de lumière qui filtrait par la porte donnant accès au monde.

— Ça y est presque… murmura Jack.

Il sortit un couteau à cran d'arrêt d'une poche invisible et se piqua le doigt, faisant tomber trois petites gouttes de sang sur la craie.

Pete avait déjà vu Jack se livrer à quelques numéros de magie auparavant : des tours de prestidigitation simples au cours desquels il faisait disparaître des cartes, la dame de pique glissant entre ses doigts fins, ou sortait une cigarette déjà allumée d'un paquet.

Mais là, dans la tombe, Pete se souvenait d'avoir eu le sentiment que c'était différent. C'était de la vraie *magie*. C'était idiot, bien sûr, complètement idiot. Son père était inspecteur de police, et la famille Caldecott, à l'exception de MG, n'accordait aucun crédit à ces balivernes. Mais Jack… Jack réussissait à vous faire croire, par sa simple présence. Il faisait crépiter l'air autour de lui comme un changeling parmi les hommes. Il suffisait que les gens le regardent dans les yeux pour se mettre à croire, parce que l'on pouvait y voir un diable dansant dans la flamme brillante de son âme.

Jack Winter *était* magique.

— Prête ? demanda Jack qui s'était positionné au sommet du cercle.

Pete sentit quelque chose de sauvage et électrique s'insinuer autour d'eux, comme une tempête fantôme qui lui caresserait le visage avec de la pluie.

— Qu'est-ce que je dois faire ? demanda-t-elle.

Jack lui fit un signe de la main et siffla lorsqu'elle faillit poser le pied sur une des marques.

— Attention au bord, ma belle. Je ne voudrais pas que tu te fasses trancher les genoux.

— Sans déconner, vraiment ? demanda Pete, en observant le cercle avec circonspection.

Elle n'était pas comme sa sœur qui dissertait sans arrêt sur « l'énergie », mais elle savait, au plus profond d'elle-même, et d'une façon qui ne tolérait aucun argument logique, qu'elle avait franchi les limites d'un autre monde en venant dans ces lieux avec Jack. Il irradiait un pouvoir dont elle pouvait goûter la saveur sur sa langue.

— Le cercle ne te fera pas *mal*, reconnut Jack en caressant sa barbe sombre de quelques jours. Mais ne touche pas aux sigils. Crois-moi, tu n'as aucune envie que ce qui sera à l'intérieur se retrouve à l'extérieur.

Il prit la main de Pete qui s'était rapprochée de lui et leva son couteau à cran d'arrêt. Pete sursauta, mais il fut plus rapide et lui incisa la paume d'une coupure nette.

— Aïe ! s'indigna-t-elle.

Toutes les questions qu'elle aurait dû poser se bousculèrent dans sa tête et elle eut la désagréable sensation de tomber. L'excitation qu'elle avait ressentie quelques secondes auparavant s'évanouit pour laisser la place à une onde de panique.

Elle n'avait pas demandé pourquoi ils étaient venus ici, s'étaient faufilés discrètement devant le bureau des entrées aux portes du cimetière et avaient pénétré par effraction dans cette tombe. Elle n'avait pas insisté pour que Jack lui donne une raison, parce qu'alors elle aurait eu peur, et Jack n'avait jamais peur. Pas même lorsqu'une bande de skinheads cherchait la bagarre au *Fiver's*. Ni de son père d'ailleurs, l'inspecteur de police Caldecott en personne, qui avait pourtant fait fuir tous les précédents losers qui étaient sortis avec MG. Jack n'avait qu'à offrir sa main et son sourire, et les gens étaient prêts à se jeter du Tower Bridge pour gagner le droit de rester près de lui et connaître un peu du danger dont il semblait imprégner tout ce qu'il touchait.

Alors que la craie absorbait son sang et que les sigils prenaient une teinte rougeâtre comme une joue honteuse, Pete sut qu'elle ne voulait pas faire marche arrière. Tant pis pour les questions. Jack voulait – *avait besoin* – qu'elle soit là, alors elle y était.

— Ça va, ma belle ? s'enquit Jack en appuyant un mouchoir déchiré sur la blessure qu'il venait de lui faire et en lui refermant les doigts dessus.

— Ça va, je suis prête, répondit Pete.

Elle ne tenait pas à penser à ce qui allait sortir de la tombe sous les mains habiles de Jack, ni à se poser trop de questions sur sa propre santé mentale et les pouvoirs qu'elle accordait à son compagnon. Il lui suffisait de savoir qu'il l'avait choisie, elle, Pete Caldecott, qui n'avait jamais eu de copine ou de copain, sans même parler de petit ami. Si elle en avait eu un, elle serait allée s'acheter un billet de loto. Jack Winter, magicien et chanteur des Poor Dead Bastards, avait besoin que Pete soit à ses côtés dans ce vieil endroit sombre.

Jack guida Pete vers la bougie noire à la base du cercle et celle-ci veilla à rester bien droite pour qu'il voie qu'elle n'avait pas peur ; pas le moins du monde, et que rien ne laisse penser qu'elle trouvait cela douteux et bizarre. Pas Pete.

— Maintenant, accroche-toi à moi, ordonna Jack, en entrelaçant leurs doigts tachés de sang au-dessus des marques au sol. Et quoi qu'il arrive, ne lâche pas, d'accord ?

— Qu'est-ce qui pourrait arriver qui me ferait lâcher ? demanda Pete, dont l'estomac se retournait.

Planté à son poste, à côté de la bougie blanche, Jack lui adressa une nouvelle fois son sourire diabolique.

— C'est ce que nous allons voir.

Il se mit à prononcer de longues phrases rythmées en irlandais. Les mots semblaient avoir été choisis pour être prononcés solennellement, entonnés par des prêtres en robe au-dessus d'un autel en pierre, mais il les débitait comme s'il récitait les paroles d'une de ses chansons en s'aidant de quelques pintes.

Pendant un moment, rien ne se produisit. Pete regarda Jack du coin de l'œil, le plaignant à moitié parce qu'il semblait si décidé à faire apparaître quelque chose d'étrange ou de sinistre.

Et soudain, tout se déclencha.

Pete sentit la *cassure*, la séparation entre ce qui semblait réel et confortable et les tréfonds obscurs de son esprit. Quelque chose tournoyait à travers les couches de voile entre Pete et Jack et au-delà, et elle pouvait presque la voir, une masse de fumée noire croissant au centre du cercle tandis que Jack élevait la voix, scandant en rythme à présent que le résultat de sa formule magique était visible. Les lignes dessinées à la craie s'accrochèrent comme des doigts osseux, maintenant la forme en place.

Tandis que le charme se concrétisait, un feu bleu se mit à brûler dans les yeux de Jack, puis gagna ses joues, ses bras et mains, avant de se développer autour de lui. Pete, quant à elle, avait le souffle coupé alors que la chose à l'intérieur du cercle prenait de la consistance.

La forme était humaine, un homme d'osier en fumée. Les tracés de craie ne le retinrent que quelques instants. Dépourvu d'yeux, mais l'observant malgré tout, il fixa Pete. Puis il se mit à bouger, selon une ligne droite et inexorable, directement vers elle. Le froid glacial qui la traversa indiqua à Pete que quelque chose n'allait pas.

— Jack ?

Sa voix était montée dans les aigus et elle avait du mal à la reconnaître. À présent, l'homme d'osier avait un visage et des nuances d'argent dans les orbites, ainsi que des mains aux doigts démesurés qui s'avançaient et *l'attrapèrent*. Des murmures emplirent le cerveau de Pete et elle sentit une pression tellement intolérable tomber sur son crâne qu'elle se mit à hurler.

Et Jack, où était Jack ? Il observait la fumée d'un œil attentif, comme si Pete était la souris et lui l'amateur de python.

— Jack, répéta-t-elle en rassemblant tout le courage dont elle était capable pour arriver à parler. Qu'est-ce que c'est ?

Il posa un genou à terre et traça rapidement un symbole à la craie. « *Bínasctha* », souffla-t-il.

L'homme d'osier vacilla, comme un ivrogne ou un homme sur qui l'on vient de jeter un objet lourd. Mais il continua de marcher, un pied devant l'autre.

— Ah, merde, s'exclama Jack entre ses dents.

Il redessina le symbole, mais l'homme poursuivit son avancée.

— *Jack.*

Elle avait prononcé son prénom d'une voix forte qui résonnait, laissant transparaître les premières fissures de la réelle panique qui s'emparait d'elle.

— Tais-toi ! ordonna-t-il.

À son expression, Pete vit qu'il arrivait à la même conclusion qu'elle, peu importait comment elle y était arrivée ; elle l'avait compris lorsque la terrible pression s'était relâchée, comme lorsque l'on se réveille en trouvant subitement la réponse au devoir de maths de la veille. Elle savait, c'est tout, comme si elle avait déjà assisté à ce rituel un millier de fois auparavant, que quelque chose allait de travers dans la magie de Jack et qu'à présent l'homme de fumée était réveillé et entrait dans ce monde.

— C'est tout ce que tu trouves à dire ? cria-t-elle. Jack, fais quelque chose !

Il essayait. C'est ce que Pete dirait toujours, quand elle devrait évoquer ce jour, même lorsque ses souvenirs de l'événement deviendraient ténus et douteux par choix.

Il essayait. Et alors que Jack avait tenté de la protéger de l'homme d'osier, tout ce qu'il avait reçu en échange de ses efforts était des cris, de l'obscurité et du sang.

II

À MOITIÉ SORTI DE ses gonds, le panneau qui ornait le bâtiment proclamait « HÔTEL » avec optimisme. Juste dessous, en caractères plus petits, une écriture dorée qui s'était effacée précisait « Grand Montresor ».

Les petits asters violets s'étalaient tout autour des marches croulantes en béton, s'infiltraient dans les fissures, parfaite illustration de la force de la nature par rapport à celle de l'homme.

Soucieuse de ne pas les piétiner, Pete les enjamba et entra dans une pièce plongée dans l'obscurité qui sentait la javel. Le Montresor, comme le reste du quartier, avait connu des jours meilleurs, mais était bien en peine de se souvenir de la période exacte. Il était là, comme une pustule sombre sur le visage de Bloomsbury, et Pete se demandait pourquoi diable il fallait toujours qu'on l'envoie recueillir des informations dans les lieux les plus crades et les plus obscurs de sa ville.

Un réceptionniste qui semblait tout droit sorti de la nouvelle *Le Vampire* feuilletait les pages de son magazine *Hello !* avec ennui, lorsque Pete se présenta devant lui.

— Ouais ?

— Pourriez-vous me parler de la personne qui occupe la chambre vingt-six ? demanda Pete en essayant d'adopter un ton ferme et officiel.

Mais il fallut plus qu'un sourire forcé et un ton encourageant pour obtenir une réaction de son interlocuteur, lequel se contenta de grogner.

Pete déplia le mot qu'Oliver Heath, le collègue du Metropolitan Police avec lequel elle partageait son bureau, lui avait transmis. « Grand Montresor, Bloomsbury par King's Cross. Chambre 26, à 15 h ». « Il a dit qu'il avait des informations sur le kidnapping de la petite Killigan. » Ollie avait haussé les épaules, geste aussi expansif que son accent traînant des Midlands, lorsqu'elle lui avait posé quelques questions. « Il a dit que l'inspecteur responsable devait venir seul et à l'heure. »

Bridget Killigan. Six ans. Disparue de la cour de récréation de son école primaire, alors que son père était en retard pour venir la récupérer. Habituellement, Pete conseillait aux parents de garder espoir, leur expliquait qu'on retrouvait souvent les enfants et que rien n'arriverait à leur famille. Parce qu'habituellement, l'enfant avait été enlevé par un parent pour une histoire de garde, s'était fait entraîner par un écolier plus âgé qui voulait faire une blague, ou simplement avait décidé de vivre sa vie et s'était senti pousser des ailes, pour finalement se retrouver bloqué à Brixton. C'était dans les légendes que des étrangers venaient enlever des enfants, pas dans le Londres de Pete Caldecott.

Quoi qu'il en soit, lorsque le dossier Killigan était arrivé jusqu'à Pete, elle avait senti ce vide dans la poitrine qui annonçait toujours un crime insoluble. Les parents de Bridget n'étaient pas divorcés et elle n'avait pas d'oncle au comportement douteux. La fillette avait été emportée par un phénomène sans lien avec le monde sur lequel Pete pouvait enquêter et elle savait, de cette certitude lourde et inexplicable par des voies humainement logiques, que si elle retrouvait Bridget Killigan, ce serait après sa mort.

Comme le réceptionniste l'observait, Pete sortit son badge et le lui présenta.

— L'ascenseur fonctionne ? demanda-t-elle.

— À votre avis, inspecteur ? grogna le réceptionniste.

Pete laissa échapper un soupir de résignation et prit les escaliers. Elle voulait faire plus de sport, non ? On ne devient pas inspecteur de police à vingt-huit ans sans passer toutes ses heures collée à un dossier. En tout cas, c'est l'attitude que l'on adopte si l'on ne veut pas endurer les murmures sur le vieil inspecteur Caldecott et combien il avait *travaillé* pour atteindre son poste, vraiment, et qu'il n'était pas juste de voir certaine jeunette arriver là comme une fleur…

La porte de la chambre 26 ressemblait à toutes les autres portes du couloir. Elle était peinte dans une couleur bleu vert, comme si elle avait été taillée dans le ciel sale de Londres. Pete tendit la main pour frapper, mais la laissa retomber. Bien sûr, elle fit de son mieux pour ignorer cette sensation qu'elle *savait*. On ne pouvait pas *savoir* des choses que l'on n'avait pas déduites en s'appuyant sur des faits. La sensation de pression derrière ses yeux, les murmures de l'avenir dont l'écho revenait jusqu'à ses oreilles ; tout cela était imputable au stress ou à une hypoglycémie.

Ce n'était pas réel. Ça n'avait jamais *été* réel. Elle avait peut-être eu un bon pressentiment une fois ou deux, c'était tout. Elle faisait bien son métier. Rien d'étrange là-dedans.

Pete leva une nouvelle fois la main et cette fois, elle frappa. Trois coups fermes.

— Entrez, marmonna quelqu'un derrière la porte. C't'ouvert.

— Pas très malin dans cette ville, répondit Pete, en sachant très bien qu'au mieux, elle pouvait espérer que la personne derrière la porte serait un informateur louche qui avait vaguement entendu une histoire de cinquième main sur Bridget Killigan et espérait en retirer un peu d'argent.

Elle tourna la poignée et entra, sans baisser les yeux, au cas où le contact en question s'avérerait plutôt être un meurtrier en puissance.

— Je suis l'inspecteur Caldecott. Vous aviez quelque chose à dire à propos de Bridget Killigan ?

Il était avachi sur le rebord de la fenêtre, une cigarette allumée pendant sur sa lèvre inférieure. Le soleil était bas sur King's Cross et éclairait la chevelure platine de l'homme, formant un halo sur un visage sale et creux.

— Oui, répondit Jack Winter en expirant de la fumée par les narines. En effet.

La dernière fois que Pete l'avait vu, il était immobile et baignait dans son sang. Les yeux fixés sur le plafond de la tombe de quelqu'un d'autre. Pete dut rapidement détourner le regard. Son cœur s'emballait devant la superposition des deux images de Jack, ses souvenirs projetant gouttes de sang et douleur sur le visage de son incarnation vivante. Il avait été tellement immobile.

Plus jeune aussi. Plus robuste. Un corps façonné par des nuits à dormir à même le sol et à se bagarrer à l'extérieur du club après ses concerts. Tout ça était loin. Jack était fin et anguleux. Il fit tomber la cendre de sa cigarette sur le rebord de la fenêtre et déplia ses bras et ses jambes tout en longueur, montrant le lit à Pete.

— Tu peux t'asseoir si tu veux.

Pete en aurait été bien incapable, même si Dieu lui-même le lui avait ordonné.

En sang et immobile. Mort.

— Toi… (Le mot sortit dans un frisson.) Toi.

— Oui, je suis un peu surpris moi aussi, répondit Jack en tirant sur sa cigarette comme s'il se trouvait sous l'eau et qu'il s'agissait d'oxygène. Je veux dire que quand j'ai appelé et que j'ai demandé l'inspecteur chargé du dossier Killigan, et qu'ils m'ont donné ton nom, j'ai failli changer d'avis. Tu ne mérites pas d'en retirer la gloire.

Pete réussit enfin à bouger les paupières, remettre le monde à l'endroit et avancer en dépit du millier de questions qui lui emplissaient le crâne. Jack Winter était vivant. *D'accord. Passons à la suite.*

— Qu'est-ce que tu veux dire par là ?

Il jeta son mégot par terre et l'écrasa sous sa botte.

— Tu sais fichtrement bien ce que je veux dire, sale garce.

— Je ne… commença Pete, mais il la coupa, s'emparant d'une vieille veste en cuir posée sur le lit et en couvrant ses maigres épaules.

— Vous trouverez Bridget Killigan demain à l'entrée du cimetière de Highgate, coupa-t-il. J'aurais préféré une récompense de cinq cents livres en liquide, mais comme tu es flic, je sais qu'il faudra que je me contente de tes sincères remerciements.

Il contourna Pete pour atteindre la porte en tapant des pieds d'une foulée saccadée, comme s'il avait froid. Pete décida que si son esprit restait abasourdi, le reste n'était pas obligé de suivre le mouvement. Elle l'attrapa par le poignet.

— Attends ! Jack, comment tu sais ça ? S'il te plaît.

S'il te plaît, dis-moi pourquoi tu es vivant depuis tout ce temps et pourquoi tu ne m'as jamais rien dit. S'il te plaît, dis-moi comment tu as survécu ce jour-là.

Il gronda.

— Lâche-moi.

Pete ne desserra pas sa prise et il se tortilla pour se dégager.

— Je veux juste discuter, Jack. Après douze ans, tu n'en as pas envie toi ?

— Non, répondit-il. Je t'ai dit ce que j'avais à te dire et maintenant je vais au bar. *Lâch'moi*, espèce de fasciste !

Il dégagea son bras dans un mouvement qui fit remonter la manche de sa veste, révélant un enchevêtrement miniature de veines et de piqûres sur son avant-bras. Sous le coup de la surprise, Pete se glaça jusqu'à ce Jack lui jette un regard furibond et redescende sa manche.

— Depuis combien de temps ? Demanda-t-elle.

Jack glissa une cigarette entre ses lèvres et la toucha du bout du doigt. Une braise apparut.

— Qu'est-ce que tu en as à foutre ?

Et dans un fracas de porte brisée, il disparut.

En quittant le Grand Montresor, Pete appela MG dans sa commune du Sussex sur son portable et raccrocha. Elle appela son bureau à Scotland Yard. Ollie répondit, mais Pete raccrocha une nouvelle fois.

Qu'est-ce qu'elle allait bien pouvoir dire ? « *Au fait, ce type que j'ai vu mourir sous mes yeux quand j'avais seize ans ? Je l'ai vu aujourd'hui. Ouais. Il te passe le bonjour.* »

Ollie n'était pas bien placé pour donner des conseils, sauf si cela concernait le club de football de Leeds United ou une destination bon marché pour un mini-séjour. Quant à MG, elle avait déjà eu suffisamment de raisons de penser que Pete était complètement tarée. Après le cimetière, lorsque quelques semaines plus tard Pete avait retrouvé l'usage de la parole, MG s'était mise à hurler, l'avait giflée et avait exigé de savoir ce qu'il était arrivé à son petit ami. *J'aimerais bien le savoir, vraiment,* avait répondu Pete. Mais ce n'était pas suffisant. MG ne lui avait plus jamais fait confiance. C'était elle qui avait présenté Pete à Jack et l'avait emmenée écouter les Poor Dead Bastards. Alors, dans l'esprit de MG, où tout l'univers tournait autour d'elle, c'était sa faute si Jack était mort et celle de Pete si elle ne s'était pas immolée. Se relever en cas de coup dur et continuer d'avancer était la philosophie de leur père, et MG ne voulait pas en entendre parler.

Pete posa la tête sur le volant de la Mini et essaya sans succès de réconcilier l'homme d'âge mûr avec lequel elle s'était entretenue dans la chambre 26 et le souvenir qu'elle avait conservé depuis une douzaine d'années. Elle n'avait pas souvent repensé à Jack. Il lui était douloureux de repenser à la première fois où elle l'avait vu jouer au *Fiver's*, défoncé et en sang. Elle avait gardé cette image, celle d'un Jack hurlant et saignant, mais incontestablement vivant.

Dans les rêves qui avaient jalonné ces douze années, les

images d'un Jack vivant et inanimé s'étaient entremêlées, et Pete s'était souvent retrouvée dans la fosse du *Fiver's*, unique spectatrice d'un concert donné par un mort en son honneur.

La sonnerie de son portable la fit sursauter et elle laissa tomber le combiné entre le siège du conducteur et la boîte de vitesses. Elle jura tandis qu'il continuait de sonner et arriva finalement à le récupérer.

— Inspecteur Caldecott.

— Où es-tu ?

Pete écarta le téléphone pour vérifier le nom de son interlocuteur sur l'écran. « Terry (travail) » clignotait en lettres rouges. Elle inspira et envoya tout ce qui s'était passé à l'intérieur du Montresor dans le tiroir bien rangé qu'elle conservait au fond de son crâne pour classer les informations trop dérangeantes ou réelles à traiter.

— J'étais au travail et j'ai coupé mon portable. J'ai encore un métier, Terry.

Terry inspira profondément.

— Tu étais censée venir à l'agence immobilière pour signer les papiers de vente à quatre heures.

Pete mit la Mini en marche et le tableau de bord défectueux s'alluma. Trois heures quarante-cinq.

— Terry, il n'y a aucune chance que j'arrive à l'heure avec cette circulation, répondit Pete. Nous allons devoir repousser à demain.

— Pete, soupira Terry. Ce n'est pas parce que nous ne sommes plus ensemble que tu peux disposer de notre bien commun à ta guise. Je veux vendre l'appartement avant l'été. Je pars en vacances en Espagne et je ne veux pas avoir à m'en soucier.

— Que Dieu me préserve de gâcher tes précieuses vacances, murmura Pete. Parce que tout ce qui compte c'est toi, Terry. N'est-ce pas ?

— Pete, lâcha-t-il. Nous avons acheté l'appartement ensemble et nous ne sommes plus ensemble. Je vais récupérer mon argent et laisser tout ça derrière moi. C'est tout.

Pete avait presque oublié le ton condescendant qu'employait Terry, celui qui la faisait se sentir à chaque fois comme une recrue de première année, mais l'impression ne dura pas.

— Terry, je travaille, le coupa-t-elle. Je n'ai pas de temps à te consacrer.

— Ça a toujours été ton problème, lança Terry.

Au bout d'un moment, un bip indiqua à Pete que la communication avait été coupée.

— Bon après-midi à toi aussi, murmura-t-elle, en lançant le portable sur le siège arrière.

Terry avait un métier qui commençait et terminait à la même heure chaque jour. Il n'avait jamais eu de sang sur ses chaussures.

Il n'avait jamais vu personne revenir d'entre les morts.

Pete s'agrippa au volant de sa Mini pendant trente bonnes secondes avant de se sentir suffisamment maîtresse d'elle-même pour pouvoir conduire. Elle essaya d'évacuer le visage de Jack et de le remplacer par celui de Bridget Killigan, parce que c'était sur la fillette qu'elle devait se concentrer. Pas sur Monsieur Revenu d'entre les Morts en sang.

Vous trouverez Bridget Killigan demain à l'entrée du cimetière de Highgate.

— Foutaises ! lâcha Pete sèchement, puis elle démarra.

III

L'inspecteur Ollie Heath s'apprêtait à rentrer chez lui lorsque Pete s'affala à son bureau de la labyrinthique division Homicide and Serious Crime. Il s'arrêta et replia son manteau sur son ventre bedonnant.

— Tu as une sale tête, Caldecott.

— Merci beaucoup, murmura Pete.

— C'est à cause de ce connard que tu devais épouser ? demanda Ollie. Je dois bien pouvoir trouver un ou deux PV à lui coller s'il te cherche des noises.

— Non, ce n'est pas Terry, répondit Pete. Juste… quelqu'un que je connaissais, il y a longtemps.

— Retrouvailles désagréables ? demanda Ollie.

Les yeux de Jack, d'un bleu aussi profond que la partie la plus froide d'un glacier, grands ouverts, le regard fixe, sa peau et ses cheveux platine trempés de sang. Pete repoussa de toutes ses forces le flot de chagrin et autres pensées sombres que le visage de Jack avait fait revenir. Des pensées qu'elle avait refoulées pour de bon, classées au rang des hallucinations et des rêves, recouvrant l'affreuse vérité ensanglantée.

— Non, simplement de mauvais souvenirs.

D'un geste gauche, Ollie lui tapota l'épaule. Pete sentit son corps se raidir comme celui d'un mannequin et Ollie fit rapidement marche arrière, faisant disparaître sa main rondelette dans sa poche.

— Ne travaille pas trop tard, Caldecott. Tu n'as aucune chance de trouver Bridget Killigan si tu es morte de fatigue.

— D'accord. Bonsoir, Ollie.

Sans plus s'attarder sur le sujet, Ollie tourna les talons et partit retrouver sa maison, son chat et sa télé. Pete aurait aimé faire de même, mais la perspective de son appartement n'avait rien de chaleureux. Il y avait trop de fantômes autour d'elle ce soir-là pour espérer trouver le moindre repos. Jack, MG, Terry, et son père. Ce dernier aurait su comment réagir. Il aurait su s'il fallait faire confiance à Jack, à condition que cet homme dans l'hôtel fût bien Jack. Dans la lumière crue des bureaux de la Major Investigation Room, devant son écran d'ordinateur, Pete trouvait plus facile de faire comme si tout cela n'était qu'un rêve.

— Pourquoi es-tu revenu ? murmura-t-elle en posant ses bras sur son bureau et son visage dans ses mains.

Parce qu'elle *savait* que c'était Jack. Elle avait déjà eu ce type de certitude à quelques rares occasions auparavant : elle avait pressenti quelques tempêtes, et avait compris que Connor allait mourir dès la première radio des poumons que l'oncologue lui avait fait passer. Elle tentait à chaque fois de nier son intuition, parce que reconnaître la véracité de tout cela, ce serait ouvrir la porte à ce vers quoi la conduisait inexorablement la réapparition de Jack : la présence de cette chose au centre du tombeau de pierre, ce fameux jour.

— Arrête, murmura Pete, et seule la voix irréelle de Jack lui répondit : *Vous trouverez Bridget Killigan demain à l'entrée du cimetière de Highgate.*

Pete se redressa sur son siège et se frotta les yeux. Elle tenta de traiter un peu de paperasserie et d'ignorer le poids de la certitude qui s'insinuait irrésistiblement dans son esprit. Connor se serait moqué d'elle, même à la fin, lorsqu'il était relié vingt-quatre heures sur vingt-quatre à une bonbonne d'oxygène.

— Foutaises, murmura Pete.

Elle ramassa ses affaires et emprunta le couloir qui menait à l'arrière du bâtiment. L'air de la nuit était encore froid et saisissant, l'hiver était déjà présent, dans la pluie et le parfum des arbres. Elle laissa sa Mini sur le parking et préféra marcher un peu en ressassant toutes les raisons pour lesquelles elle ne devait pas croire un mot de ce qui était sorti de la bouche de Jack Winter. Pour commencer, il était mort. Ensuite, il n'était déjà pas fiable de son vivant.

Mais lorsqu'elle fermait les yeux, le visage de Jack refusait de s'effacer. Tout comme ses paroles.

— Je n'ai rien d'autre, soupira Pete qui continua de marcher jusqu'à ce que la Tamise lui barre la route.

Elle n'avait rien à perdre à passer quelques heures à courir après les démons de Jack. Bridget Killigan avait disparu depuis trois jours et elle n'avait aucun élément concret auquel se raccrocher.

— Je n'ai rien d'autre, répéta Pete, et à cette heure avancée de la nuit, l'idée ne lui paraissait plus si loufoque.

IV

À SIX HEURES DU matin, une lumière argentée baignait la rue et glaçait la peau de Pete. Le mur de brique du Cimetière Est, auquel elle était adossée, l'empêchait de piquer du nez tandis qu'elle observait les portes en fer noires et massives fermées par une chaîne moderne et un cadenas qui enlevaient toute touche de mystère au paysage.

Ridicule. C'était le mot. Elle était bien trop sensée pour se trouver là, après seulement quatre heures de sommeil, à attendre que se réalise une promesse faite par l'ombre de Jack Winter.

Vous trouverez Bridget Killigan demain à l'entrée du cimetière de Highgate.

Pete porta une cigarette à ses lèvres et l'alluma en soupirant. N'avait-elle pas promis à toute personne qui en avait quelque chose à faire qu'elle allait arrêter ? Une bonne dizaine de fois, au moins.

Mais c'était une dure matinée d'automne et il faisait froid. Sa veste était trop fine, elle était encore sous le choc et à chaque fois que son regard se posait quelque part, elle voyait le visage de la petite Bridget Killigan, six ans, souriant comme sorti d'une photo de classe, en sang.

Pete sentit la fumée dans sa gorge et expira. Elle n'arrivait pas plus à oublier Bridget que Jack. Son visage la hantait et elle avait pleinement conscience des secondes qui s'égrenaient au fil des jours.

Des pleurs. Bridget pleurait. Pete releva brusquement la tête et laissa tomber la cigarette qu'elle écrasa en s'avançant dans la rue. Elle entendait le bourdonnement continu de la circulation, les portes qui claquaient dans les appartements du quartier, un chien qui aboyait. Elle refusait de croire qu'elle avait disjoncté au point d'entendre un fantôme sangloter.

Les pleurs provenaient d'un arbre aux branches basses et aux feuilles brillantes, près des barrières qui entouraient le cimetière de Highgate et séparaient le monde des vivants de celui des morts. Illogiques, sans mots et emplis de douleur, ils montaient, flottaient et venaient se mêler à l'exclamation silencieuse de Pete.

Elle écarta les branches et découvrit Bridget Killigan recroquevillée sur le lierre, ses genoux ramenés contre son menton, sanglotant doucement, sans larmes. L'enfant refusa de regarder Pete lorsque celle-ci la prit dans ses bras et, pour autant que Pete le sut, ne regarda plus rien de ses yeux blancs et fixes. Plus jamais.

— Choc, déclara Ollie une fois que Bridget et ses parents en larmes eurent été installés dans l'ambulance et envoyés dans l'épaisse circulation matinale. La pauvre gosse a clairement passé un sale moment.

Pete alluma sa cinquième clope de la journée.

— Ce n'est pas un choc, Ollie, le contredit-elle. Crois-moi, je sais ce qu'est un choc.

Ollie s'empara de son carnet de notes à couverture bleue et tourna une nouvelle page, parce que Bridget Killigan avait été retrouvée et qu'il n'y avait plus de raison de revenir sur son dossier.

— Alors qu'est-ce que c'était ?

Des yeux blancs. Une absence totale de larmes et un regard fixé sur l'éternité. Pete tira une longue bouffée.

— Ça ? Elle était hantée.

Ollie secoua la tête. Une mèche cendrée lui retomba sur les yeux.

— Quoi que ce fût, Caldecott, tu as intérêt à pondre une merveilleuse histoire pour expliquer comment tu as retrouvé cette gamine. Je sais que tu fais du bon boulot, mais ça, c'était de la sorcellerie.

Pete encaissa.

— Qu'est-ce que tu as dit, Ollie ?

— De la sorcellerie, répéta celui-ci. De la magie, si tu préfères ! Tu te rends à cet endroit précis et tu retrouves la petite Killigan, alors même qu'elle est trop amochée pour pouvoir nous dire ce qui lui est arrivé !

Pete se mordit la langue et ne pipa pas un mot. Si seulement Ollie Heath avait parfois idée de combien il pouvait être proche de la terrifiante vérité. Il était à présent occupé à relever son col, se remettre d'aplomb pour faire face au nouveau lot de problèmes et de complications que les prochains dossiers n'allaient pas manquer d'apporter.

— Attends !… reprit-il après un moment. D'où as-tu tiré l'information ? Le type bizarre que j'ai eu au téléphone ?

— Oh, ça, répondit Pete, tout en écrasant sa cigarette contre le mur de brique à côté d'elle et en observant les volutes de fumée s'élever de la cendre morte. Ce n'était rien.

V

Toute sa vie durant, Pete ne saurait jamais pourquoi elle avait fait confiance à Jack Winter. Pourquoi enfant, elle avait eu foi en lui et pourquoi maintenant, elle était allée aveuglément là où il l'avait menée. Elle n'avait aucune raison valable de se rendre à Highgate, de penser ne serait-ce qu'une minute que ses mots étaient autre chose que des racontars circulant parmi les camés.

Mais elle y était allée. Sans s'appuyer sur autre chose qu'une impression et un frémissement dans cette zone sombre de son être où elle avait tout enfermé à la mort de Jack. Pete savait ce que Connor aurait pensé de tout cela, et elle n'y puisait aucun réconfort.

Les bureaux de la MIT de New Scotland Yard (qui ne se trouvaient plus dans les locaux de l'ambassade d'une monarchie en visite, mais dans une ancienne chapelle qui avait accueilli des guerriers foulant les veines et artères de Londres), étaient sombres. La lampe de Pete formait une oasis, mais n'éclairait pas bien loin.

Elle s'était lancée à la poursuite de Jack Winter, pas dans ses rêves comme cela lui était arrivé si souvent, mais par le biais de clics de souris froids, en étudiant ce que la Metropolitan Police avait à proposer sur les douze années qu'elle avait volontairement occultées.

L'écran fit défiler des drogues. Des arrestations. Des vagabondages mineurs et des violations de propriété qui avaient valu à Jack quelques périodes au frais. Externe. Malade hospitalisé. Involontaire. Prison.

Sa vie n'avait pas été un conte de fées et Pete en était toute chamboulée. Jusque-là, seule la mort de Connor avait réussi à la toucher à ce point. Mais Jack aussi était mort, il y a longtemps, et Pete ne savait pas très bien si elle se sentait soulagée ou effrayée de le voir respirer. Le moins que l'on puisse dire, c'était que Jack n'avait pas eu l'air ravi de la revoir, quelles que soient les raisons cachées qu'il avait pour cela.

Pete s'écarta de son bureau et jeta un œil aux chiffres brillants de l'horloge murale. Il était minuit passé et elle ressentait le poids des heures dans sa chair. Elle éteignit la lumière et avança dans l'obscurité. Elle irait trouver Jack dans la matinée et lui ferait avouer par quelle magie il avait retrouvé Bridget, et pourquoi ? Pourquoi maintenant ?

Et pourquoi elle ?

WEEVIL BILL FIT mine de s'enfuir à la vue de Pete, mais celle-ci le rattrapa par la manche de son blouson et il trébucha, s'étalant dans la cabine téléphonique à l'angle de rue où il passait la majeure partie de son temps.

— Je n'ai rien fait ! clama Weevil Bill.

Aussi grand que Pete, il avait un début d'embonpoint et une haleine qui empestait une nuit de bières et de déception.

— Je n'ai jamais dit que vous aviez fait quelque chose, répondit Pete. Mais à vous voir détaler comme ça, tout porte à croire que vous avez quelque chose sur la conscience.

Weevil Bill s'affaissa.

— Qu'est-ce que vous voulez ? murmura-t-il. J'ai des choses à faire, vous savez. Je suis un homme d'affaires, moi !

— C'est sûr, vendre du shit à des étudiants de l'université, c'est un grand pas en avant pour vous, opina Pete.

Weevil Bill se laissa glisser de côté, espérant se créer une occasion d'échapper à l'emprise de Pete. Celle-ci lui donna un coup de main en l'envoyant rouler sur la chaussée à plat ventre.

— J'ai un ami à l'Organised Crime Command qui m'a dit que vous vendiez encore un peu de cette bonne vieille héroïne, Bill.

— Non... non, je ne suis plus sur le marché depuis que ces foutus Chinois sont arrivés... Ils vous étripent si vous avez le malheur de vous trouver en travers de leur chemin.

— C'est dommage d'avoir été pris avec trois grammes la semaine dernière alors, non ? lança Pete. Vous me dites ce que je veux savoir, je vous fais coffrer et je vous garde au frais dans une cellule jusqu'à ce que les Chinois se montrent un peu plus conciliants. Si vous vous foutez de moi, je vous laisse le cul sur le trottoir.

Weevil Bill appuya son front contre la chaussée et grommela. Dans ce secteur mal famé de la ville, aucune des voitures qui passaient par là ne se serait arrêtée pour intervenir, et ce n'était pas les rares passants qui allaient s'interposer. Pete releva le menton de Weevil Bill du bout de sa chaussure.

— Je recherche un dénommé Jack Winter, un foutu camé, grande perche, cheveux platine. Cette description vous dit quelque chose ?

— P't-être, murmura Weevil Bill, mais vous me mettez d'abord les bracelets si vous voulez que je réponde.

— Un autre jour, je me montrerai coopérative, répondit Pete, en sentant la fatigue la gagner. Je ne suis pas ingrate, après tout.

Même une fois dans son lit, elle n'avait pas réussi à dormir, et lorsqu'elle avait enfin fermé les yeux, des images de fumée sur de la pierre sombre et les yeux de Jack, son ancien sourire et ses nouvelles marques de piqûres lui avaient fait préférer une tasse de thé fort et une soirée télé jusqu'à une heure avancée.

— Mais ce n'est pas pour cette fois, indiqua-t-elle à Bill. Alors, allez-y, parlez.

— Winter ne traîne pas trop avec moi, mais il fréquente les types qui vont dans les galeries de Southwark, là où ça n'est pas complètement démoli et fracassé, répondit Weevil Bill. C'est tout ce que je sais, c'est tout ce que je peux vous dire.

Pete remit Weevil Bill sur ses pieds, lui passa les menottes avec l'air cérémonieux qui convenait, et attacha l'autre bout à un lampadaire.

— Hé ! protesta Weevil Bill, et mon arrestation ?

— Ne vous en faites pas, répondit Pete, en ouvrant son téléphone portable. Mark, ouais, c'est Pete Caldecott, j'ai un colis pour toi… il est menotté à un poteau près de Camdem Lock. Tu ne peux pas le manquer.

Le sergent étouffa un rire :

— Je me dépêche, alors.

— Oh, ne t'en fais pas, répondit Pete en décochant un sourire à Weevil Bill, il a tout son temps.

Elle raccrocha et demanda à Weevil Bill :

— Satisfait ?

Celui-ci laissa échapper un petit son misérable que Pete prit pour une approbation. Elle remonta dans sa Mini et mit le contact.

L'angle, le poteau et Weevil Bill disparurent rapidement dans son rétroviseur tandis qu'elle se faufilait à travers la ville et sur le Blackfriars Bridge, en direction des docks de Southwark.

VI

L'ODEUR FÉTIDE ET saumâtre de la Tamise imprégnait tout ce qui se trouvait dans la rue lorsque Pete sortit de la Mini. Quelque chose de plus sombre que le froid humide de l'air s'insinua au fond de son crâne.

Elle le repoussa. Il n'y avait rien d'autre ici qu'une rangée d'appartements délabrés qui transpiraient un silencieux désespoir.

Vêtu d'une veste en cuir bon marché, un garçon somnolait sous le porche à l'autre bout du bâtiment. Chargé de faire le guet afin de repérer la police et les bandes rivales, il signalait du même coup les lieux de façon parfaitement immanquable. Pete lui donna un coup dans le pied une première fois, puis une deuxième. Il laissa échapper un ronflement et se retourna dans son sommeil, mais ce fut tout. La scène était aussi irréelle qu'un délire dû à la fièvre.

Un panneau immobilier à l'entrée du bâtiment disparaissait sous des obscénités peintes à la bombe. Pete pensa que même Susan, l'agente immobilière engagée par Terry et dont rien ne semblait pouvoir ébranler l'enthousiasme, aurait levé les bras de désespoir. Un heurtoir en forme de gargouille souriante accueillit Pete tandis que celle-ci poussait la porte, qu'une perquisition avait depuis longtemps fait à moitié sortir de ses gonds. Elle se sentit enveloppée par l'humidité collante du bois pourri et de la peinture écaillée.

— Hé ho !

Des stores en lambeaux masquaient les fenêtres et, dans la lumière fantomatique bleu-gris, Pete évita à grand-peine les meubles renversés de l'époque de Margaret Thatcher, ainsi qu'un amoncellement de matelas sales et de couvertures froissées, qui donnaient l'impression de corps ensevelis sous de la terre retournée.

Pete prit sa lampe stylo dans sa poche et s'en servit pour illuminer les recoins de la pièce. Elle éclaira un visage endormi et décharné. Ce n'était pas Jack.

Une cuisine qui débordait de plus de rouille et de cafards qu'une pièce avait le droit d'en contenir poussa Pete à grimper quatre à quatre les marches d'un escalier bancal, donnant accès à un couloir étroit avec des chambres de part et d'autre. La première contenait encore des vestiges de papier peint et un lit en fer qui semblait tout droit sorti d'un orphelinat décrit par Dickens. Une mère qui devait avoir tout au plus le même âge que Pete lorsque celle-ci avait rencontré Jack pour la première fois la regarda avec de grands yeux. Son bébé malingre poussa un gémissement plaintif.

— Désolée, murmura Pete. Je cherche… je cherche un ami.

La mère l'observa silencieusement, en retenant sa respiration.

— Jack Winter prononça Pete sans espoir. Il n'est pas là, n'est-ce pas ?

Il n'était dans aucun de la dizaine de squats qu'elle avait visités. Il n'y avait donc aucune raison de penser qu'elle allait le trouver dans celui-ci. Il s'était évanoui aussi sûrement qu'après… hum. Pete ne voulait pas penser à ça.

— Il est dans la chambre d'à côté, murmura la mère.

Le bébé gesticulait vainement dans le vide autour du visage de sa mère, ses pleurs s'affaiblissant peu à peu. Elle baissa la tête pour le calmer sans quitter Pete des yeux.

— Ah, répondit Pete. Merci.

Elle recula dans le couloir et passa dans la pièce d'à côté, son rythme cardiaque s'accélérant un peu sous le coup de l'émotion et de la peur que, d'après la première règle de la longue liste établie par Connor Caldecott, elle n'avait pas le droit de ressentir, parce qu'il n'y a aucune logique à croire les divagations de drogués et de tarés.

La chambre de devant donnait sur la rue et sur la Tamise. C'était une vue qui avait dû valoir quelque chose à une époque, tout comme la maison et les hommes qui dormaient ou murmuraient au sol.

Pete éclaira chaque visage à tour de rôle. Ils étaient principalement blancs, chétifs, mal rasés et sales, parfois tachés de sang ou de vomi séché. Ils la regardaient d'un air terne sous le fin faisceau de lumière.

Puis elle éclaira la tignasse platine qui surmontait le visage fatigué de Jack. Il se cacha les yeux derrière son bras et jura.

— C'est qui ?

Pete déglutit. Elle n'arrivait pas à parler. Comme dans la chambre d'hôtel, elle était saisie par sa présence. Jack grogna et s'assit.

— Qui que vous soyez, vous avez un sacré culot. C'est pas l'envie qui me manque de vous foutre mon poing dans la gueule, espèce de connard.

— C'est moi, réussit enfin à répondre Pete.

Jack plissa les yeux un instant, puis se laissa retomber sur son matelas dans un soupir.

— Qu'est-ce que tu veux ?

Le faisceau hésitant de la lampe éclaira le reflet sinistre d'une aiguille jetable dans sa main.

— On a retrouvé Bridget Killigan.

— Bien sûr que vous l'avez retrouvée, répondit Jack. Je l'avais dit, non ?

Pete s'accroupit et lui toucha l'épaule. Jack s'écarta d'un bond avec un sifflement rageur et se frotta le bras comme s'il avait été durement cogné par quelque chose.

— Va-t'en ! asséna-t-il.

— Comment tu as fait ? demanda Pete. Comment savais-tu où la trouver ? Jack, je ne repartirai pas d'ici sans une réponse.

Jack s'assit et farfouilla dans un sac en plastique de Sainsbury. Des aiguilles jetables, un étui à rasoir abîmé contenant de quoi faire une injection et des sacs vides recouverts d'une poussière cristalline qui glissa entre ses doigts quand il les remua.

Pete lui entoura les poignets de ses mains.

— Jack, réponds-moi.

De la sueur perlait sur son visage et elle avait envie de l'essuyer.

— Fous-moi la paix, Pete ! lança-t-il d'une voix rauque. Je ne veux plus te revoir. Jamais. (Il se dégagea, attrapa un morceau de plastique torsadé et le plaça dans la lumière.) Merde. (Son regard, dans lequel couvait un feu, se posa à nouveau sur Pete.) Tu es toujours là ? Je t'ai dit de foutre le camp !

Il y avait une époque, Pete s'en souvenait parfaitement, où ces mots prononcés par lui l'auraient démolie. Les paroles de Jack étaient comme les larmes des anges. Des mots blessants qui l'atteignaient directement en plein cœur.

Mais la situation présente était aussi réelle que douloureuse. On était loin des souvenirs de la gamine fragile qui était tombée amoureuse de Jack au moment même où elle l'avait vu chanter.

— Non, lança Pete en enlevant le sac des mains de Jack. Non Jack ! Nous allons discuter.

Il essaya de le lui reprendre.

— Rends-moi ça, menaça-t-il.

— Tu le veux ? demanda-t-elle en tenant les aiguilles et la drogue hors de portée. Alors tu parles.

Il tenta à nouveau de lui arracher le sac, puis se rassit, le regard fixe.

— Saloperie ! Depuis quand es-tu devenue une pareille

garce ?

Pete se raidit et serra le sac entre ses poings.

— Je ne sais pas, Jack, mais je pense que ça date à peu près du moment où je t'ai vu mourir.

Jack ramena un bras contre son visage.

— Tu es juste venue pour me casser les couilles ou tu avais une raison particulière ?

— Dis-moi comment tu savais pour Bridget Killigan, répondit Pete. Actuellement, je fais de mon mieux pour essayer de croire que tu n'as rien à voir avec ceux qui ont enlevé et aveuglé cette pauvre gamine, mais ça devient très difficile, Jack.

Jack gronda et Pete lui cogna le bras de son poing fermé.

— Réponds-moi.

Il ouvrit les yeux et leurs regards se rencontrèrent. Pete se sentit happée comme lorsqu'elle avait seize ans. *Maudit sois-tu, Jack Winter !* Elle se mordit la lèvre inférieure pour ne pas trahir ses émotions.

— C'est tout simple, ma belle, répondit Jack. Magie.

Dieu sait qu'elle voulait le croire. Elle l'*aurait cru*, avant. En dépit de son visage pâle et creusé, c'était toujours Jack. Et il continuait de lui raconter des bobards parce qu'il la pensait stupide.

— Tu n'es qu'un connard, souffla-t-elle, en retirant sa main.

Peu importait à présent qu'elle eût souhaité ne pas l'énerver afin qu'il dise ce que lui au moins pensait être la vérité.

— C'est celui qui le dit qui l'est, rétorqua Jack en se laissant rouler sur le côté pour regarder ailleurs.

Pete prit son élan et envoya valdinguer le sac en plastique. Celui-ci éclata et laissa son contenu s'éparpiller sur le sol poussiéreux.

— Hé ! s'écria Jack, en se précipitant vers les seringues fracassées.

— La personne qui a rendu cette petite fille aveugle va réussir à s'en sortir parce que tu es un con. Tu peux aller rôtir en enfer, lança Pete entre ses dents.

Jack se leva et franchit l'espace qui les séparait, arborant une expression aussi tranchante qu'un couteau.

— Ouvre les yeux, Pete, grinça-t-il en l'attrapant par le bras. Nous *sommes* en enfer.

Sur le matelas placé à côté de celui de Jack, une masse de la taille d'un homme se tortilla.

— Vos gueules. J'essaie d'dormir.

Pete planta ses yeux dans ceux de Jack, en espérant l'impressionner.

— Laisse-moi partir.

Il fit la moue.

— C'est déjà ce que j'ai fait il y a douze ans.

Il s'éloigna d'elle et retourna vers son matelas.

Pete sortit de la pièce et manqua de dégringoler les escaliers plongés dans l'obscurité qui conduisaient à la porte d'entrée. Appuyée contre sa Mini, elle inspira l'air froid et propre de l'extérieur. Elle ne savait pas ce qui mettait Jack en colère comme ça, mais il n'était certainement pas nécessaire d'y attacher de l'importance. Il restait le même charlatan et utilisait toujours de la fumée et des tours de passe-passe pour éviter les réalités du monde. Pete appuya de toutes ses forces ses poings fermés contre ses orbites jusqu'à ce que les larmes s'arrêtent.

Je ne vais pas penser à lui. Je ne lui offrirai pas mes larmes. Je ne laisserai pas Jack Winter me toucher.

VII

SCOTLAND YARD ÉTAIT en ébullition autour de Pete. Ce n'était que bruissement de papiers et sonneries de téléphone. Chaque inspecteur était enveloppé d'un cocon d'inquiétude et de mystère, croulant sous le poids des affaires non résolues.

Pete s'assit au double bureau qu'elle partageait avec Ollie et posa ses mains sur ses yeux. Elle avait la sensation que l'intérieur de ses orbites était granuleux, comme recouvert de papier de verre.

Putain, elle avait vraiment envie d'une cigarette.

— L'inspecteur principal Newell veut te voir.

Pete sursauta au contact d'Ollie qui venait de lui toucher l'épaule. Chaque fois qu'elle s'approchait de Jack, elle en ressortait fébrile et perdait pied avec la réalité.

Elle voulait le croire, c'était ça le problème. Il avait prononcé le mot avec une telle nonchalance : *magie*.

Le sentiment de certitude s'imposait à l'esprit de Pete, la suppliant de reconnaître que c'était une explication aussi acceptable qu'une autre, mais elle refusait de céder. Elle entendait la voix de Connor et sentait ses mains robustes lui agripper les épaules. *Écoute-moi, petite, et écoute-moi bien. Ce que tu as dit que Winter a fait n'existe pas. La magie n'existe pas.*

— Merci Ollie, soupira Pete.

— T'as vraiment une sale tronche, rétorqua brutalement Ollie tout en installant sa confortable masse dans son fauteuil et en se mettant à feuilleter un vieil exemplaire du *Times*.

— Moi aussi je t'aime, Ollie, répondit Pete en reculant son fauteuil.

À coup sûr, l'inspecteur principal Newell allait avoir toute une liste de questions sur l'affaire Killigan et Pete s'apprêtait à les balayer de la seule méthode qu'elle connaissait. Elle entra dans le bureau de Newell sur l'offensive.

— Non, je ne sais pas comment elle est arrivée là, ni qui l'a kidnappée. Elle n'a rien dit. Pour l'amour de Dieu, Nigel, on lui a enlevé la vue.

Nigel Newell cligna des yeux en regardant Pete.

— Merci pour cette brève information, inspecteur Caldecott, toutefois je vous ai appelée pour une tout autre affaire.

Pete prit une bouffée d'air en regrettant qu'il ne s'agisse pas d'une bouffée de cigarette. Et merde, avant ce matin elle avait vraiment eu l'intention d'*arrêter*. Jack avait fait remonter à la surface tous ses anciens vices.

— Désolée, monsieur, pourquoi vouliez-vous me voir ?

— Le superintendant a jugé approprié de dédier un petit parking auxiliaire à la mémoire de l'inspecteur Caldecott, senior. Votre père, précisa Newell comme s'il y avait un risque qu'elle ait pu oublier. (Il donnait l'impression d'examiner Pete par-dessus d'invisibles lunettes.) On aimerait que vous rédigiez quelques lignes qui seront gravées sur la plaque commémorative à son nom, si ce n'est pas trop demander.

Du grand n'importe quoi. Elle entendit la voix de Connor depuis son lit d'hôpital, extrêmement diminué, mais toujours prêt à se battre. *Dis-lui d'aller se faire foutre avec son parking. J'ai fait mon boulot et je n'ai jamais rien demandé de plus.*

— Bien sûr, monsieur, répondit-elle à voix haute tandis qu'elle lui adressait une prière silencieuse : *Ne me demandez rien sur Bridget Killigan.*

— Très bien, répondit Newell, vous pouvez disposer.

Soulagement. Opération clope en vue, dès qu'elle serait à l'extérieur.

— Et, inspecteur ? rappela Newell.

Malgré toute sa volonté, Pete s'immobilisa.

— Monsieur ?

— N'allez pas vous imaginer que je n'attends pas un rapport complet sur l'affaire Killigan une fois que la petite sera sortie de l'hôpital.

Maudit sois-tu, Jack !

— Bien sûr, monsieur.

Pete salua son supérieur d'un signe de la tête et mit les voiles vers son bureau.

— Quelqu'un t'a envoyé des documents par courrier, annonça Ollie en désignant du menton un colis brun et plat posé sur le bureau de Pete.

La zone expéditeur portait le sceau du cabinet d'architecture de Terry. Pete éventra le colis à l'aide d'un coupe-papier, d'un geste plus rageur qu'il n'était nécessaire.

Des lignes de fins caractères d'imprimerie noirs s'étalaient sur les colonnes et Pete jura à voix basse avant de décrocher son téléphone et d'appeler Terry au travail.

— Monsieur Hanover.

— Ce n'est *pas* le prix dont nous avions convenu, espèce de connard, lança Pete dans le combiné.

En entendant cela, Ollie releva un sourcil et s'en fut stratégiquement remplir sa tasse de thé d'eau chaude.

À l'autre bout de la ligne, Terry soupira.

— L'agent immobilier l'a évalué pour une vente rapide, Pete, exactement comme tu voulais. Tu m'as dit toi-même que tu ne voulais pas perdre de temps à chipoter sur l'appartement, juste le vendre.

— Oui. (Pete tourna le dos au reste de la pièce et fixa les affiches de la santé publique qui étaient accrochées au mur derrière son bureau.) Oui, je veux le vendre, le vendre au prix que nous avions indiqué à l'agent immobilier.

— Le marché a baissé depuis. Martha a dit...

— Je peux savoir qui est Martha ?

Elle visualisait sans peine la moue dédaigneuse de Terry quand il répondit :

— Mon nouvel agent immobilier. Mlle Tabram.

— C'est l'assistante de Susan, c'est ça ? Celle qui avait les cuisses contre tes oreilles le jour où je suis venue signer les formulaires de vérification de la solvabilité la semaine dernière ?

— Nous sortons ensemble.

Le ton bien trop détendu de Terry donna à Pete une furieuse envie de monter dans sa voiture, conduire jusqu'à son bureau et lui enfoncer son crayon dans l'oreille. Ce plan n'étant de toute évidence pas applicable, elle répliqua sèchement :

— Fais monter le prix, Terry. Je ne vais pas perdre mon temps avec tes histoires de cul.

Puis elle raccrocha violemment le combiné, qui fit entendre un bruit d'os brisé.

— Maintenant, j'ai vraiment besoin de cette clope, lança-t-elle à Ollie qui avait repris sa place. Il a commandé pour moi au restaurant lors de notre premier rendez-vous et il n'a pas arrêté de m'imposer ses opinions depuis.

Une employée traversa le dédale de bureaux et toucha l'épaule de Pete.

— Désolée de vous déranger, inspecteur... Il y a quatre personnes dans la salle d'attente qui demandent à vous voir.

Pete serra son paquet de cigarettes froissé dans sa poche.

— Ce n'est pas la presse, hein ? demanda Ollie d'un air soupçonneux. Les relations publiques ont été prises d'assaut par des emmerdeurs qui voulaient t'interviewer, Pete.

— Non, ce n'est pas la presse, répondit l'employée. C'est... heu... (Son sourcil brun tressaillit nerveusement.) Ils n'ont pas vraiment voulu se présenter, inspecteur... Ils ont seulement dit que c'était très urgent.

— D'accord, d'accord, soupira Pete. J'arrive. Dites-leur de patienter.

Une demi-heure plus tard, Ollie retrouva Pete à son endroit habituel près du hangar réservé aux véhicules d'intervention armée.

— Qu'est-ce qui s'est passé, Caldecott ?

Les gouttes de pluie dessinaient des ronds dans la flaque aux pieds de Pete. Elle y jeta sa cigarette qui se mit à flotter comme un petit cadavre dans l'eau huileuse.

— Deux de plus.

Ollie encaissa la nouvelle et se frotta le front.

— Merde ! Quand ?

— Cet après-midi, répondit Pete. Après l'école. Deux enfants, des copains qui ne vivaient pas très loin l'un de l'autre. Ils ne sont pas rentrés chez eux et les parents ont pensé qu'ils avaient fait une fugue.

— Je vais en informer Newell, annonça Ollie en amorçant un mouvement vers la porte.

— C'est fait, répondit Pete. Les patrouilles sont déjà en train de fouiller le voisinage. Je les rejoins sous peu.

Sa propre voix lui parut terne et indifférente, comme si elle écoutait un programme ennuyeux à la BBC4 sans même avoir envie de changer de chaîne.

Elle aurait pu se mentir et rejeter la faute sur Jack, car il la baladait au lieu de lui dire la vérité. Mais c'était de sa faute à elle. Deux autres enfants. Cinq jours d'agonie si elle avait de la chance, avant qu'ils réapparaissent dans le même état que Bridget Killigan. Pete ne prit pas la peine de se dire que c'était des doutes et pas des faits. Elle était trop fatiguée pour nier ses propres convictions.

— Je vais chercher ma voiture, annonça Ollie. J'y vais aussi.

— Heath, attends, répondit Pete. (Ollie s'arrêta.) Est-ce que… ça ne t'ennuierait pas de prendre l'affaire en main juste pour aujourd'hui ?

Ollie pinça les lèvres.

— Tu es vraiment bizarre depuis qu'on a retrouvé la petite Killigan, Caldecott. Tu as besoin de te reposer un peu. Si c'est ce que tu veux, vas-y. Tu as ma bénédiction.

— Ce n'est pas pour me reposer, répondit Pete.

Elle avait l'impression d'agir en dépit de toute logique. C'était comme se tenir en haut d'une falaise avec des ailes de papier accrochées au dos. Mais le fait, le seul fait avéré dans tout cela, était que Jack avait vu juste. Peu importait comment il avait fait, il avait trouvé Bridget. Il trouverait donc les deux autres enfants disparus.

Pete ne voulut même pas perdre une seconde à questionner sa foi en Jack. Elle refusa également de s'interroger sur le fait qu'il semblait lui en vouloir pour quelque chose qu'elle ne cernait pas.

— Ce n'est pas pour me reposer, répéta-t-elle. J'ai quelque chose à faire. Quelque chose qui risque de me prendre à peu près un jour et demi, Ollie. Tu me couvres auprès de Newell pendant ce temps ?

Ollie Heath (que Dieu le bénisse) se contenta de hocher la tête.

— Bien sûr, Pete.

Il se lança à la recherche des enfants disparus, tandis que Pete partait essayer de retrouver Jack, sans savoir si elle allait lui mettre sa main dans la figure ou lui sauter au cou quand ils se reverraient. Elle devait le retrouver, c'est tout.

VIII

Elle n'avait jamais eu l'intention de le secourir, bien sûr. De tous les paumés en manque de Londres, Jack était celui qui en avait le moins besoin.

Pete comprit qu'elle avait passé trop de temps autour de Southwark lorsque le gamin qui faisait le guet sur les marches du squat de Jack la salua d'un geste.

Elle lui rendit son salut.

— Jack est là ?

— Non, répondit en reniflant le gamin qui frissonnait dans sa parka. Il est parti hier soir. Il est certainement allé près de Borough High Street. Il y a quelques lits.

Le jour laissait place à l'obscurité et aux ombres menaçantes dans la rue étroite. Les habitués de la nuit commençaient à sortir, mais il y avait encore suffisamment de lumière pour que Pete se fraye un passage sûr jusqu'à la nouvelle salle de shoot de Jack.

Il somnolait contre le mur de la première pièce, cigarette allumée au bec. Un vieux disque de *London Calling* tournait sur la platine. Pete repoussa l'aiguille qui se trouvait sur son chemin et Jack ouvrit un œil en entendant le crissement.

— Personne ne t'a jamais dit que c'était impoli d'entrer comme ça chez les gens ?

— Il faut que je te parle, répondit Pete.

Elle croisa les bras dans une attitude qu'elle voulait sévère et résolue. Jack était en plein délire provoqué par la drogue, mais d'une façon ou d'une autre, il allait bien falloir qu'il entende ce qu'elle avait à dire.

— Il me semble que nous avons déjà joué cette scène auparavant, lança Jack, sauf que cette fois-ci tu ne peux pas me menacer de casser mes affaires. Alors qu'est-ce que tu vas faire, inspecteur Caldecott ? Me cogner sur la tête avec une matraque tachée de sang ?

— Ne crois pas que cela ne m'a pas traversé l'esprit, lui assura Pete.

Jack expira un nuage de fumée bleutée, laissant tomber sa cigarette bosselée au sol. Il n'eut pas l'air de s'en rendre compte, et se mit à marquer le rythme de « Clampdown » de ses doigts sales.

Une traînée de sang traçait un chemin entre les nombreuses piqûres de son avant-bras. Pete se pencha et y appuya la serviette qu'on lui avait donnée en même temps que son petit déjeuner. Une légère odeur d'œuf et de jambon s'éleva entre eux, se mélangea au tabac et à l'odeur insistante du squat, donnant presque l'impression d'être à la maison.

— Si je ne te connaissais pas, je pourrais presque penser que tu t'inquiètes, murmura Jack sans pour autant retirer son bras.

— C'est le cas, lança Pete. Je m'inquiète pour Diana Leroy et Patrick Dumbershall.

Jack bâilla d'un air détaché.

— Qui dis-tu ?

— Tu sais parfaitement bien de qui il s'agit, répondit Pete tandis qu'elle glissait autour du poignet de Jack une extrémité des bracelets métalliques qu'elle portait à la ceinture.

En entendant les menottes se refermer, Jack fit un geste vif qui meurtrit le poignet de Pete enfermé dans l'autre extrémité.

— Salope ! jura Jack lorsqu'il réalisa ce que Pete avait fait. Si tu essaies encore de me baiser, il y a d'autres méthodes.

— Je n'ai aucune intention de te baiser, répondit Pete d'un ton tranchant.

— S'il te plaît, Pete, supplia Jack en montrant les menottes d'un air pathétique. Ne me fais pas ça. Je ne veux pas y retourner. La prison va me tuer.

On aurait dit un arlequin errant de carnaval qui essayait plusieurs masques jusqu'à trouver celui que le public préférait, celui qui allait l'attirer dans ses mailles de séduction et d'illusion.

Il fallait reconnaître qu'à cette fameuse époque, avec l'autre Jack, cela aurait fonctionné. Pete savait qu'elle n'aurait rien pu faire. Elle se serait placée dans son cercle et aurait senti sa magie noire circuler entre eux.

Mais à présent, tout ce qu'elle voyait, c'était Jack lui souriant alors que l'homme de fumée s'approchait. Elle sentait les vibrations de révolte à l'intérieur de son crâne, tandis que son esprit luttait pour contenir ce que personne n'aurait jamais dû endurer. Et les pathétiques tentatives de manipulation de Jack n'aidaient pas.

— Lève-toi, gronda-t-elle en mettant Jack sur ses pieds.

Il était léger, loin d'être en bonne santé, comme un vampire affamé ou un sac d'os réanimé. Pete détourna résolument la tête pour cacher à Jack la pitié qui se lisait sur son visage. C'était un sentiment que ni l'un ni l'autre ne souhaitait.

— Tu viens avec moi à Yard et tu vas me parler des deux autres enfants enlevés.

Jack campa sur ses positions.

— Je ne peux pas laisser mes affaires ici, je vais me les faire piquer par un abruti.

Pete s'arrêta, forçant Jack à se rapprocher d'elle par leurs bras reliés.

— D'une manière ou d'une autre, j'obtiendrai des réponses de toi, Jack Winter, et je préfère que cela se passe dans la propreté et le confort d'un endroit qui n'est pas un squat pour drogués. Alors tu vas franchir cette porte et je me fous que ça te plaise ou non.

Jack encaissa. Pete n'avait jamais eu conscience qu'elle pouvait lui faire perdre pied et elle en retirait un sentiment de puissance. La succession de nuits pluvieuses passées à faire face à des hooligans ivres qui pensaient que simplement parce qu'elle était petite et fine, elle serait facile à intimider, lui avait forgé un caractère d'acier.

— J'aurai des vêtements propres, hein ? demanda Jack tandis que Pete le traînait de force à l'extérieur et lui faisait descendre les marches couvertes de mousse jusqu'à la Mini. Et quelque chose à boire. Putain ! Je tuerais pour une bière.

— Assieds-toi dans la voiture et ferme ta gueule, répondit Pete en expédiant Jack sur le siège passager. Elle accrocha à la portière la menotte qui avait été à son bras et s'installa.

Ils avaient à peine eu le temps de quitter les quais et de traverser le pont menant à la ville que Jack s'était remis à somnoler, quelque part entre les vapeurs de l'héroïne et le besoin d'en reprendre. Pete lui tapota l'épaule de sa main libre.

— Ne t'endors pas, tu n'es pas dans un taxi.

— Groumph, répondit Jack. Putain, tu es violente. T'as une colère refoulée que tu passes sur moi ou quoi ?

— Ce que je ressens ne te concerne pas, répondit Pete sèchement, puis elle pinça les lèvres.

Il avait toujours ce pouvoir, cet air déconcertant qui lui faisait dire des choses qu'elle aurait dû taire.

Jack esquissa un sourire.

— Si tu le dis, ma belle.

— Pourquoi ne te facilites-tu pas la vie ? Dis-moi ce que tu sais à propos des enfants disparus, suggéra Pete tandis qu'elle s'engageait dans une voie bondée de taxis, en pleine heure de pointe.

— J'en sais rien, répondit Jack rapidement. S'il vous plaît, est-ce que je peux m'en aller maintenant, inspecteur? Je promets de bien me tenir et de ne plus jamais faire de mal.

Pete s'agrippa au volant. Elle aurait voulu mettre ses deux mains autour du cou de Jack, mais il allait falloir se contenter du volant de la Mini.

— Tu m'as dit exactement où trouver Bridget Killigan et quand. Et tu t'imagines que je vais croire que tu ne sais rien au sujet des deux autres enfants qui ont été kidnappés de la même façon par la même saleté de personne?

— Oui et non, acquiesça Jack. Laisse-moi sortir de cette voiture, Pete. Je peux provoquer un accident s'il le faut.

Pete traversa deux voies de circulation et fit crisser les pneus de la voiture dans une zone d'arrêt de bus en appuyant sur les freins d'une façon que le constructeur automobile n'avait certainement jamais envisagée.

— Va te faire voir! cria-t-elle. Tu t'imagines vraiment que parce que tu es un pauvre toxicomane blessé, je suis obligée de gober que tu es innocent?

— Ce que je pense, répondit Jack en hurlant également, c'est que la douce gamine que tu étais est devenue une harpie tout droit sortie de l'enfer et que je hais ta présence. Et si tu ne m'enlèves pas ces satanées menottes immédiatement, je vais te frapper, Pete, je le jure devant n'importe quel Dieu que tu pries.

La lumière bleue du feu magique apparut d'abord dans ses yeux. Pete hoqueta en la voyant se répandre par les doigts de Jack, ses lèvres… de la magie pure, à l'état brut, qui se déversait et formait un golem tangible de la rage de Jack. De sa magie.

Pete aurait donné n'importe quoi pour simplement détourner le regard et faire semblant d'être fatiguée, ou folle, ou… mais c'était sans compter la lourde sensation de *savoir* qui pesait sur elle. Elle *savait*, au fond d'elle-même, et la chose ne disparaîtrait pas, quel que soit le nombre d'années qu'elle mettait entre Jack lui tenant les mains tandis que des volutes de flammes les entouraient et Jack l'observant maintenant, d'un regard pénétrant qui allait chercher la vérité en elle. Même si elle pouvait l'ignorer, elle ne pourrait jamais effacer cette certitude. Elle ne pourrait pas s'empêcher de voir des choses qu'elle n'aurait pas dû connaître, dans la réalité ou la fiction. Elle ne pourrait pas ignorer ce que signifiait le feu qui entourait Jack.

À présent, il se déversait de lui par vagues tandis qu'il se débattait contre les menottes, touchant la pointe de ses cheveux en pic et s'accumulant aux commissures de ses lèvres, balayant les cadrans sur le tableau de bord de la Mini. Pete sentit son contact cuisant lorsqu'il embrassa son corps rigide.

Elle fut parcourue d'un frisson, comme si l'on venait de l'asperger d'eau glacée. À l'intérieur de l'habitacle, la respiration furieuse et agitée de Jack dépassait tous les autres bruits. Tout avait pris une teinte bleue.

— Bordel ! murmura Pete, tu disais la vérité.

— Magie, répondit Jack dans un souffle, en entrouvrant les lèvres.

Le feu se retira et s'enroula autour de sa tête comme une couronne de givre ardente, menaçante et enchaînée.

Pete déglutit alors qu'un camion passait à toute vitesse à côté d'elle en klaxonnant.

— Je sais que tu peux me dire ce qui est arrivé à ces enfants.

Elle omit d'ajouter: *Et maintenant, je suis obligée de croire que ce qui t'est arrivé t'est vraiment arrivé. Seigneur, Jack, tu viens de rendre tous les cauchemars que j'ai faits ces douze dernières années à nouveau très réels.*

Elle sentait son courage et sa vision défaillir, mais elle réussit à garder sa contenance. De l'extérieur tout du moins. C'est l'extérieur qui comptait.

— Tout à fait probable, opina Jack en se réinstallant dans son siège.

Le feu diminua jusqu'à ce qu'il ne reste plus qu'une faible lueur au fond de ses yeux.

— Alors, mets-moi au parfum, lança Pete.

Elle entendit une supplication monter dans sa voix et s'en voulut pour cela.

Jack la regarda pendant un moment et Pete essaya vainement de ne pas se sentir nue. Si les drogues avaient amoindri la vitalité de jack, elles n'avaient toutefois pas entamé son regard qui, alimenté par un profond désespoir, brûlait avec encore plus d'intensité qu'elle s'en souvenait.

— Je te dirai *peut-être* ce que je sais, concéda-t-il, mais j'ai quelques conditions avant de divulguer mes connaissances spécifiques.

— Envoie, rétorqua Pete immédiatement.

Elle s'arrangerait avec l'inspecteur principal Newell plus tard. Pour le moment, les heures de Diana et de Patrick étaient comptées.

— Première condition : je veux une douche, des vêtements propres, un endroit pour dormir. Et je ne veux pas un de ces foyers douteux dans lequel vous mettez les témoins. Je veux un *vrai* logement, lança Jack. Que je décide de te dire quelque chose ou non ensuite, tu m'y emmènes maintenant.

Bien entendu, il ne lui dirait jamais rien d'utile. Pete n'était pas stupide, et elle voyait bien, à la façon que Jack avait de parler, et de se tenir, qu'il lui en voulait pour quelque chose et comptait profiter du fait qu'elle avait besoin de lui.

Mais elle n'était *pas* stupide, alors elle répondit :

— D'accord.

— Deuxième condition, annonça Jack. Si je te dis quelque chose, Pete, peu importe que ça te paraisse vraiment déjanté, tu écoutes. Et tu me crois.

S'il savait à quel point elle avait voulu le croire, chaque seconde qu'ils avaient passée ensemble ! Impossible, parce qu'admettre la vérité de ce qui était arrivé avec Jack aurait poussé n'importe quelle personne sensée vers la folie. Le croire, c'était admettre que tout dans le monde n'était pas forcément visible, et cela allait à l'encontre de toute la vie de Pete. Sa nouvelle vie. Celle qu'elle s'était construite après Jack.

— Pete, interrompit Jack.

Ses traits étaient durs, le masque était en place. Il attendait de voir si elle allait céder à ses exigences.

— Oui, Jack, répondit-elle dans un soupir, je te croirai.

IX

Jack observa la porte de l'appartement de Pete d'un air soupçonneux.

— Ça n'a pas la gueule d'un hôtel.

— C'en est pas un, répondit Pete, écartant les avis de passage du facteur et la carte de l'agent immobilier pour pouvoir glisser la clef dans la serrure de chez elle. C'est mon appartement.

Un sourcil sombre se releva sur le front de Jack.

— Et en quoi exactement cela rentre-t-il dans le cadre de notre arrangement ?

Pete alluma, posa son sac et son manteau, et invita d'un geste Jack à entrer.

— Cet appartement est très bien. Tu peux prendre une douche et d'anciens vêtements de Terry.

— C'est qui Terry ?

— Mon ex-fiancé, répondit Pete rapidement. La salle de bain est au bout du couloir. Je vais faire chauffer de l'eau pour un thé.

Sur ce, elle planta Jack et se rendit dans la cuisine, en veillant à lui tourner le dos pour qu'il ne se rende pas compte qu'elle le surveillait. Au bout d'un moment, et d'une série de bougonnements, elle entendit Jack traverser le couloir. Une porte se referma et l'eau se mit à couler, faisant vibrer les vieilles conduites comme si elles étaient possédées par un esprit mécontent.

Pete ne fut pas longue à réagir. Elle tourna les verrous de la porte d'entrée, puis ferma le cadenas que Terry et elle n'avaient jamais utilisé, parce que le quartier n'était pas si mal fréquenté que ça. Elle cacha ensuite la clé au fond du tiroir fourre-tout de la cuisine. Toutes les fenêtres étaient bloquées par de la peinture et recouvertes d'un treillage de sécurité. Il ne pourrait donc pas sortir par là. Il n'y avait pas non plus d'escalier de service.

Pete se signa. C'était un geste qu'elle n'avait plus fait depuis huit ans, depuis la mort de Connor, mais qui semblait parfaitement approprié à présent.

Elle refusa de penser à ce que dirait Jack une fois qu'il serait sorti de la salle de bain. Il serait extrêmement énervé, mais elle se disait que dans l'état de faiblesse où il se trouvait, elle pourrait certainement avoir le dessus. Par ailleurs, elle pouvait toujours recourir aux menottes.

— Je crève de faim, annonça Jack. Commande quelque chose.

Pete sursauta et se réprimanda en silence. Il était aussi silencieux qu'une ombre. Comme toujours. Surgissant de nulle part.

Un sourire se dessina lentement sur les lèvres de Jack.

— Désolé. Je ne voulais pas te faire peur.

— Pas peur, répondit Pete. Tu ne m'as jamais fait peur, Jack.

— C'est ça, Pete, s'amusa-t-il. Je suis ce qui t'est arrivé de plus effrayant dans ta vie.

Pete lui tendit un menu du traiteur de curry à emporter situé à l'angle de la rue.

— L'espace d'un moment, répondit-elle, très brièvement, jusqu'à ce que je réalise ce qui se tenait derrière toi, dans l'ombre.

Le sourire s'évanouit et Jack retrouva son visage fermé.

— Et tu n'es pas restée très longtemps sur place, n'est-ce pas ? Tu es vite retournée en sécurité auprès de Papa.

— Riz au curry ou du pain naan ? demanda Pete tranquillement.

Jack la jaugea du regard, cherchant à savoir si son attaque avait touché un point sensible. Pete ne lui laissa pas deviner que depuis qu'il était réapparu dans sa vie, toutes les anciennes blessures s'étaient remises à saigner. C'était une véritable hémorragie, toutes ses cicatrices étaient rouvertes.

Mais pas question de laisser Jack et sa nouvelle hostilité permanente s'en rendre compte.

Visiblement, elle avait réussi, car il haussa les épaules d'un geste apathique et théâtral, et répondit :

— Plutôt du riz.

Un de ces quatre, elle le questionnerait sur cette rage qu'il transportait comme une pierre sur son dos. Pete appela le traiteur et commanda deux currys. Si Jack mangeait, c'était bon signe, tout n'était pas perdu.

Elle se retourna le voyant examiner une photo d'elle et de Terry sur la cheminée. Pete l'avait posée à plat, mais Jack l'avait relevée.

— C'est le type en question ?

— C'est Terry, confirma Pete.

— Il a une tête de con.

— Merci pour cet avis éclairé, fit Pete. Toi tu as l'air d'un SDF, mais peut-être vaut-il mieux ne pas creuser le sujet, non ?

— Ouch ! répondit Jack avec un air de feinte admiration. Tu as appris à frapper là où ça fait mal.

— Il se peut que j'aie acquis quelques compétences depuis la dernière fois que tu m'as vue, admit Pete.

Jack se laissa tomber sur le canapé, alluma la télévision, zappant d'une chaîne à une autre jusqu'à tomber sur un match de Manchester.

— Tu as de la bière ?

— Pas pour toi, répondit Pete.

Elle croisa les bras, les décroisa, puis enroula ses mèches noires et lisses derrière ses oreilles. Elles retombèrent aussitôt. Comment en était-on arrivé à ce que Jack Winter soit assis là, en train de regarder la télé et d'attendre son repas en demandant un coup à boire ? Elle avait vu ce que Jack était capable de faire simplement par la pensée et à l'aide de quelques mots murmurés dans une langue ancienne, et elle l'avait piégé dans son appartement, chez elle.

Était-elle folle ?

Un coup frappé à la porte la fit sursauter. Jack bougea à peine. Il s'était endormi en quelques secondes dès qu'il s'était détendu.

— Ce doit être les currys, annonça Pete.

Jack ronfla, à la fois familier et aussi parfaitement étranger que si elle avait invité le monstre de Frankenstein à piquer un somme sur son canapé.

Pete paya le repas et essaya d'avaler un morceau, mais elle restait attentive aux sons de la victoire de Manchester pour voir si Jack était réveillé. Celui-ci dormit, aussi immobile qu'un cadavre qui respire, jusqu'à ce que Pete jette son dîner dans la poubelle et s'asseye pour rédiger les rapports sur les deux enfants disparus que Jack était censé l'aider à retrouver. Deux jours maintenant, et la nuit prenait ses droits de l'autre côté des fenêtres. Deux jours ; autant dire pas grand-chose.

Elle aurait pu réveiller Jack, mais à quoi bon ? Et si elle était parfaitement honnête, est-ce qu'une partie d'elle-même reconnaîtrait une certaine *logique* au fait que Jack se trouvait dans son appartement, vivant ?

Pete sentit ses paupières se fermer, comme dans un rêve, et elle se laissa couler dans le sommeil, bercée par la respiration rauque de Jack et le son de la télévision. Quand elle se réveilla, le logo d'ITV clignotait autour de l'écran et Jack, arborant une expression furieuse, la secouait de sa main noueuse posée sur son épaule.

— Lâche-moi ! lui dit-elle en le repoussant.

— Ouvre cette foutue porte ! beugla-t-il.

Pete bâilla et cligna des yeux. Sans le vouloir, elle donnait une impression de parfaite indifférence. Jack tapa du pied.

— Ouvre ! Bordel de Dieu !

— Je peux savoir ce qui est si important à une heure pareille ? demanda Pete en se frottant les tempes.

C'était une question purement rhétorique, car elle connaissait la réponse avant même de demander. C'était la seule force à laquelle obéissaient les camés.

— Eh bien, pour commencer, il y a le fait que tu m'as enfermé ! lâcha Jack.

Pete se leva en prenant appui sur l'endroit où reposait son pied pendant son sommeil.

— Le quartier n'est pas sûr, Jack.

Pas très convaincant. *Ton père ne t'a pas appris à mentir mieux que ça ?* Elle se mit à prier, autre habitude qu'elle avait abandonnée depuis la mort de Jack et de Connor. *S'il vous plaît, faites que cela fonctionne en ma faveur. Ne le laissez pas voir combien j'ai peur de ce qu'il peut encore faire.*

— Je me barre maintenant, affirma-t-il, en enfonçant ses mains dans les poches de son jean. Merci pour le curry et la douche.

— Tu viens juste d'arriver, protesta Pete d'une voix qui lui paraissait assez innocente. Et tu n'as rien mangé.

— Je dois juste… y aller, répondit Jack. Ouvre la porte, s'il te plaît ?

Il suppliait, putain, il fallait qu'il soit sacrément accro à l'héroïne pour en être réduit à ça.

Pete inspira par le nez. Elle soutint le regard de Jack et lui répondit :

— Non.

Les yeux de Jack se rétrécirent et se durcirent jusqu'à ressembler à de fines fentes glaciales. Le visage agréable qu'il s'était composé s'effaça pour laisser place à la bête sous la peau.

— Qu'est-ce que tu veux dire par « non » ?

— Exactement ce que j'ai dit ! répondit Pete dans un soupir. Il est tard. Quelle que soit la raison, elle peut attendre demain matin.

Jack attrapa la photo de Pete et de Terry, la jeta violemment contre le mur. Le verre se brisa en morceaux et retomba sur le plancher.

Elle se raidit en le voyant foncer vers elle. La lumière bleue était réapparue dans ses yeux et il l'attrapa par les bras en se tenant seulement à quelques centimètres de son visage. Elle n'eut pas de mal à voir qu'il ne s'était pas rasé, qu'il avait une légère cicatrice verticale sur la joue droite *(il ne l'avait pas, avant)* et qu'il la tuerait sans difficulté si elle ne le laissait pas avoir sa dose.

— Laisse. Moi. Sortir, prononça Jack en détachant chaque mot.

— N'y compte pas, Jack, murmura Pete. Nous pouvons rester ici jusqu'à ce que le soleil se lève.

Il resserra son étreinte et Pete se mordit l'intérieur de la joue. Sa détresse le rendait sacrément fort.

— Si je n'ai pas ma dose, fit Jack, tu peux oublier notre petit accord pour sauver ces pauvres innocents que sont Patrick et Diana. Tu seras responsable de leur mort. En ce qui me concerne, je n'aurai pas de mal à vivre avec ça, mais je doute que toi tu le puisses, Pete. Tu es bien trop bonne et pure.

— Tu ne me connais plus aussi bien, rétorqua Pete.

Jack soupira, regarda le sol entre eux, tremblant de tout son corps.

— Tu ne sais pas ce que tu m'imposes, n'est-ce pas ? À coup sûr, la pire expérience que tu aies eue qui pourrait s'en approcher, ce serait d'avoir loué *Trainspotting* en vidéo. (Il se pencha vers elle, leurs bouches et leurs peaux se retrouvant à quelques millimètres l'une de l'autre.) Pete, tu ne sais pas. Tu n'as aucune idée de ce que c'est que d'avoir besoin de ce truc. S'il te plaît. Je te le demande. Laisse-moi sortir pour avoir ma dose, sinon ça va mal finir.

— Je travaille à la Met depuis suffisamment de temps pour savoir ce que c'est que d'être en manque, répondit Pete en reculant le menton, car la proximité avec Jack avait des effets étranges sur toute personne. Et je sais détecter quand quelqu'un tente de me manipuler. Non, Jack. Ça ne finira pas mal et la réponse est non.

Un poing se leva.

— Ouvre cette putain de porte avant que je te colle mon poing dans la gueule.

Pete sentit ses dents se serrer et ses lèvres se comprimer. Elle arrivait à bout de patience envers ce nouveau Jack. Douze années de regrets à vivre avec ce trou au fond du cœur, et voilà tout ce qu'elle obtenait ?

Pete se servit de la rage que lui inspiraient ses cauchemars inutiles pour affermir sa voix.

— Tu ne le feras pas, Jack, parce que tu es un lâche. Et tu peux te coller ton accord où je pense. Je t'ai promis une douche et un repas. Je ne me suis pas engagée sur quoi que ce soit concernant ta foutue héroïne.

Il arbora un sourire de mépris, mais sous la surface, le feu vacilla et disparut de ses yeux.

Pete attrapa la main qui lui meurtrissait le bras et la tordit juste assez pour lui faire lâcher prise.

— Salope ! lui lança Jack.

Pete lui attrapa le poignet et le coude dans une prise contrôlée qui projeta Jack vers la salle de bain.

— Maintenant, nous allons mettre les choses au clair, dit-elle en poussant Jack vers sa vieille baignoire à pieds de griffon et en ouvrant à fond le robinet d'eau froide.

— Bordel ! hurla-t-il, en s'effondrant sur lui-même. Mais quelle fieffée garce ! C'est glacé !

— Je me fiche de savoir quel problème tu as par rapport à moi, annonça Pete en tapotant des doigts. Ce qui m'importe, c'est le sort de Patrick et Diana. Je veux les retrouver vivants et en bonne santé. Et tu vas m'aider, sans l'assistance de ta foutue héroïne. Alors, aide-moi, Jack, sinon je te tabasse moi-même et je te fais coffrer à Yard.

Il leva les yeux vers elle, ses cheveux décolorés dégoulinant dans ses yeux comme de la paille trempée. Pete ne baissa pas le regard, l'observant trembler et essayant d'ignorer la pitié qui faisait vaciller son intention de se montrer dure.

Au bout d'un long moment, Jack passa une main sur son visage et ferma le robinet.

— O.K., Caldecott, finit-il par dire. Tu l'as ton accord !

X

L'Hôpital St John s'était efforcé d'apporter un peu de gaîté au secteur des enfants en choisissant du mobilier clair et en mettant des posters aux murs, mais c'était comme farder une prostituée syphilitique avec du maquillage de luxe.

Le père de Bridget Killigan, Dexter (« *Appelez-moi Dex, comme tout le monde* », avait-il dit), releva la tête lorsque Pete ouvrit la porte.

— Inspecteur ?

— Elle dort ? demanda Pete.

Bridget était allongée sur son lit d'hôpital telle une toute jeune mariée sur son lit funéraire.

— Par intermittence, répondit le père. Ça va, ça vient.

Il écarta les cheveux de Bridget qui recouvraient son visage inerte, comme s'il s'agissait d'une poupée de porcelaine, fragile.

— Est-ce que je peux lui parler ? demanda Pete, même s'il n'y avait pas de résultat à en attendre.

L'esprit de Bridget s'était envolé comme la cendre d'une cigarette. Mais Pete se devait de faire toutes les recherches possibles si elle voulait retrouver Patrick et Diana. Il lui fallait des faits pour savoir si Jack ne profitait pas tout simplement de son trouble.

Il lui fallait la vérité, quitte à la malaxer, la retoucher, la briser ensuite. *Commence par la vérité,* disait Connor, *et ensuite tu pourras dresser un plan, aller où tu veux. Tu pourras même arpenter la forêt interdite si ça te chante, mais commence par la vérité.*

— Bridget ?

La fillette bougea, ses yeux de marbre blanc se tournant vers Pete comme si elle pouvait encore voir. Pourtant, l'urgentiste avait bien assuré à Pete que l'enfant était totalement aveugle.

— C'est qui ? Maman ?

— Non, mon ange, répondit Pete, en s'agrippant à la barrière de protection du lit de Bridget, dont le contact était froid et lisse, inhumain et dur. Non, c'est l'inspecteur Caldecott. Tu peux m'appeler Pete.

Bridget plissa le front.

— Pete, c'est un drôle de nom pour une fille.

— Je sais, reconnut Pete, en inspirant profondément pour maintenir un ton de voix uniforme. C'est très drôle en effet. Tu dois penser que c'est lourd à porter, mais imagine-toi que ma sœur s'appelle Matinée Glorieuse.

Bridget n'eut aucune réaction.

Pete se mordit la lèvre.

— Bridget, j'ai besoin d'en savoir davantage sur la personne qui t'a emmenée.

Le père de Bridget joignit les paumes de ses mains et ses lèvres remuèrent en silence. La fillette laissa échapper un léger soupir, comme si elle avait répété son histoire à de nombreuses reprises.

— On est allés voir le vieil Homme Froid. Il habite au bout du chemin obscur, juste après le virage.

Pete prit la main de Bridget. Elle était plus froide que l'air ambiant, sèche comme du parchemin. Elle n'était plus que l'ombre d'un enfant, une fine enveloppe où rien ne palpitait sous la surface.

— Bridget, où est le chemin obscur ? Où mène-t-il ?

— Je pense que vous en avez fait assez, la coupa brusquement Dexter Killigan. (Il se leva et plaça une main protectrice sur l'épaule de sa fille.) Elle ne peut rien vous dire.

— Bridget, répéta Pete, en serrant la main cartonneuse de la fillette. Bridget, qu'est-ce que tu as vu quand tu es allée dans le chemin obscur ?

Elle inclina la tête vers Pete et fixa celle-ci de ses yeux blancs, comme des perles mortes dans son petit visage cadavérique.

— On a vu les tombes des squelettes. Les endroits des morts où vont les rêveurs. Il marchait parmi les ombres et il a tendu la main vers moi.

La chambre était chaude et manquait presque d'air, mais Pete sentit un courant froid lui saisir les os. Le récit calme et monotone de Bridget trouvait un écho dans la mémoire de Pete, où de la fumée noire et des fantômes squelettiques murmuraient non loin de son oreille.

— Et que fait-il, Bridget ? réussit-elle finalement à demander. (Sa voix était rauque, comme si elle fumait depuis vingt ans.) Que fait le vieil Homme Froid ?

Bridget resta immobile pendant un long moment, la respiration courte, le sang battant dans les veines de sa gorge translucide. Pete se pencha vers elle.

— Bridget ?

La petite fille referma sa main glacée autour du poignet de Pete, qui sursauta.

D'une voix sifflante, Bridget murmura :

— Il nous a touchées toutes les deux, Pete Caldecott. Vers l'avant et vers l'arrière, vers l'avenir comme vers le passé, il voit. Et il attend.

Des taches sombres tournoyaient devant les yeux de Pete et elle eut la sensation que son sang se retirait dans le sol.

— Qu'est-ce que tu as dit ? Comment tu… ?

Mais Bridget n'était déjà plus là, immobile, silencieuse et endormie.

Son père sortit de son immobilité et indiqua la porte du doigt.

— Sortez, ordonna-t-il à Pete d'une voix tremblante. Sortez et ne revenez plus. Laissez ma fille tranquille.

Pete se dirigea vers la porte. Elle avait besoin de prendre l'air et d'allumer une clope. Pas nécessairement dans cet ordre d'ailleurs.

— Je suis désolée, déclara-t-elle à Dexter Killigan avant que la porte ne se referme sur le tableau de la chambre d'hôpital.

Il ne répondit pas, veillant Bridget de son regard fixe et distant.

XI

Pete marqua un temps d'arrêt devant la porte de son appartement et tendit l'oreille. À l'intérieur, elle n'entendit aucun son. « Et allez », murmura-t-elle, soulagée plus qu'inquiète. Elle avait laissé Jack menotté sur son lit après qu'il y fut tombé évanoui. Si elle en croyait le silence qui semblait régner dans l'appartement, il n'avait pas bougé.

C'est du moins ce qu'elle crut jusqu'à ce qu'elle ouvre la porte. Le tapis dans le hall d'entrée était complètement chiffonné et la table avait été mise sens dessus dessous. « Merde ». Puis, « Jack ? »

Il était parti. Restait juste à savoir quelle quantité d'affaires de valeur il avait pu emporter avec lui.

Pete sortit une cigarette de son paquet et se dirigea vers la cuisine en quête de feu. Sur le chemin, elle passa à côté de la salle de bain. Jack était allongé sur le flanc, près des toilettes. Seule la sueur qui perlait sur son visage prouvait qu'il était encore en vie.

Pete en laissa tomber sa cigarette.

— C'est pas vrai, Jack ! lâcha-t-elle.

La seconde d'après, elle était à genoux, lui tournait le visage, cherchait son pouls et soulevait ses paupières afin d'examiner ses yeux bleu givre pour vérifier s'il était en état de choc. Ils étaient injectés de sang, mais les pupilles se rétractèrent face à cette intrusion, et Jack la repoussa faiblement.

— Casse-toi.

— Seigneur Dieu, Jack, souffla Pete en s'asseyant sur ses talons.

Jack se laissa basculer sur le dos et grogna, en passant une main sur ses yeux.

— Il est responsable de tout ça. Je vais crever. Tu es un démon engendré par des sorcières, Pete Caldecott.

Pete attrapa une serviette propre qu'elle roula en boule et glissa sous la tête de Jack.

— Tu vas peut-être faire beaucoup de choses, mais certainement pas crever. La prochaine fois que tu m'insulteras, je te flanque mon pied au cul.

Jack esquissa son sourire diabolique.

— Tu bluffes encore. Tu fais toujours comme si tu n'avais pas peur de moi.

— Je... commença Pete, mais le visage de Jack se tordit de douleur et il se précipita vers les toilettes pour vomir.

Pete posa la main entre les omoplates de Jack, sentant sous sa peau le mouvement des os qui suivaient le rythme des haut-le-cœur. Il avait beau être brûlant, sa sueur était glacée.

— Il m'en faut juste un peu, supplia Jack en posant son front contre le bord de la cuvette. Il m'en faut juste un peu pour tenir le coup. Ça fait des *heures*, Pete. Des *jours*.

— Non, répondit Pete sans hésiter.

— Connasse ! Hurla Jack, en frappant de ses poings contre le carrelage de la salle de bain où ses articulations laissèrent des traînées de sang.

— Bon, fit Pete en se levant. Que tu t'en sortes ou non, tu es responsable de ce qui t'arrive, Jack, et si tu voulais continuer de t'enfoncer, il ne fallait pas ouvrir ta grande gueule au sujet de Bridget.

Jack lui lança un regard furieux et ouvrit la bouche comme pour l'insulter encore, mais sa mâchoire se détendit.

— Pete, dit-il doucement. Pete, va-t'en de là.

Pete jeta un œil derrière elle, sentant un frisson glacé lui parcourir la nuque. Les pupilles de Jack se dilatèrent jusqu'à ce que ses yeux ressemblent à des trous bordés de givre.

— Est-ce que quelqu'un est mort dans ton appartement ? murmura-t-il. Un homme, de ta taille, visage et yeux foncés ?

Parce que c'était Jack, et personne d'autre, Pete se surprit à approuver de la tête tandis que le frisson glacé s'étendait le long de sa colonne vertébrale.

— Oui, mais ça doit faire une quarantaine d'années maintenant.

La fine poitrine de Jack se soulevait au rythme de sa respiration saccadée.

— Éloigne-toi de lui, dit-il à Pete. Il a faim.

Les ballerines confortables que portait Pete semblaient collées au sol et même si tout en elle se révoltait, même si son corps et son esprit trépignaient, elle était incapable de faire le moindre geste.

— Derrière moi, ordonna Jack d'une voix rauque. Bouge ton cul !

Elle n'avait jamais entendu Jack adopter un ton aussi sérieux. Cela lui fit l'effet d'une gifle libératrice. Pete traversa d'un pas hésitant le carrelage maculé de sang et alla s'accroupir derrière Jack, contre le rideau de douche. Celui-ci frémit comme si un gros coup de vent était passé par la salle de bain.

Il n'y avait rien derrière elle. Pete se sentit immédiatement ridicule et la sensation de froid glacé dans sa nuque se mua en coup de chaud du fait de la honte qu'elle éprouvait à avoir été ainsi surprise.

— Jack… soupira-t-elle. Putain, ne me fais plus ça.

— Tais-toi, coupa-t-il d'un ton impérieux, le regard toujours fixé sur l'angle près de la porte. Oh, oui. Tu es un dur, hein ? Ça fait des années que tu traînes ta faim, espèce d'ombre dentée. Hé bien, va te faire voir.

L'impression que quelque chose de maléfique se tenait derrière son épaule gauche revint à pleine puissance et Pete vit *trembler* l'air à l'endroit où elle se tenait auparavant, comme si quelque chose de foncièrement malveillant essayait de se rendre visible.

— Oh, mon Dieu, fit-elle, parce qu'Il était la première chose puissante qui lui venait à l'esprit.

— Laisse-Le où Il est, rétorqua Jack.

Il plongea son index dans la tache rougeâtre qu'il avait laissée sur le carrelage et se mit à dessiner un rayon rempli de symboles tournoyants qui se mêlaient et s'organisaient en quelque chose de fort et d'irrésistible, comme les grilles en fer forgé à l'entrée d'un château.

L'air se mit à crépiter et à frémir, l'obscurité s'infiltra par les joints des murs, la bonde et le robinet du lavabo de Pete. C'était une ombre faite de fumée qui entraînait avec elle des murmures et une nuée de cris, des phrases à peine audibles.

Jack serra les dents, faisant saillir l'os sous la peau.

— Tu te crois malin, c'est ça ?

— Je n'ai pas l'impression que ça marche, murmura Pete.

Jack exécutait de nouveaux symboles, qu'il avait du mal à dessiner en entier en raison du tremblement qui agitait ses doigts.

La fumée remplissait la salle de bain, bouchant toujours la vue de Pete, rétrécissant sa vision jusqu'à un tunnel de la taille d'une pièce d'un centime. Le brouhaha de voix malsaines s'accompagnait d'odeurs et d'impressions : terre retournée, feuilles tachées de sang, petits doigts sur la peau de Pete et le long de ses cheveux.

Elle attrapa Jack par l'épaule.

— Fais quelque chose, Jack, je ne veux pas mourir sur le sol de ma salle de bain.

À ce moment-là, sa main cessa de trembler, sa respiration s'apaisa, et le cercle devint aussi brillant et solide que s'il avait été gravé dans le carrelage. Le mal miroitant disparut comme par enchantement et les murmures, odeurs, petits doigts et dents se retirèrent aussi vite qu'ils étaient apparus dans le monde du réel.

Jack s'affaissa.

— Et merde ! Tu ne pouvais pas me conduire dans un endroit plus sûr, par exemple la Tour ?

— Je… (Pete appuya ses mains sur son nez et sa bouche et se força à afficher une contenance qu'elle avait du mal à maintenir.) Je n'ai aucune idée de ce que c'était.

— C'était…, répondit Jack, c'était ce qui se passe quand je n'ai pas ma dose.

— Tu… (Pete observa l'angle où la chose avait étendu son reflet huileux, puis se retourna vers Jack.) Tu vois cette… peu importe ce que c'était ?

— Une ombre, répondit Jack. Un fantôme, si tu veux être terre à terre, et en l'occurrence un spécimen bien dégueulasse qu'on a laissé aller à sa guise pendant trop longtemps. Je n'arrive pas à croire que tu n'aies pas fait nettoyer cet endroit avant de t'installer.

— Ça ne m'a jamais traversé l'esprit, répondit Pete.

Elle y avait pourtant pensé plus d'une fois, la nuit, lorsque la pluie brouillait les lampadaires à l'extérieur et leur donnait une lueur cauchemardesque, ou quand la télé s'allumait toute seule. Elle se remémorait le cercle de protection que Jack pouvait dessiner à la craie puis rendre aussi solide que du fer, ainsi que le ras-de-cou en argent à cinq pointes que sa mère avait toujours porté.

Jack se retourna sur le côté, les yeux mi-clos comme s'il venait de prendre la dose la plus pure de toute sa vie.

— Nom de Dieu. Je suis vanné. Si je retourne dans le lit, est-ce que tu arriveras à refréner tes envies perverses de me passer les menottes ?

Après avoir assisté à ce qui venait tout juste de se passer, Pete se contenta de hocher la tête.

— Tu n'essaieras pas de t'enfuir ?

— Pete, je suis à deux doigts de serrer la main à la grande faucheuse. Ne sois pas stupide.

— Je vois que tu retrouves ta légendaire amabilité, répondit Pete. Peut-être qu'il y a de l'espoir, après tout.

Jack dormit longtemps après que Pete l'eut à nouveau installé dans son lit. Quant à elle, elle resta assise dans des positions improbables dans le fauteuil en osier à côté de lui, essayant de traiter sur son ordinateur portable des e-mails qui avaient été envoyés par son service et d'ignorer le fait qu'il ne leur restait peut-être plus qu'un jour et demi devant eux si le kidnappeur procédait méthodiquement. Chaque fois qu'elle essayait de se concentrer sur les pixels, sa vision se mettait à scintiller et à se brouiller, exactement comme l'ombre qui était presque apparue.

Ses pensées étaient tout aussi nébuleuses, des fragments de questions qui ne trouveraient pas de réponses. Jack grogna dans son sommeil. Ses rêves enfiévrés prenaient possession de son corps et provoquaient des mouvements désordonnés de ses mains sous les draps.

Pete posa une main sur son épaule.

— Tout va bien. Il n'y a personne d'autre que moi ici.

Plongé dans ses rêves, il n'avait pas les moyens de répondre avec le venin habituel et Pete en fut étrangement attristée. Elle ne saurait peut-être jamais la raison pour laquelle Jack s'était mis à la détester, et cette illusion était tout ce qui lui restait, jusqu'à ce que l'on retrouve Patrick et Diana. À condition de les retrouver.

Cette pensée la plongea dans une angoisse plus prenante encore que l'aura de n'importe quelle ombre.

XII

Dans le rêve de Pete, Patrick et Diana tendaient vers elle leurs doigts noirs et collants. Leurs bouches étaient souillées d'abats tandis qu'ils se régalaient des corps morts depuis longtemps de ceux qui étaient venus dans cette tombe avant elle. Pete tenta de s'enfuir, mais toutes les issues étaient condamnées par un mur uniforme, recouvert de toiles d'araignées et de griffures laissées par des ongles humains.

Des ombres à l'autre bout de la tombe se mirent à ondoyer puis se séparèrent, et une silhouette couronnée, revêtue d'un linceul ensanglanté en lambeaux, se mit à flotter devant elle.

Il te voit, Pete Caldecott, murmura Bridget Killigan. Et il tendit la main, serrée autour de quelque chose qui palpitait et suintait du sang entre ses doigts noueux.

— Prends-le. Prends ce qui a toujours été à toi, gamine déchirée. Sois mienne, entièrement.

Pete se blottit contre le mur, sentant descendre le long de son cou la pierre qui s'effritait en petites particules et grains de poussière tombale. Une bouffée d'air traversa la crypte. Les pans de la chose en lambeaux claquèrent contre les articulations blanches, révélant une armure dépouillée contre son squelette pourri. Patrick et Diana levèrent les yeux de concert. De la fumée apparut par le sol et fusionna pour prendre la forme d'un homme. Un homme avec des yeux argentés qui s'emparait de l'esprit de Pete non pas avec chaleur, mais avec un froid tel qu'il aurait pu faire cesser les battements de son cœur. Elle sentit un léger coup derrière sa tête, puis son portable se mit à sonner.

Pete se réveilla en sursaut, faisant du même coup tomber son ordinateur portable. Sur la table de chevet, son portable continuait de sonner et de danser. Toujours endormi, Jack tendit la main et tapa sur l'appareil.

— Allô ? marmonna Pete, en essayant de ne pas laisser transparaître qu'elle avait somnolé. Rêvé.

— Tu es sacrément difficile à joindre ! lâcha Terry.

— Terry.

Pete fut surprise de constater qu'elle était soulagée de son appel. Il l'avait réveillée. C'était ce qui comptait.

— J'ai faxé les nouveaux papiers à ton bureau.

Pete jeta un coup d'œil à Jack. Pour le moment, il ne tremblait plus. Elle se glissa dans le couloir et referma la porte de la chambre.

— Je ne suis pas au bureau, Terry.

Elle entendit le sarcasme arriver.

— Alors où es-tu ? Ça ne te ressemble pas, de sortir de ton petit trajet boulot-dodo et vice-versa !

— Sans déconner, Terry, il serait temps que tu grandisses !

Pete referma son portable. Jack grogna et elle retourna auprès de lui, prit son pouls et passa la main sur son front chaud et luisant. Les pires effets du manque étaient passés. *Seigneur, faites que ce soit fini.* Quand il se réveillerait, il aurait les symptômes d'une bonne grosse grippe et un besoin impérieux ancré dans le crâne, mais il serait sobre et il l'aiderait, avant que Patrick et Diana ne soient perdus.

Pete se servit d'un gant de toilette pour écarter du visage de Jack ses cheveux trempés de sueur, puis elle alla dans le salon pour le laisser dormir aussi longtemps qu'elle pouvait se le permettre. Elle essaya d'avaler ce qui était encore mangeable dans les restes du repas qu'elle avait commandé. L'aloo gobi froid eut du mal à passer. Ollie tenta de la joindre, mais comme elle n'avait pas de réponse à lui donner, elle laissa sonner jusqu'à ce qu'il tombe sur la messagerie vocale.

Pour s'occuper, Pete débarrassa le verre brisé de la photo de Terry puis, après quelques secondes d'hésitation, jeta le cliché à la poubelle. La photo avait été prise le lendemain de la promotion de Pete au rang d'inspecteur, et la veille du jour où Terry lui avait demandé de l'épouser. C'était une période où tout allait bien, ce qui n'était plus le cas. La photo n'avait plus sa place maintenant que Jack était revenu dans sa vie et dans son appartement.

Elle rangea la pagaille que Jack avait mise sans pour autant réussir à se calmer. Dormir au beau milieu de la journée lui avait mis les nerfs en pelote, surtout si l'on ajoutait à cela la présence, certes endormie, mais troublante, de l'homme dans sa chambre.

Finalement, lorsqu'elle comprit qu'elle allait devenir folle si elle continuait d'arpenter ainsi la pièce, passant et repassant devant la porte de la chambre, elle alla s'installer dans le canapé, dans l'obscurité du crépuscule, et se mit à observer les aiguilles de l'horloge avancer vers minuit.

XIII

Le canapé n'invitait pas au rêve, ce dont Pete était reconnaissante. Elle se réveilla avec les premiers rayons du soleil et mit la bouilloire sur le feu tout en récupérant les fichiers qui concernaient l'affaire de Patrick et Diana.

Elle ouvrit la porte du pied.

— Jack ?

Il s'était mis en boule, les couvertures repoussées à coups de pied, tremblant et transpirant comme s'il se tenait à côté d'une flamme invisible. De façon inexplicable, son état avait empiré. Pete sentit monter des larmes de frustration et les balaya aussitôt.

Elle jongla avec ses deux tasses et les dossiers qu'elle avait sous le bras, et le secoua par l'épaule.

— Debout, Jack !

Il cligna des yeux et appuya ses poings contre ses tempes.

— Jésus, écoute-les ! Tous…

— Je t'ai apporté un peu de thé, annonça Pete. Je me suis dit qu'on pourrait se pencher sur les dossiers, pour voir si tu pouvais trouver quelque chose.

Les mots restèrent suspendus dans l'air, fragiles, et Pete sentit une tension palpable les réduire en miettes.

— Il y a une femme qui hurle, murmura Jack. Elle n'arrête pas de hurler et elle se balance en serrant son enfant mort-né contre elle.

Il serra les dents, puis cria :

— Fermez-la ! Tous autant que vous êtes ! Vous allez me rendre fou !

— Qu'est-ce que tu entends ? Demande Pete.

— Tout, grogna Jack. Tout ce que j'arrivais à oublier grâce à l'héroïne est dans ma tête, et elle va *exploser*.

Ne trouvant rien à répondre, Pete but une gorgée de thé et se brûla la langue.

— Tu as toujours vu des choses, Jack !

— Toujours, confirma-t-il en haletant sous l'effet de la fièvre qui le faisait passer du froid arctique au feu de l'enfer.

— Comment faisais-tu pour le maîtriser, avant ? demanda-t-elle. Tu ne te droguais pas, à l'époque.

— Ce n'était pas aussi intense, murmura Jack. Ce n'était pas aussi fort. J'avais des flashs, je voyais des ombres, des trucs pour gosses. Rien… rien de comparable à ce *bombardement* avant… ce jour où nous étions ensemble.

— Que s'est-il passé dans cette tombe, Jack ? demanda Pete calmement. Qu'avons-nous fait ?

Des souvenirs brumeux qu'elle avait volontairement rangés dans un coin de sa tête menaçaient de ressortir ; des ombres qui assombrissaient son existence normale et réelle s'infiltraient par tous les coins. Pete serra les dents et fit de son mieux pour garder le contrôle.

Jack regarda dans le vague derrière elle, les yeux vides. Finalement, ses paupières battirent puis se refermèrent, et sa respiration s'apaisa dans le sommeil.

— Chiottes, murmura Pete.

Jack passa le reste de la journée et une grande partie de la nuit à mi-chemin entre conscience et inconscience, vacillant entre deux mondes, murmurant des bouts de conversations vides de sens. Parfois, il se mettait à sangloter, ou à trembler, et Pete ne savait jamais vraiment si c'était en raison de la drogue ou de ce qu'il voyait.

Au bout de la troisième fois que Jack vomissait en quelques heures, Pete se fit la réflexion désagréable que *s'il mourait, ça allait lui retomber dessus.* Il ne rendait pas grand-chose d'autre que de la bile et un peu de sang. Il n'avait rien mangé depuis le curry de la première soirée.

— Jack ? murmura-t-elle en lui touchant le bras.

Celui-ci était sec maintenant, lisse et froid, comme la peau d'un mort qui serait resté allongé à l'extérieur sous une lune d'hiver. Il sursauta et porta ses mains à sa gorge et son torse.

Pete attrapa Jack par le biceps et se pencha vers son oreille.

— Si tu me fais le coup de mourir maintenant, Jack Winter, j'irai te chercher en enfer. Crois-moi sur parole.

Elle sursauta quand Jack referma ses doigts autour de son poignet, ses yeux noirs et brillants plongés dans les siens malgré l'obscurité.

— Tu n'as aucun droit d'offrir ce que tu ne comprends pas, prononça-t-il d'une voix rauque qui n'était pas la sienne.

Puis il retomba sur le matelas, laissant Pete parfaitement éveillée.

Quand les rayons de l'aube s'infiltrèrent enfin par les bords de la fenêtre et les interstices des stores, Pete tituba jusqu'au canapé, qui semblait à présent remarquablement accueillant, et se laissa tomber sur le côté, gagnée par la fatigue qui s'insinuait jusque dans ses os. Elle dormit un peu, en écoutant les bruits diurnes de l'appartement et le son des camions et des gens dans la rue tandis que la faible lumière du jour, atténuée par des nuages, lui effleurait régulièrement les paupières.

Vaincue par les ressorts récalcitrants de son canapé, Pete finit par se lever et partit en quête de caféine en maugréant.

Jack était assis à la table de la cuisine, vêtu d'un jean et d'un polo de Terry dans lequel il nageait littéralement. Il sirotait une tasse de thé en fumant une cigarette. Pete cligna des yeux pour vérifier que ce n'était pas à nouveau un rêve.

— Tu es réveillée, fit Jack d'un ton serviable.

— Et tu es désagréable, répondit Pete. Bien sûr que je suis réveillée.

— Il reste de l'eau chaude, indiqua Jack en expirant.

Pete jeta un coup d'œil au paquet qui était posé sur la table.

— Ce sont mes clopes ?

Jack acquiesça d'un signe de tête, en inspirant profondément.

— Il ne faut pas t'attendre à ce que je vive une vie parfaitement exempte de vices, ma belle.

Sa main ne tremblait presque plus. Il fallait être attentif pour détecter le tremblement ou voir que la raideur de Jack était due à la maladie plutôt qu'à un manque de naturel.

Pete attrapa le paquet et le fourra dans la poche de son peignoir.

— Où as-tu pris ça ?

— Dans ton sac, répondit Jack.

Il écrasa le mégot sur la table, laissant une longue traînée couleur charbon sur le vinyle.

— Si c'est ainsi que tu te comportes quand tu n'es pas sous l'emprise de la drogue, commenta Pete, je ne suis pas surprise que tu en prennes depuis autant d'années.

— Je suis désolé, répondit Jack avec une légère amertume dans la voix. Je n'aurais pas dû fouiller dans tes affaires, c'était impoli. Et je n'aurais pas dû utiliser ton beau mobilier en guise de cendrier. (Il leva la main en présentant sa paume et ses doigts écartés.) La prochaine fois, j'utiliserai ma main.

Des cicatrices blanches, des semblants de cercles, marquaient la paume et le poignet gauches de Jack. Pete faillit en lâcher sa tasse de thé.

— Seigneur, Jack, pourquoi as-tu fait ça ?

— Diverses raisons. (Il haussa les épaules.) J'étais énervé, je l'ai fait pour rire. Pendant un moment, la douleur était le meilleur moyen à ma disposition pour maintenir le talent sous contrôle.

— Ce qui te permet de voir les choses mortes ? (Pete alluma une cigarette.) « Talent » est un drôle de mot pour ça.

— Tout comme « mage », mais c'est ce que je suis !

Pete recracha la fumée de sa cigarette.

— Je suis contente que tu ailles mieux.

— Pas vraiment, répondit Jack. En général, quand j'arrête, je me rabats sur de la méthadone ou des poppers que je pique à un bon à rien du squat. Ça rend les choses plus faciles. Tu es une vraie sorcière de me faire subir tout ça !

— C'était la seule façon pour que tu m'aides, répondit Pete.

— En effet, reconnut Jack. Et c'est à contrecœur que je t'accorde tout mon respect pour avoir été aussi froide qu'un cercueil dans cette entreprise. Mais ne va pas t'imaginer que je t'apprécie, ou que nous sommes quittes. Pas après le coup foireux que tu m'as fait.

— Si j'ai fait un coup foireux, je l'ai probablement appris de toi, répondit Pete. Maintenant, tu n'es pas à l'hôtel, alors qu'est-ce que tu comptes faire pour m'aider à retrouver Patrick et Diana ? Il nous reste moins d'une journée.

Jack la regarda en plissant des yeux et se balança sur les pieds de sa chaise. Et alors que Pete s'apprêtait à protester, il lui lança :

— Tu as un stylo ? (Elle lui tendit silencieusement celui qu'elle conservait à côté de son bloc-notes et il gribouilla quelques mots au dos d'un reçu de Boots.) Va à cette adresse et ramène-moi le *Grimoire de spiritus*, le *Dictionnaire des entités hostiles* de Hatchett, ainsi que le porte-documents noir qui est caché derrière le 33 tours de *Dark Side of the Moon*. Compris ?

Pete jeta un œil à l'adresse située dans Bayswater.

— Pourquoi as-tu besoin de livres douteux et d'un porte-documents ? Tu ne peux pas faire comme pour Bridget ?

— C'est exactement ce que j'ai fait pour Bridget… enfin, presque. Bon, tu veux trouver les mioches avec tous leurs organes vitaux, oui ou non ?

Pete soupira et passa sa cigarette sous l'eau pour l'éteindre.

— D'accord. Je serai de retour dans une heure.

XIV

L'ADRESSE ÉTAIT CELLE d'un ensemble d'appartements aussi fin et sale qu'un conduit de cheminée de l'époque victorienne. Le visage rond et ridé d'une vieille femme observa Pete depuis le deuxième étage avant de disparaître derrière un pauvre rideau aux motifs floraux.

Pete grimpa cinq étages qui sentaient la fumée et de nombreux dîners à base de chou avant d'arriver à la porte du numéro 57. Elle s'attendait tellement à être reçue par un vieil homme ridé, un gnome coiffé à la Gandalf et au regard empreint de sagesse, qu'elle leva un sourcil devant l'imposant rasta qui lui ouvrit la porte. Elle arriva toutefois à ne pas paraître trop surprise.

L'homme dévisagea Pete de la tête aux pieds, en révélant une dent de devant en or.

— Je peux vous aider ?

— Je… commença Pete, puis, s'accompagnant d'un geste du menton, elle reprit : Je viens de la part de Jack Winter.

— Jack Winter, répéta le rasta.

Il avait adopté un ton doux et lourd de sens. *Jack*. Pete pria de toutes ses forces pour que Jack n'ait pas réussi à se le mettre à dos durant le court temps où il était dans les vapes.

— Il m'a demandé de venir récupérer quelques livres, expliqua Pete. Ainsi qu'un porte-documents.

Un sourire fendit le visage du rasta.

— Vous êtes bien plus jolie que celle qui est venue la dernière fois sur l'ordre de Jack Winter, mademoiselle. Entrez donc.

Pete franchit le seuil, avec une aisance inexplicable. L'appartement ne contenait que quelques meubles et un malheureux tapis abîmé sur le sol balafré. Les fenêtres étroites étaient à meneaux et laissaient entrer un mince filet de lumière. Il y avait en revanche une prolifération d'objets étranges qui auraient fait bondir de joie P. T. Barnum ; des jarres et des boîtes sur les caisses qui s'étalaient d'un mur à un autre, des livres empilés jusqu'à hauteur de menton dans l'angle, des livres partout, ainsi que des rangées et des rangées de disques vinyles, et un ancien tourne-disque 78 tours. Connor s'était servi du sien pour écouter les premiers albums d'Elton John et l'avait à côté de lui dans la chambre d'hôpital au moment de sa mort, l'aiguille prête à entamer « Goodbye, Yellow Brick Road ».

— Qu'est-ce qu'il vous a envoyée chercher ? Vous voulez du thé, peut-être, et un hot-dog ? demanda le rasta, en observant Pete depuis le montant de la porte qui donnait accès au reste de l'appartement.

— Non, non, merci, répondit-elle. Je n'ai pas beaucoup de temps, vous savez.

— Je vous laisse regarder, alors, fit-il en montrant les étagères. J'ai du travail.

— Je… Bien, merci ! lança Pete tandis qu'une porte se refermait quelque part dans l'appartement.

Au bout d'un moment, un parfum luxueux, sombre et mystérieux comme un rendez-vous d'amoureux sous de vieux arbres s'infiltra dans la pièce principale.

Pete n'eut pas trop de mal à trouver les livres et, après avoir fouillé dans une pile de 33 tours sur la bibliothèque, elle mit la main sur un disque rayé de *Dark Side of the Moon*. Derrière lui, poussiéreux et patient comme un serviteur fidèle sur l'étagère, se trouvait un porte-documents noir uni. Il y eut un bruit d'articulations lorsque Pete s'en empara, mais elle décida d'attendre d'être seule pour donner libre cours à sa curiosité.

Elle se redressa et se trouva nez à nez avec une tête dans un pot. Elle semblait y être depuis au moins cent ans. La peau arborait une teinte jaune-gris, et les yeux ne voyaient rien à travers leur cataracte.

— Tu me revaudras ça, Jack, murmura Pete, puis elle cria, en direction de l'appartement vide : j'ai tout, merci !

Personne ne répondit avant qu'elle ne s'en aille, mais elle aurait pu jurer que la tête lui souriait.

XV

En entrant dans l'appartement silencieux, elle lança d'une voix forte :

— Je suis rentrée.

Jack était affalé sur le canapé, sa tête blonde affaissée sur sa poitrine, de légers tremblements secouant ses épaules jusqu'au bout des doigts.

Pete laissa tomber les livres et le porte-documents sur le sol à côté de la porte d'entrée, se précipita vers lui et s'agenouilla.

— Jack ? Jack, qu'est-ce qui ne va pas ?

— Ses poignets n'arrêtent pas de saigner, murmura Jack. Ça coule le long de ses bras comme des petites rivières rouges, qui vont jusque dans les conduites, et nous le buvons, nous regardons et nous attendons qu'elle lève la lame et taille à nouveau dans la chair.

Pete le saisit par les épaules et le secoua.

— Ce n'est pas réel, Jack.

Elle se promit de retrouver l'agent immobilier qui leur avait vendu, à Terry et elle, cet appartement, et de l'étrangler. D'abord l'ombre, et maintenant ça ; une nana qui s'était tailladé les veines dans la baignoire de Pete.

— Je l'entends crier, murmura Jack.

— J'ai ton porte-documents, lança Pete désespérée. Jack, s'il te plaît, parle-moi.

Il passa ses mains sur son visage et, dans un effort visible, leva les yeux vers elle.

— Lawrence ne t'a pas posé de problèmes ?

— Il est bien plus avenant que toi, répondit Pete en tendant à Jack les livres et la serviette.

Jack esquissa un demi-sourire. On était loin de son sourire diabolique, mais Pete s'en contenta.

— Bien, fit Jack, en passant ses doigts sur le cuir abîmé du porte-documents.

Sa caresse révéla que ce dernier était verrouillé et qu'il n'avait pas de système d'ouverture par combinaison, simplement une plaque gravée portant un serpent qui se mordait la queue.

— Qu'est-ce qu'il y a dedans ? demanda Pete.

— Des affaires à moi, répondit Jack.

— Tu n'as pas l'air de vouloir que quelqu'un y mette son nez, observa Pete.

— Oh, ceux qui me connaissent ont mieux à faire que fourrer leur nez dans mes affaires, répondit Jack. Ce fichu verrou appartenait à Marius Cross, l'ancien propriétaire.

Pete n'avait pas de mal à imaginer ce qui avait pu arriver à Marius Cross, porte-documents verrouillé ou non.

— Tu le lui as pris ?

— Je l'ai pris à son cadavre, précisa Jack. Crois-moi, ma belle, il n'en avait pas besoin.

— Bon, on y va ? lança Pete en refoulant l'angoisse qu'elle sentait monter, exactement comme quand elle s'était trouvée dans le cercle sur le sol de la tombe.

— Sois gentille, trouve-moi une aiguille, ou un couteau tranchant… Quelque chose avec lequel je puisse me piquer ! dit Jack.

Pete fit mine de l'arrêter d'un geste, secouant déjà la tête.

— Non, Jack. Plus de sang.

Est-ce qu'il la pensait complètement stupide après la dernière fois ?

— Chaque seconde que tu passes à discuter avec moi est une seconde perdue pour le précieux espoir de l'avenir de notre nation, fit remarquer Jack.

— Tu n'es pas censé avoir une once de logique, murmura Pete. (Elle fouilla dans son ottoman à la recherche du nécessaire à couture et tendit une aiguille à Jack.) C'est perturbant.

— Je n'aurais jamais pensé que tu avais une passion pour la couture, fit Jack.

Il se piqua sans la moindre hésitation ni le plus petit soupir et passa son doigt taché de sang sur le verrou. Le serpent se déroula et le porte-documents émit trois déclics.

— C'est à Terry, répondit Pete. Ses chemises étaient cousues main, alors il les reprisait si cela s'avérait nécessaire.

— Pédé, lâcha Jack.

La couverture du porte-documents s'ouvrit, aussi inquiétante qu'une gueule de crocodile.

— Ce n'est pas parce que quelqu'un répare des choses au lieu de les briser en morceaux que c'est un pédé, fit Pete sèchement. Tu es vraiment un con, Jack.

— Ce n'est pas un scoop, ma belle. (Il l'observa par-dessus le cuir délabré de la serviette.) Tu fais toute une histoire pour défendre un abruti que tu as largué.

Pete passa ses pouces sur ses tempes. Jack se saisit d'un miroir et d'un sac en velours qui se trouvaient dans la serviette. Le sac laissa échapper un cliquetis qui rappelait le bruit d'un serpent.

— Pour ta gouverne, répondit-elle calmement, c'était lui qui m'a larguée.

— Ce n'est pas surprenant, lança Jack. Je supposais juste que c'était toi qui étais partie parce que tu semblais en avoir une certaine pratique la dernière fois que je t'ai vue.

— Oh, va te faire foutre, coupa Pete. Toi et ton petit sac de billes.

Pile au moment où Jack semblait donner du mou, sa rage revenait en force, comme une infection de mauvais esprit.

— Ce ne sont pas des billes, précisa-t-il.

Il plaça le miroir sur l'ottoman et secoua le sac, en lançant à Pete un sourire qui lui donna la chair de poule au lieu de la réconforter.

— Qu'est-ce que c'est alors ?

— Ce sont des os, ma belle, répondit Jack. (Il lança le sac. Les morceaux blancs heurtèrent le miroir dans un cliquetis de mort.) C'est un sac d'os.

Pete recula instinctivement, sentant un frisson de froid intense provenir des os. Chacun d'eux était rond et présentait un centre noir à l'endroit où la moelle avait été retirée. Ils avaient été polis jusqu'à briller intensément, et quand Jack les ramassa et les fit jouer dans ses mains serrées, ils firent le même son que des perles.

— Je me sens toujours un peu idiot quand je fais ça. Marius était un ancien sorcier vaudou, et ils adorent le côté théâtral et leurs poulets décapités.

— Dis-moi que nous n'aurons pas à tuer des oiseaux pour obtenir un résultat, murmura Pete.

Elle commençait à se sentir ridicule, plutôt qu'ennuyée par Jack et les os qu'il secouait. Elle avait déjà vu cette scène trop de fois dans des films stupides pour y accorder la moindre crédibilité.

— Ne sois pas bête, répondit Jack. Trouve-moi juste les photos des mioches et mets-les sur le miroir pour que je puisse me concentrer sur quelque chose. Ensuite, reste bien derrière.

Pete sortit les photos d'identité de Patrick et Diane de leurs dossiers, et les plaça soigneusement sur le miroir. Entouré d'un cadre en bois noir, celui-ci était aussi froid que du mercure dans l'air arctique. Pete sentit l'angoisse remonter de l'endroit de son esprit où se terraient ses cauchemars. Elle recula autant que cela lui était possible sans montrer de façon indiscutable qu'elle avait des doutes.

Jack se mit à secouer les os plus vite. Les cliquetis se transformèrent en un faible murmure, et Pete crut que les yeux de Jack s'étaient retournés dans sa tête jusqu'à ce qu'elle réalise qu'il regardait toujours droit devant lui, mais que le bleu de ses iris était à présent recouvert d'une couche blanche qui s'étendait comme du givre depuis la pupille de ses yeux.

— Jack ? demanda-t-elle d'un ton hésitant.

Elle se sentait opprimée. Quelque chose d'inexplicable prenait possession de la pièce tandis que la tête de Jack basculait en arrière et que ses mains tremblaient comme s'il était en proie à une crise de panique.

— Jack ! hurla Pete en le voyant se raidir puis, dans un sursaut spasmodique, jeter les os sur le miroir et les photos des enfants.

Les os s'immobilisèrent à l'endroit exact où ils étaient tombés, comme s'ils étaient aimantés. Pete eut l'impression de distinguer un reflet noir dans le miroir avant que Jack soupire et tourne la tête de gauche à droite.

— Foutues transes ! J'attrape des crampes au cou à chaque fois.

Le reflet battit des ailes et disparut. Cela avait été aussi éphémère qu'une image sur la pellicule d'un film. Pete se persuada qu'elle l'avait imaginé. Le feu et les visions de Jack étaient son monde à lui. Elle ne les voyait pas, et ne voulait surtout pas les voir.

— C'est tout ? demanda-t-elle. (Sa voix était faible et douce et elle déglutit pour l'affermir.) Ça avait l'air terriblement simple.

Jack la fusilla du regard avant de se pencher pour examiner les os. Il se remit à trembler.

— Va te faire voir. Ça n'avait rien de simple !

— Tu peux prendre la couverture qui est sur le dossier du canapé si tu veux, proposa Pete. Jack renifla, et se servit d'un coin de la couverture pour se moucher.

— Merci. (Il passa sa main au-dessus des os, les doigts écartés, une fois, deux fois, trois fois.) Ah, dit-il, d'un ton déplaisant.

— Ce n'est pas bon ?

Pete sentit le désespoir l'envahir. L'espoir fou que Jack pourrait répéter sur les nouveaux enfants disparus la magie qu'il avait réalisée avec Bridget se réduit brutalement, entraînant avec lui l'idée qu'il ferait une prédiction et que tout serait palpable et simple.

— Si, c'est plutôt bon, répondit Jack. Mais ça ne va pas te plaire. Tu as un plan de la ville ?

Pete alla récupérer celui qui était dans son bureau et qui portait à plusieurs endroits des marques concernant d'anciennes affaires. Jack essaya de le déplier de ses doigts tremblants, réussit à la deuxième tentative et pointa un doigt sur un lieu proche du cœur de la ville.

— Les gamins sont là.

Pete plissa les yeux pour déchiffrer « Cimetière de Brompton ».

— Je connais ce quartier, dit-elle. Ce n'est pas très loin de là où j'ai grandi. (Elle regarda Jack.) Tu es sûr ?

— Évidemment que je suis sûr, grommela Jack.

Il renifla et s'essuya le nez d'un revers de main. Ses yeux étaient bordés de rouge et il frissonnait régulièrement, comme si un vent d'hiver le transperçait, mais ses joues n'étaient plus aussi jaunes et maladives que quelques heures auparavant. Ses mouvements étaient plus vifs, ressemblaient moins à ceux d'une marionnette sans vie et davantage à Jack tel qu'elle l'avait connu.

— D'accord, lança Pete. (Elle fouilla dans son sac pour trouver son portable et se mit à composer le numéro d'Ollie Heath.) Quelle est la partie qui est censée ne pas me plaire ?

Jack passa encore ses doigts au-dessus des os et Pete sentit une nouvelle vague de froid lui parcourir l'échine.

— Il y a de la magie noire autour des enfants, indiqua Jack. Pour être plus précis, il y a des êtres qui utilisent la magie noire. Des sorciers.

Pete conserva sa contenance.

— Je pense que je suis capable de faire face à quelques frappés en capes noires qui dessinent des pentagrammes, Jack.

— Tu ne comprends pas. (Il soupira comme si elle venait juste de lui dire que Londres était la capitale de la France.) Si des sorciers ont pris les enfants, il y a quelque chose qui se trame. Tu as dit que Bridget Killigan avait été aveuglée ?

— Elle présente également une certaine amnésie, répondit Pete.

On est allés voir le vieil Homme Froid. Il habite au bout du chemin obscur, juste après le virage.

— Et merde, murmura Jack. Prépare-toi, Pete, ceux qui ont kidnappé les gosses sont dangereux et seront certainement de mauvais poil lorsque nous les retrouverons. Quelque chose se prépare, crois-moi sur parole. Je sens quelque chose d'obscur s'accumuler autour de ces enfants, et également autour de la première. Je ne l'ai vue que parce que les voix des fantômes se faisaient trop fortes et que j'essayais de les faire taire.

Il se frotta les bras, de haut en bas, selon un rythme inconscient.

— Tu as une idée de la force qu'il faut à une ombre pour percer l'euphorie dans laquelle te plonge la drogue, Pete ? Suffisamment pour éclairer l'oxygène. C'est toute la terre des morts qui vrombit et c'est le tonnerre d'une tempête qui s'annonce.

Ses yeux étaient brillants pendant qu'il parlait, et son corps vibrait comme une corde, de l'énergie puissante d'un prédicateur dans la rue.

— Qu'est-ce que tu veux dire par « lorsque nous les retrouverons » ? lui demanda-t-elle. Il est hors de question que tu viennes prendre part à une enquête !

Jack esquissa un sourire et croisa ses mains derrière sa tête. Il avait un peu de sueur qui luisait sur son front et il toussait, mais il avait arrêté de trembler.

— Tu comptes jouer la cavalerie à toi toute seule ?

— Ça se pourrait bien, répondit Pete. Je ne suis pas incompétente.

— Certes, mais tu n'iras pas là-bas toute seule ! Répondit Jack. (Il se releva, titubant, mais marchant, et enfila ses bottes de cavalier.) Tu sais parfaitement que j'ai raison, et qu'il y a de la sorcellerie dans tout ça. Tu vas m'emmener parce que tu ne veux pas te retrouver dans la nuit toute seule.

Pete commença à protester, mais Jack s'arrêta de lacer ses bottes pour lui adresser un demi-sourire peiné.

— Ce n'est pas une faiblesse, Pete ; personne ne le veut.

Si c'était venu de quelqu'un d'autre, elle aurait juré qu'il essayait de la réconforter.

Tout cela aurait été bien moins perturbant si Jack n'avait pas si souvent raison à propos de ses pensées et de ses secrets, mais il était vrai qu'elle n'avait pas vraiment envie de se lancer seule à la poursuite des kidnappeurs, dans un cimetière, de nuit. Newell allait lui passer un sacré savon pour avoir agi sans prévenir.

— Qu'est-ce que tu en as à faire de ces enfants ? demanda-t-elle. Tu n'es même pas là pour m'aider. Tu veux juste entendre les fantômes, c'est ça ? Tu ne fais pas ça pour les autres.

Jack remua la tête.

— Ce n'est pas mon cas qui nous intéresse actuellement. (Il haussa une épaule osseuse.) S'il y a des sorciers dans cette affaire, au moins je pourrai me marrer un peu. Tic-tac, inspecteur. C'est toi qui n'arrêtes pas de dire qu'on manque de temps.

— Je te déteste, murmura Pete, en décrochant son manteau de la patère et en prenant une torche dans la table du couloir.

Après quelques secondes d'hésitation, elle sortit également les menottes et les accrocha à sa ceinture. Faible protection contre ce qu'elle imaginait rencontrer là-bas, même dans son esprit à elle.

Jack haussa les épaules d'un geste de mépris dans son blouson en cuir, faisant du même coup frotter des chaînes sur les pointes de forme pyramidale. Puis il emboîta le pas à Pete qui sortait de l'appartement.

— Je peux parfaitement vivre avec l'idée que tu me détestes. Au moins sur ce point, nous sommes quittes.

XVI

LA SECTION DE Brompton dans laquelle Jack la conduisit était petite et intime, abandonnée par un Londres qui avançait en permanence, oubliant ses morts restés derrière. Des jardins et des appartements en briques penchées s'accumulaient contre les murs recouverts de mousse.

— C'est une vue de rêve pour un fan de gothique, non ? lança Jack en grattant le cadenas d'une grille rouillée. Tu as une clé dans la Mini ? Je connais quelques types qui paieraient cher pour récupérer de vieux os et de la poussière de cimetière.

Pete se pinça entre les yeux.

— Je ne m'abaisserai même pas à te répondre.

Jack lui adressa un sourire, lèvres closes.

— Honnête fille. J'imagine que c'est pour ça que tu es flic, n'est-ce pas ?

— J'ai quelques qualités pour ça, reconnut Pete.

Elle se remit à marcher, écartant les herbes qui lui arrivaient jusqu'à la taille dans le chemin qui se rétrécissait, parmi les tombes affaissées qui s'effritaient depuis la base. Jack l'attrapa par le poignet.

— Hé ! Où crois-tu que tu vas comme ça ? Moi devant !

— Laisse tomber, nous ne sommes plus à l'ère victorienne, répondit Pete en repoussant de petites branches qui venaient lui toucher le visage et les cheveux.

En grommelant, Jack la suivit jusqu'à une trouée où l'herbe avait été piétinée.

Devant eux, des pierres tombales penchées dans tous les sens ressortaient de l'herbe morte. Un chemin qui conduisait à deux cryptes à l'arrière du terrain était envahi d'orties. Pete sentit le souffle de fantômes lui caresser les joues, les soupirs de morts oubliés depuis longtemps qui gênaient ce silencieux lopin de terre. Elle frissonna. Il aurait mieux valu ne pas savoir.

Jack tressaillit et se frotta les yeux.

— Tu aurais dû me laisser prendre mon héroïne, Pete.

— Tais-toi, siffla Pete.

Bien que ce fût presque invisible dans la lueur brumeuse des lampadaires, elle était certaine d'avoir vu une bougie dans le mausolée sur la gauche. Elle toucha le bras de Jack.

— Il y a quelqu'un d'autre ici.

Elle sentit un frisson naître entre ses omoplates. *N'importe quoi* pouvait attendre dans la structure en brique affaissée, aucune possibilité envisageable n'était agréable ou n'avait tendance à la laisser partir vivante.

Jack jeta un coup d'œil vers la crypte éclairée par la bougie.

— Tu as une clope ?

Pete lui en tendit une. Le visage squelettique de Jack fut brièvement éclairé lorsqu'il alluma la cigarette.

— Bien. Allons chercher tes fichus gamins.

— Attends !

Pete lui fit faire un demi-tour complet en le rattrapant par le bras. Pendant un moment, elle avait oublié qu'il était aussi léger qu'une plume. Jack la dévisagea et elle s'expliqua.

— On ne va pas foncer tête baissée comme ça. Il y a des procédures à suivre. Par ailleurs, nous ne savons pas ce qu'il y a là-dedans.

— De la magie noire, lui répondit Jack. Cet endroit en est complètement imprégné. Ça en est presque aussi palpable qu'une toile d'araignée sur le visage.

— Quoi qu'il en soit, rétorqua Pete, nous devons faire attention si nous ne voulons pas nous faire trucider.

— Ceux qui ont kidnappé les enfants ne risquent pas de nous envoyer une invitation écrite, lança Jack. Les sorciers comprennent la force, Pete, alors je vais leur en donner.

— Mais nous ne savons pas combien ils sont ! murmura Pete tandis que Jack se libérait de son emprise et avançait parmi les herbes brunes recouvertes d'un givre précoce qui craquait sous ses semelles. Maudit gazon arrogant impulsif stupide, lâcha-t-elle en se lançant à sa poursuite.

Jack fit connaissance avec la porte en y envoyant un grand coup de pied. Le bois noir trembla. De la pourriture et de la poussière sèche tournoyèrent autour de lui, donnant un aspect véritablement fantomatique à sa silhouette sombre et osseuse.

Pete se hissa à son niveau en criant « Police ! » avec un temps de retard. Elle pria pour que, quelles que soient les ressources occultes dont disposaient les kidnappeurs, ils n'aient pas également sur eux des armes à feu.

Les deux hommes au centre de la crypte étaient jeunes. C'est ce que Pete remarqua en premier. L'un d'eux avait encore une poussée de boutons sur la joue droite, et leurs visages n'étaient ni suffisamment durs ni suffisamment froids pour masquer la peur coupable dans leurs yeux. Dans un restaurant ou un club, ils auraient ressemblé à n'importe quel étudiant ayant forcé la dose : blousons noirs hors de prix, jeans noirs et autour du cou, des breloques en argent en forme de roues qui ressemblaient à des araignées venimeuses.

L'un d'eux retrouva l'usage de la parole, d'une voix teintée de colère.

— Qui êtes-vous ?

Jack esquissa un sourire.

— Je m'appelle Jack Winter et je suis là pour réaliser vos pires cauchemars.

Les deux garçons vêtus de noir regardèrent Jack d'un air méfiant, puis échangèrent un regard interrogateur. Le boutonneux haussa les épaules en signe d'ignorance. Puis ils se mirent tous les deux à rire au nez de Jack.

Pete posa une main sur l'épaule de Jack. Il frissonna à son contact, comme une feuille par grand vent.

— Qu'avez-vous fait de Patrick Dumbershall et Diana Leroy ? demanda-t-elle d'une voix égale. Je vous avertis, si vous me mentez sur ce point, vous risquez de me mettre tellement en colère que je pourrais bien vous faire mal. À tous les deux. Méchamment.

Nouvel échange de regards, frottements nerveux des pieds sur le sol en pierre de la crypte. Le son évoquait désagréablement le rêve de Pete. *Prends ce qui est à toi, Pete Caldecott.*

— Allez vous faire voir, lâcha le deuxième garçon. Nous ne faisons rien de mal.

— Je suis inspecteur de la Metropolitan Police et mon associé vous a identifiés comme étant les kidnappeurs de deux enfants, déclara Pete, en faisant un pas en avant. Ces deux faits, ajoutés à votre présence dans cette tombe, me conduisent à vous arrêter. Mains sur la tête, face au mur.

Avant qu'elle puisse esquisser le moindre geste, Pete sentit l'électricité remonter en elle, le long de sa colonne vertébrale, explosant dans son cerveau comme si elle avait reçu un coup sur la tempe. Une puissance telle qu'elle n'en avait ressenti qu'une seule fois lorsqu'elle s'était retrouvée face à Jack de l'autre côté du cercle grossièrement tracé à la craie, douze ans auparavant. Pendant la seconde d'hésitation qu'elle marqua, la magie du sorcier claqua en elle.

Un souffle, comme un mur, comme quand elle avait vu le couvercle fermé du cercueil vide aux funérailles de Jack, gifla Pete et l'envoya s'écrouler au sol, dans la poussière, aux pieds de Jack.

Le sorcier sourit, repliant les doigts pour former un pistolet, et inspira une bouffée d'air en s'apprêtant à prononcer des mots magiques.

Il n'en eut jamais le temps.

Jack tendit la main droite, les doigts écartés, comme s'il voulait prendre une photographie. Puis il tordit la main, et le sorcier qui se tenait à droite tomba à genoux, le visage tordu et suppliant.

— Je… Qu'est-ce ?

Ses mots se perdirent dans un glouglou étouffé.

Jack fit un pas vers le garçon à terre et Pete sentit que le second sorcier puisait dans la magie noire qui ondoyait à la limite de la visibilité et du son. Elle franchit la distance qui la séparait du sorcier et lui envoya un bon crochet du droit dans sa mâchoire mal rasée. Elle sentit une douleur lancinante entre sa première et sa deuxième phalange. Le sorcier était retombé sur son séant, les yeux inondés. Pete bougea la main et dit :

— Pas un geste, à moins que vous ne teniez à prendre vos repas à la paille pendant quelque temps.

La victime de Jack se tenait la gorge, pleurnichant. Pete perçut une ombre obscure au-dessus de Jack et du sorcier, comme la chose qu'elle avait vue dans le miroir, une silhouette portant robe et capuche, qui observait d'un air impassible avec des yeux de corbeau.

Jack prit la parole, ce qui eut pour effet de briser la vision.

— J'ai mis ton cœur sur pause, abruti. Est-ce que tu veux que je fasse sortir ton sang par les yeux, maintenant ? Ton cercueil sera fermé et verrouillé quand j'en aurai fini.

Jack serra à nouveau les doigts et l'homme se mit à hurler, des traînées de sang sortant de son nez et de sa bouche, et des larmes rouges ruisselant sur son visage.

— Tu rigoles moins, hein, espèce de connard bigleux ! cracha-t-il.

— Jack, dit Pete.

Elle n'avait jamais vu cette expression de rage sur le visage de Jack, pas même lorsqu'il avait frappé un skinhead au *Fiver's* avec son micro pendant une bagarre. Non pas que le nazi ne le méritait pas. Ni le kidnappeur, aujourd'hui. Mais regarder Jack torturer ce garçon retournait l'estomac de Pete. Elle l'attrapa fortement par le coude.

— Jack, arrête !

Il regarda Pete en clignant des yeux, presque comme si elle était apparue de nulle part.

— Bien, murmura-t-il, de toute façon, ce n'est plus très amusant.

Il claqua des doigts, et le sorcier eut un sursaut, puis s'immobilisa.

Pete eut la sensation de s'être vidée de son propre sang en même temps que le garçon.

— Jack, murmura-t-elle, d'une voix blanche. Est-ce que tu l'as tué ?

— Mm ? Oui, probablement, répondit Jack avec un léger sourire. Ce n'est pas une grande perte pour l'humanité, crois-moi.

Bordel. Putain, fait chier, merde ! faillit s'écrier la logique de Pete. Jack, un Jack innocent et énervé, avait tué un autre être humain.

Un kidnappeur. Quelqu'un qui n'avait pas hésité à aveugler une enfant de huit ans. Bridget Killigan tourna son visage vers Pete et lui souffla de laisser mourir le sorcier.

— Dis-moi où sont les enfants avant qu'il te fasse pire, dit Pete à voix haute en s'adressant à celui qu'elle avait cogné.

Plus tard, quand elle serait seule et en sécurité, elle pourrait s'effondrer. Pour le moment, Patrick et Diana n'avaient aucune chance de s'en sortir sans elle, l'inspecteur froid et imperturbable.

— D-Dieu…, bredouilla le sorcier, qui ressemblait à présent exactement à ce qu'il était, à savoir un garçon effrayé. Nous n'avons… Je veux dire, vous ne pouvez pas juste…

— Ton Dieu n'est pas là pour toi, asséna Pete. *Maintenant, parle.*

Le sorcier fit ce que de nombreux autres criminels que Pete avait connus avaient fait avant lui : il se releva et se mit à courir, se cognant l'épaule contre la porte de la crypte, trébuchant, se relevant et se remettant à courir vers Old Brompton Road.

Jack leva la main droite et Pete sentit une vague de puissance envahir son esprit.

— Laisse-le partir, fit-elle.

Jack le contemplait avec ce regard gris ardoise que Pete avait déjà vu. *Aucune pitié,* identifia-t-elle. Elle aurait pu se mettre elle-même à la poursuite de l'autre abruti, mais cela signifiait qu'elle aurait dû laisser Jack et le sorcier mort seuls. Pete serra les poings de frustration en regardant le spécimen vivant franchir le mur d'un jardin et disparaître de sa vue.

— Oui, c'est ça, déclara Jack. Cours, petit homme. Laissons-le raconter à ses potes ce qui s'est passé ici lors de leur prochaine sortie en boîte. Ou lors de leur prochaine séance de maquillage, ou peu importe ce que ces petits cons font aujourd'hui…

— Tais-toi ! intima Pete.

Elle entendait vaguement quelque chose, à la limite de ce qui était audible. Une plainte sèche et étranglée. Des pleurs, qui provenaient de dessous les pierres.

— Ils sont là, dit Pete dans un soupir de soulagement. Patrick et Diana.

Jack la regarda en clignant des yeux, quelques vrilles d'un blanc glacé disparaissant pour laisser place à la couleur de ses iris. Puis il redevint lui-même.

— Je ne vois rien dans cet endroit qui pue le renfermé.

— Sous les dalles, lança Pete en guise d'explication, puis elle se mit à chercher autour d'elle la trappe qui permettait d'accéder à la crypte.

— Ici, s'écria Jack en s'arc-boutant contre un sarcophage gravé du relief d'une petite fille, plus petite que Bridget Killigan ou Diana.

Pete joignit ses efforts aux siens. Elle sentit un élancement dans son dos et essaya de ne pas penser à la prochaine fois qu'elle devrait courir après un suspect.

Le sarcophage se déplaça en émettant un grondement et un crissement de pierre. Une bouffée d'air vicié accueillit Pete, comme l'essence de la mort s'engouffrant dans la nuit claire.

Les pleurs continuaient. C'était les sanglots secs et agités d'un corps dont les larmes étaient taries depuis longtemps et qui était trop brisé pour parler.

— Patrick ? Diana ? cria Pete. C'est la police. Répondez si vous m'entendez.

Il n'y eut rien d'autre en retour que les sanglots murmurés. Pete jura en s'accroupissant et plongea dans l'obscurité. La chute fut plus longue que prévu et elle atterrit durement sur un genou. *Merde !* Dos, genou, elle allait être dans une forme olympique la prochaine fois qu'il lui faudrait prendre part à une intervention.

Une lueur bleue au-dessus d'elle. Le feu magique dansait un lent ballet autour des doigts de la main droite de Jack, qui avait passé la tête par le trou dans lequel Pete était tombée.

— Merci, murmura Pete.

Le fond de la crypte était vieux, recouvert de mousse et de toiles d'araignée intactes, avertissant quiconque oserait s'aventurer là qu'il n'y avait rien d'autre que des morts.

Dans l'angle, enchaînés aux anciennes dalles par une paire de menottes rouillées, Patrick et Diana étaient couchés, nus et en larmes. Un soulagement indescriptible submergea Pete. Elle sentit ses muscles se détendre et son cœur accélérer.

Puis elle vit leurs yeux. Sous la lumière du feu sorcier, ils apparaissaient gris, mais sous un éclairage classique, ils seraient blancs. Aveugles. Vides.

Pete appuya ses paumes contre son visage.

— Merde, dit-elle doucement, juste pour elle-même.

Elle avait retrouvé les enfants, certes, mais leur plainte monotone racontait la même histoire que Bridget Killigan : un esprit fracturé et une vie brisée.

— Il y a quelqu'un de vivant en bas ? demanda Jack. Je risque de me sentir sacrément idiot d'avoir tué ce petit con si c'était pour rien. Même s'il n'a eu que ce qu'il méritait…

— Je t'envoie mon portable, répondit Pete.

Elle avala sa défaite et sentit une boule dans sa gorge. Elle s'efforça de garder le contrôle. Elle était l'inspecteur Caldecott. Elle retrouvait les enfants perdus. Logique. Impassible.

Et une fois encore, trop tard…

— Appelle le numéro qui est enregistré dans la mémoire au nom d'inspecteur Heath et dis-lui que tu es avec moi. Donne-lui l'adresse.

— Tu ne remontes pas les enfants ? demanda Jack, en attrapant son portable à la volée.

Il regarda le clavier d'un air soupçonneux.

Pete se mordit la lèvre jusqu'au sang, s'arma de courage pour faire face au spectacle qui était derrière elle et se retourna vers les enfants aveuglés.

— Non. Pas tant que quelqu'un ne m'aura pas apporté la pince coupante.

XVII

— Quel bordel ! Lança Ollie Heath. (Il passa une main protectrice sur ses cheveux clairsemés et observa Pete avec pitié.) Nous n'avons pas beaucoup de chance dans ce dossier, n'est-ce pas, Caldecott ?

L'ambulance qui transportait Patrick et Diana aux urgences était partie depuis longtemps, laissant la police et le service médico-légal faire son sinistre travail. Pete passa ses mains sur ses poches à la recherche d'une cigarette. Le paquet était vide. Elle jura.

— Heu, ne le prends pas mal, dit Ollie en baissant la voix, mais qui est le type bizarre avec qui tu étais quand tu as appelé ?

Il pencha la tête en direction de Jack. Celui-ci était affalé contre l'extérieur de la grille du cimetière, sous l'arche, les yeux fermés et la dernière cigarette de Pete entre les lèvres. De la fumée s'élevait et lui caressait le visage. On aurait dit un fantôme.

— C'est le mec qui m'a tuyautée, répondit Pete.

Ollie releva les sourcils.

— Je croyais que tu avais dit que ce n'était rien.

— Finalement, c'était quelque chose.

— Ce n'est pas ton style de te balader avec un informateur, Caldecott, lança Ollie d'un air préoccupé.

— Je le connais, reconnut Pete. Il est correct.

C'était un mensonge qui était sorti sans réfléchir. Pour le moment, personne n'avait posé de question sur le sorcier mort, et Pete comptait bien être la première à en parler à Jack. Car en dépit de l'hostilité de ce dernier, elle ne l'aurait pas cru capable de faire du mal. Or, maintenant, le sang du sorcier était sur ses mains à elle.

— Écoute, je vais rester ici pour terminer, si tu veux, annonça Ollie, en lui posant une main sur l'épaule.

Les yeux de Jack, concentrés sur Ollie, avaient viré au noir sous la lumière au sodium et Pete sentit une vibration distincte, comme si un esprit venait de lui souffler dans le cou.

— Merci, Ollie, répondit-elle, en se dégageant. (Ollie Heath était vraiment un bon gars, lent et dévoué à son travail. Pete ne lâcherait jamais Jack sur lui.) Appelle-moi dès que l'hôpital nous autorise à parler aux enfants, d'accord ?

— D'accord, répondit Ollie. Va te reposer un peu, Caldecott, tu es toute pâle.

Je viens juste de voir un fantôme, pensa Pete. Elle sourit à Ollie pour sauver les apparences, et partit récupérer Jack.

— Pour le moment, personne n'a posé de question sur le mort, l'informa-t-elle.

Il haussa les épaules.

— Je leur dirai juste que c'est toi qui l'as fait. Tu as le droit de faire des choses comme ça. L'exercice de ton devoir et tout ça, non ?

Pete serra les lèvres.

— Tu ne diras rien à personne, parce que nous rentrons.

Pour une fois, Jack ne pipa pas un mot et obéit en retournant à la Mini. Pete n'arrivait pas à décider si le fait que Jack reste avec elle plus longtemps était positif ou négatif.

Ils traversèrent les rues de Chelsea en silence. Les feux de la Mini arrivaient à peine à percer le brouillard et, plus d'une fois, Pete vit des formes noires bouger dans la lueur vacillante. Elle sentit les mouvements de sa colonne vertébrale lorsque la Mini rebondit sur les pavés de l'ancienne partie murée de la ville, cœur froid silencieux et humide comme une tombe de surface.

— Il y a quelque chose, dit-elle à voix haute, sans vraiment savoir pourquoi les mots étaient sortis, mais en sachant pertinemment qu'elle avait raison.

— Oui, répondit Jack en appuyant le front contre la vitre. En effet.

— Tu as tué quelqu'un ce soir, lança Pete. Il serait bon qu'on en parle. Ne refais plus un truc pareil quand tu es sous ma responsabilité. Est-ce que tu veux nous envoyer en prison ?

Jack soupira et réussit à prendre un air vraiment ennuyé, les yeux fermés et la tête inclinée en arrière.

— Personne ne t'a jamais dit que tu étais une vraie chieuse ? Tu vas enterrer un mari en moins de temps qu'il n'en faut pour le dire.

— Je suis sérieuse, Jack ! cria Pete. Qu'est-ce qui te donne le droit d'exécuter quelqu'un ?

Jack ouvrit les yeux et se redressa sur son siège.

— Arrête-toi.

— Ça ne va pas ? demanda Pete.

Les phares de la Mini éclairaient des appartements sans fenêtre et des boutiques fermées. Elle ne comptait pas s'arrêter, sauf en cas d'urgence.

— Contente-toi de t'arrêter et ne discute pas ! coupa Jack.

Pete rabattit la Mini vers le trottoir et tira le frein.

— Qu'est-ce qu'il y a ?

Jack indiqua l'entrée délabrée d'un pub surmontée d'un panneau lumineux : « Royal Oaks Public House ».

— Si tu insistes à me faire la morale à propos de ce connard mort, je vais avoir besoin d'un verre.

Il déplia sa carcasse du siège passager de la Mini et sortit dans la rue, traversant devant la voiture. Pete eut une envie pressante d'appuyer sur l'accélérateur et de l'écraser, mais elle préféra couper le moteur et lui emboîter le pas dans le bar.

L'intérieur était enfumé et bas de plafond, mais plus vieux que ne l'avait réalisé Pete. Le long bar était taillé dans le tronc d'un seul et même arbre, tous les nœuds et les marques, ainsi que les panneaux moelleux étant recouverts par une fumée ancienne. Des cercles concentriques tachaient le plafond en plâtre et un juke-box, qui semblait avoir vécu le bombardement, jouait un titre d'Elvis Costello. La musique de « Watching the Detectives » couvrait les conversations.

Jack atterrit sur le tabouret le plus proche en faisant claquer ses pieds et ses coudes osseux.

— Un demi et un whisky, lança-t-il au patron.

— Juste un whisky pour moi, fit Pete, en cherchant son porte-monnaie.

Le patron du bar était imposant et avait la tête rasée. Des phrases en latin étaient tatouées sur ses deux bras sous sa chemise. Il grogna quand il aperçut l'insigne de Pete au moment où elle paya la note.

— Du petit-lait, soupira Jack en descendant son whisky.

— Ne crois pas que tu peux te bourrer suffisamment pour éviter une discussion avec moi, l'avertit Pete.

— Putain ! s'exclama Jack en reposant brutalement le verre sur le comptoir. Qu'est-ce que tu veux que je fasse, Pete, que j'aille à la messe de minuit confesser mes péchés ? Est-ce que ça compte si je fais envoyer une boîte de biscuits à la veillée funèbre ? Quoi ?

— Je ne dis pas qu'il ne l'avait pas mérité, soupira Pete. Il a kidnappé ces deux enfants et il allait nous faire passer un sale quart d'heure. Jack, tu ne peux pas savoir combien de fois j'ai voulu faire ce que tu as fait à un de ses branleurs que je rencontre dans le cadre de mon travail. Mais tu n'as pas le droit…

Jack passa sa main autour du poignet de Pete, l'attirant vers lui jusqu'à ce qu'elle sente l'odeur des vieilles cigarettes et celle, plus récente, du whisky sur sa peau. Il serra jusqu'à faire craquer les os. Pete cria et tenta de se libérer. Mais pendant l'espace d'une seconde, Jack avait retrouvé ses forces, et le feu qui consumait tout ce qu'il touchait brûlait dans ses yeux.

— Le droit de quoi, Pete ? grogna-t-il tout bas. Le droit de tuer des gens ? Tu n'as pas le droit parce qu'il faut respecter ce qui est bien, bon et correct ? Eh bien ! Pete, laisse-moi te révéler un secret. (Et le feu dans ses yeux se mua en un noir profond et maléfique.) Ces gens ne sont plus des voleurs et des tueurs ordinaires. C'est le monde de la magie. Dans ce monde, des gens tuent et des gens meurent, et c'est comme ça. Je ne suis pas désolé d'avoir serré le cœur de ce connard dans un poing glacé et il ne le regretterait pas plus si les rôles avaient été inversés. La magie tue, Pete. Fais-toi à l'idée.

Au bout d'un long moment, alors qu'elle n'entendait plus que les battements de son cœur, Pete lâcha :

— Tu me fais mal.

Jack laissa échapper un murmure de dégoût et la relâcha.

— De plus, est-ce que j'étais censé laisser ces abrutis se foutre de moi sans rien faire ? Par le passé, mon nom avait du poids dans ce milieu. Ces fichus gamins doivent apprendre le respect.

Les mains de Pete tremblaient encore au souvenir du visage du garçon. Elle les plaça autour de son verre de whisky et descendit la boisson cul sec.

— C'est un peu tard pour ça, étant donné que l'un d'eux est déjà en route pour la morgue.

— Ce que je veux dire, poursuivit Jack, en s'adressant davantage à son demi qu'à Pete, c'est que d'une certaine façon ils m'ont fait une faveur. Jusqu'à ce soir, je n'avais pas réalisé à quel point les choses allaient mal. J'ai été oublié, Pete ! Est-ce que tu as idée de ce que ça signifie ?

— Que les fans ne te sautent pas dessus dans les ascenseurs ? hasarda Pete.

Le whisky répandait sa douce chaleur en elle et elle était à présent capable de tempérer la peur et l'incompréhension qu'avaient fait naître les actions de Jack cette nuit.

Les lèvres de Jack esquissèrent un demi-sourire sur le côté gauche de son visage.

— Tu n'as vraiment aucune idée, n'est-ce pas ? De ce que je faisais avant.

— Non, répondit Pete honnêtement.

Elle avait été vaguement consciente qu'un grand nombre des amis de Jack étaient plus vieux et plus sérieux qu'on aurait été en droit de s'y attendre de la part de fans des Poor Dead Bastards. Il y avait également le fait que les tatouages de Jack ne semblaient jamais être exactement les mêmes d'une fois sur l'autre et que, quand il était présent, l'atmosphère n'était plus la même, juste comme avant un orage.

— Apparemment, ça ne fait aucune différence aujourd'hui, grommela Jack dégoûté.

— J'ai juste beaucoup de mal à croire que ces deux ados ont organisé tout cela et qu'ils ont eu le cran d'aveugler trois enfants, répondit Pete.

— Ils ne l'ont pas fait, répondit Jack. Les sorciers ne font qu'obéir à la magie. Quand il y a un sorcier, il y a quelque chose qui tire les ficelles et, très souvent, ce quelque chose est affamé et n'est pas humain.

— Pour qui travaillent-ils, alors ? demanda Pete. Dis-moi ce que je dois savoir pour attraper ce salopard, Jack.

Il prit une gorgée de bière et s'essuya la bouche d'un revers de main avant de parler.

— D'après moi, ces deux-là étaient bien plus expérimentés qu'un éclectique amateur qui bidouille un peu de magie parce qu'il a lu quelques livres poussiéreux à la bibliothèque et que la vie l'a malmené. Celui qui t'a fait faire la culbute avait du talent.

— Un talent gâché, étant donné qu'il est *mort*, murmura Pete.

— Merde, Pete, il faut vraiment qu'on en reparle ?

Jack leva les yeux au ciel et vida son demi, puis fit signe au patron de lui en servir un autre.

Pete se mit à réfléchir : si le sorcier avait été un mafieux russe équipé d'un pistolet obtenu au marché noir, et qu'il avait tiré sur Jack, est-ce qu'elle aurait hésité avant de dévier l'arme et de planter trois balles dans le cœur de l'homme ? Non.

— J'oublie ça pour le moment, dit-elle à Jack. Mais il vaut mieux que ce soit la première personne que tu renvoies à son créateur, Jack. Si je découvre que c'est une habitude…

— La première depuis bien longtemps, lui répondit Jack, en levant une main pour l'arrêter. La mort me suit et je fais de mon mieux pour garder une longueur d'avance, mais ça ne marche pas toujours. Tu en as eu la preuve sous les yeux.

Pete acquiesça.

— Pour le moment, je vais considérer que ce que tu viens de dire est au moins une vérité partielle. À ton avis, qui donne les ordres de kidnapper les enfants ? Et pourquoi des enfants ?

— En dehors du fait qu'ils sont petits et qu'ils rentrent facilement dans le coffre d'une voiture ?

Pete lui jeta un regard glacial. Un demi-sourire se dessina à nouveau sur le visage de Jack.

— Il serait bon que tu libères ce sens de l'humour amputé, inspecteur. Yard l'a enfermé dans une boîte.

— Parle, Jack, coupa Pete. Tu n'apprécies pas plus que ça ma compagnie, tu as été très clair sur ce point, alors terminons-en le plus rapidement possible. Quelqu'un ou quelque chose qui aime utiliser des enfants est toujours là dehors.

Comment allait-elle convaincre Ollie et l'inspecteur principal Newell sur ce point ? C'était là une question à laquelle elle répondrait plus tard.

— D'accord, d'accord, fit-il. Les enfants représentent la vie. La vitalité. L'innocence. Et qui sait quoi d'autre.

Certaines choses, des choses surnaturelles, s'en nourrissent. Elles emportent tout ce qui nourrit l'âme d'un enfant et quand il ne reste plus que la coque, elles sucent cette vitalité et elles s'en servent pour renouveler leurs propres forces. C'est comme prendre le sang et la vie d'un donneur involontaire, avec des effets secondaires suffisamment noirs pour faire plonger le donneur dans la folie.

On est allés voir le vieil Homme Froid…

— Qu'est-ce que ça pourrait être, Jack ?

— Beaucoup de choses. L'incarnation d'un sorcier plus puissant. Un conducteur psychique : quelqu'un qui a le don de voir comme moi, mais qui peut avoir un contact aussi par le regard. (Il se frotta le menton, ses doigts faisant un bruit de papier de verre en passant sur la barbe noire naissante.) Mais si ça prend des enfants, c'est probablement une entité. Quelque chose d'inhumain, ce qui signifie qu'il vaut mieux ne pas s'y frotter à moins de vouloir y laisser son esprit et son âme.

« Dingue » serait la définition que choisirait Pete pour qualifier toute la soirée jusque-là, mais elle se contenta de hocher la tête parce que Jack semblait extrêmement détendu et sûr de ce qu'il disait, pour la première fois depuis qu'elle l'avait revu.

— Comment pouvons-nous le trouver ? Et comment pouvons-nous l'arrêter ?

— Ce ne sera pas facile, annonça Jack. Mais ça ne m'empêchera pas d'y aller. Cette bête, ce crétin fantomatique, semble penser que je suis facile à écraser et à envoyer à la benne. Pauvre con. (Il reposa violemment son verre.) C'est ma faute, mais c'est fini. Maintenant, je suis sur le sentier de la guerre. Personne ne m'évince aussi facilement.

— Pourquoi tu t'es mis à prendre de la drogue ? demanda Pete brutalement. Si les choses étaient si merveilleuses, pourquoi as-tu laissé tomber ?

Jack l'observa longuement. Il n'avait plus la même furie brûlante qu'auparavant, mais une tristesse, l'expression de quelqu'un qui regarde dans le passé en feuilletant un album photo d'une période bien plus heureuse.

— J'étais seul, Pete. Seul avec personne d'autre que des morts pour compagnie. À cette époque, cela semblait la seule façon de ne pas devenir fou, confia-t-il. Et c'est encore le cas aujourd'hui.

Pete se sentit mal à l'aise en voyant passer sur le visage de Jack l'envie de prendre de l'héroïne. Il était là, capable de brandir une arme aussi puissante qu'une mitraillette d'un claquement de doigts, et elle venait tout juste de lui enlever le soutien qui lui restait. Est-ce qu'elle était complètement folle ?

Non, se rappela-t-elle avec fermeté. Non ! Jack avait déjà survécu à la souffrance, et il y arriverait encore, parce que sinon, cela signifiait que Pete terminerait dans une mare sanglante sur le sol de son appartement tandis que lui errerait dans les rues de Londres, à moitié fou, l'héroïne consumant ses veines.

— Je suis là maintenant, fit Jack, qui avait retrouvé sa superbe. Je ne me reposerai pas tant que je n'aurai pas renvoyé cette tête de con au-delà de l'au-delà. (Il releva un sourcil.) Si tu n'es pas contre, Pete, j'aurai besoin d'un assistant.

Pete se mit à rire, et à sa grande surprise, ne cessa pas immédiatement.

— Toi ? Tu veux mon aide ?

Jack avala le fond de son verre, en arrondissant les épaules.

— Je ne vois pas ce qu'il y a de si amusant.

Pete se frotta le front. Personne à Scotland Yard ne voudrait croire que c'était la vraie raison derrière cette histoire d'enfants aveuglés. Mais les choses étaient telles qu'elles étaient, et elle n'allait pas laisser Jack partir en vadrouille tout seul. Qui savait vers quel genre de territoires obscurs il allait, ainsi sur le pied de guerre ?

— Je croyais que tu me détestais, lui dit Pete. Je pensais que le simple fait de me voir te rendait malade.

Voilà ce qui est marrant et qui pose également une question : pourquoi est-ce que je continuerais d'aller dans cette merde plus longtemps que nécessaire ?

Un sourire se dessina sur le visage de Jack. La bière et le whisky l'avaient rendu plus expansif.

— Il n'y a pas beaucoup de femmes qui auraient envoyé un coup de poing à un sorcier en voyant les choses se corser. Tu peux me dire d'aller voir ailleurs si tu y es. Je le mérite probablement.

— Tu veux dire *très certainement.*

Pete tapota du bout des doigts sur le bois noueux du comptoir, en sachant qu'elle ferait mieux de laisser Jack et de retourner à sa vie. Mais si elle le laissait maintenant, ça ne finirait jamais. Elle aurait toujours des cauchemars jusqu'à sa mort.

— Mais tu m'as aidée, poursuivit-elle. Et j'ai toujours une affaire à clore. Alors oui, pour le moment je reste avec toi.

Pendant l'espace d'un instant, ce fut comme si le temps avait eu un circuit défectueux. Un grand sourire éclaira le visage de Jack et il retrouva sa jeunesse.

— Excellent. Je savais que tu accepterais.

XVIII

Tout comme par le passé, Pete se tenait devant la forme ensanglantée vêtue de son linceul, qui tendait la main. La chair cireuse dégoulinait de rouge tandis que la chose au creux de sa paume battait désespérément pour se libérer.

— Prends ce qui t'appartient, Pete Caldecott, souffla-t-il. Prends-le avant qu'il ne détruise ton cœur déchiqueté.

— Je ne sais pas ce que vous voulez ! s'écria Pete désespérée.

Elle avait très froid et se rendit compte qu'elle était en chemise de nuit. Quitte à rêver, elle aurait pu imaginer plus confortable.

— Prends-le, dit l'homme en linceul. Il t'appartient. Il t'a toujours appartenu.

— Elle n'écoutera pas, marmonna une deuxième voix. (Et derrière l'épaule de la silhouette en linceul, la fumée se mit à tourbillonner, s'accumulant autour des chevilles de Pete pour finir par former une figure humaine.) Elle ne voit rien, elle n'entend rien. Elle s'est elle-même crevé les yeux avec un tisonnier brûlant fait de souvenirs. Elle est sourde et aveugle pour nous, à jamais.

Pete savait qu'il était impossible qu'une colonne de fumée se mette à sourire, mais cela n'empêcha pas celle-ci de le faire, et sa voix résonna dans son cerveau, comme des milliers de petits cris en écho.

— Fuis pendant que tu le peux, petite fille, souffla la silhouette. Fuis vite et loin, et ne dors jamais.

Puis il tendit la main vers Pete – elle savait d'instinct que la voix grave et les longues mains tendues vers elle indiquaient qu'il s'agissait d'une entité masculine – et elle poussa un cri en tombant à la renverse, la ridicule chemise de nuit victorienne s'emmêlant à ses pieds et l'envoyant s'écraser sur le sol du cimetière. Celui-ci était meuble et des dizaines de mains pourries l'attrapèrent par les bras, les jambes et partout. La silhouette en linceul tira une épée de la ceinture de son armure sanglante et essaya de la sauver, mais elle était tirée vers l'intérieur, dans la tombe, et la dernière chose qu'elle entendit en se réveillant fut l'homme d'osier, la fumée, qui riait, riait, riait.

— Pete !

Jack la secouait suffisamment fort pour que ses dents s'entrechoquent.

Elle cligna des yeux, regarda son appartement, son salon, qui avait besoin d'un bon coup de ménage. Il y avait des toiles d'araignée dans tous les angles.

Jack la relâcha.

— Tu criais dans ton sommeil.

Pete appuya ses doigts sur ses yeux.

— Ce dont je rêvais le justifiait.

Jack passa une main professionnelle sur son front.

— Tu es brûlante, ma belle, dit-il. Tu es sûre que c'était un rêve effrayant et pas plutôt excitant ?

Pete lui donna une tape sur le bras en voyant apparaître un sourire entendu.

— Très utile, vraiment.

— Je ne peux pas te laisser chavirer au milieu d'une bagarre… si ? lança Jack. Toutefois, je veillerai sur toi personnellement. Je ne voudrais pas être dans les parages si la mort venait frapper à ta porte.

Pete posa les pieds au sol bruyamment et fit un geste qui traduisait certainement son désir inconscient d'étrangler Jack.

— Mais *putain*, c'est quoi ton problème avec moi, Winter ?

Il renifla et détourna le regard vers la fenêtre. Le soleil était haut dans le ciel, attrapant des grains de poussière à travers les volets. Pete sut immédiatement qu'elle était déjà en retard pour aller au travail.

— Comme si tu ne le savais pas, finit par lui répondre Jack avec un haussement d'épaules tellement désabusé que même Iggy et l'ensemble des Stooges en auraient pleuré des larmes de jalousie.

— C'est justement ça le problème, répondit Pete. Je ne sais pas, Jack.

Elle se releva et il lui fit face, la regardant de haut, avec sur les lèvres cette légère amertume qui annonçait la colère. Elle n'aurait pas dû insister, mais elle le fit, parce qu'il était hors de question de laisser Jack poursuivre dans son mépris et son silence.

— Que s'est-il passé ce jour-là, dans la tombe ? demanda-t-elle doucement. J'y ai pensé et j'en ai rêvé tellement de fois. Mais je ne me souviens jamais vraiment. Que s'est-il passé pour que tu me détestes autant ?

La lèvre de Jack se releva d'un air dédaigneux et ses yeux s'obscurcirent à nouveau. Pete s'arma de courage pour faire face à ce qui se préparait, sans vraiment savoir de quoi il s'agissait, mais l'atmosphère entre eux s'était chargée.

— Tu ne te souviens vraiment pas ? demanda Jack, avec ce ton de prédateur au fond de la voix.

Pete secoua la tête, la gorge serrée.

— Ben, voyons ! murmura Jack. À condition que tu dises la vérité.

— Pour quelle raison est-ce que je mentirais ? demanda Pete.

— Tu en sais plus que tu ne te l'avoues à toi-même, répondit Jack. Tu l'as vu, comme moi. Tu y étais, jusqu'à ce que tu te barres.

Les deux derniers mots étaient tellement tranchants qu'ils auraient pu tailler la chair.

— Je n'ai aucune idée de ce dont tu parles, répondit Pete par réflexe, alors même que des images de l'homme de fumée dansaient devant ses yeux.

Jack la regarda pendant un moment, comme s'il ne savait pas bien que faire d'un cadavre encombrant, puis la colère emplit son visage et il leva les mains.

— Et bien, trouve, Pete ! dit-il sèchement.

Sur ce, il partit aux toilettes et claqua la porte.

— Et merde ! jura Pete en se laissant retomber sur le canapé et en enfonçant son visage dans son oreiller.

XIX

Pete traversa tant bien que mal une journée de papiers, de questions et de regards furieux de la part de l'inspecteur principal Newell. Elle rentra chez elle en métro, à côté d'un superbe couple indien qui sentait la sueur et les épices.

— Je suis là, Jack, lança-t-elle dans un réflexe en franchissant le seuil.

L'appartement était plongé dans l'obscurité et elle distingua la lueur d'une cigarette provenant du canapé. Jack rejeta un nuage de fumée qui prit une teinte bleu-blanc dans le reflet du lampadaire.

— Pas trop tôt, répondit-il, en se relevant ! Nous devons partir.

— Où ? demanda Pete.

Elle n'alluma pas. Parler à Jack en ne voyant que la braise de son mégot et le reflet dans ses yeux était étrangement approprié, comme le miroir de centaines de rêves où il était apparu tout juste comme une ombre avec à peine un peu de substance.

Jack sourit en découvrant l'ivoire brillant de ses dents.

— Tu verras.

* * *

Jack avait insisté pour qu'ils prennent le métro. Il sauta au-dessus des grilles et leva les mains en l'air lorsque Pete, lui lançant un regard furibond, passa deux fois sa carte Oyster dans le lecteur.

— Ça va, Caldecott, ne me regarde pas comme ça.

— Où allons-nous ? demanda Pete une nouvelle fois, tandis que le train faisait une entrée tonitruante dans le tunnel et rabattait les cheveux de Jack en arrière.

Il n'y avait qu'eux à la gare de Mornington Crescent. Ils étaient seuls sous les néons vacillants, parmi la fumée et les graffitis sur le carrelage.

— Tu verras bien quand nous y serons, répondit Jack, en tenant la porte pour la laisser passer.

Le métro dépassa Euston et poursuivit sa route vers des stations à peine éclairées où l'on avait juste le temps de distinguer des masses de corps endormis, des jeunes vêtus de cuir qui regardaient dans le tunnel avec des yeux fébriles et des policiers de quartier enveloppés dans une armure de nylon bleu comme d'inquiétantes sentinelles. Pete serra son manteau contre elle et croisa les bras.

— Tu n'as rien à craindre d'eux, ma belle, murmura Jack. Je suis là.

Pete tourna la tête vers lui au milieu des clignotements intermittents des éclairages du tunnel. Chaque éclair faisait ressortir Jack en relief.

— C'est bien ce qui m'inquiète, Jack.

Il soupira et rejeta la tête en arrière, jouant avec une cigarette non allumée entre ses lèvres.

— Nous allons voir un ami.

— Cet ami et toi êtes en bons termes ? s'inquiéta Pete.

Jack haussa une épaule.

— La dernière fois que je l'ai vu, il doit y avoir une dizaine d'années, lui et moi avions des avis divergents.

— À propos de quoi ? demanda Pete qui sentit le souffle froid de la fenêtre passer sur sa nuque.

— C'est une longue histoire, répondit Jack en souriant faiblement. Mais cela concernait deux nuits à Liverpool et une danseuse du nom de Cassidy. Elle faisait ce truc où elle mettait sa jambe au-dessus de sa tête…

Pete leva une main.

— Est-ce qu'il va essayer de nous brûler la cervelle ?

— Non, répondit Jack. Ce n'est pas son style.

— Merci mon Dieu pour ces petites faveurs, fit Pete.

Ils sortirent du métro à Charing Cross et se faufilèrent dans les ruelles adjacentes, dont les pavés résonnaient sous les talons de Pete. Big Ben sonna onze heures dans le lointain. Amplifié par la brume, le bruit résonna de toutes les directions. Pete sentait la Tamise, l'atmosphère humide et pourrie qui s'imprégnait dans la brique, les vêtements et les cheveux.

— Par là, indiqua Jack, alors que sa cigarette s'allumait sans l'aide d'un briquet.

Pete cligna des yeux. Jack rejeta la fumée et lui tendit la clope.

— Tu veux une bouffée ?

— J'arrête, fit Pete contrariante.

Jack se mit à rire, puis à tousser.

— Saloperie. Je déteste cette fichue humidité.

— Va en Arizona dans ce cas, coupa Pete.

Ils étaient devant une vieille rangée de maisons dont les fenêtres, arquées et à meneaux, noires et vides, donnaient sur la nuit.

Pete repéra un mouvement dans son champ de vision et tourna vivement la tête sur sa gauche. Une femme en latex noir luisant comme la peau et un homme qui portait un maillot aux couleurs d'Arsenal disparurent dans une allée.

Jack renifla.

— Je ne t'ai pas fait venir pour que tu tressailles au moindre truc, Caldecott.

Pete s'immobilisa dans la rue et croisa les bras.

— Ce n'est pas le cas, Jack. Je t'ai suivi, non ? Et pour le coup, je ne ferai pas un pas de plus tant que tu ne m'auras pas dit où nous allons.

Jack lui jeta un regard las et aspira une longue bouffée de tabac.

— On t'a déjà dit que tu étais bien trop têtue pour ton propre bien ?

— Tout le temps, répondit Pete. Alors ?

Jack soupira.

— Pete, le soir où tu m'as trouvé, je t'ai dit que j'avais une condition pour faire tout ça, n'est-ce pas ?

— En effet, reconnut Pete prudemment.

— Je t'ai demandé de me croire, rappela Jack. Alors, crois-moi maintenant quand je te dis que je ne peux pas t'expliquer où nous allons et qui nous allons rencontrer. Tu vas devoir être patiente et tu verras bien.

Il se retourna dans un nuage de brume et de fumée de tabac, et se remit à marcher. Pete jura à voix basse et lui emboîta le pas en essayant d'ignorer les avertissements de son estomac qui lui criait que quelque chose d'obscur marchait sur leurs talons, juste à l'extérieur des taches de lumière que dessinaient les lampadaires.

À une ou deux reprises, elle entendit un reniflement et un frottement, de petits bruits secs sur les pavés. Elle garda les yeux sur la tignasse blonde de Jack sans se retourner.

Puis Big Ben sonna minuit.

Pete s'immobilisa et inclina la tête, écoutant l'horloge égrener les douze coups et se disant que soit elle était folle, soit l'horloge avait un problème, soit il devait bien y avoir une explication saine et logique.

— Tu as entendu, fit Jack.

Pete soupira et renonça à faire semblant. Des horloges qui sonnaient minuit à onze heures et demie et des créatures de l'ombre : voilà ce que Jack attendait d'elle. Ainsi soit-il.

— Oui, acquiesça-t-elle. Qu'est-ce que ça signifie ?

La cigarette de Jack atterrit sur les pavés et s'éteignit dans un grésillement sous son talon.

— Ça signifie que nous y sommes.

XX

Jack conduisit Pete dans un étroit passage latéral. Ils arrivèrent à un bâtiment en pierre dont la porte rouge était barricadée de fer.

— Ils prévoient une invasion ? demanda Pete, en indiquant l'entrée.

— Les trois bandes signifient qu'on est en territoire neutre, expliqua Jack. Le fer, c'est pour tenir les Faés à distance.

— Les Faés, répéta Pete. Tu veux dire les fées ?

— Esprits du bien, fit Jack. Porteuses de lumière. Unseelies. Appelle-les comme tu voudras, mais personne ici ne veut de ces petites traîtresses dans le pub.

— Et qu'est-ce que tu entends exactement par « ici » ? demanda Pete.

Jack l'attrapa légèrement par les épaules et plongea ses yeux dans ceux de la jeune femme. Calmes, ils avaient la couleur d'un glacier sous un ciel nuageux.

— Nous sommes chez eux à présent, Pete. Il est presque minuit et les créatures qui peuplent tes cauchemars remplissent les ombres.

— Et je suis censée avoir peur, après t'avoir vu tuer quelqu'un sans sourciller il y a moins de vingt-quatre heures ? demanda Pete, en se dégageant de ses mains.

Il la saisit à nouveau, et la plaqua contre le mur externe du pub, assez violemment pour qu'elle en ait le souffle coupé. Elle lutta, et Jack enfonça ses doigts osseux contre sa chair, suffisamment fort pour lui faire mal.

— Nous ne sommes plus dans le monde diurne que tu connais, Pete, dit-il, d'une voix rauque comme s'il venait de fumer un paquet de cigarettes sans filtre. Nous sommes dans la Pénombre. C'est un milieu dur qui n'a pas beaucoup de pitié pour ceux qui ne sont pas prêts. Des gens meurent ici, Pete, et en général c'est parce que quelqu'un a décidé de les tuer. C'est comme ça. Si tu ne peux pas faire face à la vérité, alors fais demi-tour.

En proie à la panique, le cœur de Pete battait la chamade dans sa poitrine. Elle n'en laissa rien paraître et releva les yeux vers le ciel en inspirant une bouffée d'air vif et froid.

Au-dessus d'elle, quelque chose avec de la pierre en guise de peau grommela et s'installa plus confortablement sur sa perche, en affichant une vilaine gueule de chien sereine.

Pete se força à se concentrer uniquement sur Jack.

— Je t'ai dit que je ferais ce qui était nécessaire pour attraper ce salopard qui s'attaque à des enfants. Je t'ai dit que nous irions au bout. Pas *toi*, seul dans l'obscurité, mais *nous* ! Maintenant, enlève tes mains de moi avant que je te colle mon genou dans l'entrejambe.

Jack lâcha ses bras et souleva le heurtoir à tête de griffon sur la porte du pub. Il le laissa retomber trois fois et la porte rouge s'ouvrit dans un grincement qui trahissait des années d'existence sans graissage. D'un geste courtois, Jack invita Pete à entrer.

— Après toi, ma belle. (Il se mit à sourire en la voyant entrer dans l'atmosphère des lampes à huile, du bruit et de la fumée.) Bienvenue au *Lament Pub* ! lança Jack. Et bienvenue dans la Pénombre !

Pete s'avança et sentit un frisson parcourir non pas sa peau, mais la surface de sa conscience, comme une pierre lisse ricochant sur l'eau d'un bassin.

Ici, l'atmosphère circulait et ondoyait différemment. Les molécules ne suivaient pas un ordre établi, et la lumière et l'ombre se dérobaient. Ses yeux n'arrivaient pas à faire le point. Elle sentit une pression écrasante sur son crâne, comme si ses sens prenaient tous une ampleur démesurée en même temps, odeur, goût et son atteignant des niveaux qui menaçaient de la submerger. C'était pire que quand son intuition lui ouvrait l'esprit. Pire que ses rêves, et la tombe elle-même, pleine de fantômes et d'obscurité. La magie des lieux s'infiltra dans le crâne de Pete et referma son emprise sur elle, la laissant chancelante.

Jack referma sa main sur le poignet de Pete. Le contact était rassurant, pas rude.

— Tout doux, ma belle. La première fois est toujours la plus difficile.

Pete ferma les yeux et respira, tout comme elle avait respiré la première fois qu'elle s'était retrouvée devant un cadavre. Un noyé, un ivrogne sans domicile dont le corps ballottait contre les bords de la Tamise. Pete ferma les yeux et se persuada que le pub devait être dans son esprit, tout comme elle avait visualisé le cadavre derrière ses paupières closes, sans trace de vie dans les yeux noirs vitreux. Elle serra les dents et rouvrit lentement les yeux.

Le pub était empli d'un brouhaha de conversations qui recouvrait les mots des différentes voix. Un nuage de fumée de cigarette enveloppait les groupes de petites tables rondes et de têtes inclinées, ainsi que le bar massif recouvert d'ébène. Un homme assis lui tournait le dos. Il arrondit les épaules et Pete eut le temps de voir, l'espace d'un moment, une longue rangée de côtes, avant que celles-ci reflètent la lumière et disparaissent sous le glamour d'un manteau rongé par les rats. Une piste de danse et son juke-box, avec les 45 tours originaux, étaient installés dans un angle, parfaitement décalés dans ce vieux pub qui aurait pu accueillir Shakespeare et Marlowe, discutant ensemble dans un recoin obscur.

Tout était légèrement étrange, et en même temps très habituel, dépourvu du sentiment flou et stressant que *quelque chose n'allait pas* qui avait envahi Pete à son entrée dans les lieux. Les cris de la magie s'atténuèrent, puis disparurent, entraînant avec eux la douleur dans sa tête. Les visages qui l'observaient, dont quelques-uns présentaient des dents pointues, retournèrent à leurs verres et à leurs conversations.

Elle se retourna vers Jack, qui affichait un léger sourire en l'observant.

— Je me disais bien que tu t'adapterais, dit-il comme s'il avait parié contre Pete avec lui-même.

— Qui est cet ami que nous sommes venus voir ? demanda Pete.

— C'est la troisième fois que tu me le demandes, fit Jack. Si j'étais le diable, je serais obligé de répondre.

Il aida Pete à enlever sa veste et l'accrocha sur l'une des patères métalliques à même la porte. Il y en avait plusieurs autres : une veste de motard en cuir, une cape en laine, une fourrure avec le crâne du malheureux loup encore attaché.

— Oui, mais tu prendrais mon âme en échange, répondit Pete en souriant.

Jack observa le vide derrière elle puis croisa son regard. Le sien était voilé et presque en deuil.

— Qu'est-ce qui te fait croire que ce n'est pas déjà fait, ma belle ?

Pete leva les yeux au ciel.

— Je vais prendre quelque chose à boire.

Elle s'empara d'un tabouret et fit signe au patron, un beau jeune homme pâle à la chevelure noire ébouriffée et aux piercings argentés qui descendaient le long de ses oreilles et ornaient son nez. Il baissa la tête en guise de réponse, et Pete entrevit des guerriers celtes, marqués au fer rouge et peints en vue d'un sacrifice ou d'une bataille.

— Qu'est-ce que vous prenez ? demanda-t-il avec un sourire enchanteur, son bras musclé posé sur le comptoir devant Pete.

Sa peau était plus blanche que l'albâtre, aussi pâle que celle d'un mort, et contrastait avec le comptoir sombre.

— Je… Une chope de…

Pete cligna des paupières. Ses yeux étaient noirs… Quelques secondes auparavant, ils avaient été verts.

— Une chope de quoi, mademoiselle ?

L'amusement se lisait dans sa voix et dans ses yeux sauvages. La gorge de Pete se serra douloureusement tandis qu'elle essayait de déglutir et de parler.

— Une… je… bière pression ?

Elle n'arrivait plus à relier les mots entre eux pour former une phrase cohérente.

— Vous voulez de l'hydromel ? Ou plutôt une bière vieillie en fût de chêne ? demanda le patron.

Il se pencha vers Pete qui entendit les tambours, sentit la fumée des feux de Beltane et les cris perçants des hommes de la tribu rivale qui étaient morts par sa lame.

— Bière vieillie en fût de chêne, murmura Pete, avec cette impression d'être à l'extérieur d'elle-même et de se voir très, très proche d'un homme qu'elle connaissait ni d'Ève ni d'Adam, envers qui elle avait des pensées très sauvages, ce dont elle se fichait éperdument parce qu'il était magnifique. Sauvage.

— C'est quoi ça ?

— Quelque chose dont tu ne veux pas, répondit Jack en s'appuyant sur le comptoir à côté d'elle.

Avec un déclic audible, ce qui retenait Pete dans l'œil du patron se brisa et elle se retrouva assise toute droite, les joues rouges.

— Je voulais juste blaguer un peu, mec, lança le patron d'un air amusé qui traduisait une insupportable suffisance. Je ne savais pas qu'elle était accompagnée.

— Eh bien maintenant, tu le sais, grogna Jack. Et la prochaine fois que tu essaieras d'imposer ton nectar de fée à un humain, je te mets la tête à l'envers jusqu'à ce que tu arrêtes de bouger.

— Il n'y a pas eu de mal, s'exclama le patron, en levant les mains. Je n'avais pas réalisé qu'elle était mortelle. Calme-toi, mon vieux, et bois quelque chose.

D'un geste vif, comme un serpent à la morsure mortelle, Jack saisit le patron par la gorge, ses doigts encerclant les cordes vocales.

— Tu as une idée de qui je suis, espèce de veau ? siffla-t-il. (Le patron s'étrangla.) Je m'appelle Jack Winter, lâcha-t-il en le repoussant d'un coup puissant qui fit tressaillir les verres propres derrière le comptoir.

L'homme devint encore plus pâle qu'il ne l'était déjà, pour autant que cela fût possible.

— Je… je ne savais pas, monsieur. Excusez-moi, mage.

Il baissa à nouveau la tête, mais cette fois c'était pour éviter de croiser le regard de Jack.

— Deux chopes de Newcastle, commanda Jack. Et dégage.

Le patron lui servit sa commande et recula à l'autre bout du bar, où il fit semblant d'essuyer soigneusement les verres.

— Sinistre branleur, murmura Pete, qui finit ainsi d'achever les derniers vestiges de l'ancienne aura froide du patron.

— Ce n'est qu'un satyre, fit Jack. Un pénis sur pattes reliées à un tronc cérébral. N'y fais pas attention.

— Dis-moi que ce n'est pas lui que nous sommes venus voir, murmura Pete.

Elle avait l'impression d'avoir touché de la viande putréfiée, ou un mur en brique recouvert de mousse et de moisissures.

— Non, répondit Jack en indiquant quelqu'un derrière son épaule. Il est là-bas, seul. Comme toujours.

Le regard de Pete fut attiré vers le fond du pub, à un endroit où les néons du plafond et les lampes conspiraient pour plonger une zone dans l'ombre. Un homme y était assis, solitaire. De la fumée verte et odorante montait de sa pipe pour former une couronne de jeunes feuilles avant de se dissiper.

Jack lui donna un coup de coude.

— Allez, viens.

Il s'empara des deux chopes de Newcastle Brown et se dirigea vers la table d'un pas mesuré. À le voir avancer ainsi, Pete aurait juré qu'il y allait à reculons, ou avec une sorte de respect.

L'homme, qui était assis seul et fumait, n'avait rien de notable en tant que tel. Pete serait passée à côté lui dans le métro ou chez le marchand de journaux sans le remarquer. Pourtant, il y avait quelque chose de malicieux dans sa bouche et ses yeux, lesquels brillaient d'un agréable reflet brun. Il était plus âgé que Jack, portait une barbe noire bien taillée et une veste sport rapiécée aux coudes.

Jack posa les chopes sur la table et sourit.

— Ça fait longtemps, Chevalier.

Lorsque l'homme se retourna pour les dévisager, Pete entendit un bruit impétueux, comme si un vent de printemps avait dérangé un bosquet sacré, et elle vit très clairement un arbre, ancien, ses branches perçant le ciel tandis que ses racines plongeaient dans le sol pour saisir le cœur de la terre.

— Et bien, fit l'homme. Jack Winter. Je m'attendais presque à te voir reposer en grande pompe à tes funérailles prématurées, et te voilà devant moi, venant me déranger en pleine soirée. Bravo.

Jack secoua la tête entre l'homme et Pete.

— Inspecteur Caldecott, voici Ian Mosswood. Mosswood, je te présente Pete.

Mosswood leva un sourcil d'un air tellement critique que Pete sentit le besoin impérieux de se tenir bien droite et de se recoiffer.

— Pete. Voilà qui est affreusement inhabituel.

— Tu sais, Mosswood, lança Jack en lui tapant l'épaule, dans ce monde en perpétuel changement, ça fait plaisir de savoir que tu es toujours… (Il fit un geste général vers la veste de Mosswood.) Tweed.

— J'imagine, fit Mosswood, en jetant un œil à la chope de bière, que si tu es venu jusqu'ici pour me déranger, c'est que tu as une bonne raison.

Il renversa sa pipe et la tapota contre le rebord de la table. Une odeur d'herbe et de blé coupé chatouilla les narines de Pete.

— Tu as fichtrement raison, répondit Jack en tirant une chaise en arrière. J'ai besoin de ton esprit feuillu, Mosswood. Je t'ai apporté l'offre requise et tout le reste, comme pour un vrai druide. Désolé de ne pas avoir trouvé une robe blanche et une vierge. Mais les draps de Pete sont tous rayés et je ne m'avancerais pas quant à son éligibilité en tant que vierge.

— Va te faire foutre, rétorqua Pete sèchement.

Mosswood prit la bière et la renifla avec dégoût en retroussant son nez proéminent.

— Ne fais pas semblant, dit Jack. Tu sais bien que c'est ta préférée.

— Triste jour que celui où l'allégeance d'un Homme Vert peut s'acheter à coup de chope mal lavée pleine de houblon malté et de vieille levure, commenta Mosswood avec une moue de dépit. Mais ainsi va le monde, malheureusement. J'accepte ton offre. Qu'est-ce qui me vaut d'être dérangé par toi, Jack ?

— Des problèmes, répondit Jack. Il y a un très méchant fantôme ou une bête affamée qui s'est mis en chasse. Un connard brumeux qui aime les petits enfants. Je dois lui mettre la main dessus et trouver un moyen de lui faire très mal avant de le renvoyer à l'Inquisition.

Mosswood observa Pete qui se tenait gauchement près de son coude, ne sachant pas vraiment si elle était invitée à prendre part à une conversation qui, de toute évidence, avait repris là où elle avait été abandonnée la dernière fois que les deux hommes s'étaient vus.

— Asseyez-vous, ma chère, fit-il avec un petit sourire. Ne vous laissez pas impressionner par les divagations de ce taré de mage.

— Oh, je ne suis pas impressionnée, répondit Pete. (Elle prit la dernière chaise libre et s'assit.) Merci.

— Elle est vraiment très jolie, fit Mosswood en s'adressant à Jack. Et polie. Qu'est-ce qu'elle peut bien faire avec toi ?

— Très marrant, lança Jack pince-sans-rire. Et si tu me disais ce que je dois savoir pour envoyer ce connard au tapis.

Mosswood ralluma sa pipe, à l'aide d'un tabac à l'odeur d'écorce raclée qu'il prit dans un sac en cuir et bourra soigneusement de son pouce. La pipe était faite dans un bois noir, légèrement brillant, les coups de couteau étant visibles. Une petite histoire figurait sur la tige et le fourneau.

— Ce qu'il te faut pour commencer tes recherches, c'est un Triple foyer. Je ne sais pas où tu peux en trouver, mais je suis certain que l'un de tes autres… contacts saura te fournir l'information pour le prix d'une âme immortelle ou deux.

Jack avala sa Newcastle et lança un sourire satisfait à Pete.

— Je t'avais dit qu'il nous aiderait.

XXI

Ils sortirent dans le brouillard et marchèrent jusqu'au métro. Big Ben sonna minuit une seconde fois et Pete fut soulagée d'être sortie d'un lieu où l'air n'était plus le même et où elle sentait des yeux invisibles sur elle à tout moment.

Jack resta assis sans dire un mot pendant tout le trajet et lorsqu'ils arrivèrent à l'appartement, Pete se rendit compte qu'il était livide.

— Tout va bien ? demanda-t-elle en le voyant tituber et s'appuyer contre le mur devant sa porte.

— Oui… (Jack serra les dents.) Non. Non, ça ne va pas.

Il courut jusqu'à la salle de bain et Pete l'entendit vomir lamentablement.

En voyant Jack sarcastique, une clope au bec, souriant à tout va et l'observant d'un regard dur, il était si facile d'oublier qu'elle l'avait retrouvé dans un état pitoyable moins d'une semaine auparavant. Usé, la peau sur les os, son corps exigeant en permanence sa dose d'héroïne, même maintenant.

Pete hésita quelques secondes, en écoutant Jack s'étouffer, puis ouvrit la porte de la salle de bain du bout du pied et alla s'accroupir derrière lui. Elle posa une main sur sa nuque. La peau de Jack était froide et glissante, comme s'il sortait d'un bain d'eau huileuse et inerte.

— Ne… ne… hoqueta-t-il en réussissant finalement à reprendre son souffle.

La cuvette avait des relents de vieille bière et de sueur, ainsi qu'un fond de quelque chose de plus sombre, brûlé, provenant d'une limite que la chair n'était pas censée franchir.

— Ça va, murmura Jack, en s'asseyant sur ses talons et en essuyant la sueur qui recouvrait son visage avec ses paumes. Ces allers-retours dans la Pénombre sont exténuants. J'avais oublié combien c'était difficile.

— Moi ça va, fit Pete calmement.

— Tu as des nerfs d'acier, lâcha Jack.

Pete se leva et tendit la main droite, en essayant de ne pas trembler de colère, pour éviter que Jack prenne ça pour de la timidité.

— Donne-la-moi.

— Donne quoi ? murmura Jack en appuyant la tête contre le mur carrelé et en inspirant par le nez.

Il n'avait pas arrêté de transpirer, alors même que la pluie rinçait les fenêtres de l'appartement de gouttes verglacées et que Pete avait les doigts gelés parce que les radiateurs étaient coupés.

— Ta foutue dope, Jack ! beugla Pete en lui lançant à la figure le contenu de son pot à barrettes et brosses à cheveux.

Elle vida sur lui la colère qu'elle avait soigneusement enfermée pendant toutes ces journées de travail depuis la mort de Connor. Ou pour être tout à fait exact, depuis que Jack était mort la première fois. Elle lui jeta le pot en céramique rose à la figure et se sentit mieux, comme si elle venait de détruire le visage oppressant d'une idole de pierre.

Jack se recroquevilla sous la pluie de barrettes et d'épingles qui s'abattait sur lui.

— Aïe ! cria-t-il. Par tous les diables, quel est ton problème ?

— C'est toi mon problème ! hurla Pete. Tu es un camé et un menteur, voilà mon problème !

Elle ramassa la veste de Jack par terre et se mit à fouiller dans les poches, les doigts tremblants et toujours humides de la sueur de son compagnon.

Pete se remit à prier. Elle pria pour ne rien trouver, pour s'être fait des idées, être victime de la fatigue et de l'émotion d'avoir été dans le cimetière et d'avoir vu les enfants aveuglés, puis d'avoir arpenté la rue pavée où il était toujours minuit.

Ses doigts se refermèrent autour d'un sachet en cellophane vide. Celui-ci portait des traces de poudre semblable à du verre moulu ainsi qu'une seringue encapuchonnée, pleine d'héroïne chauffée, dont trois ans d'expérience dans la police à ramasser des drogués dans la rue lui avaient permis de détecter la présence. Pete jeta le sachet sur le carrelage à côté de Jack.

— Salaud, dit-elle calmement. Tu n'as jamais arrêté de te shooter.

— Non, répondit Jack en se relevant et en appuyant un bras contre le mur. (Un petit réseau violet remontait le long de son avant-bras, s'étalant à partir de petites piqûres rouges et noires, comme des araignées sanglantes vivant sous sa peau.) Non, répéta-t-il. C'était ma dernière dose, et également ma première depuis cinq jours, c'est d'ailleurs pour ça que je vomis mes entrailles maintenant et que je pourrais parfaitement me passer de tes cris. Peste.

Pete posa un index sur la poitrine de Jack. La chaleur de la fièvre se dégageait de lui à coup de vagues qui sentaient le whisky.

— Ne t'avise pas de me mentir une nouvelle fois, Jack, ou je te flanque mon pied au cul si fort que je te ferai sauter les molaires.

Jack baissa la tête.

— Tu m'as demandé de *voir*, Pete, et si tu savais ce que c'est que franchir la Pénombre sans avoir quelque chose pour calmer ma vision, tu ne me l'aurais pas demandé. Tu ne m'aurais pas laissé aller dans les toilettes d'un pub douteux pour me shooter. Tu aurais préparé toi-même l'aiguille et tu me l'aurais enfoncée dans le bras.

— Je ne veux pas entendre tes excuses, coupa Pete. (Elle releva le menton de Jack du bout des doigts.) Est-ce qu'il y a quelque chose de vrai dans ce que tu m'as dit ? N'importe quoi ?

— Il y a peu de chances, ma belle, répondit Jack. (Il tenta de sourire, mais Pete vit un masque de mort.) C'est tout ce que je suis : un menteur et un pécheur.

— Est-ce que tu savais ce qui allait se passer dans cette tombe ? demanda Pete calmement.

Le silence rétrécit l'air qui se trouvait entre eux.

— J'ai toujours su que j'allais mourir, finit par répondre Jack. Que j'allais mourir jeune, et dans des conditions difficiles !

— Je voulais parler de moi, reprit Pete. Est-ce que tu savais pour moi, Jack ? Ce qui allait m'arriver si j'entrais là-dedans ?

— Tu n'abandonnes jamais, n'est-ce pas ? cria-t-il, en basculant aussitôt à nouveau dans la colère. Va te faire voir, Pete. Il est temps de réaliser que tout ne tourne pas toujours autour de toi et de tes problèmes relationnels avec ton père. Laisse-moi tranquille !

Il lui arracha la veste des mains, si fort et si vite qu'elle sentit ses doigts chauffer par le frottement du cuir.

— Où vas-tu ? demanda Pete.

Jack l'écarta de son chemin et sortit de la pièce. Une minute plus tard, la porte d'entrée de l'appartement claquait, et la rage et les demi-vérités de Jack laissèrent place au silence.

XXII

TOUT LE MONDE détourna le regard lorsque Pete ouvrit la porte des bureaux de la MIT à New Scotland Yard le lendemain matin. Chacun baissa la tête, donnant une importance subite aux documents ou écrans devant eux, et ne la regardant que du coin de l'œil. L'atmosphère était lourde.

— Mais qu'est-ce qu'ils attendent tous ? demanda-t-elle à Ollie après s'être servi une bonne tasse de thé. Est-ce qu'ils croient que je vais sortir une mitraillette et me mettre à tirer dans le tas ?

— Tu n'es pas venue, répondit Ollie.

Il voûta les épaules, luttant contre sa cravate et son col trop serrés, et refusa de croiser son regard.

— Ce qui signifie quoi ? demanda Pete en serrant les lèvres.

— Ce qui signifie que… soupira Ollie. Je t'aime bien, Caldecott, alors je vais te le dire : certains ici pensent que tu n'es pas capable de mener cette affaire sur Bridget Killigan. Et maintenant que les deux autres gamins ont été… hum. Les rumeurs vont bon train, c'est tout.

— C'est à cause de Jack, c'est ça ? demanda Pete. C'est parce que je l'ai entraîné avec moi et que je n'ai pas rendu mes rapports au patron chaque jour comme une collégienne. C'est ce que tu veux dire ?

— En partie, reconnut Ollie.

Il regardait ses gros doigts qui étaient étalés sur le bureau qu'ils partageaient, évitant Pete.

— Tu n'es pas toi-même, Pete. Tout le monde le voit. Sauf toi. (Il s'écarta du bureau et se leva.) Voilà, tu sais tout.

Ollie s'en alla et Pete s'assit dans son fauteuil, assez brutalement pour sentir remonter l'électricité le long de sa colonne vertébrale.

Jack et Connor lui adressaient des mots inaudibles, lui rappelant qu'elle ne voyait qu'elle-même, aussi aveugle que Patrick, Diana et Bridget Killigan. Connor l'observait depuis son lit d'hôpital, d'un air accusateur, ses yeux perçant sa peau jusqu'à trouver la faute en dessous. Jack présentait ses bras meurtris et sanglants, la suppliant alors même qu'il appuyait sur la seringue jetable.

Connor n'était pas un homme enclin à l'imaginaire. Lorsque Pete avait perdu Jack, la réponse qu'il avait apportée aux cauchemars de celle-ci était faite de thérapeutes et de pilules. C'était MG qui avait voulu voir de la magie, et n'avait jamais pu. Ses silences étaient assourdissants tandis que Pete avalait de petits comprimés blanchâtres de Xanax et essayait de faire comme si tout était normal.

Quand tu vois un cauchemar, avait dit Juniper Caldecott en posant sa main sur la tête de Pete, *regarde-le droit dans les yeux et force-le à partir.*

Pour la première fois depuis qu'elle avait fait ses valises et laissé Connor, Pete et MG, Pete se surprit à regretter que sa mère ne soit pas là. Juniper avec ses autels, son parfum de sauge et ses sourires comme des écharpes chaudes par temps froid aurait pu exorciser ses fantômes.

— Classique, murmura-t-elle en repoussant les dossiers qui étaient sur son bureau afin d'occuper ses mains pendant que son esprit persistait à vagabonder.

Pete ne fut consciente de la présence de l'inspecteur principal Newell devant elle, avec son ombre longue et réprobatrice, qu'après que celui-ci eut répété plusieurs fois son nom. Quand elle finit par lever les yeux, il arborait une expression pincée.

— Il y a eu un autre kidnapping, Caldecott, indiqua-t-il en tendant une chemise. Je veux que vous alliez interroger immédiatement la mère de la victime.

Pete repoussa sa chaise un peu trop rapidement et se fit un croche-patte.

— Oui, monsieur. Tout de suite.

Newell la dévisagea d'un regard qu'il imaginait probablement pénétrant. Il n'eut pas plus d'effet sur Pete que le frôlement d'un papillon de nuit sur sa joue. Elle avait l'impression de flotter, sensation qu'elle reconnaissait à présent comme les effets secondaires du temps qu'elle passait en présence de Jack. Lorsqu'elle avait marché dans le brouillard avec lui, quelque chose s'était libéré, un trou dans le rempart d'une immensité, immobile et flottant, dans lequel Pete avait passé les doigts, mais ne s'était jamais immergée.

Elle se trouvait à présent entre deux mondes, celui de Jack, et le monde réel qui lui paraissait bien pâle à côté.

— Caldecott, lâcha Newell. Si vous n'arrivez pas à clore cette sale affaire rapidement, je vais être obligé de suggérer un congé. Et je vous rappelle que vous avez déjà passé plusieurs jours à vous promener avec votre informateur.

Au moins, il n'avait pas également suggéré que si Pete était mise en congé, cela s'accompagnerait d'un rendez-vous obligatoire avec un psychiatre. Elle lui arracha le dossier des mains et le fourra dans son sac.

— Mon rapport sera dans votre casier dès que possible, patron.

— Inspecteur… commença Newell, mais Pete franchissait déjà les portes, filant aussi vite que Jack la nuit précédente, avec dans la tête un orage qui menaçait.

***

Le dossier indiquait que l'enfant kidnappée s'appelait Margaret Smythe. Sur la photographie, elle avait l'air candide et ne souriait pas. Ses cheveux raides encadraient un visage ovale et d'immenses yeux qui avaient la couleur de ceux d'un tigre en colère.

Pete lut et relut trois fois l'unique page, la mémorisant avant d'ouvrir la porte de la Mini et de gravir les marches de la maison jumelée des Smythe. Elle se trouvait dans une rue calme de Bromley, où elle ne serait jamais venue s'il n'y avait pas eu la disparition étrange, invisible et inexplicable de Margaret, qui s'était évaporée de cette maison en brique dont toutes les portes et les fenêtres étaient fermées.

Elle s'immobilisa, corps et esprit, et laissa le heurtoir en simili laiton retomber deux fois. La porte s'ouvrit après que quelqu'un eut bataillé pendant quelques secondes avec les verrous. La mère de Margaret Smythe était blonde et jolie, en dépit des profonds cernes bleus sous ses yeux et des rides de désespoir au coin de sa bouche.

— Madame Smythe, fit Pete en présentant sa carte et son badge. Inspecteur Caldecott du Metropolitan Police Service. Est-ce que je peux entrer ?

— C'est « mademoiselle », indiqua la mère de Margaret, qui fouilla du regard les ombres derrière Pete. Mlle Smythe. Je ne comprends pas, la police est déjà venue… J'ai dit ce que je savais, ils n'ont pas fait grand-chose et ils sont repartis.

— Oui, je sais, le bureau local est déjà venu, répondit Pete en adoptant un ton qu'elle espérait apaisant.

Devant le visage fermé de Mlle Smythe, elle conclut qu'elle n'y était pas arrivée.

— Nous avons eu des cas similaires à Londres, poursuivit Pete. Mademoiselle Smythe, votre fille a disparu et le temps est précieux. S'il vous plaît, laissez-moi entrer un moment.

La mère de Margaret hésita une seconde de plus, regardant Pete de haut en bas. Elle ne faisait jamais confiance aux gens qui se présentaient à sa porte, aux bruits de pas derrière elle sur la chaussée. Pete fit un pas en avant, plaçant une main sur la moustiquaire qui les séparait.

Mlle Smythe s'écarta.

— Entrez. Mais faites vite. J'ai une conférence de presse dans un peu plus d'une heure.

Pete franchit le seuil et quelque chose déchira l'air devant elle, aussi léger qu'une caresse des doigts sur une joue enfiévrée. Un soupçon de la puissance qui brûlait quand Jack se trouvait dans une pièce.

— Est-ce que je pourrais voir la chambre de Margaret, s'il vous plaît, mademoiselle Smythe ?

Cette dernière indiqua les escaliers et passa dans le salon pour s'installer dans un canapé, devant la télévision qui rediffusait un épisode de *Hollyoaks*.

On fait des choses étranges quand on est en état de choc, se répéta Pete, même s'il était difficile d'associer la soucoupe débordant de mégots et le verre en plastique à demi plein de whisky à une mère angoissée. Mlle Smythe se mit du rouge à lèvres et du fard à joues, courbée dans la pénombre.

La porte de la chambre de Margaret était surmontée d'un panneau peint à la main recouvert de marguerites avec son nom marqué en lettres précises. Un autre panneau, en carton, plus récent et plus large proclamait « DEHORS – ÇA S'ADRESSE À TOI. » Pete ouvrit la porte et examina le dessus-de-lit en satin pourpre, le bureau blanc et la table de nuit qui avaient conservé un air de petite princesse tandis que le reste de la chambre était plus vieux, plus sombre.

Elle passa en revue les tiroirs et les robes suspendues dans le placard de Margaret, dont la majorité était en satin et en soie de couleur violacée. Une pile collante de photographies avait été repoussée au fond du bureau, on y voyait Margaret et un type d'allure étrange avec une queue-de-cheval qu'il pensait certainement plus à la mode que cela ne l'était en réalité.

— Mademoiselle Smythe ? appela Pete. Depuis quand est parti le père de Margaret ?

La mère grimpa les escaliers pour venir jusqu'à la porte de sa fille, mais resta soigneusement à l'extérieur.

— Il y a deux ans. Tout est dans le dossier que ces policiers ont emporté avec eux.

— Divorce, fit Pete, avec plus d'espoir que d'interrogation dans la voix.

— Il est en taule à Pentonville, répondit Mlle Smythe, un air de défi dans les yeux. Et nous sommes toujours mariés, je suppose.

Pete reposa le pingouin qui était assis au centre du lit de Margaret. Il portait une chemise noire et avait un pelage pourpre.

— Qu'est-ce qu'il avait fait ?

— Cela n'a rien à voir, répondit Mlle Smythe sèchement. Mon mari n'a jamais voulu cette gamine.

Pete franchit la distance qui les séparait et planta ses yeux dans ceux de l'autre femme jusqu'à ce que celle-ci baisse le regard sur le tapis miteux sous ses pieds.

— Votre fille a disparu, mademoiselle Smythe. Elle vous a été enlevée sans aucune trace que quiconque soit entré ou reparti. Elle s'est évaporée, et si je ne la retrouve pas, elle va souffrir horriblement, comme les trois autres enfants. Vous avez cinq jours, à compter de la nuit dernière. C'est le temps… qu'il… les garde. (Elle avait réussi juste à temps à ne pas préciser de quoi il s'agissait.) Ensuite, ils sont aveuglés et rendus muets, et il ne vous revient qu'une enveloppe vide.

Mlle Smythe ravala un sanglot et colla son menton contre sa poitrine. Pete reprit, très doucement :

— Est-ce que c'est ce que vous voulez ?

— Seigneur, aidez-moi, murmura Mlle Smythe. J'ai toujours su qu'il arriverait quelque chose à cet enfant. Elle… elle est étrange, vous savez.

—A-t-on abusé d'elle ?

Pete se demanda si cela pouvait être le lien entre tous

les enfants, une liaison psychique qui attirait les entités affamées.

— Non ! s'exclama Mlle Smythe avec force. Je n'ai jamais permis quelque chose de la sorte sous mon toit. Vous pouvez vérifier, avec votre petit sourire londonien. J'ai fait en sorte d'éloigner un de mes petits amis parce qu'il avait eu cette idée, l'année dernière. Ça a été consigné. *Vous pouvez vérifier.*

— Bien, bien. Je vous crois. (Pete leva les mains.) Et maintenant ? Qu'est-ce qui ne va pas avec votre fille ?

— Qui a dit que quelque chose n'allait pas ? cria Mlle Smythe avant de disparaître dans les escaliers pour abréger la conversation.

Pete sentit l'odeur de clope bon marché et d'un autre verre de whisky, et entendit monter le volume de la télévision.

— Espèce de folle, murmura-t-elle.

Mlle Smythe ne l'avait pas éjectée de chez elle, alors Pete retourna dans la chambre de Margaret et regarda par la fenêtre donnant sur un petit jardin vert semblable à un buisson épineux, un lieu Faé qui avalerait les petits enfants. Devant son nez, le fantôme d'une toile d'araignée se balançait dans l'air. La propriétaire était partie depuis longtemps.

Derrière Pete, dans le reflet de la vitre, quelque chose brilla sur le mur et bougea sous ses yeux. Un point au centre de son front se tordit comme le symbole que Jack avait dessiné dans du sang lorsque l'ombre était apparue.

Pete toucha l'endroit sur le mur et constata qu'il était légèrement chaud. Elle sortit son canif et gratta un peu de peinture. Une substance noire huileuse tomba sur ses chaussures, comme du goudron ou de l'huile de moteur usagée.

— Mademoiselle Smythe ! appela Pete d'un ton qui ne souffrait aucune discussion. J'ai besoin de discuter avec vous un peu plus longtemps !

Elle prit sa lampe de poche et éclaira le mur selon un angle oblique, faisant ressortir en relief la forme sous la peinture. Cela ne faisait pas mal, comme les choses que Jack peignait dans le sang… C'était solide, comme quand on appuie le front contre une barre en métal froid par une journée chaude.

Mlle Smythe apparut en reniflant, enveloppée d'un nuage de fumée.

— Quoi encore ?

— Vous avez peint quelque chose ici, dit Pete en désignant l'endroit qu'elle avait gratté. Qui a fait ça ?

Elle amènerait du diluant elle-même si cela pouvait conduire à la chose qui emportait les enfants. Elle ferait sortir Jack du caniveau dans lequel il dormait et lui martèlerait la tête jusqu'à ce qu'il soit obligé de l'aider.

— C'est Margaret qui l'a fait.

Pete s'immobilisa, elle sentit la chair de poule sur le dos de ses mains, et des instincts qu'elle essayait d'ignorer se mirent en branle. La clôture électrique qui s'activait lorsqu'elle se rapprochait trop près de choses maléfiques.

— Mais pourquoi ?

— Cette gamine était idiote, inspecteur. Vous devez comprendre ça. Elle voyait toujours des choses là où il n'y en avait pas. Elle disait que c'était pour les éloigner.

Pete observa le mur. Le signe bombé ne lui donnait pas une sensation de malaise, il était juste omniprésent, sur un plan qui dépassait les trois dimensions auquel était accoutumé l'esprit de Pete. Elle suivit le champ de vision, jusqu'à la fenêtre à meneau étroite qui donnait sur le jardin, rempli de toiles d'araignée et de feuilles de chêne mortes.

— Éloigner qui, mademoiselle Smythe ? Est-ce que Margaret pensait que quelqu'un voulait lui faire du mal ?

— Quelque chose, murmura-t-elle. Mais il faut que vous compreniez, elle n'avait pas les pieds sur terre… Trop de livres, ou pas assez d'amis, mais j'assume pleinement ma part de responsabilité en cela ; si ça avait été une petite fille normale, elle n'aurait pas fait ces choses.

— Mademoiselle Smythe… (Pete se frotta le front. Il commençait à vrombir faiblement et cela n'avait rien à voir avec l'air plein de magie de la chambre.) De qui ? ou de quoi votre fille avait-elle peur ?

— Elle disait… (Mlle Smythe prit une profonde inspiration, puis dévoila tout d'un seul coup.) Elle disait que c'était pour empêcher les fées d'entrer. Les êtres qui vivaient en bas dans le jardin. Elle disait qu'ils lui murmuraient des choses et qu'ils l'empêchaient de dormir parce qu'elle était lumineuse et qu'ils étaient obscurs. Ce sont ses mots, inspecteur, pas les miens. Et qu'ils voulaient l'emporter.

Les yeux de la mère de Margaret se mirent à luire et Pete comprit qu'elle avait eu tort, qu'il y avait un vrai chagrin et un vrai désespoir sous le whisky et les émissions télévisées. Les choses allaient de travers dans le monde des Smythe depuis bien avant la disparition de Margaret.

— Si seulement ça avait été une petite fille normale…

— Tout va bien, mademoiselle Smythe, lança Pete en tapotant l'épaule de la femme, qui était plus grande qu'elle. Margaret a encore du temps, si nous parlons bien du même individu.

— Elle lit tout le temps des livres, de gros livres pour les grands, avec beaucoup d'autres symboles de ce type, dit Mlle Smythe. Elle va s'ennuyer terriblement si l'on ne la traite pas bien et qu'on ne lui permet pas de regarder un petit peu la télé ou de lire.

— Je retrouverai votre fille, affirma Pete avec une conviction qu'elle était loin de ressentir et en laquelle elle ne croyait pas.

Mlle Smythe se contenta de secouer la tête et descendit lentement les escaliers. Pete la suivit après avoir fermé les yeux pour bloquer le rayonnement du signe sur le mur, hors de son esprit.

XXIII

Après en avoir terminé à Bromley, Pete reprit le volant jusque dans les rues de Southwark rincées par la pluie grise. Elle cherchait sur chaque visage courbé, les joues creuses familières de Jack, ainsi que ses yeux glaciaux et cependant d'une intensité brûlante.

Elle finit par arriver devant la maison où elle l'avait trouvé et réalisa qu'il n'était pas un fantôme, un reste de cauchemar incarné. Quelque chose tapa contre sa vitre et le cœur de Pete sursauta en même temps que l'ensemble de son corps.

— Putain, murmura-t-elle en baissant la vitre.

Le garçon, qui portait toujours la même veste, se pencha vers elle, avec une haleine de saucisses chaudes et de whisky amer.

— Tu fais une descente ?

— Tu crois que je te le dirais ? répondit Pete en soulevant un sourcil.

Le sourire de son interlocuteur s'élargit de plus belle.

— Ton pote Jack m'a dit que si tu venais par ici, il serait au *Four Horsemen*, à l'angle de la rue.

— Merci, répondit Pete, davantage dans l'espoir de se débarrasser de lui et de son odeur de saucisses qu'autre chose.

Elle n'avait pas envie de voir Jack somnoler au fond d'un club gothique mal famé. Elle ne voulait pas non plus voir les nouvelles marques d'aiguille. Mais elle tira le frein à main et ferma la Mini, puis se dirigea le long des briques humides vers la petite porte noire du *Four Horsemen*.

Elle n'avait pas vraiment le choix. Jack vous attirait, inexorablement, comme l'orbite d'une étoile mourante. Et par ailleurs, elle lui devait une gifle pour être parti ainsi.

Le pub (car c'était un pub, et pas un club ou un bar douteux) était sombre et sentait la moisissure pourrie doublée de l'odeur de graisse cuite sur toutes les surfaces. La tête oxygénée de Jack, qui se penchait sur un verre, ressortait sous les lumières des tubes fluorescents dans la semi-obscurité. Dans l'ombre, Pete distingua la silhouette d'une nana, vêtue de noir et les yeux brillants.

— Une autre gamine a disparu, annonça Pete sans préambule en arrivant à sa table.

Jack releva la tête, les yeux rouges et un sourire confus sur les lèvres.

— Je savais que tu viendrais me chercher.

Pete lui enleva le verre des mains, avec la sensation que celui-ci était fait dans du granite.

— Tu es ivre.

— Bravo, inspecteur. (Il attrapa une bouteille verte portant une étiquette noire et but directement au goulot.) Je suis bourré, ivre de corps et d'esprit, et je continuerai de m'envoyer ce whisky jusqu'à ce que le type là-bas dans l'angle avec la gorge coupée arrête de me saouler avec sa mère.

Pete regarda par-dessus son épaule. Il n'y avait personne dans l'angle.

— Tu es complètement à l'ouest.

— Mais c'est qu'elle est futée ! bafouilla Jack, en prenant une nouvelle gorgée. (Pete l'attrapa par le bras, mais il se déroba.) Non, inspecteur, cette fois-ci nous ne conclurons pas de marché. Pas de menace et pas de badinage. Tu es venue me chercher et pendant un moment de folie, j'ai peut-être demandé ton aide, mais maintenant, je reconnais que je ne vaux rien dans ce monde. Tu m'as remis à ma place, bien comme il faut.

Pete attrapa la bouteille et la renversa, faisant couler le whisky sur les genoux de Jack. Il se redressa dans un cri, tandis que la tache couleur ambre s'étalait comme un coup de pistolet tiré dans les boyaux.

— Arrête de te lamenter, lui lança Pete. Une autre gamine a été enlevée.

— Et alors ? murmura Jack en se laissant glisser à nouveau dans son fauteuil.

Pete fit signe au patron du bar qui essayait de se cacher.

— Café. Aussi serré et chaud que vous le pourrez. *Alors*, Jack, elle était comme toi. Ou du moins, elle avait le potentiel pour l'être.

Ce fut comme si elle l'avait plongé dans une baignoire pleine de glace. Il se ressaisit d'un coup, l'abattement disparaissant aussitôt de son visage tandis qu'il retrouvait son habituelle expression aussi tranchante qu'un canif.

— Tu es sûre ?

— Je ne serais pas ici si ce n'était pas le cas, répondit Pete. Nom de Dieu, c'est quoi cette odeur ?

— Tourte aux rognons tous les jours au déjeuner. Spécialité de la maison, répondit Jack. La gamine. Quel âge ?

— Dix ans, répondit Pete. Elle s'appelle Margaret…

Jack coupa l'air de son doigt.

— Je me fiche de savoir comment elle s'appelle.

Le patron du bar posa une tasse délavée, pleine de café sur la table. Il apporta également une soucoupe avec du sucre et des paquets de crème tremblant sur son coude. Jack l'avala et fit la grimace.

— Oh putain ! Tu pourrais décrasser ton moteur avec ça ! Ce qui compte vraiment c'est le témoin.

— Qu'est-ce que c'est qu'un témoin ? demanda Pete.

— En général, les novices gardent quelque chose autour d'eux, un animal ou un élément de la terre, une représentation physique de la magie à laquelle ils peuvent se raccrocher. Est-ce qu'il y avait quelque chose dans la chambre, des plumes ou des pierres étranges, ou une araignée venimeuse domestique ?

Pete ferma les yeux et fit lentement le tour de la chambre de Margaret, du couvre-lit rose élimé au bureau d'occasion. Le mobile de la petite fille qui pendait au-dessus du lit, projetant des constellations imaginaires qui se répétaient sur la peinture du plafond.

— Des étoiles, dit-elle. Une étoile. Il y en avait partout, roses, essentiellement, si cela fait une différence.

Jack jura dans son café.

— Quel type d'étoile ?

— À cinq branches, répondit Pete. Une étoile classique.

— Pas classique, répondit Jack. L'étoile représente la magicienne, une praticienne blanche et un canal d'énergie pure. Une ligne ouverte directement vers le côté blanc de l'autre monde.

— Je sens que ça ne va pas me plaire, prédit Pete. (Elle sentait déjà la tension sombre de la magie contre sa peau. La chose qui avait aveuglé les enfants, qui avait dévoré leur mémoire et leur force vitale, se moquait d'elle en silence depuis l'angle de sa crypte imaginaire.) La petite dessinait des symboles sur ses murs. Elle disait que les Faés voulaient la prendre.

Jack haussa une épaule.

— C'est probablement vrai, mais cette chose n'est pas une Faé. Elles ont leurs règles et leurs cérémonies, et elles aiment l'innocence et ce qui brille, mais ce qui a pris la petite n'était pas une Faé, et à présent nous avons des problèmes plus importants que ces petites garces. Si l'entité dont nous parlons commence à se nourrir de Megan…

— Margaret.

— Peu importe. Cette chose gagnera une énergie impossible à arrêter. Elle ingurgitera de la magie pure jusqu'à devenir aussi brillante qu'une étoile naine et je n'aurai aucun moyen de l'exorciser, et nous serons tous foutus.

— Mosswood t'a indiqué comment trouver cette chose, dit Pete. (Elle leva l'index en voyant Jack ouvrir la bouche pour protester.) Je *sais* que tu peux la trouver, alors pourquoi est-ce que nous ne nous mettons pas à chercher maintenant ? Avant que Margaret perde la vue et l'esprit ?

— Ce n'est pas si simple, grommela Jack.

— Ah non, fit Pete en écartant la bouteille de whisky que Jack cherchait à rattraper. Tu as déjà oublié ton fameux discours sur « pauvre de moi, le fan-club de Robert Smith ne me respecte pas, maintenant je dois prouver que je suis un mage grand et fort ! » ?

Jack lui lança un regard dur et serra les lèvres quand elle éloigna la bouteille de whisky hors de sa portée. Finalement, il lança :

— Quelqu'un t'a déjà dit que tu étais sacrément têtue ?

— Toi, répondit Pete. Et je le savais déjà. Bon, on y va.

Elle attrapa Jack par le coude et l'aida à se relever de son fauteuil. Il trébucha contre elle et Pete passa un bras sous le sien.

— Ne t'avise pas d'essayer de me peloter.

— Je ne t'apprécie même pas, tu te souviens ? demanda Jack.

Pete grommela des mots indistincts pendant qu'ils sortaient de la taverne pour retrouver la pâle lumière argentée du jour.

— Marchons un peu, fit Jack alors qu'elle se dirigeait vers la Mini. Que je me remette les idées en place !

Pete acquiesça. Jack prit la direction de la rivière. L'air salé et chargé semblait l'apaiser. Il s'appuyait encore lourdement sur Pete et celle-ci laissa le silence s'installer, s'imaginant pendant quelques mètres qu'il n'y avait pas d'enfant enlevé, pas de fantôme. Juste Jack et elle, ensemble, un jour de brume.

— Ça ne va pas être facile, tu sais ? lui dit Jack.

La main qu'il avait posée sur l'épaule de Pete se serra l'espace d'un battement de cœur, et elle leva les yeux vers lui. Jack saisit son regard et esquissa un sourire qui n'en était pas tout à fait un. Il regardait Pete avec l'air de quelqu'un qui vient d'entendre une histoire de mort ironiquement lugubre.

— D'après Mosswood, tout ce qu'il nous faut c'est le Triple foyer, fit Pete.

Elle n'aimait pas le sourire de Jack. Il la renvoyait directement à l'endroit sombre où résidaient les échos diurnes de ses cauchemars. Sa peau était glacée à l'endroit où elle touchait Jack, comme si elle avait brossé le cuir de quelque chose de vieux et marécageux.

— Mosswood a dit bien des choses, mais depuis tout le temps que je le connais, je ne l'ai jamais entendu dire toute la vérité, répondit Jack. Le Triple foyer est un outil de recherche, pas un bâton magique.

— Tu utilises des bâtons magiques ?

— Ne fais pas ta maligne, répondit Jack. Le moyen le plus rapide de trouver un fantôme consiste à demander à quelque chose qui circule parmi eux.

— Quelque chose ? demanda Pete.

— Seul, un mage pourrait passer des années à trier tous les petits morceaux d'esprits issus de suicides et d'accidents de voiture et de Dieu sait quoi d'autre, expliqua Jack. (Il s'arrêta devant une grille en fer rongée par la rouille sur le bord de la Tamise. Les briques vaseuses émettaient une odeur marine au-dessus de l'eau brunâtre qui bouillonnait.) Mosswood m'a donné une ligne directe.

— Tu peux être plus clair ? demanda Pete.

Elle posa ses mains sur les épaules de Jack et reprit :

— Dis-moi ce que je dois faire pour sauver Margaret Smythe. Peu importe de quoi il s'agit. Je le ferai.

Jack secoua la tête, en regardant dans l'eau.

— Tu demandes une faveur, Pete. Tu demandes à ce qui est déjà de l'autre côté, les choses qui rampent dans les tunnels entre les voiles. Tu invoques un démon et tu fais un marché.

Pete en oublia de maintenir le masque soigneusement travaillé de parfaite indifférence qu'elle s'était forgé tout comme Jack s'était fabriqué un masque de sourires diaboliques. Elle sentit ses lèvres s'entrouvrir et sut que ses yeux trahissaient son incrédulité.

— Tu as dit : démon. Tu veux dire comme dans *Faust, Le diable et Daniel Webster*, ce fichu Dorian Gray…

— Le Diable, reprit Jack. Le Diable n'existe pas, Pete. Il représente la peur dans nos cerveaux reptiliens. Les *démons*, eux, existent. Le Triple foyer sert à les invoquer et à les contraindre à ta volonté.

Pete se passa une main sur le front et tourna le dos à Jack. La Tamise faisait un doux remous, des rides noires tremblant comme des ailes de corbeau.

— Je ne peux pas te laisser faire ça, arriva-t-elle enfin à prononcer. Il doit y avoir un autre moyen.

— Non, répondit Jack. Et si tu pensais vraiment qu'il y avait un autre moyen, tu serais capable de me regarder dans les yeux. (Il s'avança vers elle, vacillant légèrement. L'air crépita autour de Pete.) Il y a une époque où je faisais souvent ce genre de choses, fit-il tranquillement.

— Si je ne me trompe pas, il y a aussi une époque où tu m'as demandé de t'aider, murmura Pete.

Jack prit une bouffée d'air, puis soupira et s'assit sur le trottoir. Pete le regarda allumer une cigarette et tirer une bouffée. De la fumée bleue sortit de son nez et alla se mélanger à la brume au-dessus de la rivière.

— Pas cette fois, répliqua Jack. Ni aucune autre fois. Pas les démons. Pas toi, jamais !

Pete l'observait assis, voûté, fumant, sa chevelure platine aplatie du côté où il avait dormi. Elle se tenait à présent à la même distance de Jack que le jour où elle lui avait fait face devant le cercle dans la tombe. Elle ne sentait rien crépiter sur sa peau à présent. Les avertissements dans son esprit s'étaient tus. Jack ne lui mentait pas.

Pete s'avança et s'assit à côté de lui, en extirpant une cigarette de son propre paquet.

— D'accord, dit-elle, en allumant sa clope à celle de Jack. Comment fait-on pour invoquer un démon ?

DEUXIÈME PARTIE

LA PÉNOMBRE

C'est la veille de la Saint-Georges. Ignorez-vous que cette nuit, aux douze coups de minuit, tous les maléfices régneront en maîtres sur la terre ?

— Bram Stoker, *Dracula*
(Traduction de Lucienne Molitor)

XXIV

Pete ramena Jack chez elle, mit de l'eau à bouillir et prépara deux tasses de thé.

— Du sucre, pas de crème !

Jack accepta la tasse et avala une gorgée.

— Putain, c'est brûlant ! cria-t-il.

— Ça sort de la bouilloire, nigaud ! lui lança Pete, en soufflant sur la surface de son propre thé.

Jack fit la moue.

— Chuis pas un nigaud.

Pete remua sa cuillère.

— Désolée, j'ai dû confondre avec un autre mage.

Elle se mit à sourire et sentit son cœur bondir dans sa poitrine en voyant Jack sourire à son tour. Ce fut juste un bref tremblement, comme le baiser d'une flamme.

Jack baissa les yeux et se mit à fouiller dans la poche de sa veste d'où il ressortit un morceau de papier vélin et un crayon.

— Il va me falloir certaines choses pour faire face à ce qui s'annonce. Tu vas devoir m'emmener à Kings Road.

Le souvenir d'une boutique en sous-sol, remplie d'épices et de toiles d'araignée entremêlées de magie, revint à la mémoire de Pete. Elle déglutit et acquiesça d'un signe de tête. Margaret. Bridget, Patrick et Diana. Le reste ne comptait pas.

— Très bien.

— Et il faut aussi que je mette la main sur un Triple foyer, ajouta Jack.

Pete s'immobilisa la tasse aux lèvres.

— Tu n'en as pas ?

Jack se mit à rire.

— Non, Pete. Non, je n'ai pas ce genre de choses à portée de main.

— Qu'est-ce qui est si drôle ? Comment fait-on pour en obtenir un ? demanda Pete. On l'achète ?

Jack renifla.

— J'aimerais bien que ce soit aussi simple.

— Ça avait l'air simple d'après Mosswood, murmura Pete. (Mosswood était droit et fiable, solide comme un chêne. Jack détourna les yeux vers sa liste. Il était aussi mouvant que Mosswood était stable, le vent dans le bosquet sacré.)

— Le seul Triple foyer que je connais figure dans la collection privée d'un type qui s'appelle Travis Grinchley, indiqua Jack.

— Et il n'est pas prêteur ? devina Pete.

Jack sourit, d'un sourire prédateur qui dévoilait ses dents.

— Le dernier homme qui lui a volé quelque chose a été retrouvé flottant dans la Tamise deux semaines plus tard, avec les yeux et la langue en moins.

— Ça aurait pu être pire, lança Pete d'un ton badin.

Jack se coinça le crayon derrière l'oreille.

— On lui avait coupé la langue de façon à ce qu'il y ait assez de place dans sa bouche pour y enfoncer son cœur.

— Oh.

— Ouais.

— Alors quel est ton plan ? demanda Pete.

Le salon s'était obscurci au fur et à mesure que le brouillard à l'extérieur était passé d'une teinte argentée diurne à un violet nocturne. Elle alluma la lampe la plus proche et des ombres furent projetées sur les murs.

— Grinchley ne le donnera jamais gracieusement, estima Jack. Et il faudrait être fou pour tenter de duper un collectionneur de magie noire. Il ne reste donc qu'une trahison totale ou de basses manœuvres.

— Ça a l'air de te faire terriblement plaisir, nota Pete.

Jack sourit et lui adressa un clin d'œil.

— Et pourquoi pas, ma belle ?!

— Tu ne m'as toujours pas dit quel stratagème tu comptais utiliser pour subtiliser le Foyer à ce Grinchley.

Pete leva un sourcil avec l'air maternel qu'elle utilisait sur les jeunes voleurs à l'étalage et les écoliers fugueurs. Jack décrivit un cercle dans l'air avec son doigt.

— Nous allons le leurrer, ma belle ! Lui servir de la magie de rue et lui subtiliser l'objet sous le nez. N'importe quelle entité mineure devrait faire l'affaire.

— Une invocation de plus. (Pete sentit une boule dure et désagréable se former juste sous son cœur.) Jack…

— Pete. (Il serra le poing.) C'est quelque chose que j'ai fait, très bien, pendant une certaine période avant que je te rencontre. Laisse-moi faire mon travail. Tu as promis.

— J'ai promis d'écouter tes salades, rétorqua Pete. Mais pas d'accepter n'importe quoi concernant cette idée idiote, que tu as de voler quelque chose à un homme qui découpe le cœur des gens.

— Translocation, lâcha Jack. Mon idée idiote s'appelle de la translocation. Je n'ai pas besoin de me trouver à moins d'une centaine de mètres de cet homme et j'en aurai terminé avec le Foyer avant que Grinchley ne se rende compte qu'il a disparu. Par le diable, il a suffisamment d'objets magiques dans cette vieille maison moisie !

Pense à Margaret, murmura Connor. *Pense à toutes les nuits après l'avoir retrouvée morte et froide, si tu n'écoutes pas Jack.*

— J'espère juste que je peux, répondit Pete à voix basse.

— Quoi ? demanda Jack d'un air distrait.

Il se tenait debout et cherchait dans la pile de livres que Pete lui avait ramenée, étudiant l'index du *Dictionnaire des entités hostiles.*

— Rien, soupira Pete. (Elle écarta sa tasse de thé.) Je vais faire un peu de paperasse pendant que tu… fais ce que tu as à faire.

— Des recherches, répondit Jack. Il faut que je trouve quel type d'entité sera prêt à marchander avec moi pour me faire cette faveur. Les Imps pourraient faire l'affaire. Les Imps adorent se faufiler sans être vus.

— Tu ne… sais pas ? demanda Pete. On ne t'a pas fait apprendre ce genre de choses ?

Jack secoua la tête.

— Il n'y a pas de « on », Pete. Je ne suis pas allé dans une école avec des profs excentriques en robe. Soit tu meurs rapidement parce que ton talent te submerge, soit tu apprends vite et tu te débrouilles pour toujours garder une longueur d'avance sur ce qui te poursuit. (Il tapota le gros livre noir.) La recherche est la meilleure amie du mage. Pourquoi est-ce que je me baladerais avec toutes ces connaissances poussiéreuses quand je peux simplement m'appuyer sur tous ces imbéciles qui sont passés avant moi ?

— Très bien, dit Pete en levant les mains. Je te répète donc que je monte au bureau. Rien de personnel, mais l'idée me retourne l'estomac.

— Tu t'y feras, répondit Jack. Tu aurais de la craie pour le cas où il me faudrait dresser un sortilège de protection ?

— Dans le tiroir de la cuisine, avec le film alimentaire, répondit Pete. Et non, je ne m'y ferai pas.

Elle tourna les talons, laissa Jack dans l'ombre et prit la direction de son petit bureau. Celui-ci avait tout d'une mansarde d'artiste et l'on y accédait par un escalier à peine assez large pour poser les deux pieds côte à côte. Son bureau et son ordinateur étaient recouverts d'une fine couche de poussière. Pete alluma sa lampe de travail dotée d'une ampoule lumineuse pour la lecture, transformant du même coup la fenêtre qui faisait face à la rue en une feuille d'onyx.

Jack bougea quelque chose dans le salon et Pete sentit l'odeur de la craie aussi nettement que si elle s'était trouvée à côté de lui. Dans son crâne, la masse sombre de vieilles choses enfouies se fit oppressante. Elle chercha de l'aspirine dans son bureau dans l'espoir d'éradiquer le mal de tête persistant, mais n'en trouva pas.

Pete appuya son front contre la fenêtre glacée. La brume s'épaississait et tout ce qui se trouvait derrière la vitre était invisible et teinté d'or, jusqu'à ce que le lampadaire au bout de la rue s'allume.

Elle se recula et vit du givre s'étendre sur la vitre au contact de son souffle.

De l'autre côté, la brume tournoya et se sépara, comme si Avalon était sur le point de se révéler. Pete sentit son corps et son esprit transportés. Le froid passait de ses os à son sang et à sa peau, des cristaux de glace pesaient sur ses paupières.

Le bruit et la sensation s'atténuèrent et la brume à l'extérieur s'enroula sur elle-même pour faire finalement apparaître le visage d'une femme.

Quelque chose murmura, depuis les profondeurs obscures qui se manifestaient lorsque Pete touchait des choses qui n'appartenaient pas entièrement à ce monde. C'était comme un petit coup sec donné sur son esprit, au-delà du visage froid et pâle aux yeux fermés, du corps fait de la plus pure brume argentée vêtue d'une robe qui flottait dans la nuit à l'extérieur.

Les murmures augmentèrent jusqu'à hurler dans l'esprit de Pete. C'était comme un ensemble de petites bouches criant de concert. *Danger*.

Le souffle coupé, Pete aspira un air si froid qu'il lui brûla la poitrine aussi sûrement que l'aurait fait une flamme. Le visage pâle à l'extérieur s'ouvrit dans un cri silencieux, découvrant des dents qui avaient la couleur de vieux os derrière des lèvres tachées de sang, chaudes et fumantes contre la peau gelée de la chose.

Pete poussa un cri perçant.

La fenêtre de la mansarde éclata en morceaux, projetant une pluie de verre à l'intérieur de la pièce. Pete se prit les jambes dans la chaise et tomba, atterrissant durement sur l'épaule gauche. Douleur. Surprise. Sensation d'avoir la tête *pleine*, comme si elle avait été directement branchée à un amplificateur tournant à pleine puissance.

Des griffes d'obsidienne glacées lui ratissaient le dos et la brume argentée entra dans la pièce, où elle prit la forme de trois entités féminines. Celle qui avait cassé la fenêtre siffla en observant Pete de ses yeux vides et noirs qui semblaient s'étirer jusqu'au bout du monde.

Pete ouvrit la bouche pour appeler Jack, mais fut assourdie par un cri qui la traversa, déchirant sa chair et perçant ses os.

La femme de brume ferma la bouche. Des bulles de sang lui dégoulinaient sur le menton. Elle demanda d'un ton menaçant :

— Où est le Corbeau ? L'homme qui s'appelle Winter ?

Sa voix sifflante transperça les oreilles de Pete, si bien que celle-ci fut certaine d'être sourde et d'entendre la voix de la femme de brume par la faute de l'écho à l'intérieur de son crâne.

— Je ne... commençait-elle à dire, ou du moins elle le crut.

Elle n'entendait rien, pas même ses propres battements de cœur.

La robe de la femme de brume sentait le marécage et le sang d'anciens champs de bataille. Elle glissa sur le visage de Pete qui se tenait à ses pieds, pétrifiée et glacée, la tête prise dans un étau.

Jack. Il fallait qu'elle aille trouver Jack. Avertir Jack.

— Où est le mage qui s'appelle Winter ? demanda-t-elle une nouvelle fois, dans un concert de grognements et de soupirs.

Les cheveux des trois créatures flottaient comme si elles étaient dans l'eau. Ils étaient aussi noirs que des roseaux boueux. Derrière leurs épaules, Pete voyait luire un rai de lumière qui soulignait le bord de la porte.

— Le mage qui s'appelle Winter ! cria la bansidh.

Elles ressemblaient aux histoires que racontait Juniper, jusqu'aux griffes noires qui sortaient de leurs mains trempées et vidées.

La première bansidh plongea vers Pete et rapprocha son visage du sien.

— Livre-le-nous !

Pete sentit la peur jaillir et s'enrouler autour de son cœur comme une chaîne de métal rouillé, mais elle réussit à soutenir le regard noir de la bansidh et rassembla toute la douleur et la colère dont elle était capable pour lui répondre.

— Retournez en enfer.

Elle roula sur elle-même, meurtrissant tous ses membres déjà douloureux, et s'empara de la lampe qu'elle envoya au visage de cadavre noyé de la bansidh.

La bansidh hurla et se griffa le visage là où Pete l'avait atteinte. La peau se mit à fondre et à dégouliner sur un crâne grouillant d'asticots. De l'eau qui puait le marécage éclaboussa le sol.

Pete fonça vers la porte.

— Jack ! Jack, on a un problème !

Derrière elle, elle les sentait, comme des doigts invisibles étendant leur prise. Elle ressentait leur obscurité divisant l'air tandis qu'elles se déplaçaient, griffes et cheveux au vent, attrapant la chemise de Pete et la retenant en arrière.

Elle chuta et dégringola les dernières marches, roula sur le côté et se remit debout. Le hurlement de la bansidh lui fissura le crâne et fit clignoter les lampes dans le couloir.

Jack apparut devant elle, les yeux en feu, les mains recouvertes de poussière de craie tandis que la brume les enveloppait tous les deux.

— Jack ! s'écria Pete, à moins qu'elle eût hurlé. (Elle n'était plus tout à fait certaine de ce qui se passait et seule la vibration dans sa gorge lui permettait de savoir qu'elle parlait.) Jack, elles sont derrière moi.

Les iris de Jack s'agrandirent et il lâcha les épaules de Pete. Il les avait vues.

— Pete ! (Elle voyait ses lèvres bouger.) Pete, passe derrière moi.

— Winter ! lâcha la bansidh dans un cri perçant. (Pete l'entendit parfaitement.) Corbeau ! Rends-toi !

Jack prit une inspiration et le feu sorcier sortit de ses paumes, aussi chaud que la peau de la bansidh était glacée.

— Tu peux toujours rêver ! répondit-il. Vous n'êtes pas les bienvenues ici et c'est un très mauvais moment pour me mettre en colère.

Les bansidhs découvrirent leurs crocs acérés derrière leurs lèvres. Leur chef leva la main droite et passa ses griffes gauches sur son poignet. Du sang jaillit des coupures. Aux endroits où il touchait les murs et le sol, de la fumée s'élevait, aussi noire que le nuage de charbon qui était passé par Londres une centaine d'années auparavant.

Pete suffoqua tandis que la fumée se troublait et s'épaississait. Tout cela ressemblait un peu trop à son cauchemar. Lorsque la fumée touchait sa peau, de petits cristaux de glace apparaissaient. Tout le couloir de son appartement était recouvert de givre couleur d'huile.

— Rends-toi, ou ta compagne va mourir, gronda la bansidh. Nous avons un motif, Corbeau !

— Dans ce cas-là, dis-le ! coupa Jack. Je ne suis au service d'aucun maître Unseelie et tu ne peux pas m'asservir avec tes foutues lois Faé !

— Un prix a été fixé et un marché conclu. (La bansidh se mit à sourire, ou du moins esquissa ce qui aurait pu être un sourire dans le rictus sifflant qu'était son visage.) Ta vie a un prix, Corbeau. Celui qui y met fin reçoit tes talents en récompense.

Pete hoqueta en sentant le froid s'insinuer dans sa gorge et saisit la main de Jack. Son corps vibrait comme une corde de guitare, mais il n'en laissait rien voir, parfaitement immobile, le feu sorcier faisant fondre la glace autour de lui aussi vite que celle-ci avançait.

— Partez, lança Jack à la bansidh d'un ton de terrible colère que Pete n'avait connu que chez Connor, et peut-être que je déciderai de ne pas arracher vos misérables carcasses à l'éther pour vous transformer en boue afin de vous punir de cette offense.

La bansidh cria sous l'insulte et Pete chancela, mais la douleur s'atténua lentement dans sa tête, presque comme si elle pouvait régler le volume maintenant qu'elle s'habituait au son. Elle passa ses doigts sur la clavicule de Jack et sentit celui-ci s'apaiser sous le contact.

— Nous ne sommes pas dans un endroit protégé ou un enclos d'église ! siffla la meneuse. (La petite collection de photos de Pete alla s'écraser au sol sous le bruit, leurs verres éclatèrent en mille morceaux.) Nous sommes en terrain neutre, mage, et nous exigeons ta reddition ! Rends-toi… ou vis et vois tes fémurs nettoyés jusqu'à la moelle.

Ses yeux sinistres en brillèrent de délectation.

Jack glissa un œil vers Pete, la rage éteinte. Il était fin et déjà trop vieux. Pete lut dans les fines lignes autour de sa bouche qu'il avait peur.

— Cours, lui dit-il. Va jusqu'à l'ascenseur.

— Qu'est-ce que tu fais ? demanda Pete.

Elle entendait à nouveau, presque entièrement libérée de la douleur. Elle ne comptait pas abandonner Jack, le laisser à la merci des bansidhs assoiffées et hurlantes.

— Je ne sais pas trop, répondit Jack. Il fut un temps où je pouvais foncer jusqu'à un terrain sacré, mais j'ai accepté le fait que je ne suis plus aussi jeune. Elles ont reçu un motif pour m'emporter, lequel leur a été donné par un abruti qui conclut des marchés avec les Faés. J'ai bien l'impression que cette fois-ci je suis foutu.

— Mon ascenseur est un lieu sacré ? demanda Pete en essayant de relever un sourcil qui tremblait trop pour qu'elle puisse le contrôler.

Jack fit un signe de la main.

— Non, mais, il est en acier, j'imagine. Ce n'est pas du fer, mais il les tiendra en respect suffisamment longtemps. Ça pourrait bien te sauver, Pete.

La bansidh se mit à bouger et ondoyer comme si un vent fantôme l'avait effleurée, puis elle apparut à quelques centimètres du visage de Jack. À l'endroit où sa peau était exposée, Pete ne ressentait plus rien, et elle voyait des veines bleues se propager sur les joues et le cou de Jack.

— Te rends-tu, Corbeau ? demanda la bansidh dont la voix était basse et déchiquetée comme une ancienne cicatrice, ou choisis-tu de mourir par ma main ?

— Jack, souffla Pete. Jack, j'ai peut-être quelque chose.

Jack observa Pete, puis la bansidh, regardant la créature dans les yeux comme si elle n'était qu'un autre hooligan sans conséquence du *Fiver's*.

— Tu es sûre ? murmura-t-il.

Pete lui serra l'épaule aussi fort qu'elle le pouvait, jusqu'à ce que les os craquent. Non, elle ne l'était pas. Ils pouvaient mourir, et la seule différence serait de savoir quelle pièce de son appartement serait quadrillée pour les enquêteurs qui examineraient la scène du crime.

La bansidh hurla et leva ses griffes pour attaquer Jack. Pete le tira en arrière.

— Je suis sûre !

Elle l'entraîna avec elle, se retourna et se mit à courir, lui tenant la main. Glissant sur le givre, son cœur battant comme un moteur qui déraille, elle chuta dans la salle de bain. Jack trébucha sur ses jambes et atterrit sur elle.

— La baignoire, souffla Pete.

Elle essayait de parler normalement, mais avait la sensation que sa gorge était aussi sèche que si elle se tenait sur les falaises de la Manche pendant un orage d'hiver et tentait de crier.

Jack comprit et arracha le rideau de ses crochets, en tirant Pete derrière lui jusqu'à ce qu'ils atterrissent tous les deux dans la vieille baignoire aux pieds de griffon.

Les bansidhs étaient sur leurs talons, hurlant leur colère comme si on leur avait enlevé leur nouveau-né. Leurs cheveux flottaient au vent, coupant comme des orties piquantes, et leur souffle glacé obscurcissait l'air de la salle de bain. La porte de Pete tomba de ses charnières et le miroir et le carrelage se fissurèrent sous les cris. Elle plongea la tête sous le rebord de la baignoire et se mit à crier, sans mot, car la peur s'infiltrait même jusque dans sa tête.

Au-dessus d'elle, Jack murmurait sans relâche une incantation en irlandais : *Cosain mé, cosain sí, a fhiach dhubb, cosain sí.*

Les bansidhs continuaient de hurler, mais leurs cris de colère se transformèrent peu à peu en plainte stridente de douleur. Pete s'aventura à regarder au-dessus du rebord de la baignoire et vit la meneuse s'arracher les cheveux, mordre sa propre chair, détachant des morceaux de ses os noirs putréfiés.

— Tu nous as trompées, Corbeau ! Puisses-tu brûler en enfer ! s'écria-t-elle.

Puis un tourbillon de vent laissa un tas de neige qui sentait l'eau salée, et les bansidhs s'évanouirent en fumée.

Pete souffla. Ses mains, sa gorge et sa peau étaient teintées de rose sous la morsure du givre et ses os lui faisaient mal. Le froid s'était infiltré en elle. Elle grogna.

— Jack, tu m'étouffes.

Il sortit de la baignoire et s'affala sur le carrelage.

— Vieil appartement. Baignoire en fer. Lavabo et conduits en fer, également ?

— Je… je suppose que oui, murmura Pete en tremblant.

Elle s'assit et laissa échapper un cri en sentant un élancement vif entre ses omoplates. Jack revint vers elle et releva sa chemise ensanglantée.

— Chiottes, lâcha-t-il en voyant les marques de griffes. Elles t'ont eue, Pete.

— Les salopes, murmura Pete.

— Et encore, tu es gentille, soupira Jack. Allez, viens ma belle. Il va falloir nettoyer tout ça, et peut-être même faire quelques points.

Il lui tendit la main. Pete l'attrapa, mais résista quand il essaya de la tirer.

— Tu es terriblement serviable pour un homme qui me déteste.

— Tu m'as sauvé la peau, répondit Jack. Le moins que je puisse faire, c'est remettre la tienne en état.

Il souleva Pete et la remit sur ses pieds. Elle sentit une vibration dans ses bras qui n'était pas là lorsqu'elle l'avait retrouvé à Southwark.

— Ces femmes, dit-elle, en s'asseyant sur le bord des toilettes tandis que Jack cherchait de l'eau oxygénée et de la gaze.

— Des bansidhs, ma belle. La seule ressemblance qu'elles ont avec des femmes, c'est leur charmante personnalité. Des garces Unseelie.

— Quoi qu'il en soit Jack, elles t'ont appelé « Corbeau ». Qu'est-ce que ça signifie ?

Jack versa un peu d'eau oxygénée sur une gaze et tamponna le dos de Pete qui gémit.

— Ça ne signifie rien. Les Faés adorent les noms qui peuvent être épelés pompeusement en majuscules.

Il baissa les yeux tout en plaçant un pansement sur le dos de Pete. Il ne se donnait même pas la peine de cacher son mensonge. Pete ouvrit la bouche, puis la referma. Elle avait mal. Sa peau, son esprit, ses nerfs et ses os étaient tous fatigués. Un jour prochain, elle découvrirait ce que les bansidhs avaient voulu dire, mais pas maintenant.

— Pourquoi m'as-tu dit de courir ?

— Il n'y avait aucune raison pour que notre sang à tous les deux soit versé et bu, tu ne crois pas ? rétorqua-t-il.

Pete faillit dire qu'elle savait que Jack avait eu une autre raison pour essayer de la sauver, mais ce serait désastreux. Il risquait de partir et elle ne le reverrait jamais. Alors elle s'assit en silence pendant que Jack tamponnait la gaze. Pour la première fois, ses mains ne tremblaient pas.

— Merci, dit-elle lorsque Jack replaça sa chemise déchirée sur ses omoplates.

— Ouais.

Il éluda ses remerciements d'un haussement d'épaules et quitta la pièce.

Pete soupira et essaya de se lever en se tenant sur sa hanche gauche. Elle sentit une douleur ardente remonter et descendre le long de sa jambe quand elle s'appuya dessus, mais elle clopina dans le couloir et gémit en posant le pied sur un morceau de verre.

— Jack, fais quelque chose pour moi. Est-ce que tu peux prendre mes chaussures dans l'entrée ?

— On n'a pas le temps de nettoyer. (Jack réapparut, tenant l'un des sacs en toile de Pete dans une main et quelques vieux vêtements de Terry dans l'autre.) Il faut partir avant que d'autres créatures de la nuit essaient de nous dépecer.

Pete déglutit, observant son appartement saccagé par les bansidhs.

— Pourquoi sont-elles venues ? Qu'est-ce que tu leur as fait, Jack ?

— Tu es rapide à me faire porter le chapeau, coupa-t-il tout en fourrant ses vêtements dans le sac. Je ne sais pas *pourquoi*, Pete.

Il soupira et se passa une main dans les cheveux, les rabattant sur ses yeux.

— Et merde. J'aurais dû savoir que quelque chose viendrait mettre mes plans en l'air. C'était trop simple. Retrouver les gamins, me débarrasser de toi, poursuivre ma vie. J'aurais *dû savoir*.

— Tes inquiétudes personnelles mises à part pour un moment, lança Pete, les bansidhs en avaient après *toi*, Jack. Elles connaissaient ton nom.

— C'est précisément pour cela que nous devons partir ! répondit-il.

Il fit demi-tour et alla dans l'entrée, d'où il amena les chaussures de travail de Pete.

— Je n'étais pas assez fort pour protéger ton appartement quand je suis venu ici, Pete. Les bansidhs se sont débarrassées des éventuelles barrières qui se sont opposées naturellement à elles. N'importe quoi peut rentrer et, crois-moi, il y a des choses là dehors, à côté desquelles les bansidhs sont des enfants de chœur.

Pete enfila ses chaussures. Elle *savait* que Jack avait raison, selon cette magie solide et inexplicable qu'elle commençait à reconnaître quand elle s'infiltrait dans son esprit comme une goutte d'eau dans un puits profond.

— J'ai promis de te croire, dit-elle, mais je fatigue, Jack. J'approche du point de rupture. Où pouvons-nous aller ?

— Prenons la voiture, dit Jack. Je te dirai quand nous serons arrivés.

XXV

— WHITECHAPEL, INDIQUA JACK tandis que Pete dirigeait la Mini dans les rues nocturnes. C'est un endroit incomparable.

— C'est sûr. Incomparable, convint Pete alors qu'ils passaient à côté d'un dealer humain vautré dans un angle et protégé de l'humidité par un coupe-vent.

Un regard brillant observa Pete furtivement au loin dans l'ombre.

— Par là, fit Jack et elle vit son corps se détendre pour la première fois depuis l'attaque. Gare-toi dans la rue ! On va prendre les escaliers de service.

Du haut de ses sombres fenêtres arquées et légèrement gothiques, la structure en brique à quatre étages dont les endroits abîmés avaient été réparés à l'aide d'un peu de fer forgé rouillé observait Pete. Jack sortit de la Mini plus vite qu'elle ne l'avait jamais vu bouger et il se mit à escalader une volée de marches métalliques rouillées, vissées dans les briques, qui montaient dans l'obscurité.

— Qu'est-ce que c'est que cet endroit ? demanda Pete tout en grimpant.

Sous ses pieds, les barreaux tremblaient et grondaient comme le fantôme de Marley. Des éclats de rouille s'effritaient sur sa tête.

Jack s'arrêta au quatrième étage et sortit une clé de la chaîne qu'il portait autour du cou. Il ouvrit les portes-fenêtres devant eux, non sans devoir faire face à une certaine résistance du verrou rouillé.

— C'est mon appartement.

Pete s'immobilisa sur le rebord.

— Appartement ? Tu le loues ?

— Il m'appartient. Je l'ai acheté et payé il y a des lustres, répondit Jack en allumant une petite lampe. Ah, merde, fit-il en constatant qu'il n'y avait pas de lumière. Bon, je ne peux pas vraiment blâmer la compagnie d'électricité. Je ne crois pas avoir payé la moindre facture.

— Jack, fit Pete en luttant contre l'envie de se cogner la tête contre la surface plate la plus proche. Si tu possèdes un appartement, qu'est-ce que tu foutais dans un squat à des kilomètres d'ici ?

Jack farfouillait dans l'obscurité éclairée uniquement par les arches squelettiques des fenêtres de son appartement. Il alluma son briquet et, quelques secondes plus tard, son visage éclairé par la flamme d'une bougie apparut, pâle comme un masque mortuaire.

— Personne ne connaît cet endroit, répondit-il. Je l'ai acheté à un sorcier appelé Jerrold. Complètement marteau ! Dernières phases de la démence. Je crois qu'il a pensé que je le payais pour m'enlever un furoncle du derrière.

— Tu arnaques un vieil homme en lui achetant un appartement pour une bouchée de pain et ensuite tu ne t'en sers pas, murmura Pete. Venant de toi, Jack, c'est presque logique.

— Reste avec moi encore un peu, Pete, et tu apprendras la valeur d'un lieu dont personne ne connaît l'existence, répondit-il. Ferme la porte, toute la chaleur s'en va.

Pete entra. Elle sentit une résistance sur sa peau, comme si elle avait traversé des toiles d'araignée. Jack l'observa avec circonspection pendant un moment, puis hocha la tête. Il alluma d'autres bougies à l'aide de celle qu'il tenait. Une cheminée, un âtre et des planchers de bois nus apparurent, ainsi que des monceaux de meubles qui sentaient la poussière et la moisissure.

— Qu'est-ce que je viens de toucher ? demanda Pete qui se frictionnait et serrait ses bras contre elle.

— C'est un sortilège de protection, répondit Jack. Si tu étais entrée avec de mauvaises intentions, en tant qu'humaine, tu aurais eu extrêmement mal. En tant que démon, ou Faé, eh bien… (Il leva les mains et fit un geste exprimant une disparition subite.) Quand il s'agit de la sécurité du foyer, il ne faut pas déconner.

— Tu m'aurais regardé griller ?

Pete se retourna vers lui. Fatiguée, énervée. Elle avait failli être tuée chez elle et maintenant elle se retrouvait complètement sur le terrain de Jack. *Merveilleuse façon de garder la situation sous contrôle,* lui murmura la voix de Connor.

— Si tu avais eu l'intention d'en faire autant avec moi ? Parfaitement, répondit Jack.

À présent, les bougies s'allumaient les unes après les autres, sympathiques flammes qui prenaient vie selon leur bon vouloir et projetaient une lueur à la façon des anciens feux de joie sur les murs de l'appartement. Pete frissonna. Les bougies ne réchauffaient pas beaucoup l'atmosphère.

Le seul meuble notable était un canapé recouvert d'un tissu écossais dont les ressorts jaillissaient des accoudoirs. En revanche, il y avait des livres partout : rangés sur les étagères intégrées de part et d'autre de la cheminée et empilés sous les fenêtres jusqu'à la hauteur de la taille de Pete. Des boîtes et des caisses étaient entassées dans un coin. Elle plissa les yeux pour distinguer des pots en verre, des grimoires reliés de cuir et de fer, ainsi que des os blancs. Elle détourna le regard avant de tomber sur quelque chose qu'elle n'avait pas besoin de voir.

Après un peu plus d'une semaine passée avec Jack, elle apprenait ce qu'il fallait faire quand il la mettait dans ce type de situation.

— Je voudrais dormir, si possible, dit-elle. Il y a des lits, ou est-ce que je demande la lune ?

— Je dois avoir une couverture ou deux, ainsi qu'un matelas non habité, répondit Jack. La chambre est au bout du couloir. Bonne nuit.

Pete attrapa une grosse bougie noire sur la cheminée et se dirigea vers la porte. Elle s'interrompit pour regarder Jack pendant un moment par-dessus son épaule. Il s'était posté à la fenêtre et observait la rue, silencieux et pâle comme la statue d'un saint qui veillait.

L'HOMME EN LINCEUL (Pete était certaine cette fois que la silhouette en question avait, par le passé, été un homme) tendit la main. Il serrait si fort pour contenir la chose qui palpitait à l'intérieur de ses doigts que l'on voyait les os de ses articulations. Du sang, épais et chaud, s'écoula de son poing pour retomber dans la poussière du cimetière.

— Prends-le, dit l'homme en linceul. Prends-le avant qu'il meure et retourne à la poussière.

— Je… commença Pete.

Elle avait l'intention de lui répondre « *je ne peux pas* », car elle savait que même si tendre la main semblait tout naturel, elle ne parviendrait jamais à contenir la chose qui palpitait dans le poing serré de l'homme. Dans sa main à elle, elle risquait d'étouffer et d'éclater en mille morceaux, parce qu'elle était faible.

Mais avant qu'elle puisse parler, de la fumée sortit des ombres et avala tout. Cette fois, elle était dans sa gorge, siphonnant son air et remplaçant tout par l'obscurité chaude et désertique de l'oubli.

Pete sut qu'elle allait mourir et que la seule chose à faire pour repousser la fumée était d'accepter l'offre de l'homme en linceul. Elle pouvait rester immobile et se laisser remplacer par la silhouette de l'ombre, son corps et son esprit remplis et consumés par l'être maléfique dans la fumée. Ce n'était que douleur, quelque chose qui se retirait et auquel Pete essayait de se raccrocher, jusqu'à ce que ça lui arrache la peau.

Lorsque Pete refit péniblement surface dans le monde, à moitié éveillée, elle était enroulée dans des couvertures qui sentaient le hasch et la cannelle, usées et moisies par le temps, et trempées par sa sueur. Son cœur battit la chamade pendant les quelques secondes nécessaires pour qu'elle réalise qu'elle était réveillée et que le soleil lui caressait le visage à travers les fenêtres sans stores.

— Quelle horreur ! soupira-t-elle en retombant en arrière sans réaliser qu'elle n'avait pas d'oreiller. Aïe ! Et merde !

Jack passa la tête par l'entrebâillement de la porte, les cheveux nettement plus ébouriffés à gauche qu'à droite.

— Tout va bien, ma belle ?

— J'ai fait un cauchemar, répondit Pete en se passant les mains sur le visage.

Elle transpirait, en dépit du froid qui formait un nuage de vapeur devant sa bouche et lui donnait la chair de poule.

— J'ai préparé le petit déjeuner, annonça Jack. Viens donc dans la cuisine.

Pete le suivit, avançant à pas feutrés. Elle sentit rapidement ses pieds nus s'engourdir sous l'effet du froid.

— Je croyais qu'il n'y avait pas d'électricité.

Jack pouffa.

— Tu crois que j'ai besoin d'électricité pour faire griller un peu de bacon ?

Pete lui accorda ce point. Le papier peint à fines rayures roses de la cuisine et le plan de travail blanc rappela à Pete les moments qu'elle passait en été, dans la maison bien tenue de sa grand-mère Caldecott à Galway. Une bouilloire rayonnait de chaleur sur la vieille cuisinière en émail démodée et laissait échapper de la vapeur par le bec. Des œufs et des saucisses grésillaient dans une poêle.

— Tu es bien gai, remarqua Pete tandis que Jack s'affairait autour des tasses et du thé sorti d'un sac de courses en plastique. Ta vision est calme ? J'ai du mal à croire que personne n'est mort dans un bâtiment aussi décrépit.

— Ce n'est pas ça, répondit Jack. C'est cet endroit. Whitechapel. (Il déposa une tasse sur laquelle était dessinée une vache violette devant Pete, et se servit des œufs. Il l'observait, comme si elle détenait un secret). Tu le sens ?

Pete n'aimait pas la manière que Jack avait de la regarder. C'était ce fameux regard froid, celui qui calculait exactement combien valaient votre chair et votre esprit dans sa monnaie.

— Sentir quoi ? demanda-t-elle d'un ton neutre en sirotant son thé qui lui brûla la langue.

— Whitechapel a un battement de cœur sombre, répondit Jack. Il rejette la malveillance et attire ceux qui ont besoin d'obscurité pour survivre. Ça freine les visions. C'est comme vivre sous un pont.

— Mais il y a des ombres sous un pont, fit remarquer Pete.

Jack lui adressa un large sourire dépourvu d'humour.

— Exactement.

XXVI

Un peu plus tard, alors qu'il faisait la vaisselle, tournant le dos à Pete, Jack annonça :

— Il me faut encore invoquer un imp pour qu'il s'occupe de cette tâche.

Pete fumait lentement sa cigarette, ou plutôt la regardait brûler dans une soucoupe, limitant ses efforts à une bouffée de temps en temps.

— Tu as trouvé, alors ! devina-t-elle.

— Oui, j'ai réussi juste avant que ces satanées bansidhs ne m'interrompent, répondit Jack. Mais maintenant, le *Dictionnaire* est en piteux état. Lawrence va m'en vouloir à mort. Ce type traite ses livres comme si c'étaient de précieux bébés.

Il coupa l'eau et posa les tasses et les assiettes en plastique dans l'égouttoir pour les laisser sécher. Pete le vit trembler une fois et attraper le bord de la paillasse, mais les tremblements de l'héroïne étaient à présent à peine visibles, à peine un tressaillement d'ailes de papillon.

— Écoute, fit Jack. Va acheter le *Times* et trouve-toi un petit café pour le lire. Quand tu reviendras, j'en aurai terminé. Je sais combien tout cela te met mal à l'aise…

— Je veux regarder, répondit Pete.

Les balafres que lui avaient faites les bansidhs lui piquaient la peau et elle serra les dents en y repensant.

Jack tressaillit.

— Pardon ?

— Je reste, répéta Pete. Fais ce que tu as à faire, Jack. Je serai là.

Il haussa les épaules.

— À ton aise. Je vais dans le salon.

Au bout d'un moment, Pete le rejoignit. Jack était à genoux, occupé à dessiner un cercle inégal à la craie, sur le sol en bois. De jour, l'appartement était aussi vieillot qu'une dame à la retraite, taché et fané, mais pas sans une certaine grâce. La hauteur sous plafond était deux fois celle de son appartement, les fenêtres étaient arquées comme celle d'une église et dotées de rebords sur lesquels un gros chat pouvait se blottir. Une fresque en plâtre, abîmée à certains endroits, s'étendait le long du plafond. Les lampes en fer mauresque étaient surmontées de globes en verre couverts de suie, vestiges de leur vie précédente en tant que lampes à gaz. À en juger par les fissures dans le plâtre et les volets à meneaux, le bâtiment pouvait parfaitement être plus vieux que le *Blitz*.

— Merde ! maugréa Jack dont la craie venait de se casser en deux.

Il cracha sur la marque et l'effaça avec son pouce. Le cercle contenait une étoile à cinq branches et des gribouillis qui donnaient l'impression que des poulets avaient traversé une boulangerie. Le tout était griffonné et manquait singulièrement de symétrie. Pete mit une main devant sa bouche pour cacher un petit sourire. Jack grogna en la regardant puis se remit à dessiner.

— Je suis désolée, lança-t-elle. C'est juste que… J'imaginais que tout cela serait bien plus sinistre.

— Ça fait longtemps que je n'ai pas fait ça, alors va te faire voir, répondit Jack. Je peux aussi trouver quelque chat noir et du sang de poulet si cela rend l'expérience plus intéressante pour toi, princesse.

Pete s'assit sur le rebord de la fenêtre, appuyant son dos contre la vitre et laissant la chaleur du soleil le réchauffer.

— Arrête de réagir comme un gamin et fait venir ce foutu imp. Nous perdons un temps précieux que nous pourrions utiliser pour sauver Margaret. Trois jours, Jack.

— D'accord, d'accord, murmura Jack. Pas la peine de monter sur tes grands chevaux.

Il se redressa, s'essuya les mains et partit farfouiller dans la cuisine. Lorsqu'il revint, il tenait dans son poing quelques petits sachets blancs qu'il vidât au centre du cercle pour former une petite flaque rouge.

— Qu'est-ce que… ? commença Pete.

— Ketchup, répondit Jack. Ils en sont fous. Je pense que c'est l'acidité. Les imps mangent du soufre. Je parie que ceci a meilleur goût !

— Et maintenant, me voilà plus au courant que prévu des préférences alimentaires des habitants de l'au-delà, fit Pete, en inclinant la tête en arrière et en fermant les yeux. Ça manquait à ma culture.

— Enfer, précisa Jack. Pas au-delà. Tu parles de la terre des morts. L'enfer, c'est tout autre chose. C'est une terrible insulte que de suggérer qu'il pourrait s'agir de la même chose.

— Et bien sûr, ma principale préoccupation est d'insulter un démon, murmura Pete.

Si elle était acerbe, c'était principalement parce qu'elle sentait à nouveau la pression sur sa peau et son esprit. Ce même fourmillement qui l'avait envahie dans la tombe, des années auparavant. Elle sentit des tressaillements nerveux dans son ventre.

— Jack, dit-elle.

Il tapa d'une chiquenaude sur un bout de papier et une braise lente démarra, faisant ondoyer un peu de fumée dans l'air. Puis il le laissa tomber dans le cercle et la fumée se mit à tournoyer et à s'étendre, sans toutefois dépasser les limites.

— Jack, répéta Pete, en forçant la voix.

Jack se retourna vers elle.

— Ouais ?

Pete trépigna. Le cercle vibrait un peu aux limites de sa vision et provoquait un bruit strident dans ses oreilles.

— Ce sera différent cette fois, n'est-ce pas ?

L'irritation de Jack disparut et il lui lança un sourire plein de regrets.

— Oui, Pete. Cette fois-ci, ce sera différent. Il faut que tu me fasses confiance, d'accord ?

Que je te croie, pensa Pete. *Pour ce qui est de la confiance, c'est autre chose.* Mais elle évita de le dire à voix haute. Voilà ce que Jack avait obtenu, en dépit de sa dépendance envers lui maintenant que son appartement était détruit. C'était juste un sentiment, le même que celui qui l'avertissait qu'elle prenait un chemin risqué et ferait tout aussi bien de faire demi-tour.

— Hrathetoth ! prononça Jack. (Il ne criait pas, mais il n'y avait aucun doute sur le fait qu'il donnait un ordre.) Hrathetoth, l'offrande a été placée dans l'anneau consacré et je t'ordonne, par ma volonté, d'apparaître.

Jack avait le même ton que s'il était en train de lire les horaires du métro entre High Barnet et King's Cross, mais le peu de cérémonie n'aida pas pour autant Pete à se sentir à l'aise. C'est comme ça que cela avait démarré, avant.

Quelque chose grésilla, puis apparut, au centre du cercle, au-dessus de la tache de ketchup.

— Sors, Hrathetoth ! ordonna Jack sèchement. Je t'ai contraint ; à présent, montre ta sale gueule de belette. Tu n'as pas le *choix*.

Un sifflement comme celui d'un chat pris dans les mâchoires d'un bouledogue fit dresser les petits cheveux de Pete sur sa nuque. Puis, une tache tournoyante, tremblante et recouverte de fourrure se matérialisa dans le cercle. Elle devint de plus en plus distincte, présentant de petites cornes et des orteils crochus, ainsi que deux yeux jaunes luisants.

Hrathetoth l'imp avait l'air, dans l'ensemble, d'un lion de poussière énervé, d'une taille inhabituelle, doté de dents et de membres.

— Corbeau ! cria-t-il en voyant Jack. Explique-toi !

— Laisse tomber ça, répondit Jack en lui envoyant un autre paquet de ketchup d'un geste las. Nous savons tous les deux que c'est l'événement le plus passionnant de ta vie depuis dix ans.

Hrathetoth cligna de ses yeux brillants en regardant Pete.

— Qui est-ce ? Elle est jolie. Jolie et sombre comme un ciel sans étoiles, ou l'intérieur d'un rhinocéros !

— Excuse-le, lança Jack tandis que Hrathetoth se jetait sur le paquet et commençait à sucer le ketchup. Les démons ne saisissent pas bien le concept de métaphore et de comparaison.

— Est-ce qu'elle va t'aideeer ? dit Hrathetoth avec un grand sourire qui dévoila un nombre bien trop important de rangées de dents acérées. Parce que tu sais que tu ne peux pas te sauver toi-même, Corbeau, et…

La suite se perdit dans un gargouillement. La main de Jack fusa, encerclant la gorge d'Hrathetoth.

— Écoute-moi bien, traître à pattes, je ne suis pas d'humeur. J'ai besoin du Triple foyer et j'en ai besoin maintenant ! Alors, va le chercher !

— Impossible ! s'écria Hrathetoth. La maison de Grinchley est protégée contre les intrus ! De fortes protections, avec de méchantes dents.

— Alors, *trouve un moyen de les contourner*, gronda Jack, et le feu sorcier prit vie dans ses yeux.

De la vapeur commençait à s'élever à l'endroit où il avait attrapé Hrathetoth et celui-ci laissa échapper un cri de douleur. Pete se rapprocha rapidement et posa une main sur son épaule.

— Jack, peut-être qu'il dit la vérité !

— C'est un démon, Pete. Ils ne comprennent pas la vérité, la seule chose qui compte pour eux, c'est la chair qu'ils pourront arracher de ton dos en échange de la faveur demandée. (Il secoua l'imp.) N'est-ce pas, Hrathetoth ?

— Oui… oui… répondit celui-ci. Infamie et traîtrise à longueur de journée ! Mais Grinchley est protégé, Corbeau, par des choses plus grosses et plus affamées que moi et je ne peux rien y changer !

Jack rapprocha Hrathetoth du bord de la craie.

— Je t'ai dit d'arrêter avec cette histoire de « Corbeau » !

— Non ! hurla Hrathetoth. Ne le romps pas !

Des morceaux de fourrure noire tombèrent et prirent feu au contact de la craie.

— Tu as peur de mourir ? Alors, va récupérer le Foyer ! beugla Jack. Je te l'ordonne !

— Si tu romps l'anneau, il n'y aura pas seulement moi, mais aussi la jolie demoiselle sombre ! souffla Hrathetoth. Elle ne l'a pas tracé. Elle n'est pas protégée contre ce qui en sort.

Jack regarda Pete comme s'il venait tout juste de se souvenir qu'elle était encore là.

— En effet, répondit-il au bout d'un long moment. (Il inspira narines ouvertes et le feu sorcier s'éteignit.) Très bien, sale petit microbe, tu m'as eu sur un point technique. Mais ne va pas t'imaginer que c'est la dernière fois que nous parlons.

Il relâcha l'imp et prononça d'un ton d'ennui :

— Je te libère, ne reviens plus jusqu'à ce que l'on t'appelle.

Hrathetoth disparut avec un soulagement palpable. Jack se frotta les mains sur le visage et se releva.

— Foutu soldat de l'enfer !

— Il n'y a donc aucune chance, c'est ça ? demanda Pete. Ce Grinchley va garder son Triple foyer et la prochaine fois que je verrai Margaret, elle sera comme les autres.

— La gamine sera *morte*, répondit Jack. La bête va la sucer jusqu'à la moelle. Pour les autres enfants, il n'y avait pas grand-chose d'autre que de l'innocence et peut-être quelques résidus de talent hérités d'un ancêtre éloigné. Mais Molly…

— Margaret, corrigea Pete.

— Peu importe. C'est une des nôtres.

— Nôtres ?

Pete leva un sourcil et Jack fit un geste de la main.

— Je veux dire qu'elle est comme moi. Avec son témoin, c'est probablement une magicienne. Si elle touchait à la magie noire, elle dépècerait des chats et mettrait le feu aux fringues des autres enfants.

— Il y a donc une différence. (La surprise de Pete n'était pas feinte.) « Magicien » et « sorcier » ! Ce n'est pas juste une question de sémantique ?

— Bien sûr qu'il y a une différence, rétorqua Jack. C'est aussi différent que le punk et le disco.

Pete fut sur le point de souligner que l'analogie était médiocre, mais Jack leva la main.

— C'est simple : les magiciennes travaillent avec l'énergie de la lumière. Les sorciers travaillent avec les cauchemars.

— Et les mages ? demanda Pete.

— Les mages prennent un peu des deux, répondit Jack. Nous sommes dans l'ombre, mais pas dans l'obscurité. (Il tressaillit comme s'il venait de prendre de la dope.) Invoquer Hrathetoth n'était qu'un entraînement. L'énergie est toujours là. Est-ce que tu veux voir quelque chose de sympa ?

— Non, répondit Pete, en sentant ses lèvres faire la moue.

L'espace d'une seconde, elle revit le Jack de douze ans auparavant, sans l'ombre qui le recouvrait à présent.

— Allez, dit Jack, en prenant sa main. Fais-moi plaisir. Oublie un peu l'enfant kidnappée.

— Ça n'est pas près d'arriver, répondit Pete en se basant sur son expérience.

Elle rêvait des victimes pendant des mois après ; des femmes battues, des enfants kidnappés, des esprits dévastés qui s'accrochaient à elle, lui tirant les cheveux et sifflant dans son esprit chaque heure qu'elle passait à dormir. Pete se réveillait en hurlant si souvent que Terry avait fini par investir dans des boules Quiès.

Jack lui mit la main en cornet, la paume vers le haut, et fit jaillir le feu sorcier de ses doigts. Il souffla dessus et la flamme grandit et se leva, faisant retomber comme des graines dans la paume de Pete. Ensuite, le feu se transforma en marguerite, puis en un chêne minuscule et parfait, et pour finir en canard.

Pete se mordit la joue et leva les yeux vers Jack. Celui-ci lui souriait.

— Comment peux-tu être aussi austère quand tu as un petit canard dans la main ? demanda-t-il.

Elle éclata de rire. Ce fut un rire bref, mais c'était son premier vrai rire depuis qu'elle avait retrouvé Jack.

— Tu es vraiment bizarre, Jack Winter.

— C'est sûr, répondit-il. Demande à n'importe qui.

Le canard de feu claqua du bec et battit des ailes. Pete tendit la main pour regarder brûler le feu sorcier, puis subitement le canard perdit en netteté et en cohésion, comme s'il venait de recevoir de l'acide. Le feu commença à s'infiltrer, à entrer en elle, à travers sa peau, l'éclairant depuis l'intérieur de sorte que les os de sa main ressortaient aussi nettement que si elle avait été frappée par l'éclair.

Pete sentit une chaleur de four crématoire remonter le long de son bras, jusque dans sa tête et son cœur. Elle hurla avant la grande explosion qui s'empara de son crâne et perdit connaissance, incapable de sentir autre chose que l'écho du cri dans sa tête.

L'oiseau noir ouvrait ses ailes devant Pete et elle sut que ce rêve n'était pas comme l'autre. Elle avait froid et avait la nette sensation de ne pas être dans le monde qu'il fallait.

Elle n'était plus dans l'obscurité impénétrable, mais se tenait sur une colline au-dessus d'un champ de bataille balayé par les vents. Des centaines de corps se détachaient sur l'herbe imbibée de sang.

La magie qui rampait autour d'elle forma une silhouette encapuchonnée avec des ailes et un visage sombre. L'oiseau cria. La force du froid et du mal contenus dans sa voix repoussa Pete en arrière. Elle se retrouva face à face avec des yeux jaunes et luisants, et la bouche rouge d'une femme s'ouvrit pour laisser passer le bec d'un corbeau.

Tu n'as rien à faire ici. Tu n'es pas la bienvenue ici.

Les serres de l'oiseau noir se refermèrent autour de son cœur et Pete sentit le goût de son propre sang glacé sur sa langue. Dans ses oreilles, le croassement diminua.

— Prends-le.

Les vêtements en lambeaux de l'homme en linceul claquèrent dans le vent que généraient les ailes de l'oiseau noir, qui rabattait la fumée des bûchers tout autour d'elle, tourbillonnant de plus en plus vite jusqu'à ce que Pete se sente emportée, le corps remplacé par l'homme en linceul et la voix par le cri horrible de l'oiseau noir.

— Prends-le, répéta l'homme en linceul, en tendant son poing vers Pete.

Mais celle-ci ne pouvait plus respirer, ne pouvait plus parler et regardait sa propre main se dissoudre en fumée.

PETE SE RÉVEILLA d'un coup en hurlant. Elle heurta Jack, qui en tomba à la renverse.

— Putain ! Tu m'as foutu une sacrée trouille, Caldecott !

Le souffle coupé, trempée comme si elle avait été rincée par une pluie glaciale, Pete se recroquevilla sur elle-même.

— Qu'est-ce… qu'est-ce que c'était que ce truc ? C'était ça le tour sympa que tu voulais me montrer ?

Jack s'accroupit, ignorant le discours énervé de Pete, et lui prit le menton entre son pouce et son index.

— Tu as un fantôme sur toi, souffla-t-il. Il est là, dans tes yeux.

— Je suis… possédée ? dit Pete en reculant. (Elle était glacée et les mots de Jack lui donnaient la chair de poule.) Si c'était le cas, est-ce que je ne devrais pas crier, où léviter, ou prononcer des phrases obscènes en latin en les récitant à l'envers ?

— Ce n'est pas une question de possession, répondit Jack. Mais tu as un esprit attaché à toi. C'est comme si… tu avais été touchée par quelqu'un qui avait du sang sur la main et que cette personne ait laissé ses empreintes sur toi. Elle te suit, te surveille et murmure dans tes rêves.

Pete frissonna. Son souffle forma de la buée quand elle expira.

— C'est l'esprit. Celui qui se nourrit de Margaret ?

— Sans doute, répondit Jack. (Il se passa une main sur le visage.) Fais chier. J'aurais dû deviner, avec tes cauchemars… J'aurais dû comprendre.

— Ne te reproche rien, dit Pete. Même moi je ne savais pas que c'était autre chose que des cauchemars.

Et encore, elle n'avait pas révélé l'autre partie du rêve : l'homme en linceul, le cœur palpitant et l'arrivée de l'oiseau noir. C'était à elle, il était inutile que Jack soit au courant.

— Il n'y a jamais rien de bien qui ressort de la Pénombre, murmura-t-elle.

— Ce dont on parle ne vient pas de la Pénombre, corrigea Jack. (Il fouilla dans ses poches et sortit une cigarette.) Celui qui vient te voir dans tes rêves et griffe ton âme est un être de l'entre-deux-mondes.

Pete se frictionnait les bras et sentit un peu de chaleur bienfaisante.

— Je me fiche de savoir d'où il vient, j'aurais préféré qu'il choisisse quelqu'un d'autre.

— L'entre-deux-mondes, cet espace ténu. Le royaume entre la vie et la mort. (Jack expira un halo.) Peu de vivants ont touché cet espace froid, Pete. Estime-toi heureuse qu'il n'ait pas essayé de t'y entraîner.

— Je suis toujours vivante, répondit Pete. (Elle sentait monter l'envie familière de fumer.) On ne me vole pas mon âme comme ça.

— L'âme est une chose bien compliquée, fit Jack, puis il saisit sa veste et l'enfila. Tu peux faire souffrir, saigner et mourir dans les espaces ténus, Pete. Que tu sois un être de chair, un fantôme ou autre chose !

— Fais juste en sorte que le rêve s'arrête, soupira Pete. Cela fait des semaines que je ne dors pas et ça commence à me rendre sacrément grognon.

— Je vais trouver quelque chose, promit Jack. Ça va aller si je te laisse seule pendant quelques heures ?

Pete se releva en même temps que lui, même si les murs de la pièce tanguaient dangereusement et qu'elle se sentait vaseuse.

— Et *toi*, Jack ? Tu n'es pas exactement équipé pour aller te perdre dans la ville.

Il recula, le visage fermé comme si elle lui avait donné un coup dans la bouche.

— Après tout ce qui s'est passé ces derniers jours, tu penses encore que je vais aller me shooter.

— Jack, cela fait dix années que tu le fais, répondit Pete. J'ai besoin que tu sois au meilleur de ta forme quand nous retrouverons Margaret et ce qui l'a prise.

— Tu es une garce cynique et méfiante, lança Jack en croisant les bras.

— Ouais, c'est l'effet que me font les gens comme toi, coupa Pete.

Elle se frotta le front. Rester debout exigeait un effort.

— Maintenant, je me souviens pourquoi j'ai voulu m'éloigner de toi, Caldecott, rétorqua Jack. C'est le genre même de traitement qui convaincrait n'importe qui de rester mort.

— Eh bien ! Figure-toi que j'ai dansé sur ta tombe ! cria Pete.

Mais Jack sortit dans un claquement de porte qui couvrit sa voix.

XXVII

DEPUIS LE DÉPART de Jack, l'appartement était plongé dans un silence insupportable. Pete farfouilla dans la penderie de la chambre et dans les placards de la cuisine, sans rien trouver d'autre que la poussière et de l'humidité.

— Tu me gonfles, Jack, murmura-t-elle.

Il s'enfuyait, perdait du temps et pendant ce temps-là elle était censée rester sagement à la maison ? Hors de question.

Pete sortit par la porte de devant et quitta l'appartement sans le verrouiller. Elle se retrouva dans un couloir étroit qui aurait facilement pu accueillir des rendez-vous galants sous la lumière du gaz une centaine d'années auparavant. Un ascenseur branlant doté d'une grille pliante la descendit jusqu'à la rue, et elle marcha jusqu'à trouver un abribus qui lui permettrait d'avoir une discussion discrète. Elle avait tiré une leçon de la réapparition de Jack : les choses n'avaient pas besoin d'être à proximité pour vous surveiller.

Pete composa un numéro sur son téléphone portable, suivant les instructions de l'annuaire vocal de New Scotland Yard, et attendit, la peur au ventre, la sonnerie du poste qu'elle tentait de joindre.

— Ollie Heath.

On aurait dit qu'Ollie parlait avec la bouche pleine de hachis parmentier.

— Ollie, c'est Pete.

— Pete ! s'écria-t-il. Où es-tu passée ? Newell en fait un caca nerveux.

— Ça ne doit pas être très agréable.

Pete activa le haut-parleur et fit apparaître son client de messagerie mobile.

— Écoute, je t'envoie un nom et j'aurais besoin que tu me fasses parvenir en retour tout ce que tu trouves par e-mail sur mon portable.

— Tu as une piste ? demanda Ollie.

— J'en aurai une, une fois que je lui aurai parlé, répondit Pete.

Elle entra l'adresse d'Ollie dans la barre d'adresse et envoya le message.

— J'ai ! indiqua-t-il quelques instants après. Mais Newell va me tuer s'il sait que je t'ai aidée. (Il siffla.) Caldecott, qu'est-ce que tu fous avec Travis Grinchley ?

Pete inspira. C'était une bonne question, tout à fait pertinente.

— Il possède quelque chose dont j'ai besoin pour faire avancer cette affaire de kidnapping. Et pour trouver Margaret Smythe, répondit-elle.

— Fais attention, conseilla Ollie. Ceux qui ont le malheur de déplaire à Grinchley finissent dans des sacs. Des petits sacs. À sandwiches.

— Contente-toi de m'envoyer les informations que tu trouveras, coupa Pete, et reste discret.

— D'accord, d'accord, répondit Ollie. Qu'est-ce que je dis à Newell s'il me redemande encore une fois où tu es allée ?

Pete sortit de l'abribus et se dirigea vers la station de métro Stepney Green, en zigzaguant parmi des taxis arrêtés au feu rouge.

— Dis-lui que je suis allée au cimetière.

***

Au cimetière de Hatton, les pierres tombales étaient alignées comme des sentinelles contre les vivants. Des personnes, seules ou en famille, circulaient parmi les rangées, foulaient l'herbe tondue et déposaient des fleurs ou restaient debout, tête baissée.

Pete retira quelques mauvaises herbes au pied de la tombe de Connor. Un vase d'œillets roses aux bords pourris trônait devant, renversé.

Pete jura contre MG et ramassa les fleurs, puis alla les jeter dans la poubelle la plus proche. Sa sœur venait de High Wycombe. Elle se débrouillait toujours pour passer en dehors des rares visites de Pete, déposait des fleurs bon marché qu'elle avait achetées à l'extérieur du cimetière, mais ne nettoyait jamais la tombe.

Connor avait fermement retenu MG lorsque celle-ci avait tenté de s'évader, à coup de peyotl, de garçons, ou de musique. L'aventure de Pete à Highgate n'avait pas arrangé les choses. MG ne leur avait jamais pardonné d'avoir coupé les ailes de sa vie sauvage, insouciante et imaginaire.

— Je sais que tu ne serais pas d'accord, Papa, murmura Pete en caressant la terre retournée sur la tombe. Mais je sais aussi que tu ne me laisserais pas abandonner une petite fille à la mort. (Elle soupira et se redressa, puis se mit à épousseter la poussière sur ses genoux.) Ce que je veux dire c'est que si je ne viens pas pendant un moment… Jack prendra soin de ton carré. Pour ça au moins, je pense que je peux compter sur lui.

Son portable grésilla et l'adresse de Travis Grinchley, ainsi que des informations personnelles pertinentes le concernant, s'affichèrent à l'écran. Pete s'attarda encore un peu et relut l'épitaphe de Connor. *Puissent les anges t'ouvrir la porte du paradis.*

— Je suis désolée, Papa, dit-elle.

Puis elle partit entre les rangées de pierres tombales avant de flancher.

XXVIII

TRAVIS GRINCHLEY VIVAIT dans une maison à trois étages en brique rouge dans le quartier de Camden. La façade était tapissée de lierre grimpant et de blocs de granite. Quelqu'un avait peint « AUCUN AVENIR » à la bombe à hauteur des yeux.

— Maudits hooligans, gronda une voix aiguë à gauche de Pete.

Un homme rabougri portant une redingote et des demi-guêtres portait une quantité invraisemblable de repas à emporter dans des sacs en plastique.

— Vous vivez ici ? demanda Pete, surprise de constater que Travis Grinchley avait un majordome et qu'il habillait ce pauvre type de la sorte.

— Je suis le valet de M. Grinchley, entre autres fonctions, lui fit savoir le gnome tout en se redressant dans un craquement de colonne vertébrale.

Pete s'avança et prit les sacs, en lui montrant sa carte de sa main libre.

— Je dois impérativement parler à M. Grinchley, est-ce qu'il est là ?

Le majordome toussa ; le son aurait pu ressembler à un rire sans quelques décennies et quelques milliers de paquets de cigarettes.

— M. Grinchley est toujours là, inspecteur. M. Grinchley n'a pas quitté sa demeure depuis près de quatorze ans.

Pete cligna des yeux, sans dire un mot, puis elle reprit :

— Bien. Dans ce cas, je serais ravie de lui parler.

— J'en doute fort, mademoiselle, dit le majordome. (Il sortit un anneau en fer ancien de la poche de sa redingote et ouvrit la double porte à l'aide d'un passe-partout.) M. Grinchley déteste être dérangé.

Pete grimpa les escaliers derrière lui, affichant son plus beau sourire officiel.

— Je promets de ne pas l'ennuyer.

Le majordome s'écarta pour la laisser passer et grommela.

— La police dérange toujours, mademoiselle. En général, ils se pointent sans tenir compte du statut de M. Grinchley au sein de la communauté.

— Sans prétendre offenser qui que ce soit, répondit Pete, c'est justement le *statut* de M. Grinchley qui m'amène.

Elle franchit le seuil de la porte et tendit les sacs, mais avant que le majordome pût la décharger, elle ressentit une vive douleur, comme si une barre de métal venait de lui traverser le crâne.

Pete tomba à genoux sur le tapis persan du hall d'entrée, son crâne meurtri lui faisait un mal de chien. C'était comme si tout ce qu'elle sentait et entendait, ces soupçons de magie qu'elle avait tenté de repousser, était amplifié et scindait son front en deux.

Une paire de chaussures en cuir noir apparut dans son champ de vision, puis disparut à nouveau alors qu'elle se saisissait la tête pour tenter de faire taire l'avalanche de murmures. La pression du pouvoir à laquelle elle était soumise fit couler du sang de sa narine droite.

— Ce sont les sortilèges de protection de ma maison, dit Travis Grinchley. Ils ont été conçus pour tenir à l'écart les personnes et choses qui ne sont pas les bienvenues.

— Je sais ce qu'est un sortilège de protection, riposta Pete.

L'une des chaussures, qui sentait le cuir et la cire, vint soulever le menton de Pete qui fixait Grinchley du regard. Il portait des lunettes et avait une mâchoire d'acteur des années 30.

— Intéressant. Je dois dire que vous n'avez pas un aspect bien méchant, mademoiselle. Est-ce qu'elle vous semble méchante, Perkins ?

— L'inspecteur a demandé à vous parler d'un sujet d'une certaine importance, expliqua Perkins. J'ai aussi apporté votre curry pour le thé, monsieur.

Travis Grinchley ajusta ses lunettes sur son nez et réexamina Pete.

— Un inspecteur. Mon Dieu. Mais quelle grande avancée par rapport au lourdaud que la police locale nous a envoyé la dernière fois !

Il sourit, les lèvres serrées, tendues et pâles.

— Dans ce cas, inspecteur… soyez la bienvenue.

Les cris qui retentissaient dans sa tête cessèrent immédiatement et Pete se mit à quatre pattes, sentant la brûlure de la sueur qui coulait sur les griffures de la bansidh dans son dos.

— Êtes-vous aussi accueillant avec tous les visiteurs, monsieur Grinchley ?

Il prit sa main, y déposa un baiser qui parcourut son corps sous sa peau et l'aida à se relever.

— Seulement avec les plus charmantes.

Pete retira sa main un peu trop vite et la plongea dans sa poche.

— Y a-t-il un endroit où nous pouvons parler en privé ?

Il y eut une lueur obscure dans les yeux de Travis Grinchley.

— Mais bien sûr. Perkins, apportez un plateau quand le thé sera prêt.

Perkins inclina la tête et repartit tel un monstre macabre rendu à la vie.

— Alors, c'est vous le savant fou, marmonna Pete dans le dos de Grinchley qui la devançait en direction de son bureau.

Du feu crépitait dans la cheminée et sa chaleur se propageait dans l'espace confiné, la température de la pièce aux plafonds bas rappelant celle d'une couveuse. Travis Grinchley gardait les rideaux fermés. Ils auraient pu se trouver à n'importe quel endroit, à n'importe quel moment. Pete frissonna de froid malgré le feu.

— Voulez-vous quelque chose de plus fort que du thé ? dit Travis Grinchley en s'emparant d'une bouteille et d'un verre en cristal taillé.

— Je suis de service, mentit Pete.

Il se versa un triple whisky.

— Dommage, lâcha-t-il en faisant tourner l'alcool dans le verre avant de le boire.

Il ne lui manque plus qu'un foutu monocle et une queue-de-pie, pensa Pete.

— De quoi vouliez-vous me parler, inspecteur? demanda Travis Grinchley. Je vois difficilement comment j'aurais pu être le témoin d'un crime ou être en possession d'informations confidentielles. Comme vous pouvez le constater (il fit un geste en direction des bibliothèques en chêne foncé remplies d'objets et de volumes en cuir, alors que des mâchoires et des crânes d'animaux brillaient à la lueur du feu), j'ai tout ce dont j'ai besoin entre ces quatre murs.

— Je ne vais pas tourner autour du pot, dit Pete en tournant le dos à l'étalage de curiosités. Quatre enfants ont été enlevés au cours des trois dernières semaines. Trois ont été retrouvés aveugles et traumatisés au point d'en avoir perdu la parole. La quatrième n'a pas encore été retrouvée.

Elle sortit une photo de Margaret de la poche de sa veste et la plaça devant la figure de Travis Grinchley, qui recula d'un air dédaigneux.

— Cette enfant a dix ans, monsieur Grinchley. Un ami proche pense que vous pouvez m'aider à la retrouver.

Travis Grinchley fronça le sourcil selon un geste étudié, une inquiétude réfléchie plissant son front et le coin de ses lèvres. Pete perçut ensuite le détachement que dissimulait le visage mielleux de ce bel homme. Jack faisait un rictus similaire, quand il mentait, mais la différence était que derrière ses expressions calculées, Jack cachait des sentiments. Travis Grinchley, lui, était vide.

— Vous savez ce qu'est un sortilège de protection, vous ne m'avez posé aucune question sur ma collection qui dénoterait votre méconnaissance du surnaturel. J'aurais donc du mal à jouer l'innocent, inspecteur. Comment puis-je vous être utile avec votre problème ésotérique ?

— Votre Triple foyer, répondit Pete, donnez-le-moi.

Juste l'espace d'un moment, Grinchley se raidit et les traits de ses yeux se noircirent. Puis il retrouva son sourire, naturel et menaçant.

— Mais pourquoi, inspecteur ? Quelqu'un vous a raconté des histoires. Je suis un collectionneur certes, mais je ne possède rien de l'importance de cet article spécifique. Je ne peux qu'espérer l'avoir un jour.

— Cessez donc de jouer la comédie, Grinchley, coupa Pete, à la différence de vous, mon ami n'est pas un menteur… du moins pas sur ce genre de questions. Vous l'avez.

— Votre *ami* devrait vérifier ses sources, dit Grinchley alors que son sourire s'effaçait.

Il descendit la dernière gorgée et reposa le verre sur son bureau.

— Bon, je pense que nous avons suffisamment bavardé, inspecteur. Veuillez partir.

Pete respira profondément. Elle se souvint de *Margaret*.

— Non, dit-elle.

Grinchley se figea et son visage laissa transparaître sa colère.

— Non ? Inspecteur, je peux vous assurer que me contredire est une réaction très stupide de votre part.

Est-ce que votre ami vous a aussi mise en garde sur ce point ?

— Donnez-moi le Foyer et je partirai, ajouta Pete, aussi calme que si elle était en train de demander une bière, alors qu'elle sentait monter la peur depuis le bas de son dos. Je suis très sérieuse, Grinchley.

Il parcourut l'espace qui les séparait à une vitesse telle que Pete eut à peine le temps de voir son ombre. Il l'attrapa par les épaules et la plaqua contre la bibliothèque la plus proche. Les mâchoires et les boîtes en laque vibrèrent au-dessus de la tête de Pete et son crâne cogna contre le bord de l'étagère.

— Pourquoi est-ce qu'une belle fille comme vous veut un Triple foyer, hein ? murmura Grinchley. Un objet unique comme celui-là ne servirait qu'à un sorcier ou à un mage de pacotille avec des délires de pouvoir. Alors, qui est votre ami, inspecteur ? Un véritable étudiant des arts obscurs ou un pathétique prestidigitateur de rue qui dissimule des cartes dans sa manche et rêve d'un pouvoir qu'il n'aura jamais ?

— C'est le genre de type qui vous décollerait la peau des os pour cette insulte, lança Pete.

Elle prit le poignet de Grinchley, qui lui fit l'effet d'un tronc d'arbre élancé, et appuya sur les points sensibles. Grinchley grogna, retroussant ses lèvres.

— Vous vous battez. Très louable, mais inutile. (Il souleva l'autre main pour toucher la joue de Pete.) Je ne suis pas surpris que ce mage bon à rien vous ait choisie. Belle, pas trop délicate, mais facilement influençable par la terreur ou le chagrin.

Ses yeux brillèrent, comme ceux de Jack, mais d'un feu doré et terrifiant, comme un ange tombant dans les flammes.

— Un jour, il l'a planifié, ça, j'en suis sûr. Il veut vous briser, inspecteur. Dommage que je sois arrivé en premier.

Il s'élança vers la tête de Pete et sortit un bout de corde pourrie et effilochée. En un instant, il le passa autour du cou de la jeune femme.

— Le collet du défunt, murmura-t-il, d'un ton respectueux digne d'un collectionneur. (Pete s'étranglait au fur et à mesure que la corde puante, anéantissant sa volonté, s'enroulait autour de son cou et la serrait à tel point qu'elle sentit les meurtrissures se former sous sa peau.) Ce spécimen en particulier a été trouvé et maudit à Tyburn, après avoir servi à pendre treize salopards à un arbre.

La corde prenait de plus en plus d'ampleur, continuant de s'enrouler autour du cou de Pete et formant un nœud de bourreau. Elle tenta de glisser ses doigts sous la corde moisie, mais en vain. Un voile noir commença à obscurcir les extrémités de sa vision.

— Elle a encore faim, inspecteur, dit Grinchley, en lui caressant le visage. Et plus vous lutterez, plus vous l'affamerez. Donc je vous prie, dansez, dansez la gigue du défunt. Chaque mouvement prolonge votre mort.

— Comment allez-vous… expliquer… la mort… d'un policier ? réussit à prononcer Pete.

Grinchley haussa une épaule.

— Ce ne sera pas la première fois qu'une personne d'une certaine autorité vient fourrer son nez dans ma collection. Je traite avec les serviteurs les plus fidèles et appréciés de la Pénombre, inspecteur. Je suis discret.

Pete s'aperçut que dialoguer ne l'aiderait pas à se sortir de ce pétrin et que, de toute façon, la corde putréfiée la serrait à tel point qu'elle pouvait à peine parler. *Tu sauras quand est passé le moment de bavarder,* avait dit Connor. *Tu le sauras et à ce moment-là, tu auras tout intérêt à réagir vite à moins de vouloir terminer ta vie brisée dans la poussière et le sang.*

Pete releva le genou et, avec le dernier souffle d'air qui lui restait, flanqua un coup de pied directement entre les jambes de Grinchley. Il gémit et se plia en deux. Pete saisit alors ce qui ressemblait à une dague avec un manche en os posée sur un meuble bas. Elle le glissa entre sa peau et le collet. La vieille corde s'ouvrit et s'éloigna du métal, la laissant à nouveau respirer.

— Très bien, Grinchley, dit-elle. (Sa voix était à peine audible. Elle se palpa la gorge, la chair délicate était durcie par les bleus qui se formaient.) Mettez-vous derrière le bureau.

Le masque de vieil homme affable avait complètement disparu. Grinchley obéit et se dirigea chancelant en direction de son bureau. Il était couvert de bosses et déformé, comme un golem, et ses yeux et ses dents brillaient dans la lumière ténue. Pete savait que c'était la dernière chose qu'avait dû voir le dernier voleur de Grinchley, juste avant de terminer son cauchemar dans la Tamise.

Elle rangea le collet dans sa poche arrière, puis débrancha le téléphone et lança le câble à Grinchley.

— Attachez-vous les jambes ! Avec un vrai nœud.

— Vous pensez vraiment que vous pouvez faire ce que bon vous semble, me donner des ordres à *moi* ? lança Grinchley. Ma magie vous découpera membre par membre, et ensuite…

— D'abord, dit Pete alors qu'elle prenait le câble d'une lampe et attachait les bras de Grinchley derrière son dos, s'il y a une chose que j'ai apprise au cours de cette dernière semaine, c'est que les véritables mages ne parlent pas pour ne rien dire, ils agissent. (Elle serra le nœud en tirant dessus.) Si votre magie ne se limitait pas à des tours tape-à-l'œil avec une corde, vous l'auriez utilisée, espèce de con. (Grinchley déversa un flot d'injures, mais Pete prit un bout de papier sur le bureau et le lui fourra dans la bouche.) Ensuite, je ne partirai pas d'ici sans le Triple foyer et je n'ai plus le temps de m'amuser avec vous, Grinchley. Alors, soit vous me dites où vous le gardez, soit je commence à vous découper en morceaux.

Elle leva le couteau qui brilla à la lumière du feu.

Après l'avoir fixée des yeux un long moment, Grinchley grogna et recracha le papier.

— Vous êtes moins fragile que vous ne le paraissez au premier abord, inspecteur.

— Vous m'en voyez ravie. Où est le Foyer ? insista-t-elle d'une voix calme.

Tout ce dont elle avait besoin pour blesser Grinchley, ou le saigner, c'était de penser à Bridget Killigan, aux traces ensanglantées laissées sur la peau de Jack et à la pression invisible d'un destin dont dépendaient les derniers instants de l'existence de Margaret. Mais elle décida de laisser ses menaces faire leur chemin, à moins qu'il ne la pousse trop loin. En fin de compte, elle était inspecteur de police, pas un malfrat.

— Le Foyer est dans la cave, soupira Grinchley. Dans le cellier à l'arrière de la maison.

— Et bien, voilà, dit Pete. N'est-ce pas simple et raisonnable ?

— Vous me le paierez, répondit Grinchley alors qu'elle s'éloignait en le laissant attaché. Vous me le paierez de votre sang, petit inspecteur. Ni aujourd'hui, ni demain, peut-être pas avant la fin de votre vie sur terre, mais vous venez de vous mettre dans la gueule du loup et vous…

Pete claqua la porte de la bibliothèque sans l'écouter et s'engouffra dans un large couloir sombre qui menait à l'arrière de la maison. La porte de la cave n'était pas verrouillée et Pete s'arrêta au pied de l'escalier. Connor aurait dit que c'était beaucoup trop facile. Grinchley aurait pu se battre davantage. Il aurait dû fermer ses portes, au moins ça !

Ses pas ne faisaient pratiquement aucun bruit sur l'épais tapis perse qui recouvrait le sol de pierre. Seul un courant d'air sur son cou la prévint d'une présence derrière elle. Elle se retourna et eut à peine le temps de voir un colosse vêtu d'un maillot et d'un pantalon noir projeter son poing massif vers son visage.

Elle l'esquiva, mais ne fut pas assez rapide et le coup l'atteint en plein crâne. Pete tomba et eut le souffle coupé en percutant le sol. L'homme la dominait. Une rangée de points de suture parcourait son cou ainsi que son bras droit au niveau de l'épaule, violacée et infectée. Ses yeux n'étaient pas de la même couleur, l'un vert, l'autre bleu. Elle vit ses dents ensanglantées derrière sa grimace.

— Intruse.

Le mot remontait d'une gorge qui avait peut-être été recousue après avoir été tranchée.

L'espace de quelques précieuses secondes, Pete fut incapable de faire autre chose que dévisager son interlocuteur. Cela anéantit toutes ses chances de s'en sortir. Le golem la saisit par le col et la traîna sans ménagement. La seule réponse qu'elle reçut à ses coups et à ses jurons fut un grognement.

Ils tournèrent à un angle et une odeur d'eau de Javel envahit les narines de Pete alors qu'elle glissait sur un lino usé. Le golem s'arrêta dans une pièce lessivée, dont l'éclairage vif contrastait avec l'obscurité dans laquelle était plongé le reste de la demeure de Grinchley.

— J'avais espéré que vous ne causeriez aucun problème, inspecteur, soupira Perkins. (Il avait enlevé sa redingote et portait un torchon sur l'épaule.) Mais il semblerait que vous soyez téméraire. Emmène-la dans la salle d'opération.

Le serviteur réanimé grogna et reprit Pete.

— Il vous obéit… dit-elle.

La masse qui recouvrait sa tête se souleva un peu et elle vit passer les épaules voûtées et la peau flasque de Perkins.

— C'est *vous*, le sorcier.

— Bien sûr, répondit Perkins. L'un des objets d'art de M. Grinchley, si vous préférez. Il me paie généreusement pour mes services et mes frères profitent des connaissances de M. Grinchley en matière d'antiquités d'une… nature impure. Cela dit, je n'ai pas l'intention de vous ennuyer avec ces histoires, inspecteur. Nous avons tous déjà vu un ou deux films de James Bond. (Il fit un signe de la tête au serviteur.) Je vous rejoins tout de suite.

Le serviteur traîna pratiquement Pete jusqu'à une porte métallique de sécurité et actionna la poignée maladroitement. L'un de ses membres était petit et enfantin avec des ongles manucurés alors que l'autre était usé et estropié comme la main d'un docker.

La salle d'opération était une catacombe, enfouie bien avant que la maison ne soit construite sur ces lieux. Des marches vaseuses menaient vers l'abattoir rond. Pete glissa sur les trois dernières marches et tomba, atterrissant sur un tas. Le serviteur lui donna un coup dans l'estomac, l'envoyant ainsi rouler comme un tapis.

Pete sentit que quelque chose la piquait quand elle vint se cogner contre la paroi opposée de la pièce en pierre. Un engourdissement se propagea alors dans une partie de sa hanche. Elle glissa sa main dans la poche de son pantalon et y trouva la seringue qu'elle avait prise à Jack. Elle avait perdu son bouchon et coulait. Le golem traîna vers elle une paire de chaînes pesantes qui étaient accrochées au mur en gémissant doucement.

Lorsqu'il s'approcha et la saisit par les bras, Pete se retourna et planta la seringue dans la cuisse du golem, à l'endroit où une grosse artère aurait dû battre chez les êtres vivants.

Le golem frémit et émit un son sourd, presque un sanglot. Il se traîna un pas de plus puis bascula en arrière.

Pete s'appuya sur les pierres du mur irrégulier pour se relever puis fit un bilan de ses blessures. Elle était couverte de bleus, mais ne saignait pas. La chute lui avait valu quelques éraflures aux genoux et sur le dos d'une main. Elle en conclut qu'elle survivrait et enjamba la créature assommée pour atteindre une porte.

La salle d'opération était équipée de chaînes en fer boulonnées aux murs à intervalles réguliers le long de la courbe des pierres. Un système d'évacuation moderne était installé dans le sol et passait par la table d'autopsie. Le sang dégoulinait par les fentes de la table dans un écoulement incessant qui gouttait sur la pierre humide.

Sur la table, un golem inachevé cligna de ses yeux laiteux tandis que sa moelle épinière, en attente de hanches et de jambes, gigotait comme une queue. Pete le contourna aussi loin qu'elle put, mais les yeux continuaient de la suivre alors que les dents sans langue claquaient.

Une porte en fer boursouflée par la rouille et le temps se trouvait juste derrière la table. Pete ne voyait aucune poignée. Elle enfonça ses doigts dans les fissures qui se trouvaient aux extrémités, mais ne réussit qu'à s'ensanglanter les ongles.

— Quelle merde ! s'exclama-t-elle, sous le coup de la frustration.

Le plafond de la salle était dépourvu d'ouverture et les murs, malgré leur âge, étaient parfaitement assemblés avec du mortier, et couverts de mousse. Le golem qui se trouvait sur la table siffla en direction de Pete et secoua ses bras pour tenter de l'atteindre.

Pete se plaqua contre le mur et ferma les yeux en essayant de contenir sa panique, du moins le nécessaire pour ne pas crier. Elle allait s'en sortir. D'une manière ou d'une autre, elle s'en sortirait.

Jack, tu aurais dû écouter Jack. Tu aurais dû savoir que fuir te mènerait ici. Et maintenant que vas-tu faire ? Tous les murmures et les frissons magiques normaux que Pete avait appris à reconnaître dans sa nouvelle étape avec Jack disparaissaient dans la salle d'opération. Sa peau était envahie par une autre sensation, froide et soyeuse comme du lait caillé.

Nous sommes dans la Pénombre. Des gens meurent ici et en général, c'est parce que quelqu'un a décidé de les tuer.

— Tais-toi, Jack. Depuis quand as-tu raison pour tout ? murmura Pete.

Elle tenta d'utiliser son portable, mais elle ne captait rien sous terre. Elle fit quelques allers-retours, en se tenant à l'écart du golem. Elle était indubitablement foutue. Coincée jusqu'à ce que Grinchley ou Perkins décide ce qu'il convenait de faire d'elle.

Ils retrouveront mes os le jour où ils détruiront cet endroit pour construire une autoroute, se dit Pete.

Le golem s'impatientait et sifflait.

— Tiens-toi tranquille ! lui cria Pete, car c'était mieux que de se mettre à pleurer de frustration.

Pete entendit un grincement et des grattements de l'autre côté de la porte en fer. Elle se prépara donc pour faire face à ce qui s'annonçait. Perkins apparut, poussant péniblement la porte massive.

Il aperçut le premier golem, immobile et inconscient à terre.

— Oh, s'exclama Perkins. Oh, mon Dieu !

Pete s'empara d'un scalpel qui se trouvait sur le chariot, près de la table de chirurgie où étaient également posées des bottes d'herbes à demi pourries et une bougie noire barbouillée de sang à côté d'une rangée d'instruments méticuleusement ordonnés. Elle s'avança vers Perkins.

— C'était un poids léger.

Perkins se retourna vers elle, les yeux brillants.

— Avez-vous la moindre idée du temps qu'il faut pour animer l'une de ces créatures, espèce de crétine ? Vous avez réduit à néant des mois de travail.

Pete afficha un sourire narquois qui ne correspondait pas à son humeur.

— Ce n'était pas précisément un avion modèle, nous sommes bien d'accord ?

Dans un grognement, Perkins leva la main et une brume noire suivie d'un nuage de glace sortit de ses doigts.

— Douleur, dit-il tout simplement.

Pete sentit chaque muscle, chaque tendon et chaque articulation saisis par la pire des agonies. C'était à la fois une douleur de fièvre, de muscles déchirés et de clous rouillés qui s'enfoncent dans la peau.

Un long hurlement fendit l'air. Le sien. Elle bascula contre la table d'opération alors que sa vision s'assombrissait. Le demi-golem qui se trouvait dessus en profita pour saisir son poignet à pleines dents, et cette sensation de pression glacée sur ses os la fit paniquer.

Pete tira de toutes ses forces contre le golem et sentit son poignet se déchirer quand la créature s'éleva dans les airs avec un hurlement pour finalement atterrir sur Perkins, tel un sac de tuyaux en plomb. Pete repoussa les herbes et la bougie. Elle sentait le sang chaud qui coulait de sa blessure humidifier sa main. La magie moite et froide de la pièce se transforma, se dégagea et le golem poussa un cri de victoire.

Perkins tomba à terre et le golem s'agrippa à son visage et à sa poitrine, plantant ses dents dans sa gorge et la dévorant avec un désir féroce jusqu'à ce que l'artère de son cou se mette à couler à flots et qu'il se noie dans son sang, à jamais immobile. Le golem continuait de le ronger, le sang de sa victime dégoulinant sur lui et jusqu'au sol à travers ses entrailles ouvertes.

La douleur que lui avait infligée Perkins s'estompait depuis sa mort, mais pas aussi vite que Pete l'aurait espéré. Elle s'amenuisa toutefois et Pete put gravir les marches glissantes en pierre qui menaient à la pièce lessivée d'une luminosité éblouissante. Elle y aperçut un autel fait d'ossements ainsi que des bocaux où étaient conservés des lambeaux de peau et de chair. Elle vit la grimace d'un crâne placé au centre d'un symbole oméga creusé dans le plâtre. Pete aurait voulu avoir Jack à ses côtés, il aurait su, lui, ce qu'elle devait faire, mais elle décida de renverser l'autel d'un coup de pied et fut soulagée de sentir à nouveau les picotements le long de son cou et de son cuir chevelu comme un flux de magie qui envahissait le vide laissé par Perkins.

Un tremblement au niveau des jambes lui fit prendre conscience qu'elle perdait trop de sang. Elle remarqua que son poignet saignait toujours.

— Et merde !

Elle déchira le bas de son tee-shirt et le noua solidement autour de la morsure du golem. Le saignement n'était pas suffisant pour que la veine soit sectionnée, mais la blessure, couverte d'une pellicule de bave verdâtre, lui faisait mal.

J'ai pas intérêt à avoir envie de bouffer des cerveaux, se dit Pete alors qu'elle tentait d'ouvrir la porte qui l'éloignerait de l'étage supérieur de la maison.

La porte s'ouvrit lentement et Pete descendit un autre escalier aux marches inclinées qui menait vers une catacombe jouxtant la salle d'opération. Il lui suffit d'entendre les gémissements et les cris derrière les minuscules portes à barreaux situées de chaque côté du couloir pour comprendre qu'il ne s'agissait pas d'une catacombe, mais d'un donjon.

Des mains tentèrent de la toucher quand elle pénétra dans l'obscurité, certaines étaient humaines et décharnées, d'autres raides et noires dans un état d'ultime décomposition. La peau et le sang muaient et se régénéraient et des rats s'enfuyaient vers l'obscurité en couinant.

Quelqu'un saisit le bras de Pete par la veste.

— Aidez… moi…

L'homme vêtu de guenilles s'accrocha à elle, le visage profondément marqué par le désespoir. Pete recula.

— Humain ?

— Oui, sanglota l'homme. Oh mon Dieu, oui. Ils m'ont offert un repas chaud… ils m'ont sorti de la rue… Il nous utilise comme des pièces, vous comprenez ? *Des pièces détachées.*

Il lui montra son autre bras, sectionné à la hauteur du coude avec une blessure mal cautérisée.

La porte de la cellule n'était pas scellée, juste verrouillée de l'extérieur. Pete fit sauter le verrou et dit :

— Courez. Surtout, ne vous arrêtez pas.

L'homme ne la remercia pas, sortit en chancelant et s'échappa entre les cris perçants et les grognements, hurlant et trébuchant jusqu'à disparaître dans les escaliers.

Des vestiges de la magie de Perkins observaient Pete derrière chaque porte devant laquelle elle passait, tout le long du couloir qui lui parut interminable, jusqu'à ce qu'elle arrivât au bout, à l'arrière de la maison. Des hommes et des femmes, des jeunes et des vieux, la plupart grossièrement réanimés, crachaient ou criaient. Certains mâchaient leurs propres membres, ou ceux des autres. L'air avait une odeur fétide de décomposition.

Des symboles ou des sigils étaient dessinés sur la porte des cellules de certains sujets. Pete les effaçait quand elle pouvait, priant pour ne pas être en train de désactiver une barrière électrique conçue pour tenir en respect des chiens enragés.

— Salope ! cria une voix derrière l'une des portes. Je vais t'arracher les yeux, puis je les sucerai !

Ce cri déchaîna une cacophonie d'autres bruits, jurons et menaces proférés par des bouches édentées et des langues en décomposition.

— C'est ça, cause toujours, murmura Pete tout en avançant rapidement vers l'autre bout du couloir, éclairé par une ancienne lampe à l'huile.

La cave était verrouillée à l'aide d'une clé en fer suspendue à un clou à côté des gonds rouillés. Pete se moqua d'abord de l'idée que Grinchley se faisait de la sécurité, puis elle réalisa que seuls Perkins et Grinchley oseraient traverser le couloir cauchemardesque qu'elle avait laissé derrière elle pour parvenir jusqu'à cette porte.

Pete tourna péniblement la clé dans la vieille serrure et pénétra dans les lieux. La cave était pleine de boîtes et de rayons compacts, le tout sans ordre apparent. Trois crânes humains de tailles et âges différents lui souriaient dans un meuble proche et une sirène des Fidji embaumée était perchée dans une cage dorée. Chaque centimètre de la pièce était rempli d'objets de magie et d'ignominie, de membres d'humains et d'animaux, de livres reliés en peau et de statues dont le regard suivait chaque mouvement de Pete dans les rayons.

Tout ça est inutile, jugea Connor sans qu'elle ne lui eût rien demandé. *Tu as l'intention de rester plantée là bouche bée toute la journée, petite ? Organise-toi, réfléchis. Trouve ce qui ne colle pas.*

Pete repensa aux pièces sombres de la maison de Grinchley. Tout y était agencé pour faire peur et mener dans la mauvaise direction.

Quelqu'un avec un ego disproportionné comme Grinchley ne cacherait pas ses trésors, si ce n'est à la vue de tous.

Son regard se posa sur la plus grande des étagères, celle où étaient exposés les crânes. Pete discerna un reflet argenté derrière les yeux du plus petit d'entre eux. Elle le prit, s'attendant à ce qu'il la morde, et aperçut une boîte noire et plate entourée de lanières d'argent posée sur l'étagère.

Elle était recouverte de poussière et ne payait pas de mine, mais Pete savait que c'était ce qu'elle cherchait. Elle brillait de toute la puissance de la Pénombre, de la pure magie aussi puissante que l'énergie nucléaire. Elle la saisit avec précaution et fit jouer le verrou pour l'ouvrir.

Le Triple foyer était enveloppé dans un tissu de soie noire. Il était plus petit et plus simple que l'aurait imaginé Pete. Ce n'était en fait qu'un cercle d'argent avec trois spirales interconnectées au centre, plat et ressemblant tout au plus à un dessous de verre.

Pete le toucha et une décharge d'électricité statique parcourut son bras. Les fils métalliques du Foyer bougèrent et se recroquevillèrent sous sa main. Pete écarta rapidement ses doigts. Les fils se détendirent immédiatement.

— Dieu merci ! murmura Pete.

Elle avait autant envie d'explorer le reste de la cave que de se jeter au milieu des voitures sur la M-25 en petite culotte.

Elle mit la boîte contenant le Foyer dans la poche de sa veste et repéra une porte entourée d'un halo de lumière à l'autre extrémité de la pièce. Tout, sauf retourner dans les salles de torture de Grinchley.

La porte menait à un véritable sous-sol, avec une chaudière et du matériel de cricket moisi. Pete s'arrêta et tourna la manette de l'ancienne chaudière à l'huile au maximum. Celle-ci commençait à vibrer et à faire du bruit quand Pete atteignit la rue.

Elle prit son portable et composa le 999.

— Inspecteur Caldecott à l'appareil, je voudrais signaler un incendie à la résidence Grinchley, au 14 Mornington Crescent.

Elle entendit le bruit des sirènes s'approcher alors qu'elle traversait la rue et faisait signe à un taxi. Les pompiers iraient là où aucun policier n'aurait pu se rendre sans mandat. Considérant ce que Grinchley lui avait fait endurer, Pete se dit qu'elle était d'une extraordinaire indulgence.

XXIX

— JACK ! APPELA Pete en ouvrant la porte de l'appartement. Jack, tu dois verrouiller cette porte. Le quartier n'est pas sûr.

— Pete ! lança Jack en se précipitant hors de la cuisine, une cigarette au coin de la bouche. (Un nuage de fumée le suivit, comme un attroupement de démons familiers.) Putain ! Pete, où étais-tu ?

— Tu vas bien ? demanda Pete en l'attrapant par le menton et en examinant ses yeux.

Les pupilles de Jack étaient dilatées, brillantes comme du verre.

— Peut-être. Oui. Je ne sais pas. (Jack passa une main dans ses cheveux, puis s'effondra.) Je te croyais partie.

— Je suis allée faire une commission, répondit Pete.

Elle attrapa le bras droit de Jack, cherchant à détecter de récentes piqûres.

Il s'écarta.

— Je ne me suis pas piqué. J'ai pris des amphés. Je n'arrivais pas à me concentrer.

— Oh ! pour l'amour du Christ, cria Pete. Jack, d'abord tu me méprises, puis tu avales des pilules dès que j'ai le dos tourné ! Qu'est-ce qu'il y a ? (Elle serra les poings, puis les relâcha, parce qu'elle n'obtiendrait pas de réponse de la part de Jack en le frappant.) Jack, reprit-elle doucement, je ne bougerai pas d'ici avant que tu me dises ce que j'ai fait pour te rendre ainsi.

Il se pinça entre les deux yeux, formant un sillon sur sa peau.

— Tu m'as quitté, Pete, répondit-il. Tu m'as abandonné ce jour-là. La seule personne à laquelle je m'étais un peu ouvert m'a laissé sur le sol d'une tombe et n'est jamais revenue. Ça m'a fait merveilleusement plaisir quand je me suis réveillé et que j'ai réalisé ça, merci.

Pete regarda ses pieds. Une éclaboussure de sang, souvenir de la salle d'opération de Grinchley, tachait le bout de sa chaussure, comme une larme.

— Je croyais que tu étais mort, Jack. Tu étais *allongé* là… Tu étais *parti*.

— Et tu n'as jamais eu l'idée de vérifier, n'est-ce pas ?

— Je n'ai jamais rien fait, répondit Pete d'une voix défaite. Je me suis enfuie du cimetière en courant et je suis retournée à la maison où je me suis enfermée dans ma chambre pendant deux jours. J'ai pleuré jusqu'à ne plus pouvoir respirer. Mais je ne l'ai jamais dit à personne, parce qu'il n'y a jamais eu personne à qui le dire. Papa a fini par découvrir qu'on se fréquentait. Dieu merci, il ne l'a pas dit à MG. Je me suis fait engueuler en bonne et due forme. Papa m'a dit…

Pete se mordit la lèvre pendant un moment. Elle avait pardonné son mensonge à Connor depuis longtemps, mais elle n'était pas sûre que Jack puisse en faire autant.

— Papa m'a dit que tu étais mort, Jack. Et que le mieux était de t'oublier.

— Le con, murmura Jack.

— Il faut dire qu'il ne t'a jamais beaucoup aimé, expliqua Pete. Tu as baisé son aînée et tu as mis la deuxième dans un piteux état.

Jack tira sur sa cigarette et évita de croiser le regard de la jeune femme.

— Je suis resté dans les environs de Londres assez longtemps après être sorti de l'hôpital. J'imagine que j'espérais que tu me chercherais.

— Je t'ai cherché, répondit Pete. Chaque visage dans la rue. Chaque jour. Tout le temps jusqu'à ce que j'aille à l'université. Mais pour finir, j'ai écouté mon père. J'ai essayé de croire que ce que j'avais vu n'était pas ce qui s'était passé, et que tu étais bien mort et qu'il fallait que je te sorte de mon esprit. Je suis désolée pour ça, Jack, mais je devais le faire pour continuer d'avancer.

— Et ensuite, tu as gentiment pu m'évacuer dans la catégorie « Mes erreurs de jeunesse » avec l'aide de Terry, grogna Jack.

— Terry n'a rien à voir avec ça, coupa Pete. Alors, laisse-le en dehors.

Elle prit une inspiration. Imaginer dire tout cela au fantôme de Jack dans ses rêves était facile, mais ça, c'était comme escalader la Tour de Londres pieds nus.

— J'ai fini par comprendre, murmura Jack. En ne te voyant pas venir. Tu étais une gentille gamine, mais je te tirais vers le bas. Il n'y avait pas d'avenir. Rien avec moi.

— Jack, répondit Pete. (Elle lui prit les mains, en essayant de ne pas tressaillir devant leur aspect presque squelettique.) J'étais une enfant, et j'ai fait le choix d'une enfant. J'ai rêvé de toi, jusqu'au jour où je t'ai revu dans ce terrible hôtel. Quand j'ai découvert que tu étais vivant, ça a été probablement le plus beau jour de ma vie. (Elle sortit la boîte de sa poche et l'ouvrit, puis referma la paume de Jack sur le Triple foyer.) Je suis allée chercher cela pour toi. Je suis rentrée maintenant. Je ne m'en vais plus, et je n'essaierai plus jamais d'oublier.

Elle passa à côté de Jack et s'en fut dans la salle de bain, verrouilla la porte et s'assit sur le rebord de la baignoire. Là, elle appuya l'arrière de ses mains contre ses yeux. Elle ne pleura pas beaucoup, parce qu'elle était trop épuisée pour ça.

Au bout d'un long moment, alors que Pete, assise, regardait ondoyer au sol les ombres projetées à travers la fenêtre, Jack frappa à la porte.

— Pete. Je suis allé au Costa.

Il ouvrit la porte, une tasse en carton et une cigarette neuve dans la main. Pete plissa le nez.

— Jack, tu détestes le café. Tu me l'as dit la nuit où nous nous sommes rencontrés.

— J'ai besoin d'avoir les idées nettes, murmura-t-il, en prenant une gorgée et en fermant les yeux comme si on lui arrachait les ongles des pieds. Nous avons du pain sur la planche.

— L'invocation, fit Pete.

— L'invocation, confirma Jack. Mais d'abord, tu vas m'expliquer comment tu as fait pour sortir le Foyer de la maison de Grinchley. Il ne va pas débouler ici et m'exploser les rotules, n'est-ce pas ?

Pete se redressa et essuya les dernières traces d'humidité de son visage.

— Je suis allée là-bas, j'ai bataillé avec son réanimateur et j'ai obtenu le Foyer. Ensuite, je n'ai pas vraiment demandé mon reste et je me suis barrée de sa saloperie de sous-sol.

Jack fronça les sourcils.

— Réanimateur ?

— Tu aurais du mal à croire ce que j'ai vu là-bas, Jack. (Pete pensa aux cages, aux mains, au golem sur la table chirurgicale et frissonna de nouveau.) J'ai encore l'impression d'avoir besoin d'une douche chaude.

— Fais comme si je n'étais pas là, ma belle.

Pete fit mine de le claquer, mais le cœur n'y était pas et Jack s'écarta.

— Trêve de plaisanterie. Grinchley ranime des cadavres ?

— C'est son majordome qui s'en charge, répondit Pete.

Jack laissa échapper un sifflement.

— Un nécromancien ? Vraiment ? Je n'en ai pas vu depuis l'Âge de pierre.

— Perkins avait tout l'air de sortir de l'Âge de pierre, lança Pete.

— C'est bizarre, c'est sûr, jugea Jack. La nécromancie et la sculpture de la chair sont des arts en voie de disparition. Personne ne s'y intéresse plus. Ce n'est plus nécessaire puisque nous disposons de serviteurs infernaux très faciles à asservir.

— Grinchley m'a également laissé ça, fit Pete en sortant le bout de collet du défunt desséché de sa poche. Je me suis dit que tu en aurais peut-être l'utilité.

Jack siffla d'admiration.

— Joli, Pete. Te voilà en possession d'un bon moyen de conjuration. (Il le lui rendit.) Mais garde-le.

— Je ne crois pas que j'en aurai besoin. En tout cas, je l'espère, fit Pete. Peut-être que tu pourrais t'en servir pour réchauffer l'atmosphère quand tu donnes une fête ou quelque chose comme ça !

Jack sirota son café et sourit.

— Tu l'as gagné honnêtement en combat sorcier, Pete. Garde-le. Il est à toi. Et quand j'organisais des fêtes, j'invoquais en général quelques esprits frappeurs ou des démons mineurs. Ça a plus de gueule. En parlant de ça, je ne serais pas contre un peu d'aide si tu n'es pas complètement crevée.

— Montre-moi ce que je dois faire, répondit Pete en fermant la porte de la salle de bain derrière elle.

— Viens dans la cuisine et prends donc une de ces pâtisseries hors de prix pendant que je t'explique, répondit Jack.

Jack laissa Pete se servir une tasse d'expresso, puis s'installa dans le siège en face d'elle et sortit un sac en velours noir.

— Moi aussi j'ai quelque chose pour toi.

Pete sortit du sac une petite amulette en forme de croissant suspendue à une chaîne en argent. Elle était fraîche au toucher et quand elle la tenait, le murmure constant de magie qui sifflait dans la partie cachée de son esprit se taisait.

— C'est un talisman pour les rêveurs, expliqua Jack. Il te protégera du coucher au lever du soleil.

Pete admira la façon dont le demi-cercle attrapait la lumière.

— Vraiment ?

— En tout cas, c'est la théorie, répondit Jack. En fait, ça dépend de toi.

— Comment ça ? demanda Pete.

Elle passa l'amulette autour de son cou et sentit l'argent embrasser sa clavicule. C'était comme plonger la main dans de l'eau fraîche, avec des pierres fraîches dessous et la lune se réfléchissant dessus.

— Est-ce que tu *veux* arrêter de rêver ? demanda Jack.

— Ce rêve-là en particulier, oui, répondit Pete d'un ton catégorique. Et je me passerais bien d'être hantée aussi.

Jack fit la moue.

— J'ai bien peur que tant que tu resteras avec moi, il y ait toujours un peu de présence fantomatique autour, répondit-il. Mais l'enflure en question ne devrait pas pouvoir entrer facilement dans ton esprit avec ça.

— Merci, dit Pete en souriant.

Jack affichait l'air ravi de celui qui a choisi la bonne taille pour un cadeau d'anniversaire.

— C'est un truc de gosse. Ce n'est pas grand-chose.

Il éteignit sa cigarette dans ce qui restait de son café. Ses mains tremblaient un peu, mais il attrapa un stylo et se mit à dessiner sur des bouts de papier.

— Et maintenant, voilà ce que devrait entraîner l'invocation du démon, et ce que j'ai besoin que tu fasses…

XXX

Quelques heures plus tard, Pete suivait Jack dans les allées d'un magasin de bricolage où ils faisaient le plein de matériel.

— C'est une blague, n'est-ce pas ? demanda-t-elle. C'est ici que nous allons trouver de quoi faire un rituel démoniaque ?

— En partie, oui, répondit Jack. La magie ne tourne pas seulement autour d'yeux de triton et de peau de chat noir.

Pete s'immobilisa avec son chariot.

— Il est hors de question que je tue un chat.

— C'est une façon de parler, Pete, relax. Le démon que nous voulons attirer n'accepte pas les sacrifices animaux. Ce serait une offense impardonnable.

— Je suis sûre que tout ça va trouver une logique dans ma vie quotidienne, murmura-t-elle en suivant Jack qui venait d'attraper une bobine de fil de cuivre.

— Si tu restes avec moi, c'est sûr, lança Jack avec l'ombre d'un sourire.

Il attrapa une boîte de clous pour toiture et l'enfonça dans la poche de sa veste. Pete se racla vigoureusement la gorge. Jack lui lança un regard exaspéré et releva un de ses sombres sourcils.

Pete désigna le chariot.

— Dedans.

— Tu as vu le prix ? protesta Jack. Pour une boîte de clous rouillés !

— Je suis sûre que les filles du *Fiver's* se pâmeraient devant tes agissements criminels, lança Pete, mais si on se fait attraper, on ne sera jamais dans les temps pour traquer ce fantôme, ou cette bête, ou peu importe de quoi il s'agit. Alors, mets ces foutus clous dans le chariot et grandis un peu.

Jack lui lança un regard noir, mais fit ce qu'elle demandait et partit d'un air dédaigneux en laissant à Pete le soin de tout payer.

— Où allons-nous maintenant ? demanda Pete.

Elle suivait Jack sur Kings Road, se faufilant entre des touristes armés de leurs appareils photo et des gamins boutonneux qui arboraient jeans noirs moulants et crêtes d'Indiens en essayant de faire revivre l'apogée de la mode punk incarnée par les Sex.

— On a encore quelques bricoles à récupérer, répondit Jack en descendant quelques marches qui donnaient accès à une boutique sans nom, fermée par une porte noire.

Pete s'arrêta à quelques centimètres de l'entrée.

— Jack, c'est un sex-shop.

— Entre autres choses, acquiesça-t-il en ouvrant la porte, ce qui fit tinter une sonnerie obscène et désagréable.

— Dites-moi que je rêve, murmura Pete en le suivant à l'intérieur.

— J'ai trouvé ce dont j'avais besoin lorsque je suis allé acheter ton talisman, indiqua Jack. Mais il faut que je rende visite à un ami pour une dernière chose.

La boutique était grise : moquette grise, murs qui avaient été auparavant blancs, mais qui étaient à présent recouverts d'une épaisse couche de poussière, faibles néons au plafond comme dans une morgue. Même les couvertures des magazines et des vidéos semblaient passées et avaient perdu leurs couleurs, tandis que les coins relevés des affiches sur les murs laissaient apparaître la moisissure.

Jack se dirigea tout droit vers le comptoir et y donna un grand coup, réveillant si brutalement l'employé qui somnolait que celui-ci en tomba de son tabouret.

— Hé !

— Mouais ? demanda l'homme. Qu'est-ce que vous voulez ?

Il portait une queue-de-cheval, aussi triste et graisseuse que la queue d'un rat, et était, autant que cela fut possible, encore plus mince que Jack.

— Où est M. Towne ? demanda Jack. Je sais qu'il est toujours le propriétaire des lieux, alors ce n'est pas la peine de mentir.

— T-Towne ? répéta nerveusement l'employé.

— Towne, Melvin, coupa Jack. Manky Mel, le sultan du sniff, le magicien de la branlette, peu importe le surnom idiot qu'il s'est donné.

— É-Écoutez, fit l'employé. Je ne veux pas de problème avec les flics…

Jack attrapa le type par la queue-de-cheval et le tira à hauteur d'yeux.

— Je ne suis pas flic.

— *Elle*, oui ! couina l'employé en montrant Pete. Et vous, vous êtes probablement là pour l'argent que M. Towne doit à Popol le gaucher.

Pete pencha la tête vers Jack.

— Ton ami fricote avec un gangster qui se fait appeler Popol le gaucher ?

— Crois-moi sur parole, répondit Jack en serrant de plus belle la queue-de-cheval de l'employé, si tu le connaissais, cela ne te surprendrait pas le moins du monde. Et maintenant, espèce de nullité, dis-moi où il est.

L'employé soupira presque de façon résignée.

— Il est sur le plateau, à l'arrière.

— Merci beaucoup, fit Jack en le repoussant d'un petit geste.

— Qu'est-ce qui te prend ? murmura Pete en suivant Jack entre les rangées moisies de livres poussiéreux et les caisses de sex-toys. Ta vision t'a fait voir Guy Ritchie ?

— Tu verras bien, répondit Jack. (Ses yeux luisaient comme un soleil d'hiver sur un glacier.) Et maintenant, si tu accordes un tant soit peu d'importance à ta dignité, tais-toi et reste à côté de moi une fois qu'on sera là-dedans. Et s'il te plaît, n'essaie pas d'être Mademoiselle l'Inspecteur de police Caldecott de la Metropolitan Police. La seule chose que tu obtiendrais, c'est qu'on soit tous les deux passés à tabac et abandonnés dans un caniveau.

Elle fut sur le point de demander quelle était, exactement, l'histoire entre Jack et Towne, mais Jack envoya un grand coup de pied dans une porte coupe-feu et cria :

— Melvin ! Regarde qui est revenu d'entre les morts !

Une rousse bien charpentée vêtue d'une tenue en latex mal coupée couina et se cacha derrière un drap. Une voix à gauche de Pete cria.

— Et merde ! Coupez !

Melvin Towne faisait à peu près la même taille que Pete, ce qui plaçait ses yeux à peu près au niveau du menton de Jack. Il était devenu gros, mais ses mains étaient larges et douces, et ses bras tiraient sur son tee-shirt blanc. À une époque, Pete aurait hésité à tenter de l'arrêter toute seule. Towne était encore puissant et les plis qui barraient son front et soulignaient ses yeux noisette expressifs laissant nettement transparaître la violence.

— Jack Winter, gronda-t-il ? Tu ne peux pas mourir une bonne fois pour toutes ?

— Pas encore, espèce de raclure, répondit Jack d'un ton innocent. Je suis venu chercher le membre.

Towne croisa les deux jambons qui lui servaient de bras.

— J'ai jeté ce foutu machin.

— Tu mens, Melvin, répondit Jack sans s'énerver. Non seulement tu mens, mais tu mens foutrement mal.

Melvin renifla comme s'il avait eu un mauvais rhume, ou comme s'il se passait régulièrement un gramme de coke sous le nez. Pete aurait été prête à parier sur cette deuxième option.

— Je ne l'ai pas, ton foutu membre, répéta-t-il. (Il s'avança vers la rousse et repoussa le drap.) Je ne te paye pas pour que tu t'assoies sur ton gros cul les jambes croisées.

La fille reprit sans rechigner la pose dans laquelle elle se trouvait lorsque Pete et Jack avaient fait irruption dans la pièce. Elle passa un nœud coulant en soie qui pendait du système d'aspersion au plafond autour de son cou et s'installa sur une chaise de dînette en métal.

— Étouffe-toi, ordonna Melvin. Je veux voir tes yeux sortir de ta grosse tête quand tu prendras ton pied, salope.

Si elle avait été seule, Pete aurait hésité, mais ce n'était pas le cas. Elle marcha jusqu'à Towne, s'empara de la caméra numérique haut de gamme, et la fracassa sur le sol en ciment.

— Jack vous a posé une question, lança-t-elle calmement, en s'obligeant à regarder Towne droit dans les yeux.

— Espèce de conne ! s'exclama-t-il. Je devrais t'enfoncer cette caméra dans le cul jusqu'à avoir filmé pour trois mille livres de vidéo, car c'est ce que ça va me coûter pour la remplacer !

Pete sortit le collet du défunt et l'enroula autour du cou de Towne, moins gracieusement que ne l'avait fait Grinchley, mais l'effet fut le même.

— Tu nous fais perdre notre temps, coupa-t-elle. Donne son foutu membre à Jack avant que j'utilise l'autre main pour t'arracher les couilles, connard.

— Elle n'hésitera pas, mon pote, conclut Jack en sortant un paquet de cigarettes de sa poche.

Il en offrit une à la fille rondelette qui secoua doucement la tête.

— C'est mauvais pour la santé.

— En parlant de ça, vous avez déjà filmé un anévrisme pour l'un de vos petits films de fausse mort ? demanda

Pete en souriant à Towne. (Elle enfonça les ongles dans son menton couvert de sueur, l'obligeant à la regarder.) Je me demande si vous seriez du style à faire de petits mouvements compulsifs. Je crois que vous êtes trop gros. Vous risquez plutôt de glouglouter, vous faire dessus et crever.

— Dans le coffre ! cria Towne. Putain ! La clé est dans ma poche.

Pete tira d'un coup sec sur le collet et celui-ci se déroula, reprenant sa forme de départ dans sa main. Elle sourit en regardant ses pieds pour cacher sa fierté.

— Gentil monsieur, lança-t-elle à Towne, puis se tournant vers Jack : Toi, attrape la clé.

Une fois dans la rue, Pete arracha le paquet enveloppé de papier marron des mains de Jack et le déchira.

— Eh ! cria-t-il. C'est à moi, je te ferais remarquer !

Le paquet contenait une boîte en plastique, fermée à l'aide de scotch. La boîte était transparente et à l'intérieur… Pete faillit en laisser tomber la boîte sur la chaussée.

— Jack, c'est une main humaine. Une main humaine *momifiée.*

— C'était à la femme de Towne, expliqua-t-il. Il l'a surprise avec quelqu'un d'autre il y a quinze ou vingt ans et il l'a découpée en morceaux jusqu'à ce qu'elle soit désolée. Il a tout filmé. Autant que je me souvienne, c'était son premier gros succès.

Pete s'immobilisa et remit la boîte dans les mains de Jack.

— C'est ta façon de m'expliquer que tu apprécies la compagnie de personnes comme cet homme ?

— Je ne suis pas aussi pervers, ma belle, dit-il en souriant. J'ai vu la vidéo, j'ai remarqué que Towne avait un Égrégore, c'est-à-dire un démon de rage, tournant autour de lui. J'ai réussi à renvoyer l'Égrégore dans la Pénombre et j'ai obtenu de Towne qu'il me donne ceci en paiement.

— Mais c'est une main, lui rappela Pete.

— C'est un symbole de désir, répondit Jack. Désir de douleur et désir de revanche, et aussi un désir d'amour si puissant qu'il a détruit ce qu'il touchait. C'est une tentation puissante pour n'importe quel démon, Pete. Ils achètent le désir, le respirent. Je suis certain que toutes les entités infernales du Grand Londres en bandent déjà.

— Voilà qui est rassurant, murmura Pete.

Jack entra dans la station de métro Fulham Broadway.

— Nous pouvons rentrer maintenant. Nous avons tout ce qu'il nous faut.

XXXI

Dans le salon de l'appartement, Pete observa Jack former un cercle avec le fil de cuivre qu'il fixa aux quatre angles de la pièce à l'aide de clous en fer. Il traça à la craie des symboles aux quatre coins, ponctuant celui qui se trouvait le plus au nord d'une bougie noire. Il dessina ensuite un autre ensemble de symboles, qui semblaient être choisis au hasard, à l'intérieur du fil puis se retourna vers Pete :

— Tu veux bien être un amour et aller me chercher le sel de table ?

Pete lui tendit la boîte qu'ils avaient achetée à Tesco et Jack en dispersa une bonne poignée à l'intérieur du cuivre.

— Terre, dit-il. (Il sortit son canif et s'incisa le bout du doigt, puis fit tomber quelques gouttes de sang, également à l'intérieur du cercle.) Et esprit.

Jack ouvrit la boîte en peinture laquée de Grinchley et en sortit le Triple foyer, en le tenant dans la paume de sa main comme s'il s'agissait d'un papillon mort séché.

— Pour ton bien, la meilleure chose à faire serait que tu ailles dans l'autre pièce, Pete, dit-il sans quitter l'objet des yeux. Ce qui va se passer ici risque de ne pas être très beau à voir.

— Si j'avais voulu quelque chose de beau, je serais devenue décoratrice, répondit Pete en croisant les bras. Je reste.

Jack fut sur le point d'objecter, mais il se pinça les lèvres et dit :

— D'accord. Mais tu restes contre le mur. Tu ne parles pas. Peu importe ce qui se passe, tu ne touches pas la poignée et tu ne menaces personne de lui arracher les couilles. Compris ?

— Towne le méritait, murmura Pete.

— En effet, concéda Jack. Je ne t'avais jamais vue autant en colère, Pete. Ça m'a bien plu.

Il suffisait de regarder son sourire pour savoir à quel point il avait effectivement apprécié la scène.

— Tais-toi et fais ce que tu as à faire, coupa Pete. Cela fait maintenant presque trois jours que cette chose a emporté Margaret Smythe et ta réputation dans la Pénombre ne s'améliore pas.

— Tes désirs sont des ordres, ou quelque chose comme ça ! répondit Jack.

Il posa la boîte qui contenait la main de feue Mme Towne à ses pieds et se plaça sur le bord du cercle. Il saisit le Foyer et Pete entendit le glissement du métal sur la chair tandis que deux pics sortaient de la partie inférieure du disque métallique plat et entraient dans les paumes de Jack.

Il ne fit pas un bruit. Une pâleur laiteuse passa sur ses yeux qui se révulsèrent lentement dans sa tête, exposant de petites veines cramoisies comme des toiles d'araignée à l'intérieur de son crâne.

— Jack ? lâcha Pete, inquiète.

Elle voulut s'avancer vers lui, mais un cri déchira l'air et la traversa jusqu'aux os. Elle trébucha en jurant.

Le hurlement atteint son apogée et se stabilisa en un faible gémissement. Puis Pete sentit physiquement l'air lâcher. Quelque chose passait d'un monde à l'autre.

— Jack Winter, fit le démon. Pourquoi m'invoques-tu ?

En un instant, les yeux de Jack retrouvèrent leur couleur bleue, si vite que Pete ne put le voir. Il s'ébroua et dit :

— Pour chercher ce qui a été perdu.

Il y avait un rituel derrière les mots échangés entre Jack et le démon, et celui-ci laissa échapper un frémissement de plaisir en voyant que Jack répondait correctement.

— Tout d'abord, nous allons passer un accord, la promesse de goûter du sang si le serment est rompu. Alors, seulement, je chercherai ton objet perdu.

— C'est juste, répondit Jack en haussant les épaules. Voilà.

Il rapprocha la boîte contenant le membre de l'ex-Mme Towne pour que le démon puisse l'examiner. Celui-ci le caressa d'une main munie d'ongles à la forme étrange et de doigts inégaux de toutes les couleurs, encore plus rapiécés que les Golems de chair de Grinchley.

— Je t'apporte le produit du plus violent désir de l'homme, prononça Jack en éloignant la boîte du démon. Pour honorer Talshebeth, gardien des choses perdues.

Pete vit que le démon, Talshebeth, avait également un cuir chevelu rapiécé sur lequel poussaient quelques touffes de cheveux épars. Il était bossu et vêtu de haillons réunis pour former un manteau clair tandis que ses jambes arquées étaient emmaillotées dans ce qui semblait être un millier de paires de chaussettes. Des dizaines d'alliances encombraient ses doigts fins jusqu'à la première articulation. Son cou était orné d'un grossier collier fait de dents de lait.

— Toutes les choses perdues font partie de mon domaine, déclara Talshebeth en clignant de ses paupières abîmées sur une paire d'yeux en verre brisé. J'accepte ton paiement. Dis-moi ce que tu cherches.

— L'esprit errant de Margaret Smythe, déclara Jack. Et le nom de celui qui l'a enlevée.

Talshebeth se mit à rire, comme un enfant insouciant qui s'amuse, mais avec dans la voix les larmes de ce qui ne pourrait jamais être récupéré.

— Et pour cela, Corbeau, tu invoques un démon ? Tu as subi les ravages du temps humain, c'est évident. Tu es vieux. Tu as perdu ta *jeunesse*.

— Inutile de me servir tes conneries, coupa Jack. Dis-moi où est la gamine ou tu n'es pas près de récupérer la main, et je la conserverai précieusement.

Talshebeth se retourna vers Pete.

— Et toi, jeune et innocente, murmura-t-il. Le poids de la perte pèse lourd sur tes épaules. « Connor Caldecott », récita-t-il soudain, comme si un souvenir oublié venait de lui revenir à la mémoire. « Père bien-aimé. Né le 2 mars 1941, mort le 12 janvier 2003. *Puissent les anges t'ouvrir la porte du paradis.* »

— Pete, fit Jack. Ne l'écoute pas ! Toi, lança-t-il à Talshebeth, c'est avec moi que tu traites.

— Mais bien sûr, fit Talshebeth avec un large sourire qui découvrit une dentition entièrement faite de bois et d'ivoire pourris et usés. (Un asticot passa entre les interstices, mais Talshebeth n'eut pas l'air de s'en rendre compte.) Je vis pour servir, Corbeau. Toutefois, une recherche de cette ampleur exige une certaine extension de puissance, alors si tu voulais bien me libérer de ce cercle grossier…

— Laisse tomber, espèce de diable bossu, répondit Jack. Tu es très bien à l'intérieur du cercle, là où cette merveilleuse barrière de cuivre préserve ma chair de tes dents.

Dans la rue, quatre étages plus bas, l'escalier de secours gémit et quelques copeaux de plâtre flottèrent autour de la tête de Pete. Ses sens la picotèrent et elle fut distraite de Talshebeth suffisamment longtemps pour sentir approcher un danger noir et inhumain qui remontait par ses pieds jusqu'au centre de sa peur… au creux de son ventre.

— Jack…

— Tais-toi, Pete ! siffla-t-il. J'ai déjà du mal à me concentrer. Tu ne m'aides pas.

Talshebeth eut un petit rire moqueur.

— Elle te fait perdre bien des choses, Corbeau. Ta contenance, ta lucidité et peut-être ta vie. Je l'aime bien.

— Dis-moi où se trouve Margaret Smythe, avertit Jack. Tu as cinq secondes pour le faire où je vais vraiment te pourrir la journée.

L'escalier de service grinça à un nouveau et avant que Pete puisse attraper Jack et le forcer à y prêter attention, la sensation sombre était là. Puis quelque chose traversa les fenêtres voûtées en les faisant voler en éclats, atterrit au sol et émit un éclair semblable à celui d'une grenade au phosphore. Pete cria et s'écarta du mur d'un bond au moment où le verre restant explosait. Cinq hooligans vêtus de noir, portant des masques et des manteaux en cuir, firent leur entrée.

L'un d'eux se dirigea directement vers Jack, qui laissa tomber le Triple foyer lorsque l'homme, bien plus imposant que lui, lui envoya un grand coup dans le dos.

— Sors d'ici, Pete ! cria Jack juste avant que l'homme ne lui assène un crochet dans la tête.

Pete se mit effectivement à courir, allant directement dans la cuisine, ouvrit un tiroir à gauche de l'évier et attrapa la poêle à frire en fonte de Jack. L'un des hooligans l'ayant suivie, elle tenta de le frapper avec la poêle, manqua sa tête, mais lui flanqua un bon coup sur l'épaule.

Il tenait un objet noir à cylindre plat (Pete pensa qu'il s'agissait d'un pistolet tranquillisant) qu'il pointa vers elle, se servant du bras qu'elle n'avait pas frappé.

— Joli coup, salope. Dommage pour toi qu'après votre cascade avec les bansidhs, ils aient envoyé des humains. (Il observa Pete.) Le fer ne nous fait rien. Idiote.

Il murmura des mots magiques dans sa barbe et Pete sentit son corps se tendre de lui-même, anticipant la douleur.

Aucune flèche n'atteignit Pete, et l'arme n'était pas non plus un pistolet. C'était de la magie. Froide, comme de la glace et violente comme si Pete avait heurté un camion la tête la première. L'onde balaya Pete et l'envoya rouler jusqu'à ce qu'elle se cogne contre le mur opposé de la cuisine et s'effondre en un tas informe.

Le sorcier s'approcha d'elle, pointant le fin bâton noir entre ses yeux.

— Tu as quelque chose à dire, espèce de traînée ?

Pete attrapa le bord de la paillasse et se raidit. Il fallait trouver le moyen de s'en sortir avec la seule seconde de répit qu'elle obtiendrait.

— Je te dirais bien de prendre ce bâton et de te l'enfoncer dans le cul, mais j'ai peur que tu aimes ça.

Le sorcier grogna et leva à nouveau le bâton. Pete en profita et se détendit comme un ressort, lui tordant le bras et retournant l'arme contre lui. Le sort éclata quelques dixièmes de secondes plus tard et le sorcier hurla. De la chair gicla comme si le sorcier était entré en collision avec une voiture. Pete le laissa se vider de son sang et partit en courant retrouver Jack.

Deux des hommes masqués le maintenaient au sol tandis qu'un troisième frappait Jack au visage, murmurant des imprécations inintelligibles.

— Pete… réussit-il à dire entre deux coups. Pete… Va-t'en…

Pete frappa celui qui se trouvait le plus près d'elle à l'aide de la poêle. Elle y mit toutes ses forces. L'homme n'eut pas le temps de crier et s'effondra avec le crâne fissuré. Celui qui frappait Jack se retourna et essaya de lui donner un coup avec un couteau qu'il avait sorti de sa manche. Pete évita la lame et lui donna un coup de pied dans le ventre. Quand il se recroquevilla sur lui-même, elle lui envoya un bon coup de poêle derrière les oreilles.

— Stop ! (L'homme qui maintenait Jack tenait son bâton contre la tête de celui-ci. Il était grêle et marron, comme un morceau de racine.) Tire-toi ou je lui mets le cerveau en bouillie.

Pete regarda le visage de Jack. Son cœur battait à tout rompre dans sa poitrine. Elle n'avait qu'une seule envie :

battre les hommes qui avaient frappé Jack jusqu'à en faire un tas de viande méconnaissable.

— Écoute-le, murmura Jack dont la lèvre était fendue. Ce sont des sorciers, ils ne rigolent pas.

Profitant du fait que le sorcier observait Pete, il passa la main dans la poche de son jean. Pete fronça très légèrement les sourcils. Il la regarda droit dans les yeux, puis lui fit un clin d'œil, si rapide que Pete se demanda si elle ne l'avait pas imaginé.

Elle espéra de tout son cœur que ce n'était pas le cas.

— Tu es sourde ? Pose ta poêle et ramène ton cul !

— Tu vas regretter de ne pas m'avoir laissé te régler ton compte, lança Pete.

Elle laissa tomber la poêle.

— Bouge ! gronda le sorcier, puis, s'adressant à Jack : Je vais la baiser avant de te tuer. Elle est appétissante, Winter, je t'accorde ce point.

Pete soupira.

— Vous n'auriez pas pu dire pire.

Jack ouvrit son canif dans sa poche et libéra sa main. Un peu de feu sorcier apparut autour de lui, s'apparentant davantage à une étincelle qu'à une flamme. Quand Pete regarda à nouveau Jack, il s'était dégagé des mains du sorcier.

Surpris, l'homme ouvrit de grands yeux. Il resta cloué sur place une seconde de trop.

La main de Jack fusa et il planta la fine lame dans la gorge du sorcier jusqu'au manche.

— En tout cas, tu ne diras plus rien, fit Jack.

Puis ses jambes lâchèrent et il se retrouva assis au sol dans une étrange position.

Le sorcier laissa échapper un gargouillis et tomba à la renverse. Son bâton alla rouler dans un coin tandis que son sang giclait de la blessure au rythme de ses battements de cœur.

Pete s'agenouilla à côté de Jack et plaça une main sous sa tête pour le soulever. Ses doigts rencontrèrent une coupure moite.

— Oh mon Dieu, dit-elle. Jack…

— Ça va, ça va, ma belle, murmura-t-il. (Il cracha du sang et bougea la mâchoire pour vérifier que tout allait bien.) Rien de cassé, quelques bleus sexy… Au final, ça aurait pu être bien pire.

Jack avait un œil au beurre noir et trois balafres le long de la pommette, sur son ancienne cicatrice. Du sang perla le long de son menton, mais il réussit à sourire à Pete, même si cela lui soutira un léger gémissement de douleur.

— Tu as la gueule d'un mec qui vient d'affronter à lui seul toute l'équipe de Manchester United, commenta-t-elle. Et il n'y a rien de sexy dans un bleu.

— Ça, c'est ce que tu dis, mais l'adorable rougeur sur tes joues me dit le contraire, répondit Jack.

— J'ai eu *peur* qu'il te *tue*, rétorqua Pete gravement. (Elle se mordit la lèvre.) Il y a quelque chose qui me turlupine…

Avec toute l'adrénaline qui remplissait encore ses veines après la bataille, elle n'arrivait pas à mettre le doigt dessus, mais quelque chose la rendait nerveuse.

— Ne me dis pas « c'était trop facile, Jack », parce que cinq sorciers déboulant dans mon appartement pour me tabasser, ça n'avait rien de facile, rétorqua Jack.

L'estomac de Pete se tordit comme si elle se trouvait devant la fin du monde.

— Putain ! Cinq !

Le cinquième sorcier sortit d'un coin sombre du salon, enveloppé d'une fumée noire et glacée. Il pointa un revolver vers Pete et Jack.

— Tu es doué en magie, Winter, c'est clair. Mais je suis prêt à parier que même toi, tu ne peux pas arrêter une balle.

Jack regarda Pete.

— Il a raison.

— Je *leur* avais dit, fit le sorcier. Je leur avais dit qu'on aurait dû te retrouver et te planter une dose mortelle de ta foutue drogue dans le bras tant qu'on en avait l'occasion, mais non. Tu n'étais pas une menace. Je ne peux pas te dire à quel point je suis heureux que tu en sois finalement devenu une.

Jack soupira.

— Fiston, est-ce que je te connais ?

— Non, répondit le sorcier, tandis qu'un sourire s'élargissait sous son masque. Mais bientôt, tout le monde dans la Pénombre me connaîtra. Ils se retourneront sur mon passage et murmureront « c'est l'assassin de Jack Winter, le meurtrier du Corbeau, qui s'est approprié sa magie ». Cela fait suffisamment longtemps que tu profites de ton talent et de ton don, Winter. Il est temps d'abandonner le fantôme.

Il s'avança vers Jack et Pete, le pouce sur le chien de son revolver.

— Atten… commença Jack alors que le pied du sorcier déplaçait le fils de cuivre du cercle.

Pete n'eut même pas le temps de voir Talshebeth tomber sur le sorcier. Il tira et déchira la peau de ses dents, consommant sa chair tandis que sa magie était absorbée dans les replis de la forme du démon.

— …tion au cercle, termina Jack.

— Oh, oui, souffla Talshebeth. Tellement de rage. Tellement d'ombre à l'intérieur de lui.

Le fil de cuivre qui était à ses pieds se mit à fondre et le cercle se brisa, disparaissant dans les fissures du sol.

— Ah, merde.

Jack allongea la main et tira Pete derrière lui sans perdre Talshebeth des yeux, avec plus de force qu'elle n'en aurait accordé à un homme qui aurait fait deux fois sa taille.

— Aïe, protesta-t-elle.

— Tais-toi, fit Jack à voix basse, les yeux toujours sur Talshebeth.

Le démon avança d'un pas vers le cuivre liquéfié, puis d'un deuxième, venant placer ses pieds joints, fourchus et rapiécés, dans un soupir de bonheur.

— Il semblerait que notre petit marché tombe à l'eau, Corbeau, dit-il, en sortant la langue pour goûter l'air.

— Si tu savais ce qui est bon pour toi, tu te prendrais par la main et tu t'en irais, répondit Jack.

Talshebeth se mit à rire, à pleine gorge maintenant, un pur plaisir dans la douleur.

— Pourquoi est-ce que je prendrais ton offre, Corbeau, alors que je peux te prendre toi ?

Jack attrapa Pete par le poignet.

— Cours, dit-il. Aussi vite et aussi loin que tu peux, et ne regarde pas derrière toi, ne reviens pas quoi que tu puisses entendre ou sentir.

— Je ne vais nulle part, murmura Pete. Si tu meurs, tu ne pourras pas m'aider.

— Gentille femme, fit Talshebeth. Loyale, courageuse et brillante à l'excès. Reste, petite demoiselle. Regarde ce que devient le Corbeau lorsqu'il se retrouve face à un vrai démon.

Jack recula, trébuchant presque sur elle, et Pete le suivit.

— Tu aurais dû courir, dit Jack. Les démons ne sont pas comme des Faés ou comme nous. Ils viennent d'un autre monde et il n'y a rien que je puisse faire pour l'arrêter une fois qu'il est libre.

Talshebeth tendit les mains devant lui comme s'il essayait d'arrêter un camion et une aura verdâtre de magie apparut autour de lui. Il n'avait plus l'air bizarrement laid et mal fait. Libre, il était inhumain et terrible à voir.

Jack tendit également une main et Pete sentit l'air se fissurer autour de lui, faisant place à cette énergie douloureusement familière. Jack tourna la tête et la regarda dans les yeux.

— Je te protégerai, dit-il, d'un ton presque sincère.

Talshebeth découvrit ses dents et envoya une vague verte malveillante dans leur direction, obstruant toute la lumière dans le champ de vision de Pete.

Elle entendit Jack hurler et sentit l'énergie autour de lui trembler jusqu'à l'explosion. Elle l'obligea à lui lâcher le poignet en se tordant le bras, et lui attrapa la main, à l'aveugle. Il y avait tellement de choses qu'elle voulait dire à Jack, mais elles auraient l'air banales à présent. Elle ne voulait pas mourir. Elle ne voulait pas être inutile, laisser un mage camé être son bouclier humain alors qu'elle aurait dû être le sien. C'était elle la porteuse de lumière, la protectrice… Et elle ne pouvait rien faire pour arrêter la magie hurlante et furieuse de Talshebeth.

Nous sommes dans la Pénombre. Des gens meurent ici…

Je ne veux pas mourir, pensa Pete, les idées parfaitement claires et résolues devant l'ouragan éthéré. L'épaule de Jack trembla sous sa joue lorsqu'elle y appuya son visage pour ne pas voir le démon et, à l'instar d'une rivière puante qui s'engouffre dans un barrage brisé, elle sentit sa magie se fissurer sous celle du démon.

Je ne veux pas mourir, je ne veux pas mourir, je ne veux pas que Jack meure encore…

Tout commença dans la main qui tenait celle de Jack. Une vibration, comme si elle s'était assise sur sa main pendant quelques heures puis l'avait subitement relâchée. Le fourmillement remonta le long de son bras et, à l'endroit où leurs peaux se touchaient, elle sentit une chaleur semblable à celle d'un fer rouge.

La lumière explosa devant ses yeux, et elle entendit Jack hurler, sentit sa magie se concentrer et sortir d'un coup. Quand elle rouvrit les yeux, Talshebeth était consumé par quelque chose de gris-noir et dense. Ce fut un jet de magie qui le réduisit en cendres jusqu'à ce que ses hurlements s'évanouissent, chassés par un vent conjuré.

Jack s'effondra, se retrouvant assis par terre et entraînant Pete avec lui.

— Que s'est-il passé ? demanda-t-elle.

Jack se retourna vers elle.

— À toi de me le dire, ma chère ! J'essayais à grand-peine d'empêcher un démon de venir me ronger la chair sur les os quand tout à coup, le voilà transformé en petite pile d'allumettes sur mon plancher !

— Je ne connais pas grand-chose à la magie, prononça Pete lentement, mais je sais que ce qui s'est passé n'était pas normal. (Elle retira sa main de celle de Jack. Leurs os craquèrent en guise de protestation et une vive empreinte rouge des doigts de Jack resta sur sa paume.) Ça s'est produit quand nous nous sommes touchés, et quand tu as invoqué ton feu sorcier, dit-elle à Jack. Je ne sais pas ce que c'était.

— Rien, dit Jack. Rien, voilà ce que c'était.

— Ce n'était pas rien. (Pete avait l'air plus vexée qu'elle ne l'aurait souhaité, ou même qu'elle ne l'était réellement sous le soulagement évident d'être encore en vie.) Tu as tenu ta promesse, c'était différent de la dernière fois, parce que la dernière fois tu n'as pas incinéré un démon. Jack…

— Pete, ce n'était rien, cria Jack. Oublie ça !

Il se leva avec peine et s'éloigna d'elle, en se frottant l'avant-bras gauche.

— Pourquoi est-ce que tu ne me dis pas simplement ce qui s'est passé ? demanda Pete calmement.

— Parce que parfois, Pete, il n'est pas nécessaire de tout savoir, fit Jack sèchement.

Il prit sa veste du crochet ou elle était suspendue et déverrouilla la porte de l'appartement.

— Ce n'est pas une réponse ! Où vas-tu ? demanda Pete. Tu ne peux pas partir, j'ai besoin de ton aide pour trouver Margaret ! Nous n'avons pas le temps !

— Au cas où cela t'aurait échappé, j'ai reçu la visite de cinq psychopathes armés qui ont déboulé dans mon appartement, et de ces salopes de bansidhs avant eux. Quelqu'un essaie de me tuer, dit Jack. Et je ne peux pas trouver qui a transmis cet ordre en traînant avec moi un flic vieux jeu.

— Jack…

— Lâche-moi, Pete ! s'écria-t-il.

— Très bien. (Pete fit un geste exaspéré.) Tu veux continuer à jouer ton petit jeu secret, c'est parfait. Mais avant que tu te barres, est-ce que je peux te signaler qu'il y a cinq cadavres sur le plancher de ton salon ?

Jack fit un sourire moqueur.

— Des cadavres ? Tout ce que je vois ce sont des tas de vieilles fringues.

Il se dirigea vers l'une des caisses empilées contre le mur, fouilla et en ressortit une pile de vieux magazines cochons, un pantalon en lambeaux à imprimé léopard, que Pete attrapa du bout des doigts et examina avec horreur, pour finalement sortir un petit paquet enveloppé de tissu.

— Recule. Ça va être chaud.

Il déroula le tissu et sortit un paquet d'herbes qui sentait la fumée, puis murmura : « *Aithinne* ». Les herbes se dressèrent et tourbillonnèrent au-dessus de sa paume, mettant le feu aux cadavres et les brûlant de l'intérieur, comme la braise allumée d'une cigarette. Bientôt, il n'y eut plus que des vieilles fringues, exactement comme Jack l'avait dit.

— Tu vois ? Pas de problème, dit-il. Toutefois, c'était mon dernier paquet de graines de brasier. Il y en a presque plus. C'est très rare.

Incapable de prononcer un mot, Pete regarda les tas de cendres s'amonceler à l'endroit où se trouvaient auparavant les cadavres.

— Tout est tellement simple dans ton monde, n'est-ce pas, Jack ?

— C'est l'impression que ça donne, répondit-il, en attrapant sa veste. Mais pour ce qui est des petites choses comme rester en vie ? Ce n'est pas simple du tout. Et maintenant, je sors pour voir qui veut m'en empêcher. Tu as d'autres objections ?

— Jack… commença Pete.

— Bien, coupa-t-il.

Puis il sortit et lui claqua la porte au nez.

Pete se laissa glisser contre le mur.

— Eh merde !

XXXII

Après avoir balayé les cendres de Talshebeth et des sorciers, les avoir jetées à la poubelle et fait chauffer de l'eau dans la bouilloire pour se préparer une tasse de thé, Pete réalisa enfin que Jack n'était toujours pas revenu.

Son portable se mit à sonner tandis qu'elle bataillait avec le sac-poubelle. Elle l'attrapa.

— Allô ?

— Pete, j'attends très patiemment que tu signes les papiers de l'offre révisée. Je te les ai faxés à ton bureau au Yard depuis des *jours*. Tu t'es débarrassée des derniers vestiges de ta prétendue responsabilité ou quoi ?

— Je suis débordée, Terry. Je n'ai pas le temps pour ça… commença Pete.

— Tu sais quoi, Pete ? Tu vas te débrouiller pour trouver le temps pour *moi*, lâcha Terry d'un ton cinglant. C'est toi qui n'as pas voulu régler la question de notre propriété de façon civilisée et maintenant, tu te plains de devoir faire face au bazar que tu as mis. Pour commencer, je pense…

— Terry, peut-être que je ne suis pas suffisamment claire, coupa Pete d'une voix douce.

Terry fit une pause.

— Explique-toi.

— Va te faire foutre ! hurla Pete dans le combiné avant de jeter son portable à travers la pièce.

Elle traîna le sac-poubelle jusqu'à la benne à ordures à l'arrière du bâtiment et ce fut comme s'il ne s'était rien passé dans l'appartement. Exception faite bien entendu du flux de la Pénombre qui s'atténuait, quelque part à la limite de la vision de Pete, et dont les répliques entraînaient de petites vagues sur la surface invisible de la magie.

Pete se demanda depuis combien de temps elle était capable de sentir la Pénombre, et l'avait confondue avec des cauchemars et des ombres. Depuis combien de temps Jack et tout ce qui flottait autour de lui étaient là, hors de son champ de vision ?

Toutes ces questions existentielles mises de côté, le seul fait dont Pete était certaine était qu'elle était immensément fatiguée, et ne souhaitait plus qu'une chose : piquer un roupillon. Mais la curiosité (et l'absence de Jack pour s'y opposer) l'empêcha de faire un somme.

Les ombres s'étiraient dans le soir. Pete alluma la lampe à huile et alla chercher une couverture dans la chambre de Jack pour se réchauffer.

D'épaisses toiles d'araignée pendaient du plafond dans la chambre de Jack, et le sol était couvert de livres et de papier moisi. Le seul meuble, en dehors du matelas et d'une penderie abîmée, était une commode qui trônait dans l'angle de la pièce.

Elle passa la couverture autour de ses épaules et s'accroupit de façon à éclairer la pile de livres la plus proche du matelas. La plupart des tranches étaient dans une langue qu'elle ne connaissait pas et que personne d'autre, d'ailleurs, n'aurait été en mesure de lire depuis cinq cents ans, mais deux étaient en anglais. *Theories of Energy Magic*[1] et *Practicum of Lesser Spirits and Theirs Uses*[2].

---

[1] *Théories de la magie de l'énergie*

[2] *Pratique des esprits mineurs et leurs usages.*

Pete passa à la pile suivante.

— Impossible que les mages utilisent des manuels comme tout le monde, murmura-t-elle.

Peu importe ce qui s'était passé avant que Jack se mette en colère, cela ne se reproduirait pas, du moins pas si Pete pouvait l'empêcher. L'impression d'être le transformateur branché à un câble sous tension était suffisamment désagréable pour durer plusieurs vies.

Pete souleva la lampe afin d'éclairer d'autres livres et vit un vieux poster des Poor Dead Bastards sur le mur opposé. Elle tenta sa chance avec les tiroirs de la commode et découvrit que ceux-ci étaient ouverts.

— Voyons voir ce que tu caches, murmura Pete, à moitié convaincue que Jack pouvait l'entendre, où qu'il soit.

Il avait cette étrange prescience d'un diable rusé, du type qui apparaît quand on prononce son nom.

Des herbes et des cristaux sur des lanières en cuir, des pattes d'oiseaux desséchés ainsi que plusieurs bouts de papier recouverts de l'écriture mal assurée de Jack étaient entassés dans un coin. Une pipe à marijuana et un pipeau venaient compléter le contenu du tiroir.

— Rien, murmura Pete.

Rien qui aurait indiqué pourquoi Jack s'était enfui, une nouvelle fois. Ou pourquoi il avait refusé de reconnaître ce qui s'était produit après qu'ils avaient vaincu Talshebeth.

Elle s'assit sur le matelas poussiéreux de Jack et renifla. Il avait son odeur ; un mélange de whisky, de cigarettes et de ce parfum légèrement brûlé qui lui était propre.

Pete réalisa que toute sa peur et sa rage s'étaient évanouies et que ses membres lui pesaient. Elle feuilleta les pages de quelques autres livres, essayant d'en tirer quelque chose, puis céda aux signaux de fatigue de son corps. Il fallait se reposer. Si elle n'était pas en forme, elle ne pourrait pas être utile à Margaret.

Pete repoussa donc une pile de vêtements qui appartenaient à Jack pour faire un peu de place sur le matelas.

Ce faisant, elle entendit quelque chose crépiter dans la poche de sa veste en cuir, celle qu'il portait la première fois qu'elle l'avait rencontré. Pete en tira un bout de papier gras et abîmé sur le côté, qui avait été plié et déplié de nombreuses fois.

PETE CALDECOTT
221 CROYDON PLACE, n° 32
LONDRES

La main de Pete se mit à trembler lorsqu'elle reconnut son ancienne adresse, celle où elle avait vécu avec Connor jusqu'à ce que celui-ci tombe malade, mais à laquelle elle n'était pas retournée pendant plusieurs années après avoir perdu contact avec Jack. Le papier était suffisamment usé et l'encre suffisamment effacée pour laisser penser qu'il datait d'une dizaine d'années. Jack l'avait retrouvée et avait conservé cette note, mais il n'était jamais venu jusqu'à elle, n'avait jamais écrit ni appelé. Il s'était contenté de conserver ce bout d'information auprès de son cœur.

Elle fixa le document quelques instants de plus, puis repoussa la couverture. Elle était fatiguée des contradictions de Jack et de ses secrets. Elle enfila ses chaussures et son manteau, et quitta l'appartement en fermant la porte sans la verrouiller, comme d'habitude, pour le cas où Jack rentrerait.

XXXIII

Pete traversa Spitalfields, foulant les pavés que l'ombre de l'Éventreur avait parcourus cent vingt ans auparavant. Elle passa d'une rue à une autre, traversant de petits parcs et des allées jusqu'à se retrouver devant une porte en fer rouillé. Un cadenas pendait mollement d'une chaîne presque entièrement élimée et il lui suffit d'un rapide coup de pied pour la briser.

De l'autre côté de la porte, la nuit était noire. Pete serra son manteau contre elle et s'avança. Elle aurait juré que le pub dans lequel Jack l'avait emmenée la première fois était dans une rue ouverte, la porte rouge brillant barrée de fer vers l'extérieur, mais à présent, il était simplement là, de l'autre côté de l'allée.

De la musique retentit lorsque Pete tira sur la poignée en fer, et un videur qui n'était pas là la fois dernière l'arrêta de sa grande main, les ongles vernis de noir.

— Vous allez quelque part en particulier, mademoiselle ?

Pete prit une respiration. L'homme était massif, tête rasée, avec des tatouages maoris sur sa chair nue. Il fit un large sourire où manquait une dent de devant lorsqu'elle le regarda bouche bée.

— Je cherche M. Mosswood, parvint-elle finalement à dire, en essayant de ne pas flancher.

— Vous avez des affaires avec l'Homme Vert.

Le videur leva un sourcil de surprise, mais ne posa pas de question et laissa entrer Pete.

Le groupe qui était sur scène aurait pu jouer une chanson folklorique irlandaise, ou « God Save the Queen »... la musique s'atténuait, à peine audible. Elle était belle, mais en même temps, Pete se sentait accablée, comme déchirée et laissée à la merci de corbeaux qui n'avaient plus qu'à se servir.

— La plainte éponyme, dit une voix familière.

Pete se retourna pour voir Mosswood assis, les jambes croisées, à une table. Il mâchonnait l'extrémité de sa pipe.

— Monsieur Mosswood.

— Juste Mosswood, reprit-il en soufflant un anneau de fumée nonchalant.

— Plainte pour qui ? demanda Pete. Ou quoi ?

— Vous avez certainement entendu parler de Néron et de la musique qu'il a jouée lorsque l'empire a brûlé, répondit Mosswood. C'est la même musique. Celle qui a été jouée lorsque Caïn a assassiné Abel, et qui sera là, jusqu'au bout du monde.

En dépit du feu qui brûlait dans l'âtre du pub, Pete frissonna. Mosswood lui indiqua la chaise en face de lui.

— Vous êtes visiblement très préoccupée pour venir ici sans cavalier, mademoiselle Caldecott. Je vous en prie. Asseyez-vous.

— Je n'ai pas besoin de cavalier, rétorqua Pete.

— C'est l'impression que j'ai eue. (Mosswood tapa sa pipe contre le rebord de la table et sortit sa blague de tabac en cuir de son manteau.) Vous n'auriez pas été en mesure de retrouver votre chemin jusqu'ici si vous n'aviez pas été touchée par la Pénombre.

Une tasse de thé apparut sur la table, une petite main se recula sous le niveau des yeux et Pete sursauta.

— Merci, Nora, dit Mosswood. La même chose pour Mlle Caldecott. Du sucre ?

— Non, sans sucre, répondit Pete, observant la créature couleur de terre d'un air suspicieux.

— Des lutins, fit Mosswood une fois que Nora se fut éloignée. Pas très intelligents, mais ils adorent les tâches subalternes. Très utiles pour le ménage, si vous invitez quelqu'un.

— Je suis venue à propos de Jack, indiqua Pete en mettant ses mains à plat sur la table.

— Oh, j'en doute. (Mosswood tira sur sa pipe et de la fumée s'éleva alors que le tabac s'allumait de lui seul.) Vous êtes là à propos de ce qui vous arrive à vous, ma chère. Jack n'est qu'un effet secondaire de tout ceci.

— Je ne… commença Pete.

— Que vous a dit Jack, de tout cela, exactement ? De la Pénombre ? De la magie dont il se sert ?

Pete soupira.

— Pas grand-chose et, jusqu'à ce soir, je ne voulais pas savoir. Je me suis convaincue, il y a de nombreuses années que tout *cela* (elle engloba d'un geste le pub, la musique et les lutins qui couraient sous les tables) n'était pas réel. Mais ce soir…

— Ce soir, c'était différent, devina Mosswood en l'examinant d'un regard pénétrant. (En dépit de sa nonchalance soignée, du manteau rapiécé et de la barbe fine, les yeux de Mosswood étaient inhumains, noirs et aussi durs que des pierres.) Dites-moi !

— Je… Jack et moi avons essayé de nous débarrasser d'un démon. C'est une longue histoire qui n'a rien à voir. Je l'ai touché, vraiment touché parce que j'avais peur, et toute cette puissance est juste… *apparue*.

Mosswood se gratta la barbe et tira sur sa pipe.

— Davantage de puissance que l'incomparable M. Winter a l'habitude de montrer. Impressionnant.

— Qu'est-ce qui est si impressionnant ? demanda Pete.

— Les mages, dans le grand ordre de la Pénombre, sont des flammes de bougie, expliqua Mosswood. Jack Winter est une torche d'acétylène allumée à fond. Vous voyez ?

— Je veux juste savoir ce qui s'est passé quand je l'ai touché, dit Pete.

— Vous avez peur ? demanda Mosswood. C'est bien.

— Je n'ai pas peur de quoi que ce soit, coupa Pete. S'il ne s'agissait que de ma vie, je ne serais pas là. Il y a une enfant innocente en jeu et j'ai besoin de savoir que Jack me dit la vérité, quand il décide de me dire quelque chose. Ce qui s'est passé pourrait avoir une incidence sur ma capacité à aider cette enfant. Ou qui que ce soit d'autre.

— Jack Winter ? Dire la vérité ? s'amusa Mosswood. J'aimerais bien être là pour voir ça.

— Écoutez, dit Pete. Je ne suis pas stupide. Je sais qu'il s'est passé quelque chose qui n'était pas censé se produire la première fois que Jack et moi avons essayé la magie ensemble. Je ne crois pas que les mages aient l'habitude de faire des rituels qui les conduisent au seuil de la mort. Et maintenant, la *même chose* a failli réduire en miettes son appartement en début de soirée.

— Ce n'est pas une chose, objecta Mosswood. La magie n'est pas un objet.

Pete baissa les yeux face à la réprimande, regrettant d'être venue. Être dans la Pénombre lui donnait la sensation d'être à moitié à l'intérieur et à moitié à l'extérieur d'une eau glacée, au mauvais endroit et troublée.

Mosswood finit par soupirer.

— Comprenez-moi bien, je ne peux faire qu'une supposition…

— N'importe quoi, répondit Pete soulagée. Une spéculation sauvage, une rumeur infondée… cela fait déjà plus de dix ans que j'y pense et je suis prête à croire n'importe quoi.

— Il y a plusieurs milliers d'années, expliqua Mosswood, existait une catégorie de magiciens qui servait de porte-parole aux anciens dieux… Des druides, des prêtresses de Morrigan, des chamans de bataille des

Celtes… Vous voyez ?

Pete acquiesça. Le lutin déposa une tasse de thé chaud à portée de main, et elle se mit à le siroter d'un air pensif. En écoutant parler Mosswood, il était facile de s'imaginer assis au pied des grandes pierres dressées, à regarder des silhouettes encapuchonnées dansant à la belle étoile.

— Le terme « magicien » n'est pas tout à fait correct, indiqua Mosswood. On les appelait des « catalyseurs », selon les anciennes coutumes. Des façonneurs de magie.

— Catalyseurs. (Pete répéta le mot comme pour mieux s'y habituer.) Et que faisaient les catalyseurs, monsieur Mosswood ?

— Juste Mosswood, répéta-t-il. Les catalyseurs sont étranges et effrayants, mademoiselle Caldecott, parce que… (Il soupira et tira sur sa pipe.) J'ai bien peur de ne pas vous rendre service en vous disant cela, mais… Les catalyseurs échappent à toute classification. Leur relation avec la magie n'est pas la même que pour les mages et les sorciers. Ce sont des transformateurs, des amplificateurs, ils sont capables de percevoir la vérité en rêve, et s'ils sont reliés à un mage ou à un sorcier, des choses terribles se produisent.

— Quel genre de choses ? demanda Pete en avalant le contenu de sa tasse jusqu'au fond, touchant du même coup des feuilles de thé amères avec la langue.

— Eh bien, répondit Mosswood, vous ne pensez pas que l'explosion d'Hindenburg était réellement un accident, n'est-ce pas ? Ou la catastrophe de Three Mile Island ? Ou encore le météore Tunguska ?

Pete se redressa sur son siège et se frictionna les bras. Le pub était devenu glacé.

— Alors, si je suis… un catalyseur, et que je suis reliée à Jack…

Mosswood souffla un anneau de fumée, le regard troublé.

— Alors, que le Dieu auquel vous croyez vous protège. Quelqu'un ayant les capacités de Jack, amplifiées par un catalyseur… ce serait comme une tempête balayant tout ce qui se trouve à l'extérieur de la Pénombre.

— Les catalyseurs amplifient les talents des mages ?

Pete sentit ses battements de cœur ralentir.

— Bien sûr, répondit doucement Mosswood. Pourquoi croyez-vous que les magiciens des temps anciens appréciaient autant les jeunes vierges ? Ce n'était pas pour leur conversation.

Pete sentit un frémissement démarrer dans son ventre puis remonter jusqu'à former une idée claire. Elle voyait Jack, avec son tee-shirt déchiré et son jean noir, ses bottes de cavalier et ses bracelets métalliques qui luisaient dans la lumière des bougies. Il se tenait de l'autre côté du cercle, à l'intérieur de la tombe toujours sombre. Il tendait la main, pour attraper la sienne.

Tu as la trouille, ma belle ? Faut pas. Je suis là après tout.

Pete se redressa et fit tomber sa chaise avec fracas.

— Je… je dois y aller. Je suis désolée, Mosswood. Merci…

Elle fit demi-tour, réussit à sortir du pub et à retourner dans l'allée. Ses doigts se refermèrent sur le métal froid du portail, qu'elle écarta. Ensuite, son champ de vision devint noir et, finalement, la rue qui se trouvait devant elle disparut complètement. Tout ce que Pete vit en s'évanouissant fut Jack. Jack et son sourire diabolique.

TROISIÈME PARTIE

LE CIMETIÈRE

« Quand ils taperont à ta porte
Tu sortiras comment ?
Les mains sur la tête
Ou sur la détente de ton flingue ? »

— The Clash

XXXIV

Pete ouvrit la porte de l'appartement de Jack avec tellement de force que celle-ci alla cogner contre le mur. Elle sursauta en même temps que lui, surprise de le trouver affalé dans son canapé. Il était entouré d'un halo de fumée bleu vert âcre.

— C'est qui celle-là ? demanda la femme à l'autre bout du canapé.

Elle était squelettique, et son fin visage de lutin était encadré d'une crinière blonde dont les pointes portaient encore des traces de teinture violette.

— Hattie, je te présente Pete, fit Jack.

Il se raidit instantanément devant l'expression de cette dernière.

— C'est un drôle de nom, lança Hattie en prenant une autre bouffée de son thaï-stick.

De son côté, Pete prit une inspiration, se laissa envelopper par l'odeur du cannabis, puis dit, d'une voix très douce :

— Jack, il faut que je te parle.

Il se leva, et Hattie eut un mouvement hésitant pour le suivre.

— *Seul.*

Pete jeta un regard noir à Hattie et celle-ci se laissa retomber sur le canapé.

— Qu'est-ce qui ne va pas, ma belle ? demanda Jack tandis que Pete l'entraînait dans le couloir et claquait la porte de l'appartement.

— Depuis combien de temps tu sais ? dit Pete.

Jack battit des paupières. Ses yeux étaient clairs. Il n'était pas shooté, il avait juste un peu joué. Pete fut une nouvelle fois surprise de constater la vitesse à laquelle Jack pouvait endosser différentes peaux.

— Savoir quoi, Pete ? demanda-t-il en affichant une innocence crédible.

Mais Pete ne se laissa pas tromper.

— Je me suis trituré les méninges sur tout le trajet de retour. Est-ce que tu savais avant ce jour-là dans la tombe, ou est-ce que tu ne t'en es rendu compte qu'une fois que cette chose est venue vers nous, et s'est dirigée directement vers mon cœur au lieu de faire ce que tu voulais ?

Les yeux de Jack se recouvrirent de glace, le bleu glacial profond entourant l'iris. Mais Pete poursuivit.

— Et le coup de l'appel à la police ? Et le fait que tu sois resté près de moi jusqu'à maintenant ? Pour ta *réputation*. (Elle baissa la voix.) Est-ce que tu pensais vraiment que je ne comprendrais pas à quoi tu joues, Jack ?

Jack leva les mains et lui sourit. C'était un sourire chaleureux, charmant et candide.

— Je ne sais pas de quoi tu parles, ma belle…

Pete le gifla suffisamment fort pour qu'il se mette à saigner du coin de la bouche.

— Ne me mens plus, Jack Winter, siffla-t-elle. Et ne m'appelle plus « ma belle ». Tu as perdu ce droit le jour où tu as décidé de m'utiliser comme une antenne de télévision, il y a dix ans.

Elle vit Jack serrer les poings et se prépara à recevoir un coup. Il était si fin qu'il ne lui ferait probablement pas bien mal.

— Tu m'as mise en danger. Tu savais exactement ce qui allait se passer et tu m'as utilisée, continua-t-elle. Et quand tu m'as retrouvée, tu t'es à nouveau servi de moi. Et maintenant, cette petite fille est probablement morte, et j'ai passé ces douze dernières années à essayer de dépasser des cauchemars sur quelque chose qui n'était même pas de ma faute au départ. Est-ce que tu peux imaginer combien de nuits j'ai souhaité pouvoir faire quelque chose pour réparer le mal que je t'avais fait ? Pour avoir laissé cette chose libre ? Trop, Jack ! (Tremblante, elle serra les dents pour éviter que sa voix flanche.) Je rentre chez moi. Tu ne peux pas m'aider, ni aider Margaret Smythe. En fait, tu ne peux aider personne.

Il la laissa presque aller jusqu'à l'ascenseur avant de lancer :

— Tu croyais que c'était entièrement de ta faute ?

— Ce n'est pas le cas ? demanda Pete. Lorsqu'un catalyseur et un mage se rencontrent, cela provoque des catastrophes. Mosswood me l'a dit.

— Mosswood ne sait pas tout. (Elle entendit un frémissement et un grésillement lorsque Jack fit apparaître une cigarette, puis en tira une bouffée.) Écoute, Caldecott, peu importe ce qui s'est passé entre nous avant. Ce qui compte actuellement, c'est que nous avons attiré l'attention de personnes peu recommandables.

Il s'écarta du mur et s'avança vers Pete, posant le bout de ses doigts sur son épaule droite. Pete frissonna en sentant sa présence crépiter autour d'elle.

— Ne me touche pas, murmura-t-elle.

Jack fit glisser sa main le long du bras de la jeune femme et l'obligea à faire demi-tour pour lui faire face. La magie qui s'était emparée de Pete lui coupa la respiration, exactement comme la première fois qu'elle s'était tenue suffisamment près de lui pour le toucher.

— Nous sommes en danger, Pete, dit-il. Et si tu ne restes pas avec moi, tu vas mourir. Plus tard, nous pourrons nous disputer et verser des larmes sur ce que je savais et la façon dont j'ai utilisé ton talent et quand, mais pour le moment, si tu veux avoir la moindre chance de sauver Margaret Smythe des griffes d'une mort certaine, ma belle, tu vas devoir rester avec moi.

Pete fixa la main de Jack jusqu'à ce qu'il la retire de son bras.

— Est-ce que l'autre catin de Hattie est *absolument* nécessaire ?

— Hattie est une amie de longue date, répondit Jack. Elle n'est pas méchante.

— C'est une saloperie de camée, souligna Pete.

Jack sourit de ses lèvres fines.

— Moi aussi, Pete. (Il écrasa sa cigarette et longea le couloir mal éclairé pour retourner dans l'appartement.) Hattie connaît quelqu'un qui pourrait nous aider et avoir des renseignements sur ces sorciers vendus, à je ne sais quel démon qui me cherche.

— Et ensuite, nous trouverons Margaret, lança Pete.

Elle indiqua, d'un mouvement du menton, qu'elle serait prête à casser les tibias de Jack et à le tirer derrière elle, s'il le fallait.

Il lui décocha son habituel sourire diabolique, pas inquiet le moins du monde.

— Oui. Si nous les trouvons… alors, nous trouverons Margaret. Nous ne pourrons rien faire pour la gamine si nous sommes morts, n'est-ce pas ?

Pete fut obligée de reconnaître qu'il n'avait pas tort. Malgré tous ses défauts, Jack avait rarement tort. Elle lui fit signe de passer devant pour retourner à l'appartement.

— Ne fais pas l'erreur de croire que les choses sont réglées entre nous.

— Même pas en rêve, répondit Jack en tournant la poignée. De toute façon, tu me remettrais vite dans la réalité.

Hattie sursauta en voyant Pete revenir dans l'appartement.

— Jack, que se passe-t-il ? Est-ce que nous pouvons partir d'ici, maintenant ? Tu sais que quand je suis hors de la Pénombre, cela me donne toujours des fourmis.

— Pete va se joindre à nous, annonça Jack, en enfilant sa veste.

Le crâne hurlant qui était dessiné dans le dos regardait Pete d'un air sadique. Hattie prit un air inquiet et se mit à jouer avec des mèches de cheveux de l'autre côté de son bras.

— Pourquoi ?

— Parce que je le dis, Hattie.

Jack se mit une cigarette entre les lèvres, mais ne l'alluma pas.

Pete regarda Jack, puis Hattie, puis le regard qu'ils échangèrent. Jack avait à nouveau changé d'humeur. Cette fois, il était passé en mode agressif, les épaules crispées et les dents serrées. Hattie se recroquevilla encore plus sur elle-même.

— Elle est trop voyante, murmura-t-elle finalement. Comme une pièce neuve dans une boîte de collection. Elle va tout faire foirer.

— Soit vous arrêtez de parler de moi comme si j'étais sourde, soit je fais coffrer vos maigres culs pour la nuit, indiqua Pete à Hattie. (Elle se retourna vers Jack.) Ça vaut aussi pour toi.

— Sauf que mon maigre cul est également beau, rétorqua Jack en lui adressant un clin d'œil.

Hattie décocha un regard noir à Pete par-dessous ses paupières fardées couleur hématome.

XXXV

— CELA RISQUE DE prendre un peu de temps, dit Jack à Pete tandis qu'ils marchaient dans la rue étroite qui longeait l'appartement de Jack. Nous devons aller dans la Pénombre. (Il la dévisagea de la tête aux pieds.) Mais il semble que ça ne te pose plus problème désormais.

— Je fais ce que je dois faire, se fâcha Pete. Tu ne m'aurais pas dit la vérité.

Jack se mit à rire.

— Il faudra que je me souvienne que tu n'as plus seize ans.

— Cela fait un bon bout de temps, répondit Pete.

Elle sentit un courant d'air puis, subitement, ce fut la nuit noire et ils se retrouvèrent devant des vitrines grillagées et barricadées, des formes avachies dormant sur les grilles de ventilation des souterrains. Une queue préhensile sortit de dessous une couverture rouge miteuse.

— C'est là, indiqua Hattie qui les précédait.

— C'était facile, remarqua Pete.

— Des lieux entre-deux, lança Jack. Ces allées dans lesquelles personne ne regarde. Tout Whitechapel est fin. Ça facilite les passages d'un monde à l'autre.

— Je te répète que nous n'avons pas beaucoup de temps, fit Pete. Moins de douze heures, si cette chose respecte la même procédure qu'avec les trois autres enfants.

— Le temps s'écoule différemment dans la Pénombre, annonça Jack. Il ralentit, recule ou avance.

— Est-ce que c'est censé m'aider à me sentir mieux? Demanda Pete.

Jack toucha la porte de sécurité métallique devant laquelle se tenait Hattie dont les mains et les épaules se crispaient nerveusement.

— Non, répondit Jack. Une fois, je suis entré ici pour prendre une bière et je suis ressorti à l'heure du petit déjeuner trois jours plus tard. Il fit coulisser la porte et invita d'un geste Pete à entrer.

— Après toi, ma belle.

Ils descendirent des escaliers métalliques glissants, dans une atmosphère qui sentait la pisse et la sueur. Au-dessus d'eux, des gouttes d'humidité tremblaient sur des tuyaux qui vibraient au rythme des basses.

— Qu'est-ce qu'on espère faire exactement en venant ici ? demanda Pete à Jack en forçant sur sa voix pour être entendue au-dessus de la musique.

Hattie ouvrit la porte en grand et un remix de « Don't Like the Drugs » frappa Pete en plein visage.

— Impression ! cria Jack, puis ils se retrouvèrent à l'intérieur.

La salle au sous-sol aurait pu être le *Fiver's*, avec ses murs peints en noir et la petite scène surélevée remplacée par un DJ émacié et des platines massives. Quant aux gens, réunis en petits groupes, qui bougeaient au rythme de la musique… Ils étaient différents.

Une main se referma sur son poignet et elle se retourna vers Jack qui grimaçait.

— Est-ce que ça va ? demanda-t-elle.

Un anneau blanc était apparu autour de ses lèvres et ses yeux étaient presque incolores.

— Trop de cadavres, murmura-t-il à son oreille. Trop d'esprits. Je n'étais pas prêt pour la vision.

Pete jeta un regard autour d'elle, mais ne perçut rien d'autre qu'une masse d'humains transpirants et collants, habillés dans des teintes de noir et… noir.

Il y eut un effet stroboscopique et, l'espace d'un moment, elle distingua une corne et des os, de longues dents sur des lèvres recourbées, comme une langue qui s'avançait vers elle. Nouveau flash, retour à la peau et aux vêtements.

— Allez, dit-elle en tirant Jack pour l'éloigner des danseurs et de leurs auras ondoyantes.

Jack s'écarta à peine, de la sueur perlait dans son cou et descendait le long de son col de chemise. Pete se leva sur la pointe des pieds et l'essuya. Jack sursauta à son contact et le blanc de ses yeux laissa place à la couleur bleue habituelle.

— Je suis là, murmura Pete.

Jack lui serra le poignet.

— Merci.

Hattie avait déjà le nez dans un grand verre de whisky et tirait sur une cigarette empruntée à un homme coiffé à l'iroquoise, torse nu et veste à clous.

— Hattie. (Pete indiqua le verre du menton.) Passe-moi ça.

— Eh, intervint l'Iroquois. Je l'ai payé, espèce de cruche. Laisse-la.

— Excusez-moi, fit Pete en passant devant Hattie pour attraper le verre. Ayez la gentillesse de retourner en 1985 et foutez-nous la paix.

Jack vida le whisky en une gorgée, toussa et alla s'installer sur le tabouret le plus proche avec un soupir.

L'Iroquois regarda Jack, Pete et Hattie, puis leva les mains.

— Je ne savais pas qu'elle était avec toi, mec. Désolé.

— Casse-toi ! maugréa Jack.

L'homme partit.

— C'est le type d'impression que tu cherchais à faire ? murmura Pete assez bas pour que sa voix soit masquée par la musique.

Elle s'adossa au bar, les mains sur le côté, et regretta de ne pas avoir autre chose que des mots et ses poings à sa disposition.

Jack fit face à la mer de corps, les coudes appuyés sur le bar, un sourire serein rayonnant jusque dans ses yeux.

— Ça t'arrive de jouer aux cartes, Pete ?

— Je suis entrée à la Met directement après l'université, alors… non, répondit Pete.

Il joua avec ses doigts et sortit une carte de sa manche. C'était une carte de tarot : le pendu.

— Pour commencer, tu perds quelques parties, expliqua Jack en continuant de passer le club en revue. Tu fais un peu de remous. Tu restes en arrière et tu les laisses s'approcher, suffisamment près, puis tu plantes le couteau si fort et si profond, qu'ils ne s'arrêtent plus de saigner.

Jack fit disparaître la carte et le feu sorcier l'emporta dans le néant.

Pete se rapprocha suffisamment pour murmurer à l'oreille de Jack :

— Alors, qui se rapproche de nous, maintenant ?

Une fille dans un fourreau en satin orné de roses, puis de branches de vigne épineuses quand Pete cligna des yeux, puis à nouveau d'une robe lorsque les lumières augmentèrent, sourit à Jack en passant, montrant une belle rangée de dents acérées. Jack alluma une cigarette et souffla la fumée par les narines.

— Les gens qu'il ne faut pas.

À présent, sa magie ne crépitait plus. Elle coulait sur lui comme du miel, attirant le regard de toute personne dans ce club dotée d'un minimum de sensibilité. Pete la sentit s'accrocher à elle et se dégagea. Si Mosswood avait raison, elle allait devoir trouver un moyen de faire taire les murmures, les ondes et les cris qui semblaient résonner dans tout Londres.

— Pourquoi « qu'il ne faut pas » ?

— Parce que je n'aurais pas dû emmener quelqu'un

comme toi ici, répondit Jack. Mais en revanche, c'est terriblement positif pour ce que nous essayons de faire.

Les feux de la rampe s'éteignirent et, dans l'obscurité soudaine, les yeux de Jack devinrent bleus.

— C'est pas possible ! dit quelqu'un derrière Pete – la voix était difficile à entendre, mais pour passer au-dessus de la musique, il fallait pratiquement hurler. Jack Winter, n'est-ce pas ?

— Tu es complètement shootée, fit une voix masculine. Jack Winter est mort.

Le sourire de Jack s'accentua et se fit prédateur.

— Tu vois ?

Pete et Jack se tournèrent de concert pour se retrouver face à deux jeunes visages pâles et graves. Un garçon et une fille, tous deux les yeux fixés sur Jack.

— Si c'est le cas, leur lança Jack, je dirais que je fais un cadavre sacrément séduisant.

La fille serra le bras de son compagnon, faisant un trou dans sa manche en résille avec ses ongles rouge sang.

— Par la Pénombre ! Arty, c'est vraiment lui.

Arty regarda Pete et Jack d'un air endormi, les yeux injectés de sang à cause de ce qu'il avait dans son verre. Il ricana lorsque Pete le fixa en retour.

— Ouais, j'imagine qu'il n'a pas décroché.

Il se retourna pour faire face à Jack, les membres lourds. Pete se mit en position, prête à envoyer un bon coup dans le menton pointu d'Arty si celui-ci se rapprochait d'elle ou de Jack.

— Tu sais que ta tête a été mise à prix, l'Idole ? balbutia-t-il.

— Pourquoi, fiston ? dit Jack. (Il fit une petite moue, sans perdre le fil.) Tu comptes la réclamer ?

— Oh, ne fais pas attention à lui, interrompit la fille en envoyant un coup dans les côtes d'Arty. Mon frère ne sait plus ce qu'il fait quand il boit. Je m'appelle Absithium, et lui c'est Artem, mais vous pouvez nous appeler Arty et Abby.

Elle tendit la main, paume vers le bas, comme si elle s'attendait à ce que Jack lui fasse un baisemain. Ce qu'il fit. Hattie grogna en voyant le geste et fronça son front tacheté.

— Jack Winter, fit-il à Abby, ignorant superbement Hattie, comme si elle était une lampe ou un portemanteau.

— Je savais que c'était toi, affirma Abby. Arty et moi… Nous sommes jumeaux, mais je suis intuitive et il a d'autres talents.

Pete remarqua un mouvement dans la foule autour d'eux. Les têtes et les yeux s'étaient retournés quand Jack avait dit son nom.

— Tu fais un peu de remous, murmura-t-elle, en s'emparant du nouveau verre de whisky de Hattie et en l'avalant d'un trait.

Abby désigna Hattie du menton.

— Je t'ai déjà vue aussi. À *Millie Child's* ?

— Ouais, peut-être, répondit Hattie. J'y ai passé quelques nuits le mois dernier.

— Les rituels sexuels de la nouvelle lune, lança Abby d'un air avisé.

Elle jeta un coup d'œil à Pete et s'en désintéressa aussi sec.

— Est-ce que je peux te poser une question ? demanda-t-elle à Jack, en inclinant sa lourde coiffure noire d'un côté avec une expression qui aurait pu être coquette si Abby n'avait pas été maquillée comme une poupée de porcelaine morte.

— Tout ce que tu voudras, ma chère, lui répondit Jack.

— Où étais-tu, tout ce temps? demanda Abby en se mâchouillant la lèvre inférieure. Pour tout dire, nous avons tous (elle engloba d'un geste les danseurs) nos théories.

— Et il y a des paris aussi, précisa Arty avec un regain d'intérêt. Personnellement, je pense que tu t'es fait épingler par la police et que tu as passé ces dix dernières années coincé à Pentonville. (Il prit une gorgée de bière, le visage fermé, l'air de vouloir en découdre.) Alors, où étais-tu, Winter ?

Jack se pencha vers Arty et regarda le garçon, dont les yeux étaient cernés de khôl. Il resta là, les lèvres entrouvertes à quelques centimètres de l'oreille d'Arty, jusqu'à ce que ce dernier soit parfaitement immobile.

Puis il lâcha :

— Enfer.

Il passa son bras autour de Hattie, prit la bière d'Arty et la vida.

— Mais maintenant, je suis de retour et j'ai bien l'intention de faire un peu de tintouin.

Il embrassa Hattie passionnément, la forçant à ouvrir les lèvres pour y passer la langue. Celle-ci s'abandonna à lui comme une poupée dégonflée.

Pete se rendit compte que la musique s'était arrêtée et que le club était silencieux, chacun attendant de voir ce que Jack allait faire ensuite.

Arty lança un regard à quelques compagnons de même taille et carrure que lui.

— Bien sûr, Winter. Fais ton numéro. Montre-leur combien tu es méchant. (Il se laissa glisser de son tabouret comme une petite montagne mouvante.) Enfer ou non, cela ne t'a pas beaucoup aidé. Tu as vraiment une sale gueule.

Les autres garçons s'étaient rapprochés juste derrière lui.

Pete pointa son doigt vers Arty.

— Attention, avertit-elle.

— Qu'est-ce que tu vas faire, m'envoyer un sort ? ricana-t-il.

Pete jeta un coup d'œil à Jack, qui câlinait Hattie avec une expression d'ennui tout en observant Arty. Leurs regards se croisèrent pendant une seconde, et c'était toujours le même Jack. *Faire impression.*

Arty attrapa Pete par le revers de sa veste.

— Je t'ai posé une question, connasse.

Le DJ entama un autre morceau et Pete frappa Arty à la mâchoire, à l'endroit mou juste au-dessus de l'os qui fait tourner la tête et s'évanouir.

Elle dévisagea les autres garçons.

— Jack n'a pas besoin de votre compagnie et je ne veux pas de vous dans l'air que je respire. Dégagez.

Abby se plaça entre Pete et les garçons.

— Ils n'ont pas voulu faire de mal ! cria-t-elle.

Arty grogna et s'assit, secouant la tête.

— Comment as-tu pu ? siffla-t-elle à son frère.

— Winter n'est pas un sorcier ! répondit-il sur la défensive. Comment est-ce que je suis censé savoir qu'il pratique la magie noire !

— Je pratique ce que je veux, rétorqua Jack.

Il passa son autre bras autour d'Abby et lui dit :

— Laissons ces connards et trouvons en endroit plus calme, d'accord, ma belle ?

Abby se mit à rayonner.

— Bien sûr ! Je connais un endroit parfait.

Jack, Hattie et Abby traversèrent la salle. Les danseurs s'écartaient sur leur passage et Pete suivit avant que la foule ne se referme et qu'elle se retrouve piégée. Tous les yeux de la pièce lui perçaient des trous dans le dos jusqu'à ce que la porte se referme derrière elle.

XXXVI

ABBY LES CONDUISIT jusqu'à un bâtiment victorien noir muni d'une tourelle et équipé de lampes rouges brillant à chaque fenêtre. Elle souleva le heurtoir en fer, qui représentait une tête de nymphe, et le laissa retomber.

— Qu'est-ce que c'est que cet endroit ? dit Pete en s'arrêtant au pied des marches.

— Le *Mad Chen's*, murmura Hattie.

Celle-ci laissa Jack la traîner à moitié jusqu'à la porte. Pete regarda d'un côté et de l'autre de la rue. Des arbres morts aux feuilles mortes se courbaient et penchaient vers elle, poussés par un vent d'hiver.

— Pete.

Jack tourna la tête vers elle tandis que la porte s'ouvrait et qu'un hooligan en veste de soie regardait à l'extérieur. Il vit Abby, hocha la tête, puis recula pour les laisser passer.

Le *Mad Chen's* était éclairé par des lampes à gaz, rouges comme du sang neuf qui s'écoule, brûlant une sorte de combustible étrange. Une épaisse fumée vaporeuse montait vers les plafonds en fer-blanc sur lesquels des slogans avaient été peints à la bombe. Et sous la fumée, des rangées de lits étaient disposées dans les larges pièces.

Il y avait des lits de toutes sortes : des canapés de jour et des encadrements classiques en fer. Tous étaient recouverts de soie ou de satin. Il n'y avait pas de matelas malsain comme celui où Pete avait retrouvé Jack.

La plupart des lits étaient occupés, et des femmes aux yeux de biche se déplaçaient lentement parmi eux en tenant de longues boîtes et plateaux surmontés de pipes et de petites boules collantes brunes puantes dans des boîtes en bois. Leurs seins, ornés d'anneaux, de piercings ou de tatouages, luisaient dans la faible lumière rouge.

— Par ici, fit Abby alors qu'ils traversaient la majeure partie du lieu.

Elle les conduisit jusqu'à un escalier en colimaçon et un couloir étroit.

Certaines portes avaient une clef tandis que d'autres étaient verrouillées, laissant parvenir des cris, ou du silence. Abby fit tourner une clef dans la deuxième porte à gauche et entra, s'allongeant directement sur un canapé.

— Putain, je suis crevée ! Est-ce qu'on appelle Mad Chen pour qu'il apporte un peu de pavot et d'absinthe ?

Hattie se laissa tomber à côté d'elle.

— Je serais prête à tuer pour un rail maintenant.

Pete resta debout.

— Il faut que j'aille aux toilettes.

Elle fronça les sourcils en direction de Jack avant de se glisser à l'extérieur de la pièce, et parcourut le couloir en essayant différentes portes jusqu'à trouver un réduit étroit dans lequel avaient été installées des toilettes et une ampoule qui s'allumait à l'aide d'une tirette.

Elle ferma la porte et s'appuya contre le mur, réalisant alors que ses jambes tremblaient. La Pénombre palpitait contre elle et elle aurait juré qu'elle la sentait contre sa peau, comme de la résine d'opium, collant et viscéral.

— Ça ne s'améliore jamais vraiment.

Jack ouvrit la porte et se glissa dans la pièce avec elle. Pete dut se mettre sur le côté pour qu'il ait suffisamment de place.

— Jack, qu'est-ce que nous faisons ici ?

Il recula la tête contre le mur et sortit une clope, l'alluma, puis prit une profonde inspiration.

— Abby et son crétin de frère sont des sorciers. S'ils ne vont pas rapporter toute l'affaire à la personne qui essaie de se débarrasser de moi avant que j'aie terminé cette clope, c'est que je n'ai plus rien à faire ici et qu'il ne me reste plus qu'à me jeter du Tower Bridge pour en finir.

Jack avait un parfum de whisky et de pluie, comme si la foudre venait de frapper la terre. Pete respira son odeur et celle du tabac en fermant les yeux.

Elle sentit une pression sur son épaule là où Jack posa sa main libre.

— Merci d'être là. Je serais certainement en train de me vider de mon sang dans une allée sombre si tu n'avais pas frappé ce foutu Arty. (Il esquissa un demi-sourire.) Où une gentille fille comme toi a-t-elle appris à frapper comme ça, au fait ?

— Je n'ai jamais été particulièrement gentille, Jack, répondit Pete. Tu t'en serais rendu compte, si tu étais resté dans les parages.

Ses lèvres dessinèrent un sourire sans humour autour de la cigarette.

— Les regrets n'apportent rien, à l'exception d'un visage en sang et d'un cœur brisé si tu as de la chance, Pete. (Il entrouvrit la porte de la petite pièce et jeta un coup d'œil à l'extérieur.) Abby doit avoir eu suffisamment de temps pour informer son maître et mettre fin à cette obsession stupide qu'ils ont de me pourchasser partout dans cette ville. Retournons-y.

Il effleura Pete en passant à côté d'elle. Ils se touchèrent sur toute leur longueur puis, en moins de temps qu'il en faut pour le dire, il avait à nouveau disparu.

Pete lutta contre la pression qui envahissait son esprit, cette pression qui, d'après Jack, ne s'améliorait jamais vraiment, et le suivit.

XXXVII

— MAD CHEN A rapporté quelque chose du Triangle d'or, fit Abby au retour de Pete et Jack. (Elle réévalua Pete en les voyant entrer ensemble dans la pièce.) Ton *amie* participe ?

Une bouteille de verre cabossé pleine d'un liquide vert légèrement fluorescent avait fait son apparition sur la table. Jack prit un verre, se servit et le but.

— Non, répondit-il en toussant. Sinon, qui sera là pour cogner ceux qui m'agacent ?

— Pourquoi tu restes avec des gens banals, si tu ne les baises pas ? demanda Abby avec une curiosité non feinte.

— Cette absinthe a un goût de pisse de clochard qui aurait été mise en bouteille, fit Jack. On ne t'a jamais dit que pour un joli brin de fille comme toi, tu posais beaucoup de questions idiotes ?

Pete s'avança jusqu'à la fenêtre et regarda dans la rue, mais il n'y avait rien d'autre que des ombres et les squelettes courbés des arbres nus. Elle tira les rideaux de velours. De la poussière sentant le vélin et l'os s'échappa de leurs plis. Pete éternua.

Hattie la regarda d'un air triste.

— Tu es un peu comme un garde du corps, alors ?

Il n'y avait qu'une seule porte pour accéder à la pièce, et Pete ne voyait aucun placard. Juste des meubles remplis à bloc et un vieux lit bateau recouvert d'un couvre-lit élimé. Pete hocha la tête d'un air absent.

— Quelque chose comme ça.

— Tu as déjà rencontré David Beckham ? demanda Hattie.

Elle avait l'air d'une pauvre petite poupée vêtue de cuir, avec ses membres maigrichons et sa chevelure aubergine ébouriffée.

— La seule personne dont je me sois jamais occupée, c'est Jack, répondit Pete. Je suis inspecteur de police à la Met.

Abby tourna la tête d'un geste vif.

— Tu es quoi ?

— Crois-moi, ma petite, si j'avais voulu t'enfermer, tu n'aurais même pas eu le temps d'ouvrir la bouche, lança Pete. Bois ton cocktail et file droit.

— Jack… commença Abby, mais celui-ci lui lança un regard noir par-dessus son deuxième verre de la chose verdâtre.

— Pete est avec moi. Tais-toi. (Il lui adressa un petit sourire en la voyant faire la moue.) De plus, j'ai besoin de ton aide, Abby. J'ai besoin de savoir ce qu'il y a dans cette petite tête noire.

— Vraiment ? demanda Abby en lançant un regard courroucé à Pete, tandis qu'elle descendait d'un trait son deuxième verre.

— Ouais, fit Jack. Il y a quelques jours, j'ai fait la rencontre de quelques types, des sorciers comme toi, mais loin d'être aussi agréables à regarder.

Abby pouffa, se versa un autre verre et le sirota.

— Et donc ?

— Donc, je me demandais à quoi s'occupe un petit sorcier de nos jours, dit Jack. Je sais que quelque chose de gros se prépare, alors pas la peine de mentir. Toi et tes semblables êtes aussi nerveux que des lapins de garenne, depuis que je suis revenu.

Il se rapprocha d'Abby et repoussa la mèche qu'elle avait devant les yeux, puis prit son menton entre ses doigts fins. Pete eut une impression désagréable au creux de l'estomac.

— Allez, murmura Jack. Tu peux raconter à ce vieux Jack Winter. Murmure-le-moi à l'oreille. De toute façon, j'ai toujours eu beaucoup d'affinités pour ton type de magie. Ce ne serait pas une trahison, ma belle.

Abby déglutit. Ses joues de porcelaine prirent une légère teinte rosée.

— On dit… eh bien… on dit qu'il y a quelque chose d'important juste de l'autre côté du voile. Un esprit, ou quelque chose comme ça… Et, heu, certains d'entre nous proposent leurs services. On lui permet de gagner en puissance, on l'aide, parce que quand il sortira, il nous récompensera.

— *Il*, dit Jack. Tu n'as pas d'autres détails à me donner, ma chère ?

Abby avala ce qu'il restait de son troisième verre d'absinthe. L'odeur sèche de la réglisse s'infiltra dans l'air enfumé.

— On pourrait me couper la gorge pour t'avoir déjà dit tout ça, mage. (Elle releva sa jupe noire au-dessus de ses genoux et lança un regard langoureux en direction de Jack.) Si tu en as fini avec tes questions, est-ce que tu veux… ?

Et subitement, Abby s'étrangla. Elle se mit à se gratter la gorge de ses pâles doigts fins, ses yeux s'écarquillèrent et ses iris s'agrandirent sous l'effort.

Hattie s'écarta d'elle, à une vitesse surprenante.

— C'est quoi son problème ?

Abby eut des haut-le-cœur et sortit sa pâle langue rose sur ses lèvres bordées de bleu. On aurait dit un cadavre animé, secoué et sans vie, tandis qu'une bave noire s'écoulait du coin de sa bouche.

Jack regarda Abby, puis son propre verre vide.

— Oh, putain !

Il lâcha le verre qui alla s'éclater en mille morceaux et prit une vasque décorative dans l'angle de la pièce. Puis il s'enfonça les doigts dans la bouche.

Pete attrapa Abby qui se convulsait comme si elle était traversée par une décharge électrique. Elle s'était fait des marques de griffures rouges le long du cou en essayant de dégager ce qui l'empêchait de respirer. Pete écarta les mains de la fille (Abby était à présent aussi faible qu'un chaton), puis elle l'allongea, tourna sa tête d'un côté et lui mit deux doigts dans le gosier pour lui permettre de respirer.

Dans l'angle, Jack, tremblant, vomissait violemment dans la vasque, ses frêles épaules voûtées.

Une substance noire visqueuse se referma autour des doigts de Pete, on aurait dit qu'il y en avait des litres, coulant de la bouche d'Abby et remplissant sa gorge. La sorcière fut parcourue d'un tremblement sur tout le corps et laissa échapper un râle mort (c'est ainsi que Pete décrirait la scène plus tard), puis s'immobilisa, la substance noire remontant pour recouvrir ses yeux d'un film opaque.

— C'était une saloperie, j'imagine, dit Hattie qui s'était enfoncé un poing dans la bouche.

— Tu n'aurais rien pu faire, Pete, dit Jack faiblement en passant le revers de sa main sur sa bouche et en crachant dans la vasque. Même si je ne pense pas que tu perdes le sommeil parce que tu n'as pas réussi à sauver cette sale petite traîtresse.

Pete s'assit sur ses talons. Le bout de ses doigts était taché de la substance noire. Elle s'essuya sur son jean.

— Qu'est-ce que c'était que tout ça, Jack ?

Jack prit les doigts décolorés de Pete dans sa main et les renifla.

— Des champignons de Morgovina, répondit-il finalement. Plante de Faé. Ça te fait fondre de l'intérieur. Sale façon de mourir.

— L'absinthe a caché l'odeur, fit Pete en remarquant l'odeur de poussière et de pourriture qui émanait de la flaque de liquide sous la tête d'Abby.

— Brutal, mais pas intelligent, fit Jack.

— C'est toi qui as été stupide de boire quelque chose dans cet endroit. Réveille-toi ! dit Pete.

Jack la regarda d'un air sévère.

— Je te ferais remarquer que mon expérience proche de la mort m'a laissé plutôt fragilisé et que ton attitude ne m'aide pas. (Il enleva sa veste et la mit sur une chaise, puis alluma une cigarette et la posa dans le cendrier qui était sur la petite table.) Encore une chose : trouve un endroit pour te cacher, parce que la personne qui a empoisonné cette boisson va venir vérifier que son plan s'est passé comme prévu d'un instant à l'autre.

Hattie poussa ce qui devait être un soupir résigné et disparut dans le couloir en direction des toilettes. Pete ouvrit une armoire dans laquelle se trouvait une collection d'anciennes pipes d'opium et s'enferma à l'intérieur.

— Lucy dans *Narnia*, murmura-t-elle.

Jack s'appuya contre le mur derrière la porte, les mains dans les poches, l'air presque ennuyé.

— Ça n'est pas aussi excitant que d'habitude ? lança Pete à travers la serrure.

— Ça n'est pas excitant du tout, fit Jack. Je n'ai jamais compris quel plaisir les sorciers prenaient à te couper les bras et préparer des drogues. (Il bougea la tête de gauche à droite.) À moins qu'il y ait de la magie, du sang et des femmes irrésistiblement séduisantes impliquées, je ne pourrais pas être plus indifférent que je ne le suis actuellement.

— Alors, la dernière semaine a dû te sembler bien vide, lança Pete.

Jack tourna les yeux vers elle et, même à travers la petite fente de l'armoire, Pete sentit le souffle glacé de ses yeux sur sa peau.

— Pas complètement, répondit-il au bout d'un moment. Pas sur certains points qui comptent…

— Toujours le même, siffla Pete, puis elle l'interrompit : J'entends quelqu'un.

Des pas résonnèrent dans le couloir et une main appuya sur la poignée, marquant une pause en constatant avec surprise que la porte était déverrouillée. Celle-ci s'ouvrit lentement et céda la place à un homme au visage jaunâtre et une femme à la peau olive entièrement vêtus de noir. Un feu sorcier de couleur prune brûlait dans leurs mains.

L'homme montra le corps d'Abby du menton et la femme, juchée sur ses hauts talons, s'avança jusqu'au corps pour prendre son pouls. Elle secoua la tête et l'homme entra dans la pièce.

Rapide comme l'éclair, Jack sortit de sa cachette et claqua la porte.

— Bonsoir les filles !

— Winter, souffla l'homme.

Jack décocha un large sourire et hocha la tête.

— Mais c'est qu'il est observateur ! (Il attrapa la cigarette qu'il avait allumée et en tira une bouffée.) Il fallait que je te dise, et prends ça pour une critique constructive, ton truc avec l'absinthe empoisonnée ? C'est minable, mon pote. Regarde, tu as tué ton toutou.

La femme, toujours accroupie et dos à Pete, sortit une petite lame courbe du revers de sa veste.

— Jack ! cria Pete, en ouvrant l'armoire et en saisissant l'arme la plus proche d'elle, à savoir une pipe d'opium en ivoire. Elle enfonça le bout pointu et incurvé entre les omoplates de la femme qui se cambra en hurlant.

L'homme leva la main et le feu sorcier prit une teinte sulfureuse et corrosive, mais Jack le frappa avant que la magie puisse former quelque chose d'utile. Du sang jaillit de la lèvre fendue du sorcier qui s'effondra après avoir vacillé quelques secondes.

Jack saisit la main de Pete.

— À présent, il va falloir courir, ma belle.

— Et Hattie ?

— Hattie sera tout aussi bien enfermée dans les toilettes, crois-moi.

Pete le suivit dans le couloir, le cœur battant à tout rompre, comme le jour où elle se tenait devant la porte de sa première descente, transpirant dans son gilet de protection. D'un coup de pied, Jack ouvrit une fine porte qui conduisait à l'étage au-dessus.

— Stop !

Le sorcier apparut à la porte, un mélange de sang et de bave coulant sur son menton et sur le devant de sa chemise. Il joignit les mains et murmura un flot guttural de mots latins, puis une fumée noire bouillonna autour de ses pieds pour finir par former deux petites ombres agiles, qui donnèrent à leur tour naissance à deux autres.

— Merde, s'exclama Jack en grimpant quatre à quatre les escaliers.

— Ce sont des fantômes ? cria Pete en lui emboîtant le pas.

— Pire ! hurla Jack. Des formes-pensées. Des chiens de l'ombre !

Ils traversèrent le grenier en trébuchant sur des caisses et des paquets, et Jack fit voler une fenêtre en éclats d'un coup de coude.

— Toi d'abord, lança-t-il à bout de souffle. Dehors.

Pete regarda la rue quinze mètres plus bas, puis se retourna vers Jack.

— Tu es complètement fou ?

Les ombres de fumée s'infiltraient sous la porte et dans les fissures du sol. Ils avaient à présent des mâchoires et des dents d'acier, ainsi que des trous plus sombres à la place des yeux.

Jack ouvrit la bouche pour l'encourager, ou crier, mais Pete leva la main.

— Oublie ce que je viens de dire. J'y vais.

Elle se hissa par la fenêtre cassée pour se retrouver sur le toit glissant, mais au lieu de se laisser tomber et d'aller s'écraser dans la rue, elle se raccrocha à la gouttière si fort qu'elle crut que la peau sur ses articulations allait se fendre. Puis elle grimpa vers le faîte.

Elle vit les ombres se jeter sur Jack, l'attraper par la jambe qui était encore de l'autre côté de la fenêtre et y laisser des traces rouges.

Jack jura, puis écarta les doigts et souffla, faisant apparaître des corbeaux de fumée. Ceux-ci croassèrent et descendirent en piqué sur les chiens du sorcier toutes serres dehors.

Les ombres hurlèrent et disparurent, de même que les corbeaux. Jack sourit.

— Incapable de maintenir sa volonté quand quelqu'un se rebiffe. Il a probablement aussi une petite bite.

— Bouge, cria Pete, en manquant de lâcher-prise. Elle se hissa sur le toit plat de la tourelle du *Mad Chen's* et aida Jack, qui haletait, à en faire autant.

Sa toux se transforma en un petit rire, puis un rire franc.

— Non de Dieu ! J'avais oublié à quel point c'était marrant !

Pete inclina la tête.

— Marrant ? Tu as une définition bizarre de ce qui est marrant.

Du bois qui se trouvait à côté de la tête de Jack explosa et Pete reçut des échardes dans le bras. Un autre sorcier sortit de l'ombre. Des nuages jaunes laissaient échapper des fumées corrosives de ses mains.

— Mais ils sont combien ? s'écria Pete.

Le sorcier s'arrêta à quelques centimètres de ses pieds, souriant comme un petit garçon qui aime brûler les fourmis.

— On dirait que j'ai mis la main sur ta peau et ton talent, Winter, et que j'ai une chance de le voler, dit-il en souriant.

Jack roula sur le côté et se redressa, baissant la tête pour échapper au sorcier. Il attrapa l'homme par la peau du cou.

— Tu vas voler, ça, c'est sûr !

Il pivota et envoya le sorcier par-dessus le toit. Ils entendirent l'homme hurler jusqu'à ce qu'un son évoquant un tronc d'arbre qui se casse vienne interrompre le cri.

Pete jeta un coup d'œil par-dessus le parapet, vit la forme brisée et une tache sombre qui s'étalait.

— Tu crois qu'il est mort ?

Jack alluma une clope, tira une bouffée et jeta le reste à la suite du sorcier.

— En tout cas, il va regretter de ne pas l'être.

Lorsque Pete et Jack arrivèrent dans la rue, l'homme gémissait, parfaitement conscient.

— S'il y en a encore d'autres lâchés après nous, fit Pete, nous sommes un peu exposés.

Jack attrapa le sorcier sous les bras, luttant contre le poids imposant de celui-ci.

— C'est pour ça que nous allons foutre le camp d'ici.

Il essaya de traîner le sorcier sur la chaussée. L'homme avait la jambe brisée, un morceau d'os déplacé pointait sous la peau. Il cria. Jack le relâcha en laissant échapper un sifflement.

— Il faut faire un régime, mon gars.

Pete leva les yeux au ciel et passa son bras en travers de la poitrine du sorcier, selon une prise de secourisme qui permettait de transporter quelqu'un sur la terre ferme. La porte du *Mad Chen's* s'ouvrit brutalement et l'autre sorcier apparut, suivi par ses formes-pensées renouvelées, qui semblaient avoir gagné au passage quelques dents d'acier supplémentaires depuis la dernière fois que Pete les avait vues.

— Eh merde ! dit-elle, en traînant le sorcier sur la chaussée. Et maintenant, Jack ? Quelque chose me dit que ton truc avec les oiseaux ne sera pas aussi impressionnant ici à ciel ouvert.

— Ne crains rien, Pete. Notre carrosse nous attend.

Jack s'avança au milieu de la rue et lança un sifflement perçant.

— Taxi !

Dans la rue, qui était vide un instant plus tôt, se tenait à présent un beau taxi noir brillant, les phares allumés, directement sorti de l'époque où ces véhicules étaient noirs et blancs. Il les attendait, sagement garé contre le trottoir, après s'être arrêté dans un tourbillon de feuilles. La portière arrière s'ouvrit d'elle-même.

Jack attrapa le sorcier par les jambes.

— Mets-le dedans.

Pete poussa l'homme toujours gémissant à l'arrière du taxi et monta tant bien que mal à sa suite, glissant sur le cuir jaune pâle.

Jack tapa contre la vitre de séparation et lança au chauffeur qui était masqué par l'ombre :

— Pied au plancher !

Le taxi démarra dans un crissement de pneus, et prit le virage en faisant une embardée qui envoya Pete contre la porte, et lui fit entrer la poignée dans les côtes.

— Il y a une chose bien dans la Pénombre, dit Jack tandis qu'ils filaient dans les rues désertées à cette heure de la nuit. On trouve toujours un taxi quand on en a vraiment besoin.

Le chauffeur tourna légèrement la tête.

— Quelle destination, s'il vous plaît ?

Sa voix était douce et claire, plus adaptée à un chœur angélique qu'à un taxi un tantinet usé. Pete en eut des fourmillements dans l'estomac.

Un lampadaire à gaz se refléta dans les yeux du chauffeur et qui brillèrent d'un éclat argenté.

Jack grogna doucement et passa sa main sur son front.

— Faé, dit-il à travers ses dents serrées.

— Au volant d'un taxi ? demanda Pete en levant un sourcil.

— Les Faés adorent les appareils humains, murmura Jack. Pour eux, ce sont de vrais jouets.

Puis, s'adressant au taxi, il lança :

— Whitechapel, Mile End Road, numéro 46.

— Tout de suite, monsieur répondit la Faé.

Ses dents, de la même couleur argentée que ses yeux, étaient aussi tranchantes qu'une rangée d'aiguilles.

Le sorcier grogna, ses yeux alternant faiblement entre Pete et Jack.

— Où m'emmenez-vous ?

Jack lui posa un doigt sur le sommet du crâne.

— Tais-toi. Je ne veux pas entendre la moindre question de ta part.

— Qu'est-ce que nous allons faire de lui ? demanda Pete. On ne peut pas l'abandonner au coin de la rue.

— Qui a dit que je ne pouvais pas ? murmura Jack. Cet abruti a essayé de me tuer. Mais non, j'ai autre chose en tête.

Le taxi finit par s'arrêter devant l'appartement de Jack et celui-ci en sortit d'un bond, laissant à Pete le soin de traîner le sorcier sur le trottoir. Elle heurta la jambe cassée de l'homme contre le marchepied, lui arrachant un cri.

— Désolée, mon pote, s'excusa Pete. Mais c'est de ta faute. (Elle se pencha vers l'intérieur du taxi.) Combien je vous dois ?

Jack l'attrapa par le col et la tira en arrière. Pete se débattit furieusement et recula pour le gifler. Il lui attrapa la main, serrant violemment son poignet.

— Tu n'as pas mieux à faire que de conclure un marché avec une Faé ?

— C'est un taxi ! protesta Pete tandis que le véhicule disparaissait au bout de la rue, ses phares arrière clignotant dans le virage.

— Ne propose jamais de rembourser une Faé, dit Jack froidement. Et ne les laisse jamais faire un marché avec toi. Je m'occupe du taxi. Je le paierai quand ils décideront qu'il est temps de rembourser ma dette. Pas avant.

— Je suis vraiment désolée. Je ne savais pas, dit Pete. Et maintenant, lâche-moi avant que je t'en colle une.

Jack poussa un soupir et rabattit ses cheveux en arrière avec ses doigts.

— Tu voulais en savoir plus sur la Pénombre et comment faire pour y survivre. Et bien, considère que c'est ta première leçon. (Il lui lâcha le poignet.) Désolé si je t'ai fait mal.

— Ça va, murmura Pete.

Sa peau était légèrement rougie à l'endroit ou Jack l'avait touchée.

Le sorcier avait réussi à se relever sur ses coudes et essayait de s'éloigner en rampant.

— Tu peux surveiller ce crétin ? s'exclama Jack.

Il pointa le sorcier du doigt et murmura : « *Sioctha* ».

Le sorcier tressaillit et tous ses membres se rigidifièrent. Pete se cacha le visage dans les mains.

— Tu as fait exploser le cœur de celui-ci aussi ?

— Non, répondit Jack d'un air triomphant. Juste figé. Un peu de *rigor mortis* magique jusqu'à ce qu'il me déballe ce que je veux savoir. Prends-le par l'autre bras.

Ensemble, ils tirèrent le sorcier dans l'escalier de service jusqu'à l'appartement et, une fois à l'intérieur, Jack fit rouler l'homme sur le dos et posa un pied au centre de sa poitrine.

— Prend la poêle, ou un annuaire… quelque chose de lourd pour lui cogner sa rotule valide s'il fait le malin, dit-il à Pete. Bien, fit-il en s'adressant au sorcier. Tu sais qui je suis et ce que je peux faire. Maintenant je vais te libérer, mais je peux t'assurer que si tu tentes quoi que ce soit, ce qui reste de toi pourra entrer dans une seringue. Compris ?

Le sorcier essaya de parler, cherchant à inspirer par le nez et ses lèvres immobiles. Ses yeux s'agrandirent de peur.

— Bien, lança Jack d'un ton badin. « *Bí scaoilte* ».

Le sorcier s'ébroua et se détendit. Jack intensifia la pression de son pied.

— Pour qui travailles-tu ?

— Tu peux rôtir en enfer, Winter, espèce de has-been camé ! cria le sorcier.

— Hé ! dit Pete. (Elle attrapa un serre-livres sur l'étagère de Jack.) Comment tu t'appelles ?

— Roddy, cracha le sorcier. Roddy Post.

— Bien, Roddy Post, dit Pete. Tu comptes répondre à la question de mon ami ?

— Va te faire voir ! grogna Roddy.

Il était pâle, et deux taches rouges ressortaient dans le creux de ses joues.

Pete s'agenouilla, souleva le serre-livres, et le laissa retomber sur la main droite de Roddy. Il hurla. Jack leva un sourcil.

— T'as vraiment un problème, ma belle.

— D'accord… gémit Roddy. D'accord, je vais vous dire ce que vous voulez savoir.

— Il ne t'en faut pas beaucoup, dit Jack. Elle t'a à peine tapé avec ce truc.

— Ne sois pas trop dur avec lui, lança Pete en souriant à Roddy. Tu serais surpris de voir à quelle vitesse quelques doigts cassés peuvent faire changer quelqu'un d'avis.

D'abord amusée, l'expression de Jack se fit plus sombre, plus profonde, comme s'il évaluait Pete.

— Tout ça pour le bien de la gamine, hein ? demanda-t-il.

Pete regarda le visage livide de Roddy.

— Bien sûr, murmura-t-elle.

Puis elle reposa le serre-livres, parce qu'il était subitement devenu très lourd.

— À nous maintenant, annonça Jack. (Il partit dans la cuisine et apporta une chaise.) Pete, aide-le à s'asseoir.

Pete hissa Roddy sur la chaise et Jack se planta devant lui.

— Parle. Qui essaie de me tuer, et pourquoi ?

La respiration saccadée de Roddy s'apaisa.

— Je ne peux pas te le dire.

— Putain… murmura Jack.

Il tendit sa paume devant lui et s'apprêta à prononcer de nouvelles incantations.

— Mais je peux te le montrer, fit Roddy de mauvaise grâce.

Jack inclina la tête comme s'il évaluait les péchés de Roddy afin de savoir si celui-ci méritait de vivre ou non.

— Très bien, finit-il par conclure en retrouvant son sourire habituel. Pete, aidons ce pauvre Roddy avec sa jambe mal en point et laissons-le nous montrer le chemin.

XXXVIII

Leur voiture s'élança entre les canyons de pierre, l'ancienne ville, les bastions de la royauté reconvertis en hôtels et en bars, dissimulés derrière des néons dans les crevasses taillées à la main dans les murs.

— Ici, murmura Roddy. Arrête-toi ici.

Pete gara la Mini près du trottoir dans Ironmonger Lane et regarda le bâtiment.

— Qu'est-ce qu'il y a ici ?

Roddy regarda ses pieds.

— C'est l'Arkanum.

Jack s'étouffa.

— Tu n'es pas sérieux. (Il passa la tête par la vitre pour regarder le bâtiment.) Incroyable.

— C'est quoi, l'Arkanum ? demanda Pete à Roddy.

— L'Arkanum est la communauté des ténèbres, la société du secret et de l'ombre. Nous voyons et faisons ce dont vous ne pouvez que rêver et nous tirons les ficelles du monde vivant.

Roddy murmurait. Sa voix était empreinte de douleur et de résignation.

Jack tourna le regard et ouvrit la portière.

— Une communauté de sorciers du XVIIIe siècle, exterminée par des chasseurs de sorciers et qui n'a jamais appris la leçon. (Il se pencha en arrière.) Combien de personnes là-dedans, Roddy ?

— Personne, dit Roddy d'un air malheureux. Nous ne sommes pas nombreux aujourd'hui, et en plus tu en as tué près de la moitié. Le reste est à tes trousses.

Jack balaya la rue du regard et fit signe à Pete.

— On l'embarque avec nous.

Dans l'ascenseur, l'odeur âcre de la transpiration de Roddy fit grimacer Pete.

— Alors comme ça, vous vous baladez en cherchant des moyens de tuer Jack ? C'est complètement ridicule.

— Je pensais qu'il *était* mort, murmura Roddy. Ce n'est que les deux dernières semaines que la Pénombre a commencé à dire qu'il était revenu.

— Mais pourquoi ? demanda Pete. Il ne vous a rien fait.

— Ici, dit Jack alors que les numéros des étages s'allumaient tour à tour. Et je vous signale que je ne suis pas sourd.

— Est-ce que vous avez la moindre idée de ce qu'impliquerait pour un sorcier de tuer le Corbeau ? demanda Roddy en reprenant des couleurs. Celui-ci deviendrait une légende vivante, avec plus de puissance qu'auparavant. Craint, détesté et respecté : les dogmes de l'Arkanum.

— Mais pourquoi est-ce que vous l'appelez tous « *Corbeau* » ? demanda Pete.

L'ascenseur s'arrêta.

— À ta place, je ne répondrais pas, Roddy. À moins que tu ne veuilles que ce soit tes dernières paroles cohérentes, menaça Jack en jetant un regard furieux par-dessus son épaule et en pénétrant dans l'étroit couloir, éclairé par des bougeoirs en laiton.

Il y avait une porte à l'autre bout.

Derrière lui, Roddy boitait, poussé par Pete.

— Par là, dit-il en se laissant glisser contre le mur en face de l'ascenseur. Tout ce que vous cherchez est là-dedans.

— Bon gars, dit Jack. (Il écarta Roddy, posa la main sur la porte et la secoua.) Elle est verrouillée.

— Je n'ai pas la clé, annonça Roddy en ponctuant ses paroles d'un geste du menton, avant même que Jack ait le temps de se tourner vers lui. Les Grands Sorciers contrôlent l'accès.

— Ce n'est pas grave, dit Jack. Pete, est-ce que tu as une épingle à cheveux ou l'armature de ton soutif ou quelque chose dans le genre ?

— Est-ce que j'ai l'air d'avoir une épingle à cheveux, Jack ?

— Laisse tomber, dit-il en sortant un passe-partout de sa poche et l'introduisant dans la serrure. (Il s'appuya contre la porte et respira.) *Go n-iompai an iarann agus go ligfeadh lean ar aghaidh,* dit-il dans un murmure qui aurait rendu jaloux des amoureux.

Pete entendit la vieille serrure gronder.

— Je vois que tu accumules rapidement les délits, dit-elle.

Jack lui décocha un large sourire.

— Ce n'est pas une infraction quand on a une clé.

— Tu penses que tu peux pénétrer dans notre sanctuaire avec un outil aussi grossier ? grommela Roddy.

À ce moment-là, le verrou fit un déclic et la porte s'ouvrit. Jack se retourna.

— Apparemment oui, mon petit gars. Qu'en dis-tu ?

— Alors, n'attends pas, dit Roddy d'un air renfrogné. Entre et savoure ta réussite, Winter.

— T'inquiète, j'y vais ! répondit Jack.

Il posa sa main sur la poignée, mais n'eut pas le temps de la faire tourner. Une vive douleur frappa Pete comme si elle avait été propulsée contre un rebord. La Pénombre se rua vers elle… une magie dure et implacable, rien à voir avec le don de Jack et son feu dansant, ou la ruse glaciale de son rêve. Elle en eut la respiration coupée. Jack interrompit son geste et se retourna vers elle.

— Qu'est-ce qui ne va pas, ma belle ?

— Je… (La douleur s'intensifiait, la magie se tapissait, jaillissait, plantait ses crocs dans son cerveau.) Je…

Elle ne pouvait pas parler, elle sentait seulement la pression magique s'abattre sur elle. Son intuition de la Pénombre surgit à travers la douleur et elle saisit la main de Jack sur la porte pour l'arrêter et le forcer à se retourner, avant qu'il se retrouve brisé, à nouveau ensanglanté et inerte.

— Douce Lilith… jura Roddy. Ils savent ! Ils…

Jack l'interrompit en le saisissant par le cou.

— Qu'est-ce que tu as fait, espèce de petit salaud ?

Roddy se mit à sourire, puis à rire.

— Ça a été tellement facile, dit-il. J'ai entendu tant d'histoire sur tes talents, Winter, sur ton adresse et ton intelligence et regarde-toi, une jambe cassée et une histoire larmoyante ont suffi à tout te faire gober.

— Jack, cria Pete.

Elle tentait de repousser la puissance de la Pénombre et la douleur s'amoindrissait un peu.

Roddy fit une vilaine grimace.

— Vous êtes venus ici comme deux toutous obéissants.

Faisant preuve d'une force bien supérieure à celle que Pete aurait pu imaginer chez un homme de la taille de Jack, ce dernier souleva Roddy de sorte que seules les pointes de ses pieds touchaient le sol.

— Qu'est-ce que toi et tes foutus amis d'Arkanum avez fait ? Dis-le-moi avant que je te brise en deux et te réduise en bouillie.

Roddy se mit à rire en secouant la tête.

— Peu importe, maintenant, Winter, j'ai fait mon boulot. Je te retrouverai de l'autre côté… avec elle… et tous les autres.

Puis, Roddy bascula en avant sur Jack et ils passèrent tous les deux à travers la porte qui donnait accès au sanctuaire de l'Arkanum.

Le sortilège qui tournoyait dans la pièce se mit en place, et Pete put à nouveau bouger sans avoir l'impression que des pics à glace lui martelaient les orbites. Elle s'était relevée et se dirigeait vers Jack et Roddy quand elle se rendit compte qu'elle pouvait voir le sortilège : un amas d'épines et de plantes grimpantes avides et assoiffées de sang qui s'enroulaient rapidement sur les deux hommes.

— Jack, cria-t-elle au moment même où l'ombre lacéra le visage du mage, faisant jaillir des gouttelettes de sang. Jack, dis-moi comment l'arrêter !

— Commence par dégager ce putain de connard de moi ! hurla Jack en repoussant Roddy qui le maintenait en place de toutes ses forces.

Les ombres s'épaissirent en se posant sur Jack et pesèrent de tout leur poids sur lui, enveloppant Roddy d'une tempête affamée de magie et d'agressivité. Les vêtements du sorcier commencèrent à se désintégrer, puis sa peau se desquama comme les cendres d'un feu mourant. Le visage de Roddy se figea dans une expression sinistre. Il était fermement décidé à mourir pour empêcher Jack d'échapper au sortilège.

Pete se rapprocha de Jack, passant la main à travers les plantes qui virevoltaient. Elle les sentit lui lacérer la peau comme des milliers d'épines. Le sang jaillit au contact des ombres qui la touchaient, et elle recula en jurant.

Jack cogna Roddy au visage, sans résultat.

— Lâche… moi… connard !

Deux autres sorciers apparurent sous l'entrée voûtée, à l'autre bout de la pièce, puis encore deux autres… quatre silhouettes tenaient le feu sorcier pourpre et empoisonné dans leurs paumes.

— Ne le lâche pas, Roddy ! cria l'un d'entre eux. On va s'occuper de cette salope.

Tout comme la peau de Roddy, les vêtements de Jack commençaient à partir en lambeaux. Un bout de veste, un pan de pantalon, la semelle d'une botte…

— Attention, Pete ! cria-t-il en voyant l'un des sorciers s'approcher d'elle, brandissant une matraque.

— Tu penses que je ne mérite pas ta magie ? demanda-t-elle en penchant la tête.

— Toi la groupie, je sais que tu ne le mérites pas ! rétorqua le sorcier.

Pete soupira.

— Tu te trompes. Tu n'imagines pas à quel point.

Avant que le sorcier comprenne ce qu'elle voulait dire par là, elle lui décocha un coup de pied et lui planta le talon dans le genou.

Le sorcier se décomposa et lâcha la matraque. Les trois autres gardèrent leur distance en voyant leur compagnon jurer et crier, et se mirent à envoyer violemment des boules nauséabondes de magie en direction de Pete. Celle-ci se jeta par terre, atterrissant les coudes en premier sur le sol pour se mettre hors de portée, ignorant la douleur qui saisit tout son corps au moment de l'impact.

Elle ne pouvait pratiquement plus voir Jack, qui disparaissait avec Roddy derrière la masse grouillante du sortilège.

— Jack, gémit-elle.

L'espace d'un instant, elle ne vit plus que l'image de son corps à nouveau mort. Il avait beau être un manipulateur et avoir transformé sa vie en enfer depuis son retour, elle savait qu'elle ne pourrait pas supporter de le voir mourir une nouvelle fois.

Le sortilège hurla lorsqu'elle s'approcha, et une branche épineuse tenta de lui arracher la chair. *Façonneuse de magie. Je suis une façonneuse de magie.*

Puis la voix de Jack en écho : « *Mosswood ne sait pas tout* ».

— Sur ce coup-là, il vaut mieux qu'il ait raison, murmura Pete.

Elle respira profondément, leva la main et repoussa la masse de magie noire qui entourait le sortilège. Elle poussait comme si elle avait dû dégager une poutre de cinq cents kilos en travers de sa poitrine, comme si elle devait pousser une porte derrière laquelle se trouvait quelque chose d'aussi terrible que nécessaire. Elle sentait chaque vaisseau sanguin sur le point d'éclater sous la pression de l'effort. Pete tenait bon contre la marée de magie noire qui alimentait ce sortilège, la déplaçant, la façonnant jusqu'à ce qu'un trou noir apparaisse dans un grondement de défaite. Infime au début, le trou prit de l'ampleur jusqu'à atteindre une taille humaine.

Le visage de Jack, marqué de quelques centaines d'éraflures, et une tache de cendres se matérialisèrent. Il semblait littéralement sous le choc. Pete lui tendit la main.

— Je ne tiens plus !

Elle sentait qu'elle commençait à trembler sous la pression du sortilège refoulé. Une nouvelle boule d'énergie frôla sa tête, lui rappelant que ses autres problèmes étaient loin d'être résolus.

La main ensanglantée de Jack émergea du trou de magie et saisit la sienne. Pete le dégagea centimètre par centimètre. La main de Roddy s'agrippa alors à la cheville de Jack. La moitié du corps du sorcier n'était plus qu'un squelette qui s'accrochait avidement dans un ultime effort. Jack le repoussa de l'autre pied et l'acier de sa botte brisa ses os incrustés.

Roddy hurla comme si la Mort elle-même venait de lui arracher le cœur, et le sortilège s'écroula avec lui, enragé, affamé et insatiable.

Jack fouilla ses poches frénétiquement.

— Ah merde, j'ai paumé mon canif.

— Oublie ton maudit canif. Ça va ? demanda Pete.

— Non, répondit Jack avec insistance alors que les sorciers et leurs sortilèges se rapprochaient. J'ai besoin de sang… de *sang* frais, précisa-t-il quand elle lui indiqua les milliers de coupures superficielles qui striaient sa peau.

Pete trouva un canif au fin fond de la poche de sa veste, saisit la paume de Jack et l'entailla aussi profondément qu'elle osa. Il hurla.

— Putain ! Mais quand est-ce que tu es devenue aussi violente ?

— Ça devrait suffire, non ? répondit Pete en montrant le ruissellement rouge et chaud qui s'écoulait de la paume de Jack.

— Bon Dieu, oui, ça suffit, à moins que tu ne veuilles me tuer ! s'exclama Jack.

— Arrête de faire ta chochotte et débarrasse-nous de ces connards, avant qu'ils arrivent à leurs fins ! cria Pete, en esquivant une autre boule de feu.

Jack jura, mais frotta le sang par terre devant lui et dit : « *An t-ok, tabhair do dhroim* ».

Le sortilège se mit à grandir, révélant les cendres et la carcasse de Roddy et éclairant la pièce, les murs et le sol, pénétrant dans chaque crevasse et engloutissant les trois sorciers restants, avant qu'ils aient le temps de réagir face à la masse de magie, qui les plaqua contre les murs. L'air se remplit de cendres et le sol commença à s'incliner violemment à mesure que la magie de Jack rencontrait les sortilèges qui résidaient dans les ossements des lieux. Le tremblement secoua Pete jusqu'à la moelle.

Jack l'attrapa par le bras.

— Je crains qu'il soit à nouveau temps de se remettre à courir, ma belle.

— Je suis d'accord, répondit Pete alors qu'un énorme pan de la façade en pierre s'effondrait, laissant voir le ciel londonien qui scintillait sereinement dans la nuit. Allez, cours !

Ils durent sauter pour échapper à l'effondrement de la pièce d'entrée du bâtiment, qui disparut dans un grondement de poutres et de pierres, se transformant en abattoir pour les quatre hommes qui s'y trouvaient.

Pete roula et s'assit, prise de vertiges, tandis que Jack réapparaissait dans son angle de vue, juste au-dessus d'elle. Elle sentit la douleur d'une coupure chaude et nette sur sa joue et toucha le sang.

— Je l'ai senti, dit-elle. Avant que Roddy ne te pousse par la porte.

Sa voix était profonde et lointaine.

— Je sais, ma belle, répondit Jack, en lui tamponnant la joue avec sa manche.

Il jeta un regard vers les ruines, deux corps dépassaient à moitié des décombres, dans un tableau figé. Leurs yeux fixaient Pete dans la haine vitreuse de la mort.

— Il a bien assuré, dit Jack, il n'a pas lâché le morceau.

Pete regarda les corps.

— Finalement, ça ne fait pas si mal que ça des doigts cassés !

— Je ne sais pas ce que tu en penses, dit Jack en aidant Pete à se relever et en lui proposant une clope qu'elle accepta, mais j'en ai marre de jouer avec ces connards.

— Je n'en peux plus de cette tempête agitée, dit Pete. Il nous faut un plan, Winter.

Jack examina son ongle, puis exhala un nuage de fumée et dit :

— La première chose à faire, c'est trouver une pince.

La cuisine de l'Arkanum était pratiquement intacte, à part quelques fissures dans le sol. Pete parcourut du regard le sol jonché de tiroirs. Elle aperçut une boîte à outils sous l'évier et tendit une pince à Jack qui, de son côté, retournait une boîte à pharmacie et fouillait jusqu'à trouver un flacon de liquide noir.

— Laisse-moi deviner : du sang de vierges et d'enfants innocents bien potelés, ironisa Pete.

— De l'encre, rétorqua Jack. De l'encre noire, numéro dix. Tu es devenue très morbide, dis-moi.

Il prit un plat en pierre peu profond, la pince et l'encre et s'approcha du corps le plus proche. Il saisit l'index du sorcier et glissa la pince sous l'ongle.

— De la manucure de mage, c'est ça ? demanda Pete.

Jack grogna et tira jusqu'à ce que l'ongle de l'homme se détache avec un bruit mouillé de papier déchiré. Il l'examina.

— Un peu collant, mais ça fera l'affaire, conclut-il.

Il plaça le bol par terre et demanda à Pete de trouver le nord.

Pete scruta à travers l'énorme trou où se trouvait précédemment un mur et localisa la Tamise.

— Par là.

Elle pointa du doigt vaguement en direction du nord, par-dessus son épaule.

Jack s'orienta et versa l'encre dans le récipient, puis y plongea l'ongle. Il flotta tandis que les morceaux de chair encore accrochés disparaissaient dans le liquide noir visqueux.

Jack souffla sur l'encre et murmura : « *Amharc* ». Le souffle provoqua des rides sur l'eau et l'ongle se mit à tourner paresseusement, puis accéléra de plus en plus vite, créant un creux dans le liquide.

— La Pénombre le voit, murmura Jack, l'encre de sa pupille débordant sur le bleu.

Pete sentit la décharge électrique sur sa peau qui lui indiquait la présence de la magie.

— Le fantôme ?

Jack acquiesça d'un air lugubre.

— Il a touché celui-ci. Si ce qu'Abby a dit est vrai, il les a tous touchés. Il est lié à eux, et maintenant moi aussi je peux le voir.

D'un coup, l'ongle cessa de tourner, s'immobilisa et demeura immobile en direction du nord-est. La surface de l'encre trembla imperceptiblement, suivant les pulsations magiques.

— Tu sais ce qui se trouve au nord-est, n'est-ce pas ? demanda Jack en se relevant alors que ses yeux avaient retrouvé leur couleur.

Pete fit un signe de tête et sentit une boule glacée se nouer dans son estomac.

— Le cimetière de Highgate.

XXXIX

Pete n'avait plus jamais franchi les portes du cimetière, après que les services d'urgence l'eurent sortie de la petite arche en pierre le jour du rituel. Bien sûr, elle était passée à côté des centaines de fois, toujours bien consciente.

Mais elle était restée à l'extérieur. Elle n'était plus jamais entrée. Elle n'avait jamais franchi cette barrière invisible entre ses cauchemars et la réalité, qu'elle s'était construite après la mort de Jack ; son refus de sentir quoi que ce soit, de croire qui que ce soit, en dehors de ce qu'elle voyait en pleine lumière.

— Tu es sûr que c'est là ? demanda Pete. En fait d'indication, « nord-est » c'est assez général.

— Le compas a indiqué nord-est, répondit Jack, et autant que je sache, il n'y a pas d'autre cimetière hanté dans cette direction.

Le vent souffla et Pete frissonna, même si ce n'était qu'un vent d'automne tardif, et pas un vent d'hiver glacial. Jack s'immobilisa en faisant crisser ses bottes sur le gravier.

— Ça va aller, Pete ?

— Bien sûr, répondit-elle.

Elle sortit son téléphone portable, en espérant se donner une contenance et prendre un air professionnel.

Tout sauf avoir l'air effrayé (ce qu'elle était en réalité, et ce pour quoi elle se détestait). Elle n'arrivait pas à se débarrasser des images de fumée noire et de flammes de bougies vacillantes, ni des échos des cris de Jack.

— Ollie Heath, s'il vous plaît, demanda Pete à la standardiste de New Scotland Yard.

Ollie eut à peine le temps de bredouiller « Allô » que Jack lui arracha le téléphone des mains et l'éteignit.

— Hé ! protesta Pete, mais il la fit taire.

— Tu entends ?

Pete tendit l'oreille, n'entendit rien d'autre que le vent dans les branches et dans ses cheveux, comme les doigts agiles d'un fantôme.

En même temps que le vent, un ensemble de murmures se pressa contre son esprit.

— Quelque chose est éveillé, murmura Jack. Éveillé et en marche ; et je te parie à dix contre un, que c'est celui que nous cherchons. Laissons les flics où ils sont pour le moment. Je ne voudrais pas que les femmes de ces gentils types perçoivent une pension parce qu'ils se seraient fait manger. Et toi ?

Pete secoua la tête. Les murmures n'étaient pas vraiment audibles ; ils lui remplissaient simplement le crâne de l'intérieur comme des lames de rasoir, nombreux et durs.

— Bien, fit Jack en se remettant en marche.

Il avançait lentement, attentif à ne pas faire de bruit, et semblait bien plus jeune et plus alerte que ses cicatrices et ses joues creusées le laissaient penser.

— Comment tuer un fantôme, première leçon : c'est impossible. N'essaie même pas. Pas la peine de hurler ou de lui jeter des cailloux ou de tenter de l'envoyer dans sa dernière demeure. Si la petite Maggie…

— Margaret.

— Je n'étais pas loin. Si elle est encore en vie, attrape-la et cours comme si tous les agents de l'enfer étaient à tes trousses.

— Et toi ? Qu'est-ce que tu vas faire pendant que je cours ? demanda Pete.

Jack alluma une cigarette d'un claquement de langue.

— Le distraire suffisamment longtemps pour remplir ma part du contrat, puis tenter de retrouver le cours normal de mon existence.

— Si je comprends bien, dans quelques minutes, nous en aurons terminé ? (Pete sentit un creux se former sur son front.) Je ne suis pas sûre d'aimer ça, Jack.

— Il y a beaucoup de choses désagréables dans la vie, dit-il. Garde tes regrets pour quand nous serons bel et bien partis d'ici, avec nos âmes et nos esprits intacts. Si le fantôme est suffisamment fort pour obliger des humains vivants à enlever des enfants et qu'il se nourrit d'eux, c'est qu'il a eu un tempérament d'enfer dans la vie, et la mort ne calme pas les choses.

— Comment allons-nous faire pour le tenir à l'écart ?

Pete balayait les ombres du regard. Les stèles étaient inclinées, s'étaient effacées et avaient vieilli ; le granite et les anges avec leurs bras et leurs ailes étaient tombés. Le chemin se rétrécit, ne laissant plus la place que pour des porteurs de cercueils et des familles en deuil au lieu d'automobiles.

— Nous sommes vivants, répondit Jack. Nous appartenons à ce monde. Pas lui. Ça, c'est le premier point. Ensuite, j'ai un sortilège de protection au cas où les choses tournent mal. (Il regarda Pete et elle se sentit à nouveau calculée et jaugée, Jack testant une nouvelle fois sa valeur.) Je ne te mentirais pas, dit-il. Si tu étais un catalyseur expérimenté, tu serais d'une aide précieuse pour diriger ma magie, mais en l'état actuel, essaie simplement de ne pas te trouver au milieu.

Pete sentit ses poils se hérisser. La pointe d'intolérance cumulée de ses collègues de travail, et à présent de Jack fit remonter sa colère à la surface.

— Je sais me battre.

— Le fantôme aussi, dit Jack. Et contrairement à toi, il a l'avantage d'être déjà mort.

Pete ne répondit pas. Elle pensa aux yeux blancs et vides des enfants, essayant d'obliger ses pieds à avancer et à suivre Jack.

Il s'immobilisa, fit demi-tour et lui prit la main.

— Sois rapide. Sois forte. Ne le regarde pas dans les yeux, dit-il. C'est le meilleur et unique conseil que je puisse te donner.

— Pas comme la dernière fois, dit Pete calmement.

Jack secoua la tête.

— En effet. Bien, allons récupérer la gamine et sortons d'ici.

Alors qu'ils marchaient vers une tache de lumière argentée qui grossissait au détour d'un virage, Jack ne lâcha pas la main de Pete et celle-ci n'essaya pas de la retirer.

Les murmures augmentèrent, puis se dissipèrent de l'autre côté du virage. Jack et Pete se retrouvèrent alors devant un mausolée à demi détruit, dont l'entrée était encadrée par deux sorciers, et au milieu d'eux…

Pete eut le souffle coupé et sentit le vrombissement de la magie tout autour d'elle. Le fantôme était une colonne de fumée noire, vaguement humaine, avec des trous argentés brûlants à la place des yeux.

— Je t'ai dit de ne pas le regarder ! lâcha Jack, en lui plantant les ongles dans la paume.

L'air tremblota et un sortilège de protection vint se placer devant Pete, lourd et luisant.

— Hé, toi ! cria l'un des sorciers. Toi, sors d'ici !

— Par l'enfer, fit l'autre. C'est Jack Winter. Il est vraiment venu.

Lentement, le fantôme se transforma en un visage fait de traînées d'ombres et de zones sombres, les yeux surmontant une bouche cruelle qui se courba en une fente noire.

— Jack Winter, laissa-t-il échapper entre ses dents.

Pete ne sentait plus son corps, qui s'était raidi sous le choc.

— Jack, dit-elle. C'est celui de mes rêves... C'est la chose... Je l'ai vu.

Ne recevant aucune réponse, elle se rendit compte que Jack lui avait lâché la main.

— Jack ?

Il fixait le fantôme, inclinant lentement la tête. Les yeux de Jack étaient devenus blancs, plus blancs encore que ceux de Bridget Killigan, d'une couleur de neige à la fois glacée et dépourvue d'intensité.

— Non, murmura Jack. Non, non, non. Je t'ai renvoyé...

— *Quels mots lamentables, Corbeau, pour quelqu'un d'aussi arrogant que toi,* asséna le fantôme. *Je vais me nourrir de ton esprit et sculpter tes os.*

— Laissons-les, dit l'un des sorciers.

— Qu'est-ce qu'on fait de la gamine ? demanda l'autre.

— Laisse-la, sauf si tu tiens à être recouvert de morceaux d'entrailles de mage ! cria le premier. (Pendant ce temps, le fantôme poussa un hurlement qui tétanisa la mâchoire de Pete.) Barrons-nous !

Ils quittèrent l'entrée du tombeau et Pete vit Margaret Smythe accroupie, les bras autour de ses genoux, les yeux marron (Dieu merci) et grands ouverts qui fixaient le plafond.

Pete se retourna vers Jack. Il observait le fantôme, et celui-ci lui souriait, bouche ouverte et salivant d'avance.

— *Plus de discours, Corbeau ? Plus de mots minables dans une ancienne langue pour me supprimer ?*

— Tu n'es pas lui ! cria Jack. (Il leva la main et le sortilège de protection se transforma en un mur d'eau ondoyant et impénétrable.) Maintenant, dégage !

Le fantôme se mit à rire. Pete en ressentit une telle douleur dans son esprit qu'elle vacilla. Il se tourna vers elle, son visage glissant le long de la colonne de fumée de son corps.

— *Tes rêves sont très intéressants, jeune demoiselle. La pitié repose dans la faiblesse de ta chair.*

— Pas faible, grogna Pete. (Elle tendit la main devant elle.) Margaret. Viens ici, ma grande.

— Non !

Margaret secoua furieusement la tête et recula dans le mausolée.

— *Elle a appris à m'apprécier, tu vois ? Les enfants sont étranges parfois,* murmura le fantôme avec la voix tremblante d'une mère qui se meurt.

Pete se retourna vers lui, veillant à ne pas croiser le regard argenté déformé par le sortilège de protection.

— Je jure sur tout ce qui est dessus et dessous que si vous lui avez fait du mal, je vous chasserai jusqu'en enfer et je trouverai un moyen de vous tuer une seconde fois.

Le fantôme ricana et leva une main de fumée terminée de griffes noires. Pete plongea pour attraper Margaret. Elle sentit la main attraper l'extrémité de ses cheveux et l'ourlet de sa chemise, manquant la peau de justesse et lui imposant une brûlure magique, comme si elle avait touché un métal ultra-froid.

Je devrais être morte, pensa-t-elle au moment où elle toucha le sol, attrapant la main de Margaret et la tirant vers elle. Elle entoura la petite fille de son propre corps, et échappa à l'esprit qui hurla.

Lorsqu'elle ouvrit les yeux, Jack se tenait au-dessus d'elle, les deux mains tendues, le sortilège de protection luisant d'une teinte bleue chaude sur les bords tandis que le fantôme le frappait de façon répétée. Jack encaissait chaque coup et Pete vit un filet de sang qui commençait à couler de son nez.

— Ce n'est pas *exactement* comme dans ton souvenir, n'est-ce pas, espèce de connard ? grogna-t-il. Pete, cours. Cours pour sauver ta vie.

La lumière du sortilège de protection se refléta sur les dents du fantôme et Pete secoua la tête.

— Je ne pars pas sans toi. Impossible.

Margaret pleurait, mais c'était des larmes de soulagement plus que de terreur. Pete tendit sa main libre et attrapa le bras de Jack.

— Pete… commença-t-il, mais elle lui attrapa la main avant qu'il puisse protester.

— Je sais ce que je fais, dit-elle.

C'était un mensonge sur toute la ligne et ça ne sembla pas apaiser Jack, mais il était déjà trop tard.

Comme avec Talshebeth, Pete sentit l'aiguille de ses sens poussée au maximum. Le hurlement de la magie et la brûlure de la peau de Jack contre la sienne, le même vent rugissant dans les arbres bien taillés et entre les tombes. La tempête désintégra le fantôme, à l'exception d'un squelette noir qui se débattit et beugla sous la puissance du vent de magie protectrice.

Jack les entraîna toutes les deux à l'écart, tenant Margaret d'un bras et tirant Pete de l'autre. Il lui avoua plus tard qu'il avait dû quasiment la porter, parce que dès que les yeux argentés du fantôme se furent éteints sous l'assaut des talents de Jack, Pete s'évanouit pour ne se réveiller que plus tard, sur le matelas de Jack, dans l'appartement de celui-ci, seule.

XXXX

— INSPECTEUR. (UNE MAIN lui agrippa les épaules, hésitante et tremblante. Ce n'était pas Jack.) Inspecteur. Pete ouvrit les yeux. La lumière très brillante lui fit mal, mais elle s'obligea à plisser les paupières pour scruter celui qui parlait à travers une forêt de cils.

— Ollie.

Ollie Heath s'assit sur ses talons et desserra la mâchoire en entendant la voix de Pete.

— Dieu merci. J'ai cru que tu étais bel et bien morte.

— Non, répondit Pete d'un ton doux, incapable d'en dire plus.

Elle avait la sensation d'avoir ingurgité tout l'alcool de Londres, puis de l'avoir vomi et d'avoir remis ça. Sa langue était pâteuse et elle sentait des pulsations contre ses tempes, comme si l'une de ces fameuses poupées à cymbales avait élu domicile dans sa tête.

Pete vit des silhouettes bleu sombre qui grouillaient à l'extérieur de la chambre de Jack, puis deux silhouettes vertes transportant une valise paramédicale.

Elle sursauta.

— Margaret.

— La gamine va bien, répondit Ollie. En fait, j'ai fait venir les toubibs pour ton ami. Il arrivait à peine à se tenir debout tout seul, il s'est fait de vilaines brûlures sur les mains… Il a aussi de sales éraflures sur tout le corps. C'est le truc le plus bizarre que j'aie jamais vu.

Ollie entassa plusieurs oreillers contre le mur, restant accroupi près de Pete, tandis qu'elle relevait la tête pour jeter un œil sur le reste de l'appartement.

— Margaret est en sécurité.

— Elle est saine et sauve, confirma Ollie. Elle est rentrée chez elle avec sa mère. En revanche, je sais que l'inspecteur principal Newell attend tes explications sur ce qui s'est passé et sur ta disparition ces trois derniers jours. Je dois dire que moi aussi je me demande…

Pete referma la main autour du poignet d'Ollie.

— Je ne peux pas. Il faut me croire, Ollie, et pas un mot à Newell.

Ollie acquiesça lentement d'un signe de tête.

— Je serai toujours curieux de savoir comment tu as fait pour trouver cette enfant dans les temps, Pete.

— Tu ne me croirais pas, lui assura-t-elle.

Ollie se leva.

— Sans doute. Je vais avertir M. Winter que tu es réveillée. Il était dans tous ses états quand il a appelé. Il a dit que tu t'étais évanouie.

— En effet, répondit Pete.

Tout ce qui s'était passé après qu'elle eut attrapé la main de Jack était un trou noir dans son esprit, obscurci par des empreintes de douleur et des sifflements fantomatiques.

— Attends, dit-elle, la vérité surgissant soudainement dans son esprit brumeux tandis qu'Ollie se dirigeait vers la porte. Jack a appelé ?

— Il a pris ton mobile et il m'a téléphoné, répondit Ollie. Il était terriblement inquiet à ton sujet et celui de la gosse.

— Tu m'en diras tant, fit Pete songeuse.

Elle avait du mal à imaginer la conversation de Jack avec Ollie, lorsqu'il avait signalé que la petite Margaret

Smythe, qui avait été enlevée quelques jours auparavant, avait été retrouvée.

— Il a l'air d'un type correct, en dehors de son côté un peu étrange, observa Ollie. Tu veux que je lui dise de venir ?

— Oui, répondit Pete en nouant ses cheveux à la base de son cou, essayant de dégager les mèches de ses bras et de ses épaules.

Tout son corps lui faisait mal, comme si elle avait couru pendant des kilomètres au-delà de ses forces, puis s'était bagarrée avec un supporter de Chelsea ivre un jour de match.

Ollie disparut et fut remplacé quelques instants plus tard par Jack, qui n'avait pas l'air de se dépêcher, mais se retrouva simplement là, comme si Pete n'avait eu qu'à souhaiter sa présence. Elle cligna des yeux puis fronça les sourcils.

— Un jour, il faudra que tu me dises comment tu fais ça.

— Fais quoi, ma belle ?

Il rapprocha la chaise à dossier droit près du matelas et se pencha pour poser un doigt sous le menton de Pete. Les commissures de ses lèvres se relevèrent un peu et ses yeux prirent une teinte marine que Pete aurait traduite comme étant du soulagement, pour n'importe qui d'autre que Jack.

Elle l'examina à son tour. En dehors des bandages sur ses mains, il était intact, froissé et sentait le tabac froid. Comme d'habitude, et Pete en fut plus que reconnaissante.

— S'il n'y avait pas tes mains, je pourrais croire que j'ai rêvé le fantôme et tout le reste, dit-elle.

Les yeux de Jack prirent à nouveau une couleur ardoise.

— Tu n'as pas rêvé.

— Je sais, répondit Pete calmement. Qu'est-ce que tu as dit à la police ?

— Rien, répondit Jack. J'ai appris la leçon, Pete. Je peux fermer ma bouche.

Pete inclina la tête en arrière et ferma les yeux, la réalité s'infiltrant finalement dans sa peau.

— Alors c'est terminé. Je vais préparer une histoire pour Newell, tu la corroboreras, et ce sera terminé.

Un long silence se fit, et Pete ouvrit un œil. Jack regardait par la fenêtre, au-delà des câbles téléphoniques et des conduits de cheminée sur les immeubles en face, tandis que des traînées de brume s'assemblaient, et filtraient la lumière du soleil en un éclat terne, qui donnait un reflet cuivré à ses cheveux et un effet papier à sa peau.

— Ça ne l'est pas, finit-il par dire. Ça n'est pas fini.

Pete passa les jambes par-dessus le bord du matelas et s'assit en dépit du vertige qui la saisissait, comme si elle se trouvait sur un bateau par grand vent.

— Qu'est-ce que tu veux dire, Jack ?

Il se leva, faisant tomber la chaise, et s'éloigna.

— Allons, Pete ! gronda-t-il. Ne fais pas l'innocente avec moi. Tu sais ce qu'était cette chose dans le cimetière ! Tu l'as vue.

— Non, répondit Pete en secouant la tête. J'étais concentrée sur Margaret. Et sur toi. Je sais qu'il sortait de mon rêve. C'est tout.

— De ton rêve parce que tu l'as déjà vu avant, coupa Jack.

On aurait dit une marionnette dont les fils auraient été coupés, démembrée et reléguée sur le côté. Pete se leva et avança vers lui en titubant.

— Peu importe ce que c'est, Jack. Dis-le-moi.

— C'est pire, répondit-il. Ça va devenir bien pire. Ce fantôme… Je jure que je l'ai renvoyé, Pete. Je le jure. (De la frustration pointait dans la voix de Jack, comme s'il avait voulu faire sortir une colombe de son chapeau haut de forme, et s'était retrouvé avec un chat mort à la place.) Il ne peut pas avoir existé dans les espaces ténus pendant douze ans tout seul.

— Eh bien ! De toute évidence, il l'a pourtant fait, murmura Pete. Et j'ai l'impression que pour y arriver, il s'est nourri des enfants.

— Non, lâcha Jack fermement. Non, ça ne marche pas comme ça, Pete. Il aurait dû être rappelé dans la terre des morts. Le fait qu'il traîne ainsi, qu'il devienne si fort… Quelqu'un l'a aidé, de la façon la plus cruelle qui soit.

— Je n'aime pas trop ça, dit Pete.

— C'est judicieux de ta part, répliqua Jack. Quelle que soit la personne qui le maintient à proximité de ce monde… Il y a un toqué avec des plans sombres, crois-moi sur parole.

— Tu as une idée de qui il peut s'agir ? demanda-t-elle.

Jack se frotta entre les yeux comme s'il essayait d'effacer quelque chose.

— Je n'en ai pas la moindre idée. Je te jure, Pete, répéta-t-il, plus pour lui-même que pour toute autre personne présente. Je l'ai renvoyé.

— Qui est-ce ? demanda Pete en se levant et en contournant Jack afin de se retrouver face à lui.

Jack ferma les yeux et enfouit son visage dans ses mains. À la lumière directe du soleil brumeux, toutes ses cicatrices et rides prématurées ressortaient nettement. Jack avait l'air vieux, usé et effondré.

— Il s'appelle Algernon Treadwell, répondit Jack de derrière ses mains. C'est celui que j'ai invoqué dans la tombe, il y a douze ans.

— Pete. (Ollie passa la tête par la porte de la chambre.) On s'en va, tu veux qu'on te reconduise chez toi ?

— Non, répondit Pete faiblement, sans quitter Jack des yeux.

Il avait l'air résigné et jouait du bout du pied avec la poussière sur le sol.

— Non, répéta Pete plus fort. Il faut que je reste ici un moment.

— Bien… Appelle-moi quand tu seras prête, répondit Ollie. Je vais au Yard pour faire mon rapport.

Pete hocha la tête et Ollie recula. Quelques secondes plus tard, la porte d'entrée claqua.

Pete soupira et alla appuyer son front contre la vitre de la fenêtre.

— Jasper Gorson, fit Jack.

Pete ne bougea pas. Elle se sentait comme une colonne de glace, fragile et imperturbable.

— Ne me dis pas que c'est la seule fois où tu ne vas pas demander « Qui est-ce », soupira Jack. Tu veux savoir ce qui s'est passé, je le vois bien.

— Je veux savoir ? murmura Pete.

Elle revit la porte en calcaire couverte de mousse, et sentit l'air froid de la tombe sur son visage. Elle avait fait un circuit et était revenue devant elle, à douze années d'écart. Il n'y avait rien d'autre à faire que d'affronter.

— Je suppose que oui, dit-elle. J'aimerais savoir combien d'heures de ma vie j'ai passées à faire des cauchemars depuis que tu as fait ça, Jack. Je voudrais savoir combien de temps j'ai attendu que tu reviennes, et que tu me dises que tout ça était une terrible erreur. Je voudrais savoir, parce qu'alors, je pourrais quantifier exactement quelle part de mes souffrances t'est imputable, quoi que tu espérais accomplir.

Jack serra les dents.

— J'étais un gamin inconscient, Pete, comme toi. Je ne savais pas ce qui allait se passer.

— *C'est ça, tu ne savais pas,* rétorqua Pete entre ses dents.

Puis elle fit un pas en avant et lui enfonça un doigt dans la poitrine. Jack recula vivement.

— Quand les choses ont mal tourné, tu es parti sans te retourner. Toutes ces conneries… « Oh ! Pete, je t'ai attendue tellement longtemps… » Foutaises. Tu t'es bien foutu de savoir ce qui m'était arrivé ! Je devrais te tabasser, espèce de salopard !

Le haut plafond renvoya des échos et Pete réalisa qu'elle était en train de hurler.

— D'accord. Je ne savais pas, au départ, expliqua Jack. Et quand Treadwell nous a attaqués, tu t'es barrée et tu m'as laissé pour mort.

— J'ai cru que tu *étais* mort…

— Et ensuite, tu as réussi à t'isoler de la Pénombre, et je t'ai détestée pour ça. Mais je sais maintenant, Pete, alors, veux-tu entendre ce que j'ai à te dire ou pas ?

Pete hocha la tête, serrant et desserrant les poings pour éviter de frapper un mur ou Jack.

— Voilà ce qui s'est passé, dit Jack doucement. À l'époque, les deux mages les plus réputés de la Pénombre étaient Jasper Gorson et moi. Gorson se vantait depuis des semaines d'avoir invoqué un esprit noir et il montrait un grimoire qu'il lui avait soi-disant retranscrit. (Il sortit une cigarette et mâchouilla le bout avant de l'allumer.) Alors je suis sorti et je me suis mis à chercher un esprit à invoquer et à rencontrer, moi aussi.

— Jack, il ne t'est jamais venu à l'esprit que ce Gorson était peut-être en train de mentir ? demanda Pete.

— Bien sûr qu'il mentait ! coupa Jack, mais essaie donc d'en convaincre ces crétins du *Lament pub* !

Pete repensa à Arty et Abby, puis également à Hattie Page.

— Continue.

— J'ai obtenu les livres, cherché et je l'ai trouvé : Algernon Treadwell, lui expliqua Jack. (Il frissonna et s'assit, posant ses coudes sur ses cuisses et sa tête entre ses mains.) C'était un sorcier, le pire de son époque. Craint. Jugé. Torturé et tué par des chasseurs de sorciers pendant l'hiver 1836. J'ai payé un des gardiens du cimetière pour qu'il me montre la tombe de Treadwell, et puis… (Il leva les yeux vers Pete, soufflant de la fumée par le nez et par la bouche.) Et puis, ta satanée frangine est venue me voir jouer au *Fiver's* avec toi.

— Est-ce que tu savais ce que j'étais ? demanda Pete calmement. Est-ce que tu as su dès la première minute ?

— Non, répondit Jack. Non, il m'a fallu quelques jours pour réaliser pourquoi j'avais l'impression de toucher des lignes haute tension quand tu étais dans la même pièce que moi.

— Et ensuite, tu n'as pas perdu de temps. (Pete frappa dans ses mains.) Bravo.

— Pete, il faut me croire, je ne comptais pas...

— Te croire, répéta-t-elle. Je crois que tu ne voulais pas être tué.

Elle partit dans l'entrée pour prendre son manteau et son sac qui étaient suspendus à des crochets.

— Tu ne peux pas t'en aller ! s'exclama Jack. Treadwell est toujours dans les parages !

— Qu'est-ce qu'il va faire ? coupa Pete. Faire tinter des chaînes et écrire ERTRUEM sur les miroirs ?

Jack traversa la pièce si vite que l'on distingua à peine sa chevelure blonde. Furieux, il attrapa Pete par le bras.

— Putain ! Pete, arrête de la jouer vertueuse ! Je suis désolé que tu te retrouves encore une fois impliquée dans tout ça, mais c'est ainsi, jusqu'à ce que Treadwell retourne là où il doit être.

— Et tu es un *expert* en ce domaine, c'est ça ? lança Pete.

Jack tressaillit et se tut.

— Je rentre chez moi, annonça Pete. Ne viens pas me voir. Ne m'appelle pas. Pour faire clair, Jack, je ne veux plus *jamais* entendre parler de toi.

Il n'essaya pas de la retenir quand elle sortit et claqua la porte suffisamment fort pour faire trembler tous les fantômes qui pourraient se trouver dans le bâtiment.

XXXXI

Pete ne rentra pas chez elle. Elle marcha dans le brouillard, dans la ville, écoutant résonner ses propres pas. Elle arriva à St Jame's Park et suivit un sentier recouvert de graviers jusqu'à ce que les bordures d'arbres et la brume la dissimulent aux yeux de tous les humains. Là, elle s'arrêta, le visage tourné vers le sol, sentant le crépitement froid de la pluie sur ses joues.

Par un jour pareil, il était difficile de croire que l'esprit d'un sorcier penché sur le chaos gardait un œil sur elle.

Il est encore plus difficile de croire que Jack s'était servi d'elle.

Tu as la trouille, ma belle ? Faut pas.

Elle lui avait fait confiance, c'était finalement ça qui faisait frissonner Pete, pas le froid. C'était également ce qui faisait couler des larmes sur ses joues, et non pas des gouttes de pluie. Des choses qu'elle aurait préféré oublier remontaient à la surface, concernant Jack. Concernant ce fameux jour. Concernant tout.

Et finalement, pour la première fois depuis qu'elle s'était enfuie en hurlant du tombeau, Pete les laissa venir.

Elle lui avait fait *confiance* sur le fait qu'il serait avec elle et la protégerait, elle était allée avec lui quand il avait allumé des bougies, et l'avait guidée au pied du cercle, naturellement, comme s'il faisait ça tous les jours.

— Alors, quels dieux païens allons-nous invoquer? avait-elle demandé, en se tenant sur la pointe des pieds pour garder la main de Jack contre la sienne au-dessus du cercle.

Jack avait laissé échapper un petit rire après avoir terminé son invocation. Il avait refermé son briquet, étouffé la flamme et laissé simplement la lumière vacillante des bougies sur le sol. Les sculptures sur les parois du tombeau projetaient de longues ombres, des doigts crochus et des bouches avides.

— Pas des dieux. Ça, c'est l'exercice de la semaine prochaine. Aujourd'hui, nous testons simplement une théorie académique.

— Partage avec la classe?

Pete avait mal aux pieds, d'avoir marché si longtemps depuis le métro, et ne tenait pas en place.

— Ce ne serait plus une surprise, ma belle. (Jack lui décocha un sourire fin et blanc, tandis que son pouce décrivait un cercle dans la partie creuse de sa paume.) Tu veux être surprise, n'est-ce pas?

— Pas sûre, répondit Pete honnêtement.

Il faisait froid dans la tombe, et l'obscurité contrastait étrangement avec le fort soleil à l'extérieur. Jack tendit sa main libre, la paume orientée vers le cercle, et Pete sentit quelque chose frémir dans son ventre.

Le sang qu'ils avaient versé tous les deux commença à bouger le long de chaque ligne du cercle, donnant une teinte rouge cramoisie aux marques tracées à la craie. Jack croisa les doigts et joua au berceau du chat jusqu'à ce que le sang s'étale et atteigne le centre de la marque.

— Ça marche, murmura-t-il, en souriant d'un air enfantin.

Mais la couleur rouge commença à s'effacer. Jack jura.

— Putain! Pas assez…

Pete le regarda et ne sut pas pourquoi elle parla à nouveau. Jamais en un million de jours, elle, la fille posée de Connor Caldecott, ne pourrait croire un truc aussi bizarre, et pourtant les mots sortirent d'eux-mêmes.

— C'est réel.

Deux pointes de feu sorcier s'allumèrent dans les yeux de Jack. Un beau feu, inoffensif, qu'elle l'avait déjà vu conjurer auparavant. La différence était qu'à présent il brûlait Pete suffisamment fort pour la faire fondre sous la force du regard de Jack.

— Ce n'est pas une blague, se contenta-t-il de répondre, avant de sortir son canif de sa main libre et de se couper une nouvelle fois le pouce.

Trois gouttes de sang atterrirent au centre des lignes tracées à la craie, puis elles disparurent, aspirées dans le sol en pierre. Pete eut la sensation que quelque chose n'allait pas, comme si le sol venait de s'incliner légèrement sous ses pieds.

— Ne bouge pas, ordonna Jack en léchant le reste de sang sur sa paume.

Il répéta l'opération sur la main de Pete, faisant tomber son sang sur les pierres à côté du sien et celle-ci se raidit, sachant parfaitement que si elle bougeait maintenant, les choses seraient encore pires qu'elles ne l'étaient déjà.

Elle ne lâcha pas. Leurs sangs se mélangèrent et tachèrent sa peau.

— Bravo ! Toujours là. Ne lâche pas, hein ?

— Jamais, murmura Pete.

Jack ferma les yeux, le visage tourné vers le haut dans le noir. Pete l'imaginait avec un bandeau doré et une robe blanche, à la tête d'une bande de sorciers dans un cercle de pierres.

— *Eitil dom, a spiorad,* murmura Jack. *Eitil dom, a spiorad. Tar do mo fhuil beo.* (Il ouvrit les yeux et parla à voix haute.) Algernon Treadwell. Sorcier pourchassé. Je t'appelle dans mon cercle, esprit et âme. *Tar do mo fhuil beo.*

Pendant une minute, les seuls sons que Pete entendit furent sa propre respiration, et la circulation lointaine dans l'après-midi.

— Allez… murmura Jack. Fichu bâtard. Viens à moi.

Pete sentit un frisson remonter le long de son dos et de sa nuque, comme si quelqu'un lui avait glissé des glaçons dans le col. Avec un souffle de magie frémissant, de la fumée noire commençait à sortir de tous les murs et des dalles de la tombe, s'insinuant par les fentes et prenant forme dans l'air. La forme en question se mit à respirer.

Clouée sur place, Pete observait la fumée qui formait à présent des mains et des doigts, ainsi qu'une bouche muette. Lorsqu'elle parla, aucun son réel ne sortit dans le petit espace, mais Pete l'entendit tout aussi bien et sentit une douleur derrière ses yeux.

— Qui est-ce ? Qui m'a appelé de façon si impolie ?

Les épaules de Jack se détendirent, sa tension retombant tandis que la chose prenait la parole.

— Jack Winter, répondit-il avec un large sourire. Jack Winter t'invoque, sorcier pourchassé.

La fumée tourna autour du visage de Pete, comme si elle était montée sur un axe.

— *Pas seulement, on dirait.*

— Hé, ordonna Jack. Laisse-la en dehors de ça.

— *Mais pourquoi ? Elle est délicieusement vulnérable. Un canal pur. Ouvert et prêt.* (La fumée restait de la fumée, mais Pete aurait pu jurer que le trou qui lui servait de bouche avait esquissé un sourire.) *Je crois que je sais pourquoi tu la protèges, Jack Winter.*

Jack serra les dents, mais sa voix ne trembla pas et resta aussi basse que d'habitude. Peut-être, pensa Pete, que l'homme de fumée ne pouvait pas voir les flammes jumelles dans ses yeux, parce que lui-même n'en avait pas.

— Écarte-toi. Mon cercle t'oblige à m'obéir.

— *Il pourrait,* acquiesça la fumée, *s'il avait été correctement dessiné. Tes incantations hésitantes me permettent d'affirmer que tu es un étudiant du* Fiach Duhb. *Ton sang d'amateur n'exerce aucune emprise. Écarte-toi si tu accordes un tant soit peu de valeur à ta misérable vie, mage.*

Sur ce, l'homme de fumée se mit à marcher. Il se dirigea directement vers Pete, sa main terminée par de fines griffes tendues vers elle. Jack tomba à genoux, traça rapidement un symbole à la craie sur le sol de sa main libre, et l'homme de fumée ralentit. Mais Pete était clouée sur place, paralysée, bien qu'elle n'ait qu'une envie : *courir*, aussi loin et aussi vite que ses jambes pourraient l'emmener. Elle ne pouvait pas bouger sous l'assaut des cris, des rugissements, de la puissance brute que la fumée créait autour d'elle, lourde comme du fer profondément enfoui dans la terre gelée.

Jack jura et passa le bout de sa chaussure sur la ligne extérieure du cercle, brouillant les symboles de façon à les rendre méconnaissables.

— Recule ! ordonna-t-il à voix haute. Retourne dans la ville des morts et avec les vivants, tu ne seras plus. Ton heure ici est venue, sorcier pourchassé.

De la même façon qu'elle avait rassemblé le sang, l'étoile dessinée à la craie commença à rassembler la fumée, attirant inexorablement le fantôme vers le bas. Il laissa échapper un cri qui perça les tympans de Pete, se jeta sauvagement vers elle et arriva suffisamment près pour laisser des cristaux de glace sur son front.

— Ce n'est PAS la fin, Jack Winter ! hurla-t-il. *Si je dois retourner dans les spires lugubres, alors tu viens aussi !*

L'homme de fumée tendit son autre main et attrapa Jack, lui plantant des griffes de glace noire dans le ventre. Jack gémit et se plia en deux tandis que la fumée noire s'infiltrait en lui.

— Arrêtez ! cria Pete.

Jack essaya de lui faire signe de s'écarter, mais il s'étouffait et sa peau prenait une teinte bleu-jaune, tandis que des lignes sombres soulignaient tous les plis de son visage, et qu'une couleur de mort grise s'étendait à partir de la racine de ses cheveux. Alors que le fantôme entrait en Jack, sa vie en sortait, ses joues et ses yeux perdant leur intensité, et son corps tomba au sol.

Leurs mains se séparèrent. Pete ne pouvait pas bouger, incapable même de remuer la mâchoire pour crier.

Une tache de sang rouge, de la couleur des pétales de roses, s'écoula de la bouche de Jack sur sa peau jaunâtre.

— Va-t'en ! grogna Jack, dont la voix était à présent à peine plus forte qu'un murmure. (Une fumée couleur de nuit sortit de sa bouche au lieu de sa respiration quand il parla.) Tu n'as pas de forme et tu es fait d'ombre. Tu es mort et ta place est parmi les morts. Le monde des vivants n'est plus pour toi. Va-t'en !

Le fantôme poussa un cri aigu et s'accrocha à Jack. Une plus grande quantité de sang se mit à couler de sa bouche, de ses yeux et de ses narines.

Voir Jack se vider de sa vie sortit Pete de sa paralysie. Elle attrapa la bougie noire, car c'était la première chose qui était à sa portée, et l'envoya sur le fantôme.

— Va-t'en ! répéta-t-elle, en sentant des larmes couler sur ses joues. Laisse-le !

Jack toussa faiblement, puis s'immobilisa. Pete laissa échapper un cri.

— Il n'est pas… ! Tu ne l'as pas tué !

Le fantôme siffla, cambra comme s'il agonisait, puis disparut complètement en un clin d'œil, tandis que les lignes tracées à la craie vibraient sous l'effet de la puissance déplacée.

Jack était immobile, silencieux et en sang. La lumière vacillante des bougies projeta l'ombre d'un énorme corbeau, qui descendit et déplia ses ailes tout autour de Jack. Le corbeau se transforma en fille, puis en femme, puis en sorcière. Toutes se penchèrent pour toucher le front ensanglanté de Jack à la façon d'une amante étonnée et en deuil.

Pete ne courut pas vers lui. D'une part à cause de l'ombre vacillante, et d'autre part parce que l'idée qu'il soit mort (ce qui était sûrement le cas ; elle avait assisté à suffisamment de funérailles pour reconnaître les yeux vitreux et la rigidité de la mort), était trop pour elle. Au lieu de ça, elle se mit à courir en hurlant à travers le cimetière jusqu'à la cabane des visiteurs, cognant à la porte jusqu'à s'arracher la peau des articulations.

Quand, finalement, elle avait décidé d'en parler à *quelqu'un*, plusieurs jours plus tard, Connor lui avait dit que Jack était mort. Elle avait pleuré. Puis elle l'avait relégué dans ses cauchemars, jusqu'au jour où elle l'avait revu à l'hôtel Montresor.

Et elle n'avait jamais reconnu l'avoir abandonné.

C'était ça, réalisa Pete en frissonnant sous le froid, provoqué par les nuages et le brouillard. Puis elle se mit à marcher faisant le chemin inverse. Elle avait vu Jack *mourir*, elle avait *su* que le fantôme l'avait tué avant de casser la bougie.

Pete soupira et repartit vers The Mall, Whitechapel étant invisible à cette distance en raison du brouillard. Elle ne se débarrasserait jamais de Jack Winter. Mais à présent, contrairement à cette époque, elle ne s'enfuyait pas.

XXXXII

Elle cogna trois fois à la porte de Jack avec son poing.

— Dégage, cria-t-il.

Pete frappa à nouveau. Jack ouvrit la porte en grand, une poêle à la main.

— Écoute, espèce de…

— Je veux savoir comment tu es revenu, dit Pete. Tu étais mort. J'ai vu la Mort se pencher sur toi ce jour-là. Elle avait pris la forme d'un oiseau. Je veux savoir comment tu as survécu.

Jack parut surpris, mais ouvrit la porte suffisamment grand pour laisser passer une personne et l'invita d'un geste. Pete croisa les bras et referma la porte du pied.

— Alors. Comment as-tu fait ?

— Cette histoire-là attendra un autre jour, dit Jack, les yeux brillants. Qu'est-ce qui t'a fait revenir ?

Il partit dans la cuisine et rangea la poêle dans une armoire, puis alluma le brûleur sous la bouilloire.

Cette question avait turlupiné Pete pendant tout le trajet de retour jusqu'à Whitechapel.

— J'imagine que je ne peux pas m'éloigner de toi. Même si je le devais.

Jack fit la moue.

— Je te rends les choses difficiles ?

— Ne le prends pas ainsi, avertit Pete. Voilà comment je vois les choses : tu n'as pas renvoyé Treadwell chez lui à l'époque et je n'ai aucune raison de penser que tu es capable de le faire cette fois-ci.

Jack se passa la main sur le ventre en feignant la douleur.

— Tu frappes vraiment là où ça fait mal, ma belle.

— Nous allons découvrir ce que veut Treadwell, fit Pete fermement, en retirant la bouilloire chaude du brûleur. Et ensuite, cet autre jour arrivera, et tu me diras comment tu as fait pour survivre la première fois.

— Est-ce que ça t'arrive de ne pas être absolument certaine de quelque chose ? dit Jack en ajoutant du sucre dans sa tasse.

— Souvent, rétorqua Pete. Mais cela ne te concerne pas.

— Je ne sais pas ce que veut Treadwell, soupira Jack. Il erre entre ce monde et la terre des morts depuis douze ans, accumulant rage et puissance sans logique ou raison.

Pete sirota son thé. Il était amer et l'eau avait un goût de minéraux.

— Il t'a vu, maintenant. Il sait que tu es toujours là.

Les yeux de Jack se mirent à luire, comme de la glace à la lueur de minuit.

— Bien. Cela fait des lustres que je n'ai pas eu une bagarre digne de ce nom.

— Treadwell est un *fantôme*, fit Pete. Comme tu l'as si brillamment souligné, *il est déjà mort.* Je doute sérieusement que quelques phrases en irlandais et un peu de feu sorcier entament ses plans. En supposant que les fantômes en colère aient des plans.

— Sans aucun doute, répondit Jack. Je n'ai aucune idée de ce que ça peut être, mais je ne pense pas que ça implique des arcs-en-ciel et des farfadets faisant la ronde.

Pete reposa sa tasse dans l'évier et tendit la main vers Jack.

— Quoi ? demanda-t-il d'un air suspicieux.

— Donne-moi une clope, dit-elle. Si je dois t'aider, je vais en avoir besoin.

Jack fit apparaître une cigarette, mais la garda dans sa main.

— Pete… Tu n'es pas obligée de venir. C'est moi que Treadwell veut. C'est moi qui l'ai invoqué et défié.

— Jack Winter, fit Pete. Si tu penses que je vais croire que tu es devenu altruiste et noble sur le tard, c'est que tu ne tournes vraiment pas rond.

Il lui tendit la cigarette et elle l'alluma au feu du brûleur.

— Je ne parierais pas beaucoup sur toi.

— Certes, lança Pete.

Elle inhala, exhala et sentit la lente brûlure le long de sa gorge. Bien des affaires avaient été résolues à coups de clope et de thé. Tellement, qu'elle ne les comptait plus. Celle-ci ne ferait pas exception. Elle n'avait aucune raison de paniquer, mais sentit son estomac se nouer lorsque Jack se frotta entre les deux yeux et soupira.

— Alors, pourquoi ? demanda-t-elle. Pourquoi viens-tu d'essayer de m'offrir une issue après avoir tant gueulé parce que tu étais obligé de travailler avec moi ?

Il lui adressa un sourire sinistre.

— Pete, j'ai assisté à un grand nombre de funérailles. Excuse-moi de ne pas vouloir encore passer un dimanche dans un cimetière humide, à avaler de la salade de pâtes tièdes dans un bar, parce que je sais que ta barjo de sœur ne serait pas capable d'organiser une cérémonie décente.

Pete inspira, observa la colonne de cendres s'agrandir et devenir grise, puis dit :

— Tu penses que je vais mourir.

Jack haussa les épaules.

— Quelqu'un va y rester, ma belle. Cette histoire ne se terminera pas bien.

— Est-ce que ça arrive parfois ? murmura Pete.

Elle écrasa sa cigarette et la jeta dans l'évier. Jack l'observa en plissant des yeux.

— Tu changes d'avis ?

Pete se retourna vers lui. Il ne la calculait plus, ne la jaugeait plus. Son visage était fermé, mais ses yeux brillaient d'une lueur que Pete n'avait encore jamais vue.

— Je pense qu'au moins, je ne vais pas mourir dans un lit, branchée à des aiguilles et des tubes, dit-elle dans un soupir.

Jack se dégagea du mur et lui prit les mains. Pete réalisa qu'il avait pris des forces. Ses mains étaient lourdes et ses doigts ne tremblaient plus.

— Ça va mal finir, Pete, mais cette fois nous serons ensemble. Je te le promets.

— Tu me fais des promesses, maintenant ?

Elle fit un petit sourire et l'image de Connor, ainsi que la route qu'elle avait vue vers lui, s'estompèrent.

— Tu m'en as fait une, dit Jack. Alors, même si je suis un fichu menteur, c'est le moins que je puisse faire.

— C'est le cas ? Je veux dire, tu es un menteur ? demanda Pete.

Jack lui lâcha les mains et attrapa sa veste.

— C'est ce que nous allons voir.

XXXXIII

— Alors on va autour de Highgate et on attend que Treadwell fasse son apparition ? demanda Pete tandis qu'ils entraient dans la Pénombre, par une allée derrière une boutique de Kebab.

— J'ai la nette impression que lorsque Treadwell voudra qu'on le trouve, il m'enverra un message, dit Jack.

La porte rouge du *Lament* était fermée et aucune musique n'arrivait aux oreilles de Pete.

— Fermé le dimanche, fit Jack en guise d'explication.

— On est vendredi… commença Pete, puis elle secoua la tête. Laisse tomber.

Jack dégagea le tapis d'entrée d'un coup de pied, et examina les pots de fleurs carrés en granit de part et d'autre de la porte.

— Ah, fichtre ! Où ce fichu propriétaire la cache ?

— Vous cherchez ça ?

Mosswood se tenait dans la rue, un journal sous le bras, éclairé de dos par le lampadaire à l'angle de la rue. Il montrait une petite clé en fer accrochée à une chaîne.

— Voilà qui est encore mieux qu'entrer par effraction, dit Jack. J'ai besoin de discuter avec toi.

— C'est bien ce qui me semblait, répondit Mosswood. (Il tourna les trois verrous du *Lament* et ouvrit la porte en grand, faisant signe à Pete et de Jack d'entrer.) La Pénombre est en grande ébullition depuis votre rendez-vous avec le fantôme.

— Que veut ce vieux cinglé ? demanda Jack.

— Eh bien, te voir souffrir, j'imagine, répondit Mosswood. Algernon Treadwell n'était pas connu de son vivant pour son humour, ou sa pitié. Une fois, je l'ai vu arracher les yeux d'un homme simplement pour avoir osé croiser son regard.

Mosswood traversa majestueusement la pièce principale, précédant Pete et Jack vers une pièce privée conçue comme un club privé, avec des fauteuils en cuir et des tapis persans. Des étagères de livres recouvraient les murs et une grille de cheminée ouvragée était installée dans un angle. Mosswood murmura et des flammes vertes s'allumèrent.

Jack arpenta la pièce, examinant les livres, mais Pete alla s'asseoir face à Mosswood.

— Merci pour votre aide.

— Et qui a dit que j'allais vous aider ? demanda Mosswood en levant les sourcils.

Puis, il se mit à remplir sa pipe de tabac.

— Tu n'as pas le choix, répondit Jack avec un sourire désagréable. Treadwell saura que je suis venu te voir. Il ne voudra pas croire que tu ne m'as pas aidé, alors tu ferais tout aussi bien de le faire.

Mosswood soupira et regarda Pete.

— Je vois que vous avez fait le choix de continuer. Vous le regrettez ?

Pete regarda Jack qui réitéra la question par son expression.

— Pas encore, répondit Pete honnêtement.

— Je ne sais pas combien de temps nous avons, dit Jack à Mosswood. Ça ne t'ennuie pas si je me sers ? Tu mets tout ça sur mon ardoise, comme d'habitude.

L'Homme Vert soupira et tira sur sa pipe.

— Ne te gêne pas.

Jack fila de l'autre côté de la petite pièce, vers un ensemble de tiroirs qui occupaient une vaste partie de l'étagère avec de petites étiquettes précises. Il se mit à les ouvrir au hasard, examinant leur contenu avec l'enthousiasme avide d'un fétichiste dans une boutique de sous-vêtements.

— Est-ce que je peux faire quelque chose ? demanda Pete.

— Pas avant que Treadwell se montre et essaie de me faire passer le cœur par les narines une nouvelle fois, répondit Jack.

Il prit deux bourses en cuir fermées par des cordons dans un tiroir et en envoya une à Pete. Elle défit le cordon et regarda l'intérieur.

— Du sel ?

— Terre. Vie, répondit Jack. Porte-le sur toi quand nous retournerons au cimetière. (Il fourra quelque chose qui ressemblait à du charbon dans sa poche, ainsi qu'un nouveau bâton de craie.) Je vais pisser. Je reviens.

— Alors on attend, c'est tout ? dit Pete d'un air sombre, une fois que Jack fut parti.

— Un conseil. (Mosswood fit claquer la tige de sa pipe contre ses dents.) Jack emporte avec lui tout ce à quoi il peut penser. Le charbon est un moyen de concentrer les talents d'un mage. Il a pris le sel parce qu'il ne croit pas que son sortilège de protection sera suffisant. Mais la seule façon certaine d'exorciser Treadwell reste la même que toujours. Procurez-vous le clou d'un cercueil et enfoncez-le à l'endroit où il a été enterré.

— Ça a l'air terriblement simple, fit Pete. Est-ce que vous voulez dire que Jack ne…

— Jack va essayer d'aller au bout de sa démonstration, avant de se mettre au travail, dit Mosswood. Il a malheureusement le vice humain de la fierté. Je vous dis ça au cas où Jack n'aurait pas l'occasion de traiter avec Treadwell. Pour votre propre bien, acceptez cette possibilité.

Pete regarda le feu. Elle essaya de s'imaginer seule face à Treadwell, Jack parti, et n'y arriva pas. Elle savait que cela faisait d'elle une pauvre petite fille candide, incapable se protéger, exactement comme avant. Pete sentit un goût acide dans sa bouche en se remémorant sa propre confiance par le passé et le résultat catastrophique auquel cela avait conduit.

Pas cette fois, se promit-elle. *Treadwell n'emportera pas Jack une deuxième fois.*

Les braises crépitèrent et le feu s'étouffa tandis que la porte d'entrée du *Lament* s'ouvrait, laissant s'engouffrer un vent d'automne saisissant.

— Je vais la fermer, annonça Pete, soulagée de se retrouver hors du silence pesant de la présence de Mosswood.

— Non… commença Mosswood.

Mais Pete entra dans la pièce principale et se rendit immédiatement compte de son erreur. Elle sentit la magie noire l'envelopper. Trois sorciers maniant le feu violacé qu'elle reconnaissait désormais se tenaient entre elle, l'entrée et toute arme potentielle derrière le bar.

— Jack…

Pete ouvrit la bouche pour crier et, en même temps, serra les poings. Au diable la magie, elle se servirait de ses pieds et de ses poings s'il le fallait.

L'un des sorciers traversa l'espace qui le séparait d'elle dans un halo de feu bleu-noir et lui plaqua une main sur la bouche, tandis qu'il la saisissait à l'aide de son autre bras dans une prise qui lui coupa le souffle.

— Ne crie pas, lâcha-t-il. Tu auras amplement le temps pour ça plus tard.

— Lâche-la, fit Mosswood.

Il se tenait bien à l'écart du sorcier, mais il arborait un air sévère et Pete n'aurait pas tenté de le titiller si elle avait été en position de le faire.

— Dégage, Chevalier, lança le deuxième sorcier. Les affaires de l'Arkanum ne te concernent pas.

— Ce qui se passe dans mon pub oui, répondit Mosswood. Et si vous représentez ce qu'il y a de mieux dans l'Arkanum, je mangerai mon tabac avec du sel.

— Nous voulons juste le Corbeau, grogna celui qui tenait Pete. Mais si tu es d'humeur à te bagarrer, n'hésite pas à te mettre entre lui et nous.

Jack apparut sous le panneau « Hommes », s'essuyant les mains sur sa chemise. Il s'immobilisa en voyant le tableau.

— Qu'est-ce qu'il y a, Treadwell n'a pas voulu venir jouer lui-même ? Ou il est resté coincé dans un conduit de cheminée ?

— Si tu veux la récupérer, viens à Highgate et n'essaies pas un de tes tours de mage, lança le sorcier qui tenait Pete.

— Tu penses honnêtement que je ne pourrais pas te tuer sur place ? demanda Jack, d'un ton à la fois doux et agréable.

Le sorcier se mit à rire.

— Quoi que tu fasses, tu la mettras en danger, et je ne pense pas que tu le veuilles.

— Peut-être que je m'en fiche, répondit Jack.

La petite flamme s'alluma dans ses yeux.

— Peut-être que tu devrais faire ce qu'on te dit, coupa le sorcier, et alors peut-être que tu arriveras à temps pour l'empêcher de toucher à ta copine.

Jack regarda Pete et soupira.

— Je ne peux rien faire. Désolé, ma belle.

Pete essaya de parler.

— Comment oses-tu les laisser me prendre en otage ?

Mais les doigts du sorcier l'empêchaient de sortir un son. Elle lui envoya un coup de pied qui provoqua un grognement, mais il ne desserra pas sa prise.

— Pete. *Pete*. (Jack leva les mains.) Je suis derrière toi, ma belle. Je te promets. Crois-moi. Ils ne te feront aucun mal. Crois-moi, s'il te plaît.

Pour autant que Pete le sache, Jack n'avait jamais été aussi près de supplier. Et merde, elle n'allait pas mourir sur le sol d'un pub, de la main d'un abruti tout droit sorti de la tournée de retrouvailles de The Cure.

Elle réussit à dégager sa tête de la poigne du sorcier.

— Je te crois.

Avant qu'elle puisse entendre la réponse de Jack (si celui-ci avait répondu), les murs du *Lament* se brouillèrent et tout s'effondra, laissant Pete suspendue avant de se retrouver à nouveau sur la terre ferme.

— Ça t'a plus ? (À présent, le visage du sorcier était éclairé par les lampes électriques du cimetière de Highgate, dans le monde normal.) Foulée de l'ombre. Les mages ne peuvent pas se transloquer ainsi. Seuls les sorciers le peuvent.

— J'en ai les genoux tremblants, répondit Pete.

Le sorcier de Treadwell lui tapa sur le bras, tandis que des pétales de fumées noires sortaient de son autre paume.

— Ne fais pas la maligne. Je pourrais te faire sauter la tête.

— Est-ce que ça me permettrait de ne plus t'entendre jacasser ?

Pete jeta son regard le plus noir au sorcier, tandis qu'il la faisait avancer parmi des rangées de stèles inclinées.

—.Winter n'aime pas les femmes qui parlent trop. Je me demande comment il a fait pour te garder près de lui si longtemps.

— Il y a beaucoup de choses que tu ne sais pas sur Jack Winter, répondit Pete.

Le sorcier laissa échapper un rire.

— Autant que toi, quand tu t'es retrouvée coincée avec lui la première fois, espèce de conne ?

Pete regarda ses pieds pendant quelques mètres.

— Non, dit-elle finalement. J'en savais bien moins. Mais cela ne change pas le fait que je suis ici maintenant, enlevée et malmenée par toi, et qu'à cause de ça, tu vas passer un sale quart d'heure quand Jack nous retrouvera.

— J'ai peur, fit le sorcier. Bouge ton petit cul de demoiselle.

Il la tira et elle trébucha sur une pierre tombale.

— Lâche-moi ! cria Pete, en luttant contre la poigne de l'homme.

Il l'immobilisa, l'attrapant par les bras, serrant si fort que la plupart des femmes auraient laissé des larmes couler sur leurs joues, Pete le savait. Elle resta silencieuse, immobile. Elle ne pleurerait jamais.

— Écoute-moi bien, gronda le sorcier. Winter n'en a rien à faire de toi, tu comprends ça ? Il nous a laissés t'emporter. À présent, tais-toi et baisse la tête. Peut-être que notre maître décidera de te laisser partir… ou te gardera pour s'amuser. De toute façon, c'est un avenir préférable à celui que Winter pourrait te proposer dans son meilleur jour.

Il se mit à nouveau à la tirer sur le chemin. Pete résista et ses pieds tracèrent des sillons dans la terre.

Ils marchèrent, ou plutôt le sorcier marcha, traînant Pete pendant un long moment à travers le vieux secteur du cimetière. Elle eut un sourire moqueur.

— On dirait que ton téléporteur a quelques ratés. Tu devrais appeler Scotty pour qu'il te répare ça.

Le sorcier marqua une pause dans la plus vieille partie du cimetière, au milieu des mauvaises herbes et des tombes oubliées.

— Tu n'as pas peur de ce que nous allons te faire, constata le sorcier dont la déception se lisait sur le visage.

Son feu sorcier s'alluma brusquement et il fouilla Pete, lui enlevant son portable, les clés de la Mini, et tout ce qui pourrait constituer une arme.

— Jack va venir me chercher, lança Pete avec un geste du menton. Et à ce moment-là, loin de moi l'idée d'être une demoiselle, merci, je te ferai personnellement regretter toute cette nuit et le reste de ta vie inutile.

Elle pouvait mentir de façon convaincante à n'importe qui. Le problème était ses propres doutes. Jack n'était pas là et la Pénombre ne se manifestait pas, ce qui indiquait qu'il n'était pas à proximité.

— Tu peux essayer de te convaincre de ce que tu veux, fit le sorcier en jetant ses affaires dans les herbes. Mais les faits sont là, tu es seule. (Il retourna Pete de façon à se retrouver derrière elle, passant son bras autour de sa gorge.) Regarde.

De l'autre côté du toit arrondi, à moitié effondré du mausolée le plus proche, Pete pouvait distinguer des torches et entendre des voix qui marmonnaient une sorte de chant contemplatif qui aurait dû accompagner une confession et une absolution.

— Ça, fit le sorcier d'une voix sifflante tandis que sa main glissait sur la gorge de Pete, caressait sa peau et lui donnait la chair de poule. Ça, c'est l'avenir de la magie. Pas Jack Winter. Terminé les anciennes méthodes ou les anciens dieux. Maintenant, ce sont des hommes qui prennent ce qu'ils veulent. Ce que notre maître a commencé, nous allons le terminer.

— Eux peut-être, lança un accent de Manchester dans le dos de Pete. Mais toi ? Tout ce que tu vas avoir c'est un coup sur la tête et quelques nouveaux bleus.

Jack souleva une urne funéraire au-dessus de sa tête et l'éclata sur le crâne du sorcier, faisant pleuvoir de la cendre et des fragments d'os autour de Pete. Le sorcier vacilla et chuta, puis il leva la main en drainant sa magie.

— Évite ça, grogna Jack. Si tu accordes un peu de valeur à ce qui fait de toi un homme, évite.

Pete s'écarta d'un bond du sorcier tandis qu'il essayait de l'attraper, dévoilant ses dents de colère. Elle lui donna un coup de pied dans la main, provoquant un hurlement.

Avant de mettre la main sur quelque chose pour attacher le sorcier, Jack s'avança et lui renversa la tête en arrière en posant une botte sur son visage.

— La prochaine fois que tu touches à Pete, je te tue sur place, promit-il.

Un tremblement dans les mains, puis partout dans son corps, lui rappela qu'elle se trouvait toujours dans le cimetière, que Treadwell était là, envoyant des vrilles de glace dans la Pénombre.

Jack se rapprocha d'elle, sa poitrine se soulevant au rythme des ondes de feu dans ses yeux. Les murmures glacés se turent dès qu'il fut suffisamment près d'elle pour la toucher.

Il attrapa Pete par le menton, fit tourner son visage d'un côté et de l'autre, puis passa son pouce sur sa joue.

— Tu as encore tous tes doigts et tes orteils ?

Pete se dégagea.

— Je peux savoir ce qui t'a pris si longtemps ?

Il fallait bien que je trouve un moyen de transport pour arriver ici avant qu'ils t'arrachent les yeux, non ? dit Jack. Et laisse-moi te dire que personne ne peut s'habituer à voyager avec le dullahan. Rien que l'odeur…

— Treadwell est là-bas, de l'autre côté du tombeau, coupa Pete. Jack, Mosswood m'a expliqué quel était le seul moyen de l'exorciser…

— Le clou de cercueil, je sais. (Jack balaya la notion d'un geste.) Je veux que tu restes avec moi, c'est clair ?

— Oh, comme tu es resté avec moi dans le pub ? dit Pete en le suivant parmi les stèles. (Jack traçait tout droit sans même essayer de se cacher.) Réponds-moi ! exigea-t-elle. Comment as-tu pu les laisser m'emporter ? Je n'aime pas jouer le rôle de la demoiselle en détresse, Jack. C'est humiliant.

Jack s'immobilisa en poussant un soupir dramatique.

— Treadwell voulait jouer avec moi et me voir souffrir. J'aurais pu m'asseoir et me tordre les mains en attendant que ses laquais te ramènent en petits bouts, ou je pouvais le laisser croire qu'il avait gagné une manche et venir à sa rencontre. (Il sourit.) Détends-toi, Pete. Tu n'étais pas une demoiselle en détresse. Tu étais un appât.

Pete le frappa si fort qu'il recula en chancelant. Jack se frotta la mâchoire.

— Tu as terminé ? demanda-t-il.

— Maintenant oui, répondit Pete en hochant la tête. Refais-moi ce coup-là et je t'arrache les couilles, compris ?

— Reçu cinq sur cinq, confirma Jack. (Il se remit à marcher.) Hé, gros cons que vous êtes ! beugla-t-il. Je suis là ! Le Corbeau est venu jusqu'à vous !

Les sorciers d'Arkanum apparurent, certains sortant de l'ombre, d'autres de leur cachette.

— Winter, lâcha l'un d'eux d'une voix sifflante, ses dents luisant sous les lampes au sodium.

— Prête, ma belle ? demanda Jack à voix basse.

— Pétunia.

Pete attrapa fermement la main de Jack, tandis qu'une vague de chaleur remontait lentement dans son bras.

Jack lui jeta un regard de travers tandis que les sorciers conjuraient un feu rouge, un cercle de taches sanglantes apparaissant autour d'eux.

— Pardon ?

— Pétunia, répéta Pete. Je m'appelle Pétunia.

Elle pouvait sentir la présence de Treadwell derrière ses yeux, poussant et glissant ses doigts comme des glaçons vivants.

— Terrible, murmura Jack. Ça ne me surprend pas que tu aies opté pour une version plus courte.

— Je voulais que tu le saches, répondit Pete.

Jack lui serra la main.

— Je sais, Pete.

Il inspira et la magie crépita autour de lui. La Pénombre suinta de l'éther pour se regrouper et former une masse.

Pete ferma les yeux. Jack exhala et prononça : « *Cosain* ».

Le sortilège de protection apparut, grandit et s'élargit vers l'extérieur, comme une bulle de pierre qui décimait le cercle des sorciers, brisant des os et ensanglantant des visages. Le sortilège fusionna et se maintint en place, frémissant sous la lumière de la nuit.

— Dans mon sac, dit Jack, en indiquant du menton une vieille sacoche. Attrape le marteau et le clou de cercueil pendant que je retiens le sortilège, tu veux bien, ma belle ?

Pete fouilla dans le sac, qui contenait diverses choses à l'odeur désagréable et au toucher gluant, et en retira un maillet en bois et un grand clou à tête carrée. Ce dernier lui envoya une décharge de magie blanche et chaude dans les mains quand elle le toucha.

— Voilà.

Elle les glissa dans la main de Jack.

— Merci, murmura-t-il. Ici, il ne se passe rien.

Jack ferma les yeux et s'agenouilla devant l'endroit où avait été enterré Treadwell. Il leva le clou de cercueil et le marteau en bois de ciguë.

— Algernon Treadwell ! ordonna-t-il. Je t'ordonne de paraître devant moi. Lève-toi, Esprit ! (Il frappa sur le clou.) Lève-toi !

Le marteau retomba à plusieurs reprises, enfonçant le clou dans la terre jusqu'à la tête.

À l'extérieur du sortilège de protection, les sorciers se relevèrent, mais se contentèrent de regarder. Le feu qui brûlait dans leurs yeux était la seule preuve de vie.

— Jack… fit Pete en lui touchant l'épaule.

L'attente des sorciers, leur sourire, la fit frissonner encore plus que la magie autour d'elle.

— Treadwell ! cria Jack une nouvelle fois. Viens donc ici, espèce de salopard ! Viens et fais-moi face !

Une pointe de lumière argentée apparut dans un léger soupir, comme un petit trou vers un autre monde.

— Mesquin et théâtral, comme toujours, Jack Winter.

— Non, répondit Jack tandis que Treadwell prenait forme. Non, cette fois que je te renvoie d'où tu viens. Il n'y a rien de mesquin là-dedans.

Les yeux creux et argentés de Treadwell se posèrent sur Pete.

— Ton mage devrait apprendre à surveiller ses sortilèges. Comme je suis défié, je commence.

L'esprit se mit à murmurer des mots en latin et Jack se prit la tête à deux mains en grinçant des dents. Le sortilège de protection ondoya et disparut, et deux sorciers bondirent pour écarter Pete de Jack, lequel tomba à genoux.

Treadwell souleva le menton de Jack d'un doigt glacé terminé par une longue griffe et fit couler une perle de sang sur la peau de Jack.

— *Tellement facile. Tellement décevant.*

— Jack… (Pete repoussa les sorciers qui la tenaient.) Jack !

— Tu peux me tuer si tu veux, gronda Jack. (Ses yeux étaient pleins d'un feu bleu, pas blancs ni dépourvus d'iris.) Mais crois-moi, je t'entraînerai avec moi, espèce de salopard brumeux.

— *Je te crois, mais tu as tort à mon sujet, Jack. Je ne désire pas ta mort. Contrairement à toutes attentes, tu t'es montré utile.*

— On peut savoir de quoi tu parles ? demanda Jack.

— *Ton esprit est corrompu et tes talents sont faibles et fugaces, piégés par trop de marchés,* persifla Treadwell. *Mais ton corps… ton corps sera parfait.*

Pour la première fois de sa vie, Pete vit Jack hésitant et perdu.

— De quoi parles-tu ? réussit-il à dire. Vous les morts, vous ne dites jamais rien de sensé.

— *C'était simple, Winter… de te faire sortir et de t'attirer jusqu'à moi. Tout ce qu'il m'a fallu, ça a été de réveiller ton orgueil, de te donner une chance de me vaincre. Et tu es apparu, toi et ta forme, dont je n'ai plus qu'à me saisir.*

— Les bansidhs. L'Arkanum, murmura Pete.

Treadwell gela l'air autour de lui et Pete ne sentit plus ses joues, ni ses doigts.

— *Des leurres,* confirma Treadwell. *Judicieusement choisis, d'ailleurs. Pas assez forts pour arrêter le Corbeau, mais suffisamment pour le faire changer de cap.*

— Tu crois que je n'ai pas de plan ? gronda Jack en le regardant. Tu penses que je vais me contenter de foncer tête baissée dans toutes les portes que tu as ouvertes ?

— *Je pense que tu ne peux pas résister à l'envie de prouver quel homme rusé tu es,* répondit Treadwell. *Et je ne crois pas que tu aies davantage de plan aujourd'hui que lorsque tu m'as tué la première fois.*

Treadwell se mit à rire. Un bruit parasite siffla à la surface de l'esprit de Pete. Sur un geste du fantôme, l'un des sorciers se plaça derrière Jack et lui passa une longue lame dans les reins.

— *Renaître est douloureux, bien sûr,* murmura Treadwell. *Par définition, la transformation est une agonie de l'âme. Mais rassure-toi, Corbeau, je ne t'ai placé qu'au bord de la mort, à l'endroit ténu de ce monde.*

— À présent, il va rentrer dans le corps, dit un sorcier. Et alors, il aura une présence physique.

Un frisson d'excitation parcourut le cercle.

Pete entendit quelqu'un crier « Non » à plusieurs reprises, puis les mots se perdirent dans des cris silencieux. Sa gorge se serra et elle réalisa que c'était sa propre voix.

— Maître Treadwell, que devons-nous faire de la femme ? demanda le sorcier qui la tenait.

— *Tuez-la,* répondit Treadwell. *Elle est polluée par le mage.*

— Oh ! Seigneur, Jack, je suis désolée, bredouilla Pete.

Jack était allongé, parfaitement immobile, les yeux ouverts, vides et fixés vers le ciel. Ses doigts bougeaient à peine et sa poitrine se soulevait très légèrement.

Le sorcier qui avait le couteau se dirigea vers Pete tandis que les deux qui la tenaient lui mirent la tête en arrière, exposant sa gorge.

— Hé, fit l'un d'eux. On pourrait se la faire avant de lui trancher la gorge.

— Ou après, répondit l'autre.

Le sorcier qui tenait le couteau hésita.

— Dépêche-toi.

Derrière lui, les autres sorciers se dépêchaient d'encercler Jack avec des sigils dessinés à la craie. Ils allumèrent des bougies aux cinq pointes de l'étoile, resserrant autour de lui leur toile funeste. Treadwell regardait Jack avec envie, passant ses doigts de spectre sur la peau de Jack et à travers sa chair, provoquant des gémissements et des convulsions chaque fois que ses terribles griffes plongeaient dans la peau.

— Tiens-lui le bras, Hodges… ce n'est qu'une gamine, dit le sorcier qui se fichait de savoir si Pete serait vivante ou morte pour faire ses petites affaires.

— Je vous jure, menaça Pete, que si vous vous rapprochez encore, je vous tue.

— Tais-toi, fit Hodges. Estime-toi heureuse que ce soit nous et pas Maître Treadwell.

Ils éclatèrent de rire, Hodges plus fort que les autres, et il relâcha sa prise pendant une fraction de seconde. Pete en profita pour se tortiller, se baissant et glissant sur le côté, et réussit ainsi à dégager son bras droit. Elle planta deux longs doigts dans la gorge de Hodges. Celui-ci émit un grincement semblable à celui d'une scie et tomba à genoux.

— Putain… commença le premier.

— Laisse tomber, coupa le deuxième. Treadwell a commencé à dire le sort. Termine-la et dépêche-toi, à moins que tu ne tiennes absolument à lui expliquer pourquoi tu n'étais pas dans le cercle.

Le cercle des magiciens se mit à psalmodier en latin autour de Jack. Le sorcier tenta d'envoyer un coup de couteau à Pete, mais celle-ci l'attrapa par le dos de la lame, prit le dessus sur son adversaire et lui cassa le poignet.

Il hurla, et Pete regarda le dernier sorcier, son sang battant au rythme des bourrasques de la Pénombre qui tournoyait autour d'eux. Il fallait qu'elle fasse quelque chose, sans magie et sans pouvoir particulier.

Pete retourna le couteau dans sa main, plaçant l'extrémité contre son propre ventre.

Tu peux faire souffrir, saigner et mourir dans les espaces ténus.

Peut-être qu'elle ne reviendrait pas de sa décision, mais elle n'avait pas d'autre choix. Jack était venu la chercher, avait fait face à Treadwell, et maintenant, il était à nouveau en train de mourir. Pas à cause de sa fierté, mais parce qu'il était resté pour l'aider.

Pete sentit la lame du couteau percer sa peau. Une goutte de sang chaud glissa sur son ventre.

— Treadwell ! cria-t-elle d'une voix brusque.

Celui-ci se retourna vers elle.

— Qu'est-ce que ça signifie ?

— Si tu veux tellement Jack Winter, répondit Pete, les mains tremblantes, alors, tu vas devoir venir me l'arracher.

Elle leva le couteau et se le planta dans le ventre, profondément et avec suffisamment de force pour qu'il y reste. La douleur se diffusa immédiatement et un vertige l'entraîna vers le bas dans une spirale, jusqu'aux confins glacés et sans fond de la Pénombre.

XXXXIV

QUAND ELLE OUVRIT les yeux, Pete se retrouva dans une petite pièce rangée, peinte en bleu. C'était le salon de leur ancienne maison de famille. Pete se tenait debout au centre d'un tapis tressé que sa mère avait dégotté dans une brocante en centre-ville quand Pete n'était encore qu'un bébé.

— Belle vue, n'est-ce pas ?

Jack parlait en lui tournant le dos, face à la fenêtre, le front appuyé contre la vitre. Pete suivit son regard et sursauta.

Londres était en feu, à perte de vue. Des flammes bleues réduisaient tout en cendres. De la vapeur se dégageait de la Tamise et la ville retentissait sous les cris et les sirènes. Le ciel, que Pete pouvait apercevoir à travers la fumée brûlant la délicate peau de ses narines, était strié de rouge sang alors qu'un soleil couronné de flammes se couchait à l'ouest.

— Jack, dit Pete d'une voix rauque, tentant de ne pas suffoquer dans l'air empoisonné. Où sommes-nous ?

— Nous sommes dans les moments de ma mort. Le dernier vacillement de mes cauchemars, répondit Jack. (Il inhalait de la fumée à chaque respiration.) Le lieu sombre de l'âme, entre les deux mondes.

— Entre la vie et la mort ? demanda Pete.

— Mais bien sûr. (Jack respira encore de la fumée.) Le monde et ce qui vient après. Je ne suis pas vraiment ici.

— Non ?

Pete recula d'un pas.

— Non, confirma Jack avec un soupir. Non Pete, je suis déjà mort.

Alors que Pete le fixait, incapable de bouger, les yeux de Jack s'enflammèrent. La flamme se propagea et devint un gouvernail, un bec-de-corbeau, des ailes de corbeau, pénétrant dans son corps, le consumant. Jack ne criait pas, il la regardait tout simplement, les bras écartés alors que le feu parcourait le tapis et grimpait le long des murs autour d'elle.

— Non, murmura Pete. Non, non, non.

Elle courut, en se penchant en avant et en mettant sa veste sur sa tête pour se protéger d'une pluie incandescente de copeaux de peinture et de cendres. La porte principale de la maison était verrouillée et elle l'enfonça avec son épaule jusqu'à ce qu'elle cède, déboulant dans une pièce vivement éclairée par une lumière fluorescente qui sentait l'ammoniac.

Cette fois, elle ne se laissa pas surprendre. Pete aurait reconnu cette chambre d'hôpital les yeux et les oreilles bandés. Le léger sifflement de l'oxygène et l'écoulement presque imperceptible de la perfusion résonnaient dans la pièce trop petite et trop confinée, faisant du surplace et attendant la Mort depuis trop longtemps.

Connor Caldecott dormait d'un sommeil agité alors que la morphine circulait dans ses rêves. Sa poitrine se creusait et la gorge de Pete se noua quand elle se rendit compte que c'était la fin. Les gardénias rouges sur la table de nuit étaient les dernières fleurs qu'elle lui avait apportées à l'hôpital.

Dehors, la ville brillait, scintillant comme un miroir brisé en pleine nuit. Les heures de visites, se souvint Pete, allaient bientôt se terminer. Pourtant, la porte s'entrouvrit et Pete entendit une brève conversation dans le couloir.

— Je te retrouve avec la troisième équipe, Shirley, dit une infirmière avant que la porte ne se referme et que le silence ne revienne.

Jack vint au chevet de Connor. Ses bottes grinçant sur le lino, la tête rasée avec une crête à l'Iroquoise, les yeux cernés. Son corps maigre traduisait son épuisement et ses vêtements raides n'avaient pas été changés depuis au moins trois jours.

— Regarde-toi, vieux salaud, murmura-t-il en se rapprochant du lit de Connor. J'ai entendu dire que tu mourais. Je pensais que tu étais trop méchant pour crever.

Il écarta un bouquet de marguerites fanées et s'appuya sur le lit. Ses mains tremblaient et il ne cessait de regarder par-dessus son épaule dès qu'il entendait une conversation dans le couloir. C'était comme si ses terminaisons nerveuses étaient parties en vacances, laissant ses membres sans contrôle.

— Je ne peux pas dire grand-chose, murmura Jack. Tu ne m'as jamais apprécié. Tu avais bien raison. Je n'ai jamais eu rien d'autre que des mauvaises intentions à l'égard de MG. (Il éclata de rire.) Au moins, elle m'a révélé suffisamment de détails pour que je me fasse passer pour ton fils. Savais-tu que la famille peut venir après les heures de visites ? Je parie que tu n'étais pas au courant. On ne peut pas dire que tes filles désirent beaucoup venir te voir. Difficile de les blâmer pour ça.

— Espèce de salaud… cria Pete.

Jack fouilla méthodiquement la table de chevet et glissa dans sa poche la dose de Percocet que l'infirmière avait laissée au cas où Connor se réveillerait. Puis il débrancha la perfusion de la poche de morphine, noua le tube et mit le tout dans un sac de courses. Connor grogna dans son sommeil et Jack s'arrêta.

— Chacun fait ce qu'il doit. La douleur est passagère, mon vieux. Ce qui bouffe tes poumons ne l'est pas. (Il tapota sur le sac.) J'ai besoin de ça. Toi, tu vas bientôt abandonner ce monde.

Connor respirait péniblement dans son sommeil, un son entrecoupé, pathétique. Le cœur de Pete se serra.

Jack soupira et sa bouche se pinça. Il parlait comme s'il tentait lui-même de se convaincre d'un mensonge.

— Tes filles te reverront, chuchota-t-il en se penchant sur Connor. Pas tout de suite, mais elles te reverront.

— Arrête ! cria Pete. Pour l'amour de Dieu, c'est mon père !

Jack se tourna vers elle. Il se frotta le menton sous la barbe, puis haussa une épaule. Son corps n'était jamais complètement immobile.

— Qu'est-ce que je suis censé faire, Pete ? (Jack étendit ses mains.) Je ne suis pas vraiment ici. Tu te promènes dans les couloirs, contemplant les peintures.

— Tu en rêves, dit Pete en se déplaçant dans la chambre d'hôpital. Voler ses calmants. Parler avec lui.

— Je ne l'ai fait que ces derniers temps, dit Jack. (Il commença à trembler.) Je ne vole que les patients en phase terminale, mais je suppose que ça importe peu. Bon nombre de mes actions viendront hanter mes cauchemars, j'en suis sûr. Grâce à toi.

— Je n'ai pas beaucoup de temps, riposta Pete désespérément. Je me suis gravement blessée pour venir ici. Où es-tu, Jack ?

— Je suis là où il me garde, susurra Jack. Au cœur de tout. Reste à l'écart, Pete. Réveille-toi. Il faut que tu te réveilles…

Jack tendit la main vers elle et Pete l'esquiva, heurtant la poignée du fauteuil roulant en direction de la porte et reculant tandis que Jack se pliait en deux dans un accès de tremblements et de toux.

— Putain, mais qu'est-ce qu'il y a maintenant ? murmura-t-elle. (Sa voix était vide, elle sentait son sang se pétrifier, froid et déconnecté de son corps.) Bon sang, lâcha-t-elle.

Elle savait qu'elle était mourante, elle avait coupé trop profond.

— Jack, pour une fois dans ta vie, communique avec moi.

— Il ne peut pas t'entendre.

L'homme qui parlait était grand et élancé. Ses petits muscles noueux déformaient ses tatouages de prison. Il portait un maillot coloré, un short et des bottes et il ne s'adressait pas à Pete, mais à la femme qui était recroquevillée par terre, tremblant de peur, de l'autre côté de la petite pièce, soignant une lèvre coupée. Le décor était pauvre, le papier tombait en lambeaux, le sol était décrépit et Pete pouvait voir une ville qui n'était pas Londres à travers la fenêtre sale.

— Maman ! cria quelqu'un qui martelait une porte verrouillée de l'autre côté de la pièce.

— Ne t'en fais pas mon grand, dit-elle faiblement. J'arrive tout de suite.

— Ça, c'est sûr ! gronda l'homme. Tais-toi, petit con ! lâcha-t-il en direction des pleurs qui se faisaient entendre de l'autre côté de la porte.

— Il a faim, justifia la femme. S'il te plaît, Kev, il a seulement besoin d'une bouchée, et tu ne l'entendras plus.

— Mais tu me prends pour Crésus ou quoi ? ricana Kev. Tu penses qu'après m'être fait piéger par une putain et son rejeton, j'ai encore de l'argent à jeter par les fenêtres ? Tu as de la chance que je ne t'aie pas remise au boulot et que je n'aie pas laissé ton morveux à la merci du conseil. Le Seigneur sait que tu n'es pas une bonne mère, traînant toute la journée à gober des pilules au lieu de faire ton travail.

— Si tu arrêtais de me fracasser le visage, je pourrais travailler, murmura la femme.

Kev lui donna un coup de pied et la plaqua par terre sous sa botte. Elle poussa un gémissement qui souleva d'horreur le cœur de Pete.

— Maman !

Les coups contre la porte redoublèrent. Kev continua de frapper, jusqu'à ce que la femme cesse de bouger. Puis il se tourna, retira le verrou de la porte.

— À nous, Jackie, dit-il en traînant le jeune garçon maigre dans le salon. Tu fais tout ce boucan parce que tu veux sortir ?

—Qu'est-ce que tu lui as fait, espèce de salaud ? demanda Jack, les larmes coulant sur son visage congestionné.

Dans ce cauchemar, son visage avait encore des traits enfantins, mais les yeux étaient ceux de Jack, sans âge et impitoyables comme la glace originelle.

Kev lui asséna un coup d'un revers de main, avec son poing plein de bagues en argent, qui laissa une marque sur la joue de Jack.

— Un peu de respect envers l'homme qui héberge ta petite tête inutile ! cria Kev. Mais qu'est-ce que tu fais ? Tu es trop maladroit pour voler, trop laid pour servir à quoi que ce soit, tu n'es qu'un morceau de merde collé à ma botte.

— Je te jure que si tu l'as encore blessée... (Jack tremblait de tout son corps, comme s'il s'était trouvé au milieu du blizzard.) Inutile et laid ou pas, je te dénoncerai. Je franchirai cette porte et j'irai voir la police et quand tu seras en prison, je prendrai l'argent que tu as volé à Maman et je paierai un skinhead pour qu'il s'acharne sur toi jusqu'à ce que tu deviennes infirme !

Pete observait Jack, il ne devait pas avoir plus de dix ou onze ans. Elle mit sa main devant sa bouche pour s'empêcher de bouger.

Kev attrapa Jack par les cheveux, prit un couteau et le mit sous la gorge de l'enfant.

— Assieds-toi petit, dit-il. (Doux et aimable comme le sifflement d'avertissement d'un serpent.) Si tu bouges d'un poil, je lui tranche la figure d'une oreille à l'autre, comme la truie qu'elle est.

Il assit le garçon sur le divan, où il se replia comme du carton, et se mit à cheval sur la mère de Jack, appuyant le couteau contre son cou.

— Maintenant, ouvre bien les yeux, dit Kev. Ouvre les yeux et regarde. Je vais te donner une leçon, mon garçon.

Il déboutonna son short tout en maintenant le couteau contre la gorge de la mère de Jack.

— Ne fais pas ça… implora Jack.

Kev remonta la robe de la femme jusqu'à la taille.

— Ai-je entendu s'il te plaît, Jackie ? Les gentils garçons disent toujours s'il te plaît. (Il sourit et fit glisser une main sur la mère de Jack. Elle gémit faiblement, mais ne tenta pas de se débattre.) J'espère que tu as appris la leçon, ajouta Kev sans cesser de sourire. Je recommencerai encore et toujours jusqu'à ce que ça rentre dans ta tête, s'il le faut.

Les yeux de Jack se vidèrent, la couleur bleue disparaissant sous le blanc, et il commença à trembler.

— Arrêtez !

Pete s'élança et saisit le bras de Kev qui tenait le couteau, mais il la repoussa comme si elle n'avait pas pesé plus d'un kilo.

Pete tomba par terre, entraînant avec elle une pipe à crack et des figurines en verre.

— Ne te mêle pas de ça, fit Kev sèchement en la menaçant de son couteau. Ce n'est pas ton histoire.

Pete se releva et fonça à nouveau contre son sourire odieux, mais il la repoussa encore, soulevant ses pieds du sol. Il était extrêmement fort, fort comme dans le cauchemar d'un enfant.

— Vous n'êtes pas mon démon, fit Pete alors que Kev appuyait encore le couteau plus fort sur la gorge de la mère de Jack. Jack n'avait pas peur de vous. Jack ne pourrait pas être effrayé par une merde comme vous, même pas à cet âge.

— *Toi*, tu as peur, miss, affirma Kev. (Il leva les yeux et tressaillit en voyant Jack planté à quelques centimètres de lui, les yeux complètement blancs.) Je t'avais dit de ne pas bouger, petite ordure !

Il tenta de proférer d'autres insultes, mais sa gorge se contracta puis se bloqua, il lâcha le couteau pour se tenir la poitrine, côté cœur. Machinalement, Jack prit le couteau et le planta dans le cou de Kev. Le sang gicla de l'artère sur le mur, Jack et sa mère, en dessinant un arc élégant. Elle laissa s'échapper un faible cri et détourna le regard.

Jack était accroupi sur ses talons et observa sans sourciller la vie quitter le corps de Kev et tacher le tapis bon marché de rouge.

— Tu as raison, finit-il par dire à Pete, d'une voix ténue et pas tout à fait présente. (Il reprit le couteau, le nettoya sur sa manche et le rangea.) Je n'ai plus peur des monstres. Les ombres, les voix transparentes que j'ai entendues… m'ont dit de tenir les monstres à l'écart. J'ai écouté. J'ai appris. Quand l'as-tu senti pour la première fois, Pete ? Pour moi, ce fut ce jour-là.

— Tu n'es pas là, dit Pete, ça, je le sais. Dis-moi, s'il te plaît ? Je n'ai plus beaucoup de temps, Jack…

— Je te vois, dit le jeune Jack solennellement. Je te vois condamnée par ton besoin de m'aider. Tu te jetterais tête baissée devant un train.

— En enfer, contesta Pete.

— Qu'est-ce que j'ai fait pour gagner ta loyauté ? demanda Jack en croisant ses petits bras. Tu brilles.

— Tu ne me rends pas la tâche facile, ça, je peux te l'assurer, répliqua Pete. Mais personne ne mérite ce que Treadwell prévoit de faire, Jack. Même pas toi. (Elle toucha l'épaule du petit garçon et il se crispa.) Tu n'as pas un cœur aussi sombre que tu le penses, Jack. J'espère que tu t'en rendras compte un jour.

Jack pointa du doigt vers une porte voûtée en fer qui était verrouillée. Un portail scellé par la magie.

— Par là, indiqua-t-il. Je suis là-bas. Fais attention, Pete.

— Attention à quoi ? demanda-t-elle, en s'éloignant des débris de verre sur lesquels elle avait atterri.

Jack cligna de ses yeux blancs.

— Regarde Treadwell, non comme Jack le voit, mais comme le fait la magie. Quand tu le feras, il pourra te voir aussi, Pete. Dans ta globalité.

Pete plaça ses deux mains sur la porte. Elle avait la froideur des objets anciens qui n'ont pas leur place dans le monde réel.

— Magnifique ! murmura-t-elle avant de poser ses mains sur les deux verrous massifs et d'ouvrir la porte.

XXXXIV

Se retrouver à nouveau dans un cimetière la fit trébucher, parce que c'était une nuit calme de printemps et pas le centre sauvage et bouillonnant des terreurs de Jack dans lequel elle s'était trouvée.

Un lampadaire à gaz projetait une lumière bleue, donnant à toute la scène une atmosphère de film en noir et blanc. Toutes les nuances de lumière et d'ombre dansaient au rythme de la flamme.

Pete traversa l'espace de verdure jusqu'à une stèle unique ; penchée et inclinée sur un côté, plantée dans la terre depuis assez longtemps pour y être bien. Jack se tenait debout, la tête baissée, ses cheveux blancs dans la lumière. Il observait la stèle sans respirer, immobile, sans même un souffle de vent pour déranger son manteau. Sans la fumée de cigarette qui s'élevait lentement en tournoyant, il aurait pu être pris lui-même pour un fantôme.

Pete s'arrêta à côté de lui.

— C'est vraiment toi, alors.

Jack hocha la tête une fois, en ramenant son menton jusqu'à sa poitrine. Des éclats bleus de magie s'échappaient de lui, brûlant comme des étincelles dans l'air frais.

— Vraiment ici. Tout comme toi.

La magie luisait tout autour de lui, l'esprit en forme de corbeau faisant une couronne qui se remplit de noir sous les yeux de Pete, comme si quelque chose avait peint à l'encre la forme-fantôme de Jack, vibrant, se retirant puis grandissant à nouveau. La tache provoquait une douleur physique chez Pete, un sentiment de perte.

— On devrait se dépêcher de sortir d'ici, dit-elle. Réveille-toi, ou écarte-toi de la lumière, ou peu importe ce que tu fais… ici.

Jack eut un bruit de gorge amer.

— Je ne t'ai jamais demandé de me suivre, Pete. Tu es morte comme nous autres.

Pete sentit sa bouche s'ouvrir et se força rapidement à la refermer.

— Jack, je n'ai pas subi la douleur, un kidnapping et une hémorragie interne massive pour venir ici et me faire engueuler. Maintenant, viens, avant que Treadwell te trouve.

— Il veut se servir de mon corps comme d'un vaisseau, dit Jack. (Il leva la tête et regarda Pete, le visage vide derrière sa cigarette.) Est-ce que tu pourrais le faire, Pete ? Si Treadwell avait mon visage ? Est-ce que tu pourrais le tuer ?

Pete répondit sans réfléchir, trop vite.

— Non. Je ne pourrais jamais rendre mon cauchemar réel, Jack. Pas une nouvelle fois.

Il ricana.

— Alors, à quoi sers-tu ? La cigarette atterrit dans l'herbe, au milieu de quelques braises. *Mon* cauchemar est réel, Pete. Que devient ton grand plan de me sauver ?

Pete tourna les yeux vers la stèle et réalisa en sursautant que les larges lettres qui y étaient gravées lui étaient familières.

JACK WINTER
NÉ LE 15 JUIN
DÉCÉDÉ

Mais la date avait été effacée. Elle se retourna vers Jack et lui attrapa le poignet.

— Tu n'es pas mort.

— Ce serait tout aussi bien, murmura-t-il. Regarde la vie que j'ai eue. Chaque respiration, chaque coup de pied et chaque cri contre ces connards, tout cela pour rien, juste des funérailles que personne ne verra jamais pour un homme qui n'intéresse personne.

— Oh, conneries ! cria Pete. Tu ne voudrais pas me faire croire que tu t'apitoies *vraiment* sur ton sort, espèce de crétin ! Regarde-moi ! Je me suis tuée pour toi, et pendant tout ce temps j'ai cru que tu étais déjà mort et j'ai porté cette blessure. Je ne t'ai jamais relégué parmi les souvenirs, parce que tu étais tout ce que j'avais pour me convaincre que *peut-être* il y avait quelque chose d'autre entre la vie et la mort ! (Elle attrapa Jack, le secoua, luttant contre ses doigts engourdis par le passage vers la terre des morts.) Je me suis tellement inquiétée pour toi que j'ai failli devenir folle, murmura-t-elle. Alors tu vois, tu ne peux pas partir. C'est impossible.

Jack soupira.

— Parfois, on n'obtient pas ce que l'on veut, même si on s'y accroche de toutes ses forces, Pete. C'est la fin. Tu ferais bien de t'en aller avant de perdre tout espoir de te sauver. Laisse-moi à Treadwell et retourne à ta vie.

— *Tu devrais écouter le jeune homme.*

Treadwell apparut en crépitant dans l'air. Ici, il avait la forme certaine d'un homme, à la différence près qu'elle était argentée et éphémère. Il portait une redingote et ses longs cheveux étaient peignés en arrière, découvrant un large front. Ses yeux brillaient d'envie en regardant Jack.

— Je ne comprends pas, murmura Pete. Tu es venu ici pour te battre, Jack, et maintenant tu abandonnes.

— *M. Winter est à la fois le produit et la victime de ses peurs, comme nous tous,* dit Treadwell, en repliant ses mains d'un air satisfait. *Pour finir, il n'a rien. Pas de foi, pas d'espoir, pas d'amour. Juste de la peur, or la peur est l'agent le plus puissant de tous.* (Il fit un pas en avant et traversa la stèle de Jack.) *L'heure est venue, monsieur Winter, écartez-vous, que je prenne votre place.*

Jack acquiesça faiblement et ouvrit les bras.

— Je suis à vous.

Pete s'élança avec l'énergie du désespoir, mais le cimetière était totalement vide à l'exception de la stèle de Jack, seule et négligée.

— Jack, fit Pete.

Treadwell marqua une pause devant lui et leva la main pour passer ses doigts sur le visage de Jack. Celui-ci ne broncha pas alors même que des cristaux de glace s'accumulaient sur ses sourcils. En revanche, il réagit lorsque Pete lui attrapa la main.

— Tu n'es pas seul, dit-elle, abandonnant toutes ses résolutions de rester calme. (Elle entendit sa voix à travers un tunnel et sut qu'elle partait.) C'est ça, n'est-ce pas ? Mourir, et plus encore que mourir, mourir seul.

— *Ne te mêle pas de ça,* lâcha Treadwell.

Il leva les mains vers le ciel et se mit à psalmodier. L'incantation enveloppa Pete et Jack dans une brume sinistre, comme un essaim de magie noire.

Pete serra la main de Jack aussi fort qu'elle le pouvait.

— Tu n'es *pas* seul, lui dit-elle. Si tu as décidé de mourir, alors je viens avec toi, jusqu'à la fin. Je te suivrai dans la mort si c'est ce que tu veux, Jack. Paradis, enfer. Peu importe.

— *Silence !* s'écria Treadwell. (La fumée se leva et forma une réplique exacte de Jack, floue et irréelle.) *J'obtiendrai une forme. Ne te mets pas en travers de mon chemin.*

Pete attrapa la main de Jack, tremblant à peine alors qu'elle faisait la paix avec elle-même, laissant filer les derniers brins de vie qui glissaient dans ses doigts. *Qu'il en soit ainsi.*

— Peu importe, répéta-t-elle.

Jack frissonna et soupira, puis inspira d'un air épuisé.

— Oh, Pete, murmura-t-il. Pourquoi ne m'as-tu pas laissé tomber ?

Pete lui sourit. Elle vit ses épaules faire un léger mouvement.

— Tu m'as dit que nous nous en sortirions ensemble. Je t'ai cru.

Le feu se ralluma dans les yeux de Jack et il se retourna vers Treadwell.

— Tu croyais que tu me piégerais dans l'espace ténu et que tu prendrais mon corps ? Joli plan. Mais je ne te laisserai pas approcher de moi.

Treadwell sourit, arborant une expression absolument terrifiante.

— *Trop tard pour ta petite cérémonie, Winter. Trop tard, trop tard, toujours trop tard.*

Puis il murmura : « *Victus* ». La fumée entra en Jack, par son nez, sa bouche et ses yeux. Jack tomba à genoux, râlant et s'étouffant, et Pete vit l'aura de magie autour de lui se dilater et commencer à prendre une couleur argent glacée. Le corbeau fut rattrapé par un loup couleur de jais, affamé, la gueule pleine de salive.

— *Soumets-toi à moi, Corbeau,* dit Treadwell. *Et le passage de ton âme vers la terre des morts sera rapide.*

— Laissez-le ! cria Pete.

La fumée s'empara entièrement de Jack et il cessa de lutter tandis que Treadwell l'observait d'un air sinistre, savourant sa vengeance.

— *Tu arrives trop tard,* murmura Treadwell, qui commençait déjà à disparaître sur les côtés tandis que Jack prenait de l'épaisseur, cessait de s'étouffer et se dressait. *Petite chose inutile. Comme je te plains.*

Le paysage du cimetière s'effaça, l'encre des cauchemars disparaissant de la page, et Pete sentit la corde, qui ne tenait désormais plus qu'à quelques fils, la tirer en arrière, loin. Elle tendit la main vers Jack, essaya désespérément de rester, mais il était imposant à présent, la magie de Treadwell étant en lui.

— Je suis désolée… appela Pete. Je suis désolée…

Et elle se réveilla. La douleur de la blessure faite par le couteau était incendiaire, la lame était encore logée dans son ventre. Elle appuya sur la blessure et retira le couteau, grimaçant tandis qu'un écoulement de sang rouge sombre en sortait. Pete se dit que la douleur était un bon signe. Cela voulait dire que l'on n'était pas en état de choc, que l'on avait encore une chance de se relever et de partir. Quoi qu'il en fût, elle céda au vertige et se mit à vomir, puis essaya de s'asseoir, mais retomba, son corps poussant un hurlement d'alarme.

À côté d'elle, Jack remua puis ouvrit les yeux, aspirant l'air comme s'il avait oublié comment on faisait. Ses yeux étaient gris et cernés, brillaient comme des pièces d'argent, et le sourire qui fendit son visage était aussi cruel qu'une lame de rasoir.

— Treadwell, fit Pete, la voix pâteuse sous l'effet du choc.

— Mes étoiles, dit doucement Treadwell à travers les lèvres de Jack.

La voix était celle de Jack sans l'être tout à fait. Son accent de Manchester avait pris une tonalité plus musicale et antique, et le timbre masquait une menace.

— Si quelqu'un m'avait prévenu de l'état abominable dans lequel le Corbeau s'était mis, j'aurais essayé cela avec un autre candidat. (Il cligna des yeux et regarda autour de lui, d'un air ébahi.) Qui sont ces gens ?

Pete ne voyait personne d'autre que les quelques sorciers qui étaient restés, tous observant anxieusement la scène en se tenant légèrement hors de portée.

— Maître… ? dit l'un d'eux d'un ton hésitant. Maître Treadwell, est-ce que vous avez besoin de quelque chose ?

Treadwell grogna et posa sa main sur la blessure de Jack, puis retira sa main pleine de sang.

— Un chirurgien, abruti. Trouvez-moi un chirurgien avant que je ne traverse les grilles lugubres pour la deuxième fois ! (Il secoua la tête, se frotta les yeux avec le revers de la main de Jack.) Qui sont ces imbéciles silencieux qui me regardent ? Pourquoi a-t-on permis qu'il y ait des témoins ?

Pete appuya plus fort sur sa blessure et prit la parole.

— Vous ne saviez pas ? À propos de la vision de Jack, je veux dire.

Treadwell se retourna vers elle en sifflant, ses yeux brillants d'un reflet argenté.

— De quoi parles-tu ?

Puis il cria et mit ses mains sur ses yeux, en s'éloignant de Pete d'un pas chancelant :

— Trahison ! Qu'est-ce que tu es, femme ?

— Vous me voyez. (Pete répéta les mots de l'enfant du cauchemar de Jack, de Bridget, de Patrick et de Diana.) Vous savez ce que je suis, Treadwell.

Celui-ci hoqueta et se redressa, la fixant tout en se protégeant les yeux d'une main.

— Un porte-parole pour les anciens. Bien sûr. Comment Winter aurait pu prendre le dessus sans cela ?

— Réfléchissez à cela pendant une minute, Algy. (Pete fit un mouvement brusque de la tête avec une insouciance feinte, qui lui donna la nausée.) Vous pouvez avoir Jack… vous *avez* Jack et ses talents. Vous pouvez avoir sa vision et son corps, ce qui va vous laisser encore dix ou quinze ans de répit. À votre époque, on ne savait pas quelles conséquences peut avoir la consommation répétée d'héroïne sur quelqu'un.

Elle posa un genou à terre, s'appuyant de tout son poids sur une stèle. *Doucement, Pete*. Et même si perdre conscience était une idée sacrément attirante, elle se releva et fit face à Treadwell.

— Sa vision le rendait presque fou. Et encore, il avait des années de pratique, des dizaines d'années passées à essayer de contrôler ce qu'il voyait. Alors que vous, vous prenez tout d'un coup, Treadwell… (Elle réussit à secouer la tête.) Ça n'a pas l'air marrant, mon pote.

— J'ai vu les morts ! beugla Treadwell. Je sais à quoi peuvent ressembler des fantômes ! Je n'ai pas peur de la mort !

— Non, bien sûr, répondit Pete. C'est pour ça que vous avez tout fait pour y échapper. Vous êtes un fichu menteur, Treadwell. Vous voyez les ombres maintenant, tout autour de nous, et vous ne pouvez pas les ignorer. *Rien* ne permet de les ignorer. Jack s'est piqué tous les jours pendant douze ans et même ainsi, la vision n'est pas entièrement partie. Alors, profitez-en, installez-vous bien confortablement dans votre corps défaillant, et chaque seconde qui s'écoulera vous rappellera ce qui vous attend à la fin.

Treadwell plissa les yeux et fit un pas vers Pete. À sa façon de tenir ses épaules, il était évident qu'il voulait lui faire peur.

— Une femme qui parle autant que toi doit certainement avoir un marché en tête, catalyseur. Qu'est-ce que tu me proposes ?

Pete se dit que c'était exactement là qu'elle aurait dû en arriver la première fois. Les douze années qui venaient de s'écouler n'étaient qu'un écho emprunté, un désir de ne pas voir la véritable route vers sa mort.

— Moi, répondit-elle, dans un souffle. Utilisez-moi, Treadwell. Rendez à Jack le temps qu'il lui reste et prenez-moi. Je suis forte. J'ai du pouvoir. (Admettre ce point était particulièrement difficile, car il marquait le démantèlement final des barrières qu'elle avait soigneusement placées autour de son esprit après le premier rituel.) J'ai tout le pouvoir dont vous avez besoin, Treadwell. Vous pouvez me façonner comme vous voulez. Prenez-moi.

Il ne fallut qu'une seule seconde à Treadwell pour prendre sa décision. Son regard luisait d'une faim presque palpable.

— J'accepte.

— Maître, dit un des sorciers.

Treadwell se retourna vers lui.

— Je *suis* ton maître maintenant ! *Tais-toi !*

Le sorcier se tapit dans un coin. Les yeux de Treadwell se révulsèrent et il exhala, de la fumée argentée sortant de la bouche et du nez de Jack, et des larmes d'argent coulant sur ses joues. Il traversa l'espace qui les séparait, incroyablement froid. Pete pensa qu'un froid pareil allait la tuer. Ses poumons furent saisis par le frisson cristallin qui s'étendit sur sa peau et son visage. Puis elle sentit Treadwell entrer en elle, comme un esprit reptilien maléfique, fait de pouvoir et de glace.

Elle vit vaguement Jack s'éveiller, regarder la scène et se tirer les cheveux d'angoisse tandis que l'âme de Treadwell affluait en elle, la gelant et la tuant. *Tout va bien*, pensa Pete, en regrettant de ne pas pouvoir le dire à voix haute.

Treadwell se mit à rire dans son esprit, tandis que des stalactites grandissaient tout autour des quelques lambeaux de sa précieuse conscience. Pete cessa de lutter.

Je suis un conduit, murmura-t-elle pour elle-même. *Je façonne la magie.*

Treadwell hurla lorsque leurs pouvoirs se touchèrent en une explosion d'étincelles.

La douleur cessa et Pete eut la sensation étrange de se tenir au-dessus d'un précipice, les orteils suspendus dans le vide. Derrière elle, Treadwell poursuivait son invasion glacée et devant elle se tenait quelque chose de vaste et de profond.

Prenez mon pouvoir, dit Pete à Treadwell. *Prenez-le et débarrassez-m'en. Je n'en veux pas. Je ne l'ai jamais voulu. Prenez-le, prenez-le, prenez-le…*

Elle toucha le vide devant elle, le sentit circuler dans son être, indolore, mais si vaste que c'était comme si tous les morceaux qui la constituaient avaient éclaté. Elle avait cessé d'être Pétunia Caldecott, avait rejoint l'ancien mystère de ce qui arrive après la mort et de ce qui est avant la vie. Le pouvoir prit une forme, se façonna, et s'inclina. Et quand Pete ouvrit les yeux, elle vit l'homme en linceul devant elle.

— C'est à toi, dit-il, en tendant sa main chaude et gluante de sang.

Pete le regarda dans les yeux pour la première fois. Il avait un visage jeune, balafré de vieilles cicatrices sales au-dessus de son armure de chef qui avait été nettoyée du sang de la bataille.

— Cela n'appartient à personne d'autre, dit l'homme en linceul et, par-delà son épaule, Pete discerna des milliers d'ombres, toutes étant des corbeaux; sous elles, une grande femme aux yeux de marbre et à la chevelure faite de plumes toucha l'épaule de l'homme en linceul et lui murmura à l'oreille.

Une larme coula le long de sa joue et il tendit la main pour attraper celle de Pete, lui déroulant les doigts pour exposer sa paume bleue gelée.

— Tu dois le prendre maintenant, enfin.

Dans sa main, Pete le laissa déposer le petit cœur battant de l'oiseau, puis la magie emporta sa vision et elle ne fut plus capable de voir l'homme en linceul ou la femme corbeau. Le cœur diffusait de la chaleur et, pendant un moment, Pete se sentit bien, comme chez elle, au bord de quelque chose.

Ensuite, les griffes glacées de Treadwell se refermèrent autour de son cou. Le cercle s'achevait. Il aspira toute la magie qui était en elle avec un cri d'extase tandis que Pete se sentait écartée.

Il recula, ou du moins essaya, et une chaleur les entoura, transformant en vapeur tout le pouvoir glacé de Treadwell.

— *Tu... tu m'as dupé!* hurla Treadwell.

— Non, répondit doucement Pete. (Elle sentit leurs deux talents s'affronter avec rage, celui de Treadwell s'effilochant tandis qu'il gémissait.) Mais je suis prête à mourir pour vous empêcher de revenir.

La magie se précipita en lui, le remplissant jusqu'à ras bord, et Pete se cramponna à la main squelettique de Treadwell, refusant de couper le lien qui les unissait.

— *Tu es à moi,* cria Treadwell. *À moi, et je vais vivre... je vais vivre...*

La magie ne brûla pas Pete, mais la remplit, éclairant chaque morceau de son être, s'infiltrant dans ses moindres fibres, là où résidaient toutes ses peurs. Elle vit Treadwell pour ce qu'il était : l'écho éclaté du sorcier qu'il avait été par le passé, étiré entre trop de mondes. Elle vit aussi la magie lui appartenant et se rendit compte qu'elle ne pouvait être à personne d'autre.

— Allez-vous-en, ordonna Pete, en lui attrapant fermement le poignet. (Elle vit la magie le brûler de l'intérieur, transformant son ombre en cendres.) Vous êtes mort et vous appartenez au royaume des morts. Allez-vous-en, Algernon Treadwell, et ne venez plus déranger les vivants.

Treadwell poussa un cri de défi, mais même là, il fut attiré en arrière, loin de Pete. La femme corbeau l'attrapa, planta ses serres en lui et le regarda droit dans les yeux.

— Ton cercle s'est fermé, Algernon. Nous devons tous passer par là.

Il essaya de crier, mais les corbeaux s'abattirent sur lui, le soulevèrent, lui arrachèrent les yeux et la langue, et le transportèrent de l'autre côté des grilles sinistres de fer et de chagrin qui portaient le signe du Purgatoire.

— *J'en trouverai un autre.* (Treadwell soupira, ce fut le dernier tremblement de son existence dans la Pénombre.) *J'en trouverai un autre qui vit pour le pouvoir et rien d'autre, et alors je te retrouverai, catalyseur.*

— Va voir ailleurs si j'y suis, lança Pete. Je n'ai pas peur de toi.

La bouche de Treadwell s'ouvrit en grand dans une silencieuse agonie, puis la femme corbeau croassa, et les grilles se refermèrent avec un bruit sourd qui envoya un frisson obscur dans les os de Pete. La magie s'estompa, la vision avec elle, et Pete sentit l'herbe humide sous ses genoux et ses mains, tandis que la rosée de la nuit mouillait son pantalon et ses poignets.

Jack l'attrapa, la soutint et la regarda dans les yeux.

— Pete. Oh ! Bon Dieu, Pete, ça va ?

— Oui. (Pete essaya sa propre voix, la trouva rauque comme si elle était restée à l'extérieur trop longtemps par une froide journée.) Je veux dire, non. Bon sang, Jack, j'ai pris un coup de couteau. (Elle étouffa une quinte de toux et vit quelques gouttes de sang atterrir sur l'herbe fanée.) Oh… ça n'est pas très bon signe…

— Allez. (Jack la souleva comme si elle ne pesait pas plus qu'un sac de farine.) Tu dois aller à l'hôpital. Et moi aussi. Ces foutus sorciers m'ont bien eu. J'ai probablement attrapé le tétanos.

— Il est parti, murmura Pete. Treadwell. Parti… parti de l'autre côté des grilles sinistres. Je l'ai renvoyé… à la femme corbeau, et elle a pris…

Jack la regarda, laissant s'installer un sourire au coin de sa bouche.

— Un exorcisme libre est un coup de maître, Pétunia. Je n'ai pas rencontré beaucoup de personnes capables de le faire sans cercle.

— Treadwell m'a rendue dingue, fit Pete. Et ne m'appelle pas « Pétunia ». Ce n'est pas parce que… je t'ai fait une confidence… qu'il faut le prendre pour une invitation.

— Je suis heureux de voir que ton expérience aux frontières de la mort ne t'a pas adoucie, lança Jack. J'aurais été déçu s'il suffisait pour cela que tu te retrouves à deux doigts de perdre ton âme au bénéfice d'un fantôme affamé.

La cabane des visiteurs se détachait à quelques centaines de mètres devant eux.

— Jack… (Pete s'immobilisa, les faisant trébucher tous les deux.) J'ai touché la magie. Je… je l'ai utilisée. Qu'est-ce que ça signifie ? Que va-t-il se passer ?

Jack la serra davantage entre ses bras et ne répondit pas pendant longtemps. Suffisamment longtemps pour décider de ce qu'il fallait dire ou pas. Mais Pete n'en avait plus rien à faire. La seule chose qui comptait, c'était qu'il était là, près d'elle, solide et corporel, et qu'il était Jack.

— Cela signifie simplement ce que j'ai toujours pensé, ma belle. Tu es forte. Peu importe ce que t'ont dit les psys, tu as un talent. Et un sacré caractère.

— J'ai essayé si fort de ne pas…

Pete se mit à pleurer et ravala ses larmes avec une respiration qui lui fit cracher davantage de sang.

— Pete. (Jack la tenait, la berçait.) Ce n'est pas la fin de ta vie, ma belle. Tu as peut-être cette impression, mais tu vas continuer à payer tes factures d'électricité, à aller au boulot et à manger des repas à emporter bien gras quand tu seras trop fatiguée pour cuisiner. Tu n'es pas maudite. Tu as le don de la magie et il y aura des gens qui essayeront d'en abuser, mais maintenant, tu la contrôles. Tu la tiens dans tes mains.

Pete déglutit et réussit à hocher la tête.

— Je suppose que tu as raison.

Jack lui releva le menton et la regarda dans les yeux.

— Hé. Tu me crois, n'est-ce pas ?

Pete se remit à marcher, son bras autour de la taille de Jack. Elle s'appuya sur lui mais, le voyant vaciller un peu, elle le laissa s'appuyer sur elle.

— Bien sûr.

ÉPILOGUE

LES RUES

« Les agents du diable peuvent être faits de chair et de sang, non ? »

— Sir Arthur Conan Doyle, *Le chien des Baskerville*
(Traduction de Lucienne Molitor)

XXXVI

Le ciel crachotait de la pluie. L'hiver s'imposait.

Blottie dans son imperméable, Pete essayait de maintenir son parapluie au-dessus de la tête de Jack tout en se protégeant aussi.

— Laisse tomber, ma belle, fit-il en lui prenant le parapluie des mains et le passant à un clochard qui somnolait sur une grille d'aération du métro.

— J'ai froid, protesta Pete en claquant des dents. Si j'attrape une pneumonie et que je meurs, je viendrai traîner autour de ton appartement pour le restant de tes jours et je jetterai des verres à travers la pièce et ferai exploser la télé.

— Pour commencer, fit Jack en repoussant une mèche humide qui lui tombait dans les yeux, ce que tu décris là, c'est un esprit frappeur. Toi, tu serais une ombre. Ensuite, je n'ai pas de télé.

— La partie sur le fait que je pourrais mourir ne t'a même pas fait trembler, demanda Pete.

Jack haussa les épaules.

— Tu n'es pas encore morte, ma belle.

Pete regarda sa montre.

— Je dois y aller. J'ai mon dernier rendez-vous postopératoire dans une heure.

— Tu vas avoir une jolie cicatrice à la Frankenstein ? demanda Jack.

Pete déboutonna son imperméable et remonta son pull pour montrer la ligne de points légèrement irrégulière sur son ventre, comme un Z allongé. Jack marqua un arrêt.

— Tu ne t'es pas loupée !

— Il fallait que je sois sûre de faire mieux que toi, répondit Pete. Je ne pense pas qu'une petite égratignure aurait fait le poids.

— Je vais t'appeler un taxi, dit Jack, en faisant un pas sur la chaussée.

Pete le tira en arrière.

— Je m'en sors très bien avec le métro. Cela fait une semaine que j'y arrive sans avoir le vertige au point de tomber.

Ils s'arrêtèrent à l'entrée de la ligne de métro. Pete finit par dire :

— Ne t'inquiète pas. Je sais que tu n'aimes pas les hôpitaux.

Elle omit de préciser que grâce au voyage qu'elle avait fait dans les cauchemars de Jack en raison de sa blessure, elle savait exactement pourquoi il n'aimait pas ça.

— Je te retrouve au *Mayfair* après.

Le *Mayfair Arms* était le bar qui faisait l'angle de la rue en bas du cabinet médical où allait Pete. Elle hocha la tête.

— Nous mangerons un morceau. Jack, il y a quelque chose que je dois te demander, maintenant que les choses sont réglées…

Le regard de Jack se perdit dans le lointain, derrière elle, en bas des escaliers qui conduisaient au métro.

— Oh, merde…

Il bouscula Pete qui entra en collision avec un homme corpulent portant une serviette. Jack la dépassa et dévala les escaliers qui conduisaient au métro. Pete cligna des paupières pour enlever la pluie qui lui coulait dans les yeux.

— Putain ! Désolée, désolée, s'excusa-t-elle auprès de l'homme.

— De tels voyous devraient être arrêtés, maugréa l'homme.

Pete suivit Jack aussi vite que le lui permettait sa récente cicatrice. Elle avait été consignée à son bureau de la MIT depuis qu'elle était sortie de l'hôpital trois semaines auparavant, et cela la rendait folle. Newell refusait de lui dire quand elle pourrait retrouver ses fonctions d'inspecteur actif. Son unique réconfort était qu'il avait semblé croire sa version selon laquelle elle avait suivi les suspects du kidnapping jusqu'à Highgate et pris un coup de poignard dans la bataille qui avait suivi. Ollie, que Dieu le bénisse, avait couvert son histoire et n'avait pas mentionné Jack dans ses rapports.

— Jack, cria-t-elle au milieu du vacarme de l'heure de pointe.

Sa tête blonde s'agita derrière un pilier en direction des voies.

Pete le rattrapa au moment même où il posait le pied sur la ligne de sécurité et faisait le geste de rattraper quelque chose et de tirer en arrière un fantôme invisible des rails crépitant.

Le bruit strident du train empêcha Pete de voir quoi que ce soit d'autre. Elle attrapa Jack par le col de son manteau et se laissa tomber délibérément en arrière, priant pour que son poids suffise à le retenir.

Le train lui souffla un air brûlant au visage lorsqu'il freina et s'immobilisa. Le son se mêla à quelques cris de passagers qui attendaient et avaient assisté à la tentative de plongeon de la mort de Jack.

— Tout va bien ! cria Pete au-dessus des échos du train.

Elle sortit sa carte et balaya dans toutes les directions, en maintenant un genou fermement planté sur le bras de Jack pendant que celui-ci luttait pour lui échapper.

— Police métropolitaine. Je maîtrise la situation.

Pour une grande partie des passagers, manquer un train était pire que voir un homme manquer d'atterrir sur les rails. Ils partirent donc en murmurant entre eux.

— La fille… Elle s'est jetée du quai… Elle a grillé sur les rails…

Les yeux de Jack étaient presque blancs et il tressaillait continuellement, comme s'il était en proie à un rêve fiévreux.

— Quelle fille ? demanda Pete. Jack, personne d'autre que toi n'a tenté de se jeter du quai.

Il cligna des yeux en la regardant, puis s'affaissa.

— Putain, Pete, je suis désolé.

Pete se relâcha quand elle réalisa que Jack n'était pas devenu, en fait, plus timbré qu'il ne l'était déjà, et sa blessure l'élança violemment.

— Ta vision.

Il acquiesça d'un signe de tête, en se frottant les yeux du bout des doigts. Quand il écarta les mains, ils avaient repris leur couleur naturelle.

— Je l'ai vue très nettement. Une jolie fille blonde, qui devait avoir au maximum quinze ans. Elle a descendu ces marches dans l'intention de… Je savais ce qu'elle comptait faire, il fallait que j'arrive à temps pour l'arrêter…

Pete se releva avec quelques difficultés et offrit son bras à Jack. Il le prit, et continua de peser sur elle.

— Je ne peux plus faire ça, Pete. J'ai tenu le coup pendant qu'on essayait de retrouver Treadwell, mais je ne peux plus. Je suis désolé.

Entendre parler Jack avec un ton de défaite dans la voix n'était pas normal. En fait, c'était comme un jour d'été sans soleil. Pete leva les yeux vers lui.

— Non, Jack !

— Tu devrais aller à ton rendez-vous, dit-il. Je vais résoudre ce problème. Je serai chez moi si tu me cherches. (Il sourit d'un air triste.) Même si je ne pense pas que tu le fasses.

— Si tu comptes te shooter, fit Pete, profites-en bien. Car ce sera la dernière fois !

Jack se mit à rire, un son désagréable, teinté de désespoir.

— Tu vas m'accrocher avec une chaîne dans ton cellier et faire sortir mes démons, Pete ?

— Non, répondit Pete. Toi et moi allons faire ce que tu aurais dû faire depuis le début et trouver un moyen de contenir ta vision qui n'implique pas d'être obligé de te piquer deux fois par jour.

— Impossible, dit Jack.

Il secoua la tête et continua de parler, mais le train de Pete entra dans la station et recouvrit sa voix. Elle se faufila parmi les passagers, observant Jack pendant qu'il partait.

— Utilise une aiguille propre ! cria-t-elle, s'attirant de nombreux regards étonnés.

— Impossible, Pétunia ! rétorqua-t-il sans la regarder. Tu ne peux pas chevaucher ton destrier blanc et me retirer de la gueule du Dragon !

Pete fixa l'arrière de la tête de Jack pendant que le train sortait de la station.

— C'est ce qu'on va voir.

XXXXVII

Il était presque huit heures quand Pete arriva à l'appartement de Jack. Il faisait nuit depuis longtemps. Sa blessure lui faisait beaucoup moins mal depuis que le Dr Abouhd lui avait administré des calmants pour traiter la récente inflammation.

Elle essaya d'ouvrir la porte et celle-ci céda sans problème, comme d'habitude. L'appartement était plongé dans l'obscurité et calme, à l'exception du crachin glacé qui rinçait les hautes fenêtres.

— Jack ? demanda Pete à voix basse, craignant le pire.

Il grogna et alluma une lampe basse coiffée d'un abat-jour rouge. Une récente acquisition depuis le dernier passage de Pete. Il avait également un nouveau canapé, légèrement moins miteux, avec des pieds-de-lion et un fauteuil assorti.

— Tu as fait les boutiques ?

C'était la chose la plus banale que Pete trouva à dire.

Jack grogna une nouvelle fois.

— La voisine du dessous est morte. Mme Ramamurthy. Je les ai fauchés avant que son rougeaud de fils avec son foutu MP3 qui gueule de la techno puisse les vendre.

Il avait le regard flou et la voix pâteuse.

— Depuis combien de temps as-tu pris ta dose ? demanda Pete.

— Pas très longtemps… murmura Jack. J'avais oublié combien c'était bon.

— Et bien ! Ça te fera un bon souvenir auquel t'accrocher pendant un nouveau long et douloureux sevrage, fit Pete d'un ton badin.

Jack grommela.

— Sadique.

— Et crois-moi sur parole, j'en apprécie chaque minute, répondit Pete. (Elle lui tapota la jambe.) Je vais mettre la bouilloire sur le feu et je me mets au boulot.

— Quel boulot ? demanda Jack en se mettant un bras sur les yeux tandis que Pete allumait les appliques murales.

— Jack, tu as huit milliards de livres dans cet endroit. Il doit bien y en avoir un qui contient quelque chose pour t'aider à maîtriser la vision.

— Parce que tu crois que je n'ai pas déjà regardé ? demanda Jack.

Sa mauvaise humeur était un soulagement, bien plus proche de son état normal.

— Je crois que je vais vérifier par moi-même, histoire de satisfaire ma curiosité, répondit Pete. Et tu vas m'aider.

Jack grogna et se laissa retomber dans le canapé.

Pete mit l'eau à chauffer et alla jusqu'au mur recouvert de livres. Ils étaient rangés sans ordre apparent. Les volumes dans des langues qu'elle connaissait étaient rares et perdus dans la masse.

Quelle brillante idée j'ai eue !

— Tu as pensé à te faire tatouer ? demanda-t-elle bien plus tard, après que Jack se fut assis et eut ingurgité trois tasses de thé et un verre de whisky.

Jack haussa les épaules.

— J'en ai quelques-uns. Les tatouages protègent des choses physiques, des sortilèges et des trucs comme ça. La vision est une porte ouverte entre ce monde et celui des morts.

— Et si tu forçais ta volonté en eux ou quelque chose dans le genre ? demanda Pete. Pour contenir la vision ?

— Pour commencer, je ne peux pas la contenir, fit Jack. Les tatouages magiques… Je n'arrive pas à croire moi-même que je suis en train de parler de ça ! J'ai l'air d'un taré, fan de New Age. Les tatouages magiques ne sont pas inconnus, mais il faut une énorme charge pour que la magie reste, ici dans ce monde, sous la peau. (Il avala le marc de son thé.) Même si cela me coûte de le reconnaître, il faut plus de pouvoir que j'en ai.

— Pas plus de pouvoir que *j'en* ai, fit Pete, mais Jack secouait déjà la tête.

— Non, Pete. Même si ça fonctionnait, tu ne sais pas comment te contrôler. Tu pourrais faire cuire ma chair sur mes os.

— Je ne vois pas la différence entre ça et le risque que ton fournisseur te refile de la mauvaise came parce qu'il n'avait pas assez d'argent pour se protéger ce mois-ci, dit Pete en croisant les bras.

Jack reconnut la posture et leva les mains.

— Laisse tomber ! C'est hors de question, Pete.

Elle baissa la tête, tenant le vieux livre poussiéreux qui contenait des symboles de protection et dans lequel elle était allée piocher l'idée des tatouages.

— Est-ce que tu *veux* continuer comme ça, Jack ? Est-ce que ça te plaît d'être drogué ou fou ? (Elle prit une profonde inspiration.) Dis-le-moi maintenant. S'il te plaît. Avant que je me brise encore une fois le cœur contre toi.

— Bien sûr que non, murmura Jack au bout d'un long moment. Mais il n'y a pas d'autre façon, Pete. Je peux me promener dans la rue sans savoir ce qui est vrai et ce qui ressort de la vision, ou choisir de m'empoisonner et me cramponner au peu de vie qui me reste. J'ai choisi cette deuxième solution. Alors, déteste-moi si tu veux. Je pense qu'il vaudrait mieux que tu me laisses, maintenant.

Il alluma une cigarette et prit la direction de sa chambre.

— Si les tatouages ne marchent pas, fit Pete, tu n'auras rien perdu. Et on ne peut pas dire que tu as la phobie des aiguilles.

Jack leva les sourcils.

— Et voilà, tu redeviens morbide.

— Tu as une mauvaise influence sur moi, lança-t-elle. Jack, dit-elle en cédant à une impulsion, alors qu'il avait le dos tourné. Nous avons été interrompus cet après-midi, mais il y a vraiment quelque chose que je dois te demander à propos du cimetière, à propos de ce qui s'est passé…

Il soupira.

— Ne me dis pas que ce fichu inspecteur Heath est encore venu te poser des questions sur « ce qui s'est vraiment passé ».

Il mima des guillemets avec ses doigts.

— Non, ce n'est pas ça, dit Pete. Ollie a classé l'affaire. C'est à propos de… c'est quelque chose que j'ai vu, quand j'étais dans l'entre-deux-mondes avec toi. Quand tu te tenais devant la stèle, tu étais… hé bien… en quelque sorte luisant et la lueur était… désagréable.

— Écho d'aura, fit Jack. Mon esprit et ma magie à l'extérieur de mon corps. Ce n'est pas inhabituel pour les mages lorsqu'ils se retrouvent dans l'entre-deux.

— Je sais ce qu'est une aura, répondit Pete impatiemment. MG n'avait que ça à la bouche. Là, c'était différent.

En repensant aux flammes barbouillées d'encre qui recouvraient la forme de l'esprit de Jack, la forme de corbeau si comparable à la femme qui avait observé Pete quand celle-ci avait reçu le cœur, elle en eut la chair de poule.

— Qu'est-ce que tu as vu, Pete ? Dis-moi tout. Tu caches quelque chose.

— La femme… celle qui a emporté Treadwell dans le monde des morts. Elle lui a parlé comme si elle le connaissait.

Jack se redressa, fit quelques pas, et revint vers le canapé.

— La femme corbeau. Tu l'as appelée quand tu t'es réveillée.

Pete acquiesça d'un signe de tête.

— C'était elle. Des plumes noires à la place des cheveux. Des yeux cruels d'oiseau regardant directement à travers moi. (Elle s'attendait à ce que Jack se moque d'elle, mais il n'en fit rien.) Qu'est-ce qu'il y a ?

— Rien, murmura Jack au bout d'un moment. Probablement rien. Mais Treadwell a reçu de l'aide pour rester là si longtemps et le fait qu'elle se trouve là, si près… Ça me dérange, c'est tout.

Pete se rapprocha et s'assit à côté de lui.

— Qui est-ce ?

— Exactement ce que tu viens de dire, murmura Jack. La femme corbeau. La déesse Morrigan. La Mort dans la Pénombre.

— Est-ce que le fait que je l'ai vue est un mauvais présage ? demanda Pete.

Jack secoua la tête.

— Elle ne t'embêtera plus, Pete. Elle est venue pour Treadwell parce que tu l'as appelée. Tu lui as parlé avec la magie d'un catalyseur et elle a repris un esprit qui était resté à l'extérieur bien trop longtemps. Pour le reste… je ne sais pas. C'est une traîtresse, cette femme corbeau.

— Voyons de quoi il en retourne alors, dit Pete. Invoquons-la, ou cherchons dans les livres, ou allons demander à Mosswood…

Jack leva une main.

— Pete. Il y a une leçon que tu apprends rapidement quand tu vis longtemps avec la magie, c'est qu'il vaut mieux laisser les anciens dieux où ils sont et ne pas intervenir. (Il joua avec la frange sur le bras du canapé.) Morrigan est la patronne du *Fiach Dubh*, le type de magie que j'ai appris à pratiquer. Je n'ai pas peur que tu la rencontres, mais je ne voudrais pour rien au monde aller la chercher pour prendre un thé avec elle. À moins que tu aies de bonnes raisons de croire que tu l'as offensée, Pete… laisse tomber.

— Est-ce que tu as toujours eu cette ombre au-dessus de toi, ce corbeau noir ? dit Pete. À cause d'elle ?

Jack acquiesça.

— Oui, c'est ce que je suis, de là vient mon surnom : le Corbeau. Impossible de changer ça. Ce n'est pas comme si je l'avais voulu.

— Si tu es sûr que ça ne pose pas de problème… murmura Pete en repoussant les doutes qui effleuraient la surface de ses pensées, sur Treadwell et ses cris, sur la déesse Morrigan et sa multitude d'ombres noires.

Elle se leva et prit d'autres livres pour occuper ses mains. Elle ne comptait pas parler de ses rêves à Jack. L'homme en linceul. Le cœur de l'oiseau et le regard sans pitié de Morrigan. Elle n'évoquerait pas la façon dont elle voyait encore tout cela quand elle fermait les yeux. Ces choses inhumaines, indescriptibles et anciennes. Parce que sinon, Jack allait s'inquiéter encore plus qu'il ne l'était déjà, et essayer de la protéger, non ?

— Et toi, Jack ? Ce que j'ai vu dans ton cauchemar, le noir autour de la forme de ton esprit ? Ne me dis pas que c'était normal et naturel aussi, parce que ça ne l'était pas. Je l'ai senti, c'était pourri et maléfique.

Jack se rapprocha et posa ses mains sur les épaules de Pete, puis les fit glisser le long de ses bras.

— Pete. Je vais te demander quelque chose et je veux que tu le fasses, sans poser de question, et sans discuter. Compris ?

— Peut-être, répondit Pete en essayant de se débarrasser de lui.

Il serra ses bras un peu plus forts.

— Aïe ! D'accord ! cria Pete. Lâche-moi avant que je te donne un coup de poing dans la gueule, Winter.

— Pour ton bien, Pete. Fais ce que je dis.

Pete leva les yeux au ciel.

— D'accord.

Elle le fixa jusqu'à ce que Jack lâche ses bras.

— Oublie ce que tu as vu dans ton voyage parmi les cauchemars, dit-il. Ce que tu as vu autour de moi et pour moi. Sors-le de ta mémoire et de tes rêves.

— J'ai essayé, dit Pete.

— Je suis sérieux, Pétunia.

— Moi aussi, Jack.

Il passa sa main dans ses cheveux, pas complètement satisfait, mais il n'obtiendrait pas mieux. Qu'il aille se faire voir s'il pensait pouvoir lui donner des ordres, de toute façon.

— D'accord, dit-il finalement. Allons voir si on arrive à trouver un tatoueur qui travaille encore à cette heure-ci, d'accord ?

— On en voudrait deux comme ça, dit Pete en ouvrant l'imposant volume de Parnell, *Sorts, signes et symboles de protection renforcée.*

Le tatoueur renifla lorsqu'il se pencha pour voir les deux Oudjat, les yeux du faucon pèlerin lui retournant son regard depuis la page.

— Oh, pas de problème, dit-il. C'est un truc égyptien. Assez courant, ouais ? Où les voulez-vous ?

Pete se retourna vers Jack qui avait pris place, l'air revêche, sur la chaise en toile à côté de la table surmontée de paquets d'aiguilles et de pots d'encre.

Il haussa les épaules et retira son maillot noir.

— Où tu trouveras de la place, mec.

Pete n'avait toujours vu que les bras de Jack, tous deux encerclés d'encre sans réel motif. Un nœud celtique, une plume de corbeau, une bande de lettres noires sur son avant-bras proclamant « N'écoutez pas les conneries » en capitales. Sa poitrine et son dos étaient également partiellement recouverts d'encre : son dos présentait une énorme croix celtique jointe à une guirlande en chêne et son ventre portait un crâne souriant qui mordait un serpent.

— Les clavicules ? demanda le tatoueur.

Le panneau annonçait « Hal Nutter, tatouages artistiques ». Hal Nutter lui-même était plutôt rond et pâle, comme une série de petites lunes tournant autour d'un grand corps central enveloppé dans un tee-shirt taché d'encre à l'effigie de la tournée 1978 du groupe Journey.

— Très bien, répondit Jack.

— Un clair et l'autre sombre, rappela Pete. Pour Thoth et Horus.

Jack marmonna des injures et elle lui envoya un coup de pied dans la cheville.

— Vous avez raison, dit Hal en leur jetant un regard sceptique.

Jack soupira d'impatience.

— J'ai un verre qui m'attend au pub, mon pote. Ce serait bien qu'on en finisse.

Hal Nutter exécuta rapidement les tatouages élémentaires, un œil noir et le contour pâle d'un autre. Pete les toucha tous les deux une fois que l'excès d'encre enlevé.

— Un pour la terre des vivants. L'autre pour celle des morts. Tu es entre les deux. Une porte, comme tu as dit, mais à présent elle a une serrure et une clé.

Jack lui prit les mains et les plaça doucement à plat sur sa poitrine.

— C'est la seule façon pour que ton plan idiot ait une chance de fonctionner, ma belle.

— Hum, il faut vraiment que je mette de la crème là-dessus…

Hal Nutter sursauta et Pete lui jeta un œil noir.

— Vous voulez bien nous laisser une minute ?

Nutter leva les mains et recula.

Pete se concentra à nouveau sur Jack. Maintenant qu'elle était là, si près de lui, le plan semblait franchement ridicule. Jack exsudait du pouvoir, comme un transformateur qui fait des étincelles. Comment pouvait-elle espérer contrer ça ?

— Tout va bien, ma belle, murmura Jack à son oreille. Je suis là.

Pete repensa à la première fois qu'elle l'avait vu, sur scène au *Fiver's*, puis plus tard, encore, sur le sol du squat près de la rivière. Elle se souvint de l'ombre dans sa salle de bain et des yeux grands ouverts de Jack, séjournant dans l'au-delà.

Reviens.

Elle eut à nouveau la sensation de se trouver au bord d'un gouffre vaste et balayé par les vents. Ses mains se mirent à brûler et Jack jura.

Reste avec moi, Jack. Vois ce qui marche en étant vivant et ce qui flotte comme une ombre noyée par le chagrin.

Reste.

Parce que, pensa Pete, c'était ce qu'elle voulait plus que tout au monde. Savoir qu'elle pouvait frapper chez lui et qu'il serait là pour répondre, ou qu'elle pourrait le joindre par téléphone, si elle avait envie de lui parler. Savoir que s'il décidait d'utiliser la porte, il pourrait toujours revenir un jour, peu importe quand.

Reste.

— Pete, fit Jack après un long moment. C'est fini.

Il s'étira et examina les tatouages dans un miroir de poche.

— Pas si mal, Nutter.

— Hum, fit Hal Nutter qui s'était réfugié à l'autre bout de sa boutique et donnait l'impression de vouloir se fondre dans les murs. Oui. Oui, c'est bien. Ça fera cent vingt livres, TVA comprise.

— Tu pleures ? demanda Jack à Pete en examinant son visage pendant qu'il se rhabillait.

— Pas du tout, répondit Pete honnêtement.

Elle sentait comme un reflet sur elle, les vibrations du pouvoir encore présent depuis la Pénombre, à travers ses os.

— Bien, fit Jack. Il n'y a rien à déplorer. L'encre est chargée. Je doute que ça permette de tenir quoi que ce soit à distance, à part peut-être une bonne gueule de bois, mais tu t'es vachement bien débrouillée pour quelqu'un qui n'a pas d'entraînement.

Il enfila sa veste pendant que Pete faisait un chèque à Hal Nutter.

— Tu veux prendre un verre ? demanda-t-il. (Pete lui attrapa la main et il fit mine de se dégager, puis passa finalement son bras autour d'elle.) Ça va ?

— Oui, répondit Pete en décidant en effet que ça allait, alors qu'ils sortaient de la boutique et que la pluie ruisselait sur son visage. (Jack était resté, elle l'avait fait, cette fois.) Et, oui, un verre serait le bienvenu.

Jack héla un taxi et Pete se laissa emporter dans les rues rincées par la pluie, en paix, parce qu'elle était avec Jack au lieu de lui courir après, essayant d'attraper un fantôme fugitif qui disparaissait entre ses doigts.

XXXXVIII

Deux semaines et demie plus tard, le chauffeur de taxi (un humain, Pete en était absolument certaine) la déposa à contrecœur devant le bâtiment où vivait Jack, en jetant des regards inquiets à travers son pare-brise.

— Vous êtes sûre que le monsieur vous attend, mademoiselle ?

Pete sortit ses deux valises et sa malle du coffre en soufflant.

— Non.

— Ce quartier ne me plaît pas beaucoup, confia le conducteur tandis que Pete lui payait le supplément pour l'avoir transportée, elle et ses encombrants bagages, de son ancien appartement, désormais vendu, jusqu'à Whitechapel.

— Il a son charme, répondit Pete.

Elle passa un sac sur chaque épaule et attrapa sa malle à roulettes, effectuant le voyage de quatre étages jusqu'à la porte de l'appartement de Jack en un peu moins d'une éternité.

C'était parfaitement dingue de sa part, se répéta-t-elle une nouvelle fois. Elle aurait dû se trouver un hôtel, ou accepter l'offre d'Ollie Heath qui lui avait proposé une chambre jusqu'à ce qu'elle trouve un autre appartement à louer, dans sa gamme de prix et à son seul nom, et jusqu'à ce qu'elle touche sa part de la vente, et puisse se payer autre chose à dîner que des repas à emporter et des nouilles.

Je ne fais que rendre visite à Jack, justifia-t-elle. *Avec toutes les affaires que j'ai pu faire entrer dans les anciennes valises de Terry.*

Parfaitement sensé. Elle frappa. Une sensation de puissance, un murmure contre la partie de son esprit qui demeurait dans la Pénombre répondit. Ce n'était pas là avant.

— J'ai un nouveau sort pour garder la maison, lança Jack en ouvrant la porte. (Il portait un jean déchiré et une chemise noire entièrement boutonnée tachée d'une poudre blanche phosphorescente. Il s'était calé une cigarette derrière l'oreille.) Bien moins cher qu'une alarme, et je crois que le fils rougeaud de Mme Ramamurthy a commencé à se préparer des amphés dans la cuisine de sa chère mère défunte. Il y a des éléments criminels partout ces jours-ci.

Il balaya les valises de Pete du regard et observa l'expression penaude que celle-ci (elle le savait) affichait.

— Tu pars en vacances ? Tu as besoin que j'arrose tes plantes ou que je donne à manger à ton chat ?

— Je n'ai pas de chat, tu le sais bien.

Pete n'arrivait pas à décoller les yeux du bout de ses chaussures.

— En effet, répondit Jack. Mais comme je ne comprends pas très bien ce que tu fais devant chez moi, je me suis dit que le mieux était de lancer une conversation banale.

— Comment t'en sors-tu ? lança Pete.

Jack haussa les épaules.

— Je ne me plains pas. Ces tatouages sont sacrément efficaces, en dehors du petit incident avec le singe en peluche ensorcelé. Qui aurait pu penser ça ? (Il lui décocha son plus beau sourire.) Nous savons tous les deux que tu n'es pas venue ici pour demander de mes nouvelles, Pete. Alors pourquoi ne donnes-tu pas la vraie raison ?

Pete fit mine de repartir sans dire un mot, mais Jack lui saisit le bras.

— Pete, parle-moi.

— L'appartement est vendu et avec tout ça, le boulot, le retour au travail sur le terrain, cette stupide cérémonie d'inauguration à laquelle j'ai dû aller pour qu'ils puissent ouvrir le parking auxiliaire en mémoire de mon père, je n'ai pas pu en louer un autre, expliqua-t-elle précipitamment. Ce n'est pas que je n'ai pas un peu d'argent de côté, j'en ai, mais je ne peux pas aller n'importe où, et je sais que c'est un peu à la dernière minute et que la pire chose qui puisse t'arriver, c'est d'avoir une femme chez toi, en particulier moi, étant donné que j'ai vraiment un mal fou à contenir mes talents... Eh bien, je me suis dit que je pourrais peut-être rester chez toi, si tu le veux bien. Juste pour quelques semaines.

Jack cligna des yeux, puis prit la cigarette qui se trouvait derrière son oreille et la glissa entre ses lèvres. Le bout se mit à rougir.

— J'ai des horaires particuliers, indiqua-t-il.

— Inspecteur de police, lui rappela Pete. Je n'ai pas non plus l'habitude de travailler de neuf heures à cinq heures.

— Je me suis pris de passion pour les Anti-Nowhere League et je les écoute à fond.

— J'adore, rétorqua Pete du tac au tac.

Jack grimaça.

— Tu es complètement folle de me choisir parmi tous les canapés sur lesquels tu pourrais dormir, Caldecott. Je veux dire...

— J'ai accepté ce fait, Jack. Je ne voudrais être ailleurs pour rien au monde.

Il soupira et s'écarta du passage, en ouvrant grand la porte.

— Alors, tu es la bienvenue. C'est ce que j'allais dire, si tu m'avais laissé finir.

Pete lui sourit et il finit par lui rendre son sourire en secouant la tête.

— Vraiment ? demanda-t-elle.

Jack hocha la tête.

— Vraiment. Entre.

Fin

À suivre dans

LE PACTE DU DÉMON

Les Ténèbres de Londres,
tome II

À PROPOS DE L'AUTEUR

CAITLIN KITTREDGE écrit depuis sa tendre enfance. Elle se lance rapidement dans l'écriture de scénarios, de comics, et de romans. Caitlin collectionne les comics, les anciens manuscrits, les vêtements vintages et les mauvaises habitudes. Elle adore le thé, écouter de la musique à fond, la couleur noire, surtout associée au rose, et les histoires de fantômes. Elle conduit comme un homme, joue du violon et connaît plus de jurons anglais qu'américains. Caitlin vit avec ses deux chats à Olympia, dans le Wyoming.

MIXTE
Papier issu de sources responsables
FSC® C005461

Achevé d'imprimer sur les presses de l'imprimerie
Rotolito Lombarda (Italie)
Dépôt légal : mai 2014